W0334232

KNAUR

CLARE MACKINTOSH

SPIEL DER LÜGNER

KRIMINALROMAN

Aus dem Englischen von
Sabine Schilasky

KNAUR

Die britische Originalausgabe erschien 2023 unter dem Titel
»A Game of Lies« bei Sphere. An imprint of Little,
Brown Book Group, London.

Besuchen Sie uns im Internet:
www.droemer-knaur.de

Die Verlagsgruppe Droemer Knaur hat sich zu einer nachhaltigen Buchproduktion verpflichtet. Gemeinsam mit unseren Partnern und Lieferanten setzen wir uns für eine klimaneutrale Buchproduktion ein, die den Erwerb von Klimazertifikaten zur Kompensation des CO_2-Ausstoßes einschließt. Weitere Informationen finden Sie unter www.klimaneutralerverlag.de

FSC www.fsc.org
MIX
Papier | Fördert gute Waldnutzung
FSC® C083411

Deutsche Erstausgabe Dezember 2023
© 2023 Clare Mackintosh
© 2023 der deutschsprachigen Ausgabe Knaur Verlag
Ein Imprint der Verlagsgruppe Droemer Knaur GmbH & Co. KG, München
Alle Rechte vorbehalten. Das Werk darf – auch teilweise – nur mit Genehmigung des Verlags wiedergegeben werden.
Die Nutzung unserer Werke für Text- und Data-Mining im Sinne von § 44b UrhG behalten wir uns explizit vor.
Redaktion: Regine Weisbrod
Covergestaltung: Sabine Kwauka
Coverabbildung: Collage von Sabine Kwauka unter Verwendung von Getty Images.com und Shutterstock.com Motiven.
Satz und Layout: Adobe InDesign im Verlag
Druck und Bindung: CPI books GmbH, Leck
ISBN 978-3-426-44647-8

2 4 5 3 1

*Für Sarah Clayton, Lynda Tunnicliffe
und Huw McKee*

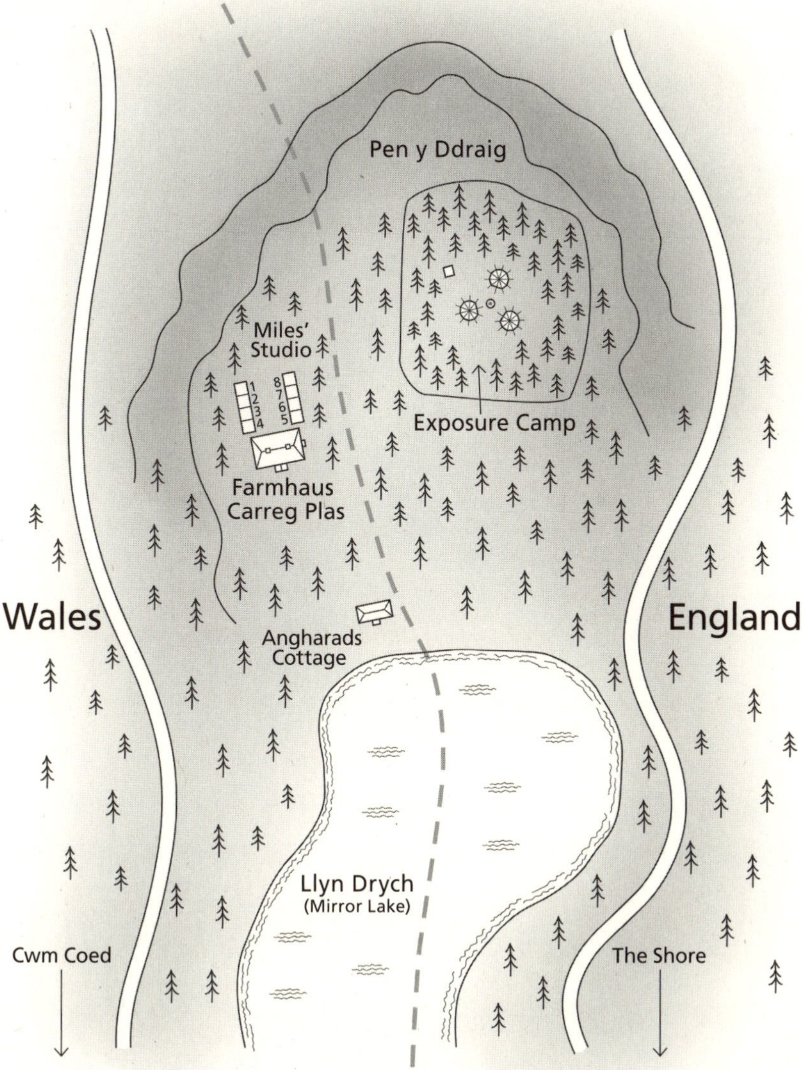

Im Camp wohnende Teilnehmer von *Exposure:*

Pam Butler
Jason Shenton
Aliyah Brown
Lucas Taylor
Ceri Jones
Henry Moore
Ryan Francis

PRESSEERKLÄRUNG

Angesichts der tragischen Ereignisse heute verzichten wir auf die Ausstrahlung der aktuellen Folge von Exposure. Die Filmaufnahmen sind bis auf Weiteres unterbrochen, und die verbliebenen Teilnehmer wie auch die Crew werden von Fachleuten betreut. Der Vorfall liegt nun in den Händen der Polizei, und wir möchten zu diesem Zeitpunkt keinen Kommentar abgeben.

Young Productions

TEIL EINS

EINS

MONTAG | DC FFION MORGAN

Der Geruch ist sauer und süß zugleich, wie von verschimmelndem Obst. Ffion atmet durch den Mund ein, aber es stinkt so übel, dass sie es beinahe schmecken kann.

»Warst du das?«, fragt DC Alun Whitaker, ohne von seinen Papieren aufzusehen.

»Nein, war ich verdammt noch mal nicht.« Ffion klappt die Mappe mit der Zeugenaussage zu und öffnet Rightmove. Sie braucht die beruhigende Wirkung, die nur fünf Minuten Immobilienporno bringen können.

»Frauen sollen nicht furzen.« Alun blickt zu der Reihe von Schreibtischen und wird lauter. »Ich wette, Georgina tut es nicht.«

Georgina zuckt mit den Schultern und zeigt auf die Kopfhörer, die sie über ihrem dunklen, kurzen Haar trägt, um alle Geräusche auszuschalten. *Nur einen Podcast*, antwortet sie immer, wenn jemand fragt, was sie hört. Ffion hegt schon lange den Verdacht, dass Georgina sich gar nichts anhört. Schließlich kommt ihr »Ja« stets sehr prompt, fragt man, ob jemand einen *Paned* – das walisische Wort für »Tee« – möchte. Überhaupt entscheidet sie sehr selektiv, was sie hören will.

»Ich könnte mit keiner Frau zusammen sein, die furzt«, sagt Alun, als hätte er diesbezüglich eine Wahl. Aluns letzter Ausflug in die Welt des Datings endete mit einer Überweisung an ein nicht zurückverfolgbares Konto und einem Computervirus, der die zehn neuesten Fotos von Aluns Handykamera per E-Mail an all seine Kontakte verschickte;

bei den letzten dreien wollte Ffion sich hinterher die Augen mit Bleiche auswaschen.

»Furzen ist was für Kerle«, fährt Alun fort. »Es ist nicht damenhaft.« Ffion überlegt, ob sie einen Furz herbeizwingen soll, nur um ihm zu widersprechen.

Alun dreht sich auf seinem Stuhl zu ihr um. Er hat lange, dünne Gliedmaßen, weshalb er Ffion an ein Insekt erinnert, wenn er die Hände so wie jetzt auf die Knie stützt. »Weißt du, wo die Akten zur Proctor-GefKV sind? Ich finde die nicht auf dem zentralen Speicher.«

»Weil sie auf meinem Laptop sind.«

»Deinem privaten Laptop?« Alun zieht eine Augenbraue hoch und verschränkt die Arme vor der Brust. Ffion versucht sich zu erinnern, ob es Grillen oder Grashüpfer sind, die ihre Beine aneinanderreiben. »Du sollst die doch direkt auf dem zentralen Laufwerk speichern.«

Ffion weiß nicht, was für Geräusche Aluns Arme machen würden, sollte er sie aneinanderreiben, aber es wäre garantiert verdammt nervig. Stirnrunzelnd sieht sie zu ihrem Bildschirm, als wollte sie eine komplizierte Formel lösen, statt den Suchradius bei Rightmove um weitere zehn Meilen auszuweiten. »Da speichere ich sie, wenn alles abgeschlossen ist.«

»Stell dir vor, alle meine Akten wären auf meinem privaten Laptop. Was würdest du machen, wenn ich von einem Bus überfahren werde?«

»Eine Party schmeißen?« Ffion klickt eine Dreizimmerwohnung fünf Meilen von Cwm Coed an. Ihr gemietetes Cottage ist ideal – und eine sagenhafte Wohltat nach einem Jahr Zusammenleben mit ihrer Mam und Seren –, aber jetzt will ihr Vermieter es zurück. *Tut mir leid, Ffion, aber wenn ich es als Ferienhaus vermiete, bekomme ich das Doppelte, und es sind harte Zeiten …*

Ja, ohne Scheiß, dachte Ffion, als sie nach einer neuen Bleibe zu suchen begann und feststellen musste, dass sich die Preise im letzten Jahr praktisch verdoppelt hatten.

Diese Wohnung sieht aber super aus. Nigelnagelneu, bezahlbar …

… und nur für Mieter über sechzig.

»Oh Mist.« Ffion klickt den Schlafzimmerbalkon mit Blick auf den Fluss weg. Sie rümpft die Nase, als ihr der fiese Gestank in neuer Frische entgegenweht.

»Und wenn *du* von einem Bus überfahren wirst, wissen wir nicht, was in dem Fall passiert.« Alun weigert sich aufzugeben. »Wir könnten entscheidende Beweise verlieren.«

»Wenn du es zum Sergeant bringst«, entgegnet Ffion, »darfst du mir sagen, was ich zu tun habe. Bis dahin hältst du die Klappe. Du bist nicht mein Chef.«

»Ganz richtig«, erklingt eine muntere Stimme von der Tür. »Der bin ich.« Detective Inspector Malik ist stets jovial. Sogar wenn er Mitarbeiter zusammenstaucht – was er bei Ffion schon mehrmals getan hat –, schlägt er einen onkelhaften Ton an, als wäre das Objekt seiner Standpauke beim Äpfelklauen erwischt worden, nicht dabei, wie es einen gepanzerten Mannschaftswagen »auslieh«, um ein IKEA-Sofa zu transportieren.

Malik tritt einen Schritt vor und schnuppert. »Hier riecht's, als wäre jemand gestorben.«

»Das ist Ffion«, sagt Alun.

»Entsetzlich. Macht ein Fenster auf.« DI Malik trägt seine Lieblingsweste mit einem aufgedruckten Schachbrett und einer aktuellen Partie. Ohne Frage ist in diesem Schachmatt oder Patt, oder was auch immer da am obersten Knopf passiert, eine Botschaft versteckt.

Georgina ist schon aufgesprungen, um dem Wunsch ihres DIs nachzukommen. Ffion verengt die Augen. Das hat sie also gehört, ja? Georgina Kent ist das, was Chefs als *dienstbeflissen* bezeichnen und Ffion kriecherisch nennen würde. Als Erste da, als Letzte weg, und private Einladungen behandelt sie, als wäre sie aufs Absagen programmiert. Weder Georgina noch Ffion sind geschminkt, allerdings denkt Ffion, dass es bei Georgina eine bewusste Entscheidung ist, nicht – wie in Ffions Fall – pure Lustlosigkeit. Georgina hat die Art Haut, die binnen fünf Minuten in der Sonne braun wird; Ffions hat durchgängig die Farbe von entrahmter Milch.

Malik hält einen Computerausdruck in die Höhe. »Jemand muss sich Knochen in Cwm Coed ansehen. Könnte schwierig werden.«

»Klingt nach jemandem, den ich kenne.« Alun grinst Ffion an. Sie will etwas nach ihm werfen, als ein lauter Furz aus ihrer Büroecke ertönt.

Malik sieht sie wütend an. »Ist es das, was ich denke?«

Ffion weist mit erhobener Hand jede Verantwortung von sich. »Das passiert, wenn Sie mich jeden Tag ins Büro zwingen.«

»Wollen Sie mir erzählen, dieser Gestank wäre meine Schuld?«

Ffion ist rundum glücklich gewesen in ihrem winzigen Büro in Cwm Coed oder in ihrem Auto am Seeufer sitzend, von wo aus sie so selten wie möglich Bericht erstattete. Doch eine Mordermittlung in dem Luxusresort The Shore vor anderthalb Jahren hatte Cwm Coed und leider auch Ffion ins Scheinwerferlicht gerückt. Und ihre letzte Bewertung – *keine Teamplayerin; tut sich schwer mit Autoritäten* – hatte ihr eine Pendelstrecke von fünfzig Minuten nach Bryndare und Stirnfalten eingebracht, für die es mehr als Botox bräuchte, sie wieder zu glätten.

»So ungern ich es Ihnen auch sage, Ffion, aber tatsächlich werden Sie dafür bezahlt, zur Arbeit zu kommen.« Malik schreitet quer durchs Büro. »Und es ist kein Freifahrtschein für Sie, *das* zu tun.« Er zieht Ffions Stuhl nach hinten, sodass unter ihrem Schreibtisch ein großes, behaartes Maul zum Vorschein kommt.

Dave einen Hund zu nennen, wäre grob vereinfachend. Da er mit den Neurosen der Prozac-Generation belastet ist, zuckt er bei lauten Geräuschen sofort heftig zusammen, bellt los, wenn es zu lange still ist, und ist eigentlich nur froh, wenn er an Ffions Beine gepresst oder – noch lieber – auf ihr ist. Da Dave genauso groß ist wie ein sitzender Mensch, kann das an roten Ampeln schon mal zur Herausforderung werden, weil er den kurzen Halt als Signal nimmt, dass sie angekommen sind und er wie eine Vierzig-Kilo-Katze auf Ffions Schoß steigen darf.

»Wie oft habe ich das schon gesagt?«

Ffion fragt sich, ob Malik mit ihr oder Dave spricht, aber dann dreht sich der DI zu ihr, und ihr wird klar, dass er eine Antwort erwartet. Daves Schwanz peitscht den Teppichboden.

»Mindestens sechsmal«, springt Alun ein. Arschloch.

»Ich kann ihn nicht alleine zu Hause lassen. Er heult dann. Und die Nachbarn beschweren sich.«

»Dann besorgen Sie sich einen Hundesitter, oder lassen Sie ihn bei Ihrer Mum. Verkaufen Sie ihn an einen bekloppten Zirkus. Ist mir egal, Ffion – aber bringen Sie ihn nicht mehr mit zur Arbeit!«

»Und was, wenn er ein ESA-Hund ist?« Dave kommt unter dem Schreibtisch vor, und Ffion packt sein Halsband. »Mit Tieren zusammen zu sein, hat sich als stresslindernd erwiesen.«

»Das Einzige, was hier gelindert wird, sind die Blähungen des Hunds. Bringen Sie ihn nach Hause. Sofort.«

Widerwillig steht Ffion auf. »Dann kann ich mir ja gleich

mal die Knochen ansehen. Wenn ich sowieso in die Richtung fahre.«

»Oh nein.« Malik schwenkt einen Finger. »Sie forschen zu Hause nicht rum, ohne dass jemand auf Sie aufpasst. Alun oder Georgina übernehmen das.« Er wendet sich ihnen zu. »Da wird irgendeine Reality-Fernsehserie auf dem Berg bei Cwm Coed gedreht.«

»*Exposure.*« Ffion zieht ihren Mantel an. Es ist Mai, aber sie sind in Nordwales, wo das quasi immer noch Winter bedeutet.

»Nie davon gehört«, sagt Georgina. »Tut mir leid, Sir.«

»Könnte ich doch dasselbe behaupten!« Malik verzieht das Gesicht. »Es klingt scheußlich. Sieben ›durchschnittliche Männer und Frauen‹ heißt es im Trailer, aber welcher durchschnittliche Mensch will gefilmt werden, wie er Fischaugen und Rinderho …«

»Ich glaube, Sie denken an *Ich bin ein Star*, Sir.« Alun sieht aus, als sei ihm ein bisschen schlecht.

»Der Produzent hat die Knochen heute Morgen gemeldet und …«

»Wurden die beim Camp oder bei dem Farmhaus gefunden, in dem die Crew wohnt?«, fragt Ffion. »Das Haus ist unser Zuständigkeitsbereich, aber das Camp ist gleich hinter der Grenze nach Cheshire.«

»Ich weiß nicht, wo …« Malik hält inne. »Woher wissen Sie so viel darüber?«

»Eine Frau aus unserem Ort ist dabei. Ceri Jones. Sie ist die Postbotin von Cwm Coed.« Ffion fährt ihren Computer herunter. »Bis morgen.«

»Morgen? Ffion, es ist erst drei …«

»Trotzdem wäre es Quatsch, wieder herzukommen, um gleich wieder nach Hause zu fahren, oder? Ich arbeite die letzten paar Stunden von unterwegs.« Ffion lächelt unschuldig. »Ach, und für die Farm verlässt man sich lieber nicht aufs Navi – das schickt einen mitten auf einen Acker. Man muss die einspurige Straße vorbei an Felingwm Isaf und hinter der großen Eiche rechts abbiegen.«

»*Velin-goom I-saw*«, wiederholt Malik langsam. Theoretisch beherrscht der DI ein Minimum an Walisisch, was die Voraussetzung für seine Versetzung von Surrey zur Polizei North Wales war. Tatsächlich lernt er noch das Alphabet.

Malik seufzt, als würde ihn quälen, was er tun soll. Er reicht Ffion einen Ausdruck, hält ihn jedoch noch einige Sekunden fest, als sie schon danach gegriffen hat. »Machen Sie keinen Blödsinn.«

»Selbstverständlich nicht, Sir.«

»Und nehmen Sie jemanden mit.«

»Ehrlich, Chef, ich arbeite besser …«

»Sie arbeiten mit jemandem zusammen, oder Sie fahren gar nicht. So einfach ist das.«

Ffion sieht erst zu Alun, dann zu Georgina; keiner der beiden wirkt entzückt von der Aussicht, mit ihr zusammenzuarbeiten. »So viel zu Baum und Borke«, murmelt sie.

Alun lacht. »Also, was meine Eiche angeht …«

»Georgina«, sagt Ffion entschlossen.

Malik bedenkt Alun mit einem vernichtenden Blick. »Die Achtziger haben angerufen. Sie wollen ihre unangebrachten Sprüche zurück.«

»Verzeihung, Sir, kommt nicht wieder vor.« Aluns Wangen glühen, und Ffion muss sich ein Schnauben verkneifen.

»Bist du fertig?«, fragt Georgina mit ihrem Mantel über dem Arm, als wäre Ffion diejenige, die sie warten lässt.

»Ich bin schon fertig geboren.« Ffion öffnet die Tür. »Komm, Dave.«

ZWEI

MONTAG | FFION

Ffions Triumph Stag parkt in einem für Motorräder reservierten Bereich. Ffion raucht ihre Selbstgedrehte mit sechs langen Zügen auf, ehe sie über den Hinterhof geht und Georgina Daves Leine hinhält.

Ängstlich beäugt ihre Kollegin den Hund. »Kann er nicht hinten sitzen?«

»Da wird ihm schlecht. Bei dir vorne geht es ihm gut.«

»Er ist es nicht, um den ich mich sorge.« Georgina steigt zögerlich auf den Beifahrersitz und hält die Leine, als könnte sie jeden Moment explodieren. Dave quetscht sich in den Fußraum und ist beinahe auf Augenhöhe mit Georgina. Unterdessen bindet Ffion sich das Haar zu einem Pferdeschwanz zurück. Nach einer weiteren »sagenhaft witzigen Bemerkung« von Alun heute Morgen hatte sie den Zopf so stramm gezogen, dass das Gummi gerissen war, sodass ihr das Haar in einem roten Wust über ihre Schultern fiel, bei dem nur von Locken sprechen konnte, wer ausnehmend höflich sein wollte.

»Ist dieser Wagen überhaupt zugelassen?«, fragt Georgina und blickt zu einem Stück Pappe im Beifahrerfensterrahmen, mit dem die Scheibe oben gehalten wird.

»Zufällig ist er letzten Monat erst gewartet worden«, antwortet Ffion, lässt allerdings aus, dass Trefor *Garej* gesagt hat, das Auto sei eine *verdammte Todesfalle* und er gäbe es ihr nur wieder, weil sein Cousin mit der Frau des Neffen von Ffions Dad verheiratet ist und die ihm die Hölle heißmachen würde, täte er es nicht.

Die Straße von Bryndare zur anderen Seite des Bergs Pen y Ddraig ist schmal und gewunden mit einem steilen Abhang auf der Beifahrerseite. Georgina verzieht keine Miene. Ffion vermutet, dass sie zu sehr damit beschäftigt ist, Dave – und seinen der Übelkeit geschuldeten Sabberfaden – im Fußraum zu halten. Bis sie den Hügel nach Cwm Coed herunterfahren, haben sich all ihre Bemühungen als fruchtlos erwiesen. Dave sitzt nun auf Georginas Schoß, sodass sein Kopf Ffions Schulter streift. Alle paar Minuten wird der Lärm des uralten Motors von einem kläglichen Winseln übertönt. Hin und wieder legt Dave seine Pfoten auf Ffions Schoß, als könnte sie vergessen, dass er da ist. Schön wär's!

In einem raren Moment der Schwäche hat Ffion sich den Hund aufgehalst, als sie eine Brandstiftung in einem Tierheim untersuchte. Dort harrte Dave schon mehrere Jahre aus, und es schien sich zu einem lebenslangen Aufenthalt zu entwickeln.

Nächste Woche wird er eingeschläfert, hat eine ehrenamtliche Mitarbeiterin des Tierheims zu Ffion gesagt. *Das ist so traurig. Er hat doch so viel Liebe zu geben.*

Die hatten bei Ffion gleich Lunte gerochen, behauptete Huw hinterher. *Sie erzählen dauernd, dass die Hunde alle eingeschläfert werden, du Trottel. Ich wette zwanzig Pfund, dass du ihn wieder zurückbringst.*

Es geht nicht um die zwanzig Pfund, denkt Ffion mürrisch, als sie sich Sabber von der Schulter wischt. Es geht ums Prinzip. Egal, wie sehr Ffion ihre spontane Entscheidung bereut, Dave bei sich aufzunehmen. Es kommt nicht infrage, eine Wette gegen ihren Ex-Mann zu verlieren. Außerdem hat Dave neben dem Mundgeruch und den Fürzen gewiss einige gute Eigenschaften. Ffion hat sie bloß noch nicht entdeckt.

Der Himmel ist strahlend blau, doch um den Berg unten wabern stellenweise noch Nebelschwaden. Sie machen die Straßenränder verschwommen, weshalb es ein Glück ist, dass Ffion die Kurven und Biegungen hier so gut kennt wie ihren eigenen Körper. Unter ihnen schlängelt sich der Llyn Drych durch das Tal. Der See ist teils schmal wie ein Fluss, und Ffion hat die Sommer ihrer Kindheit damit verbracht, von einer Seite zur anderen zu schwimmen. In der Mitte verharrte sie gern auf der unsichtbaren Grenze zwischen England und Wales. Dann fühlte sie sich für einen Moment, als gehöre sie zu keinem von beiden. Der Weiler Felingwm Isaf, was grob übersetzt so viel wie »unteres Mühltal« bedeutet, liegt an der Nordspitze des Llyn Drych – oder Mirror Lake, wie die Zuzügler sagen. Ffion verlangsamt das Tempo auf der Suche nach der Abbiegung zum Farmhaus. Die einspurige Straße führt steil nach oben, und Ffion hofft, dass ihnen niemand entgegenkommt; zu den Bremsen des Triumphs hat Trefor *Garej* einige sehr harsche Worte angemerkt.

»Was genau ist *Exposure* überhaupt?«, fragt Georgina.

Ffion weicht einem Schaf aus, das auf dem warmen Asphalt liegt. »Guckst du kein Fernsehen? Die Werbung läuft doch alle fünf Minuten.«

»Eigentlich streame ich nur. Im terrestrischen Fernsehen kommt ja nie was Anständiges.«

Ffion ist anderer Meinung. Was sie auch sagen würde, hätte sie Lust dazu; hat sie aber nicht. Terrestrisches Fernsehen (oder »normales Fernsehen«, wie Ffion es nennt) empfindet sie als wohltuend. Es erinnert sie daran, wie sie Mam einen Tee brachte, weil *EastEnders* anfing; an Verhandlungen, ob der walisische Sender S4C oder *Hollyoaks* gesehen wurde. Oder wie sie das Weihnachten vor dem Tod ihres Dads die Filme in der Programmzeitschrift eingekreist hat oder wie

Mam sie bat, auf Seren aufzupassen, bis die *Teletubbies* kamen. Außerdem läuft im terrestrischen Programm *Die Schnäppchenhäuser,* Ffions heimliches Laster.

Sie blickt zu Georgina, die versucht, ihr Gesicht eulenartig von Daves haariger Schnauze wegzudrehen. »Wie der Chef gesagt hat, ist es Reality-TV. Sieben Leute wohnen für zwei Wochen auf dem Pen y Ddraig. Sie müssen die üblichen Aufgaben meistern, es gibt eine Publikumsabstimmung – du kennst das ja.«

»Eher nicht.«

Ffion sieht sie an. »Hast du nie *Big Brother* gesehen?«

»Nein.«

»Love Island?«

»Nein.«

»Hochzeit auf den ersten Blick?«

»Sag bitte, dass es nicht so gruselig ist, wie es sich anhört.«

»Nein, schlimmer.« Ffion biegt durch ein offenes Tor in eine Kieseinfahrt. »Das macht es ja so genial.« Sie parkt den Triumph vor dem Farmhaus, einem solide gemauerten Bau, an dem jemand noch eine kleine Holzveranda ergänzt hat. Zwei Lorbeerbäume in Pflanztöpfen wachen zu beiden Seiten der Eingangstür.

Als sie darauf warten, dass jemand ihnen öffnet, blickt Georgina auf Dave herab. »Warum lässt du ihn nicht im Auto?«

»Weil er es dann auffrisst.« Ffion hämmert erneut an die Tür, bevor sie es aufgibt und um das Haus herumgeht. Die Gartenpforte ist offen, und sie finden sich auf einem Hinterhof mit Kopfsteinpflaster wieder. Die Aussicht vorn hinunter auf den Llyn Drych war schon spektakulär, aber diese hier ist atemberaubend. Dicht bewaldete Hänge führen vom Haus hinauf zur Felsenlandschaft des Pen y Ddraig, dessen Gipfel von Nebel umhüllt ist.

Zu beiden Seiten des Hofs stehen Reihen von Nebengebäuden aus rotem Backstein mit Schieferdächern. Die Nummern eins bis acht sind auf die Türen gemalt.

»Pferde?«, fragt Georgina.

»Ich habe gesagt, ich mache das nicht!«, erklingt eine Stimme aus Nummer acht.

»Verflucht streitlustige Pferde.« Ffion geht auf die offene Tür zu, als eine dunkelhaarige, sehr stark geschminkte Frau herausgestürmt kommt und Richtung Farmhaus eilt.

»Tut mir leid. Talente können ein bisschen temperamentvoll sein.« Ein Mann tritt vor und streckt die Hand aus. »Miles Young, Young Productions. Wenn auch dieser Tage nur noch dem Namen nach jung.« Er grinst wehmütig, dann lacht er und fährt sich mit einer Hand durch sein dichtes, weißblondes Haar. Er ist Ende vierzig, hat blassblaue Augen und so feine helle Wimpern, dass sie fast nicht zu sehen sind. Die hohen Wangenknochen verleihen seinem Gesicht einen verhärmten, eher angespannten Ausdruck, den das breite Lächeln nicht wettmachen kann.

»Talent?« Georgina schüttelt ihm die Hand. »Detective Constable Georgina Kent, Bryndare CID.«

»Meine Moderatorin Roxy Wilde. Was für ein Charisma – die Kamera liebt sie!« Miles reicht Ffion die Hand. »Und Sie sind?«

»DC Morgan. Wie ich höre, haben Sie Knochen gefunden?« Kaum spricht Ffion sein Lieblingswort aus, setzt Dave sich kerzengerade auf und fegt mit dem Schwanz über das Kopfsteinpflaster.

»Ich habe vor Stunden angerufen. Wo sind …«, beginnt Miles, bremst sich aber und verzieht beschämt das Gesicht. »Sorry, ich wollte nicht … Sie haben sicher eine Million wichtigere Sachen zu tun. Es ist nur so, dass wir solch einen engen Zeitplan haben. Die meisten Reality-Sendungen zeigen Material, das am Tag vorher oder sogar noch früher gedreht wurde, aber wir beschreiten hier neue Wege. Was Sie heute Abend sehen, ist den Tag über gedreht worden. Zum Glück haben wir schon eine Menge im Kasten – die Teilnehmer sind letzte Nacht im Farmhaus geblieben, deshalb ist diese Verzögerung nicht ganz so katastrophal …«

»Könnten wir die Knochen sehen, Mr Young?«

Miles blickt sich zu dem Schreibtisch hinter ihm um, auf dem zwei Computer stehen und ein Gewirr von Kabeln verläuft, und sieht wieder Ffion an. »Natürlich.« Er greift nach seiner Jacke. Außer dem Schreibtisch gibt es in dem Raum noch ein Doppelbett und einen kleinen Kleiderschrank. Ffion bemerkt ein Teetablett und eine Tür, von der sie vermutet, dass sie zu einem Bad gehört. Ein großes Flügelfenster hinten geht zum Berghang.

»Ein toller Ort, nicht?« Miles schließt die Tür hinter sich ab. »Unser Location-Scout hat gute Arbeit geleistet. Das Camp ist ungefähr zwanzig Minuten Weg den Berg rauf.«

»Wer wohnt auf der Farm?«, fragt Georgina.

»Ich bin im Haupthaus, zusammen mit Owen Havard – er ist unser Kameramann – und Roxy, der Sie eben begegnet sind. Mein Arbeitszimmer haben Sie gesehen, und die anderen sieben Stallräume sind für die Teilnehmer, wenn sie rausgeflogen sind.« Miles geht ihnen voraus durch eine Pforte hinten auf dem Hof, von wo ein Pfad den Berg hinauf verläuft.

»Die kommen hierher zurück?«, fragt Ffion.

»Das ist eine Vertragsbedingung. Für Interviews bleiben sie noch zwei Tage auf der Farm. Wenn die erledigt sind, bekommen sie ihr Teilnahmehonorar.«

»Und das ist wie viel?« Ein Stechginsterzweig verhakt sich an Ffions Beinen.

»Zehn Riesen.«

Georgina stößt einen leisen Pfiff aus. »Nett.«

»Nicht so nett wie die hundert Riesen, die der Gewinner bekommt.«

»Ach du Sch…ande«, kann Ffion knapp einen Kraftausdruck vermeiden. Malik sagt, sie muss *ihre Ausdrucksweise zügeln*, was immer das verdammt noch mal heißen soll. Anscheinend haben sich Leute beklagt.

»Ich hätte noch mehr von Ihnen erwartet«, sagt Georgina. »Große Beleuchtungsgerüste, Catering-Wagen, eine riesige Crew.«

»Während des Drehs halte ich es gern klein«, antwortet Miles. »Beim Aufbau des Camps ist es zugegangen wie im Tollhaus, aber jetzt, da alles läuft, habe ich auf ein Minimum reduziert. Wir haben einen Runner, einen Laufburschen, der täglich kommt, und wenn ich sonst noch was brauche, rufe ich im Produktionsbüro an.«

»Was machen die Teilnehmer jetzt gerade?« Auch wenn sie DI Malik einen anderen Eindruck vermittelt hat, weiß Ffion nur sehr wenig über *Exposure*, ausgenommen, dass ein Haufen Möchtegern-Überlebenskünstler auf einem Berg in Nordwales aufeinander losgehen, was sehenswert sein soll.

»Tja, nicht viel dank dieser Knochen«, antwortet Miles trocken. »Einer von ihnen hatte vorgeschlagen, ein Feuerloch zu graben, und sobald ich gesehen habe, was da zum Vorschein kam – selbstverständlich habe ich vom Studio aus zugeschaut –, habe ich unseren Runner nach oben geschickt und die Dreharbeiten abbrechen lassen.«

Vor ihnen sieht Ffion einen hohen Drahtzaun. »Ist es das?«

»Ja. Das Grundstück gehört zu einer benachbarten Farm. Der Zaun ist für die Fasane, glaube ich, also keine besonders eindrucksvolle Barriere, aber er markiert die Grenze. Es ist ungefähr ein Quadratkilometer umzäuntes Gelände.« Er erhebt die Stimme. »Alles in Ordnung, Dario?«

»Bestens, Chef.« Dario trägt eine Warnweste, die ihm beinahe bis zu den Knien reicht und auf deren linke Brust in leuchtenden blauen Lettern SECURITY gedruckt ist. Er beäugt Ffions Begleiter interessiert. »Ist das ein Leichenspürhund?«

Georgina gibt einen Laut von sich, den Ffion für ein Lachen hielte, wüsste sie nicht, dass Georgina Kent niemals lacht.

»Nicht ganz«, antwortet Ffion.

»Diese Zee ist wieder hier gewesen«, sagt Dario zu Miles.

»Man sollte meinen, dass sie es langsam begriffen hat.« Miles dreht sich zu Georgina und Ffion um. »Da gibt es dieses Mädchen. Na ja, eine Frau wohl eher. Sie heißt Zee Hart und hat einen furchtbaren YouTube-Kanal, *Hart Breaks*. Sie hatte sich für die Show beworben, wurde abgelehnt und hatte dann die Frechheit, sich als Moderatorin für ein Fernsehsegment vorzuschlagen, das sie *Exposure extra* nennen wollte. Da wollte sie die Teilnehmer interviewen, die rausgeflogen sind, und so.«

»Sie hat sich ein Zelt aufgestellt«, sagt Dario.

»Ein Zelt?« Miles' Stimme, die ohnedies nicht tief ist, springt eine Oktave höher. »Das ist doch garantiert nicht erlaubt!«

»Wo ist es?«, fragt Ffion.

Dario zeigt hin. »Ungefähr zwanzig Meter vom Zaun auf der anderen Seite.«

Ffion zuckt mit den Schultern. »Man kann die Leute nicht davon abhalten, wild auf dem Berg zu campen.«

Miles packt Darios Arm. »Behalte sie im Auge. Und sag mir Bescheid, wenn sie sich rührt.«

»Mach ich, Chef.«

»Und keiner geht hinter den Zaun, ohne dass ich es abgesegnet habe, okay?«

»Alles klar.«

»Die Show wird um sieben ausgestrahlt.« Miles legt die Hände wie zum Gebet zusammen. »Und dann … tja, würde mich nicht wundern, wenn die Boulevardpresse herbeieilt.« Er lacht leise. Ffion bläst die Wangen auf. Wie muss es sein, solch überbordendes Selbstvertrauen zu besitzen? Okay, *Exposure* klingt so, als würde sich das Ansehen lohnen. Doch letztlich ist es eine Realityshow von vielen. Und ein Boulevard-Schreiberling würde sich nur auf den weiten Weg nach Snowdonia machen, wenn sie es hier mit echter Starbesetzung zu tun hätten.

Es sei denn, die Knochen entpuppen sich als interessant …

Sie folgen Miles durch eine Metallpforte, die Dario hinter ihnen mit einem Vorhängeschloss verriegelt. Schlagartig wird Ffion heiß, auch wenn sich der Wind hier oben auf dem Berg alles andere als sommerlich anfühlt. Sie könnte bei solch einer Show nie und nimmer mitmachen. Ganz abgesehen davon, dass sie vierzehn Tage mit Fremden zusammenleben müsste, könnte sie nicht ertragen, quasi in einem Käfig gefangen zu sein. Wie ein Wildkatzengehege, denkt sie und stellt sich vor, wie sie am Zaun entlangtigert und nach einem Fluchtweg sucht.

»Wie groß ist die Anlage?«, fragt Georgina, als sie durch ein dichtes Waldstück gehen. Ffion blickt zu ihr und fragt sich, ob sie es hier genauso klaustrophobisch findet, doch ihre Kollegin sieht so unbeteiligt aus wie immer.

»Ziemlich groß.« Dario zeigt zu den Bäumen. »Das war alles Wald, aber Miles hat in der Mitte einen Teil für das Camp freischlagen lassen.«

Und tatsächlich erreichen sie wenige Minuten später eine Lichtung. Die Bäume drum herum versperren die Sicht auf den Zaun und lassen es hier vollkommen abgeschieden wirken. Sie könnten mitten in einem endlosen Wald sein, denkt Ffion. In einem anderen Land, einer anderen Zeit.

Drei große cremefarbene und glockenförmige Zelte bilden eine Reihe hinten auf der Lichtung. Ein kleines Stück entfernt befindet sich ein Jacuzzi, neben dem Holzscheite ordentlich aufgestapelt sind, und auf der gegenüberliegenden Seite ist etwas, von dem Ffion annimmt, dass es sich um ein Kompostklo handelt; das schließt sie aus dem Spaten, der an der Tür lehnt.

In der Mitte des Camps ist eine spartanische Küche, so sorgsam primitiv gestaltet wie das Klo, und davor ein großer Tisch, anscheinend aus einem einzigen Holzstück gefertigt, mit sieben Stühlen. Über dem Tisch hängen metallene Laternen an einem dicken Seil, das zwischen zwei Pfählen gespannt ist. Bis auf das Rascheln des Laubs im Wind ist es unheimlich still.

Ffion zeigt zu einem kleinen, fensterlosen Bau mit Holzverschalung – so breit wie eine Telefonzelle, aber lediglich halb so hoch. »Was ist das?«

»Das … äh … Sprechzimmer«, antwortet Miles, wird jedoch rot und lenkt ihre Aufmerksamkeit rasch auf den Rest des Camps zurück. »Die Jungs sind in einem Zelt, die Mädchen in dem anderen. Das dritte ist die Chill-Zone. In den Zelten und hier im Gemeinschaftsbereich sind Kameras, aber nicht im Wald. Die Aufnahmen der täglichen Aufgaben dort werden von Owen und Roxy direkt gefilmt.« Er zeigt zu der Feuerstelle. »Hier sind die Knochen.«

Sie gehen auf den Küchenbereich zu, wo ein zweiter Spaten neben einem Erdhaufen liegt. Ein paar Meter weiter ist ein hoher Baumstumpf, in den eine Kette mit einem Vorhängeschloss eingeschlagen wurde.

Ffion will fragen, wozu das Schloss dient, da reißt Dave so fest an seiner Leine, dass sie um ein Haar hinfliegt. »Ey!« Sie ruckt an der Leine, bevor ihr wieder einfällt, was in *Der ideale Hund* steht. »Ich meine, *aus.*« Ffion kann gut darauf verzichten, dass sich Dave mit dem Mittelfußknochen eines Mordopfers aus dem Staub macht. Sie will schon *Pfoten weg vom Femur* witzeln, lässt es aber, weil es bei Georgina sicher nicht gut ankäme.

Alle drei blicken sie hinunter in das flache Grab, in dem eine Ansammlung erdverkrusteter Knochen liegt.

»Es war richtig von Ihnen, die Dreharbeiten abzubrechen«, sagt Georgina.

»Ja, die Sache ist nur, wenn wir nicht bald weitermachen …«

»Wir werden einen Anthropologen der Universität Bangor brauchen. Die können uns verraten, ob das Tier- oder Menschenknochen sind. Falls es menschliche sind, können sie die datieren und einschätzen, ob die Stelle von archäologischer Bedeutung ist.« Georgina zieht ihr Mobiltelefon hervor. »Und wir müssen die Cheshire Constabulary verständigen – wir sind auf ihrer Seite der Grenze.«

»Hier haben Sie keinen Empfang«, sagt Miles. »Deshalb benutzen wir Funkgeräte.«

Ffion spürt einen Blick im Nacken. Sie dreht sich um und sieht eine Frau mit dunklem Teint, die sie von einem Zelteingang aus beobachtet. Sie ist jung und schlank und trägt anscheinend die Camp-Uniform: Cargoshorts und orangefarbener Fleecepullover. Ihr dunkles Haar fällt ihr in zwei dicken, geflochtenen Zöpfen über die Schultern.

»Was machst du denn?« Miles ist Ffions Blick gefolgt und eilt auf das Zelt zu. »Ich habe euch gesagt, ihr sollt drinnen bleiben!« Er stößt die Frau förmlich ins Zelt zurück, bevor er die Eingangsplane schließt, doch vorher hat Ffion hinten auf dem Shirt den Namen *Aliyah* gesehen. »Was für ein Bockmist«, murmelt sie und hockt sich hin, um die Knochen näher zu betrachten.

»Entschuldigen Sie das.« Als Miles zurückkommt, strahlt

er wieder. »*Exposure* wird von einem der größten Glücksspielanbieter gesponsert. Es ist wichtig, dass die Teilnehmer nicht von der Außenwelt beeinflusst werden, was heißt, dass wir sie von Besuchern abschirmen müssen – sogar von aufrechten Bürgerinnen wie Ihnen!« Er lacht, doch dann fällt sein Blick auf die Knochen, und er seufzt. »Haben Sie eine Ahnung, wie lange das dauern wird? Tausende hatten sich für *Exposure* beworben. Einige der abgelehnten Bewerber haben mich aufgespürt und mich angefleht, es mir anders zu überlegen – mich teils sogar bedroht. Diese Show ist ein großes Ding.«

Miles' Ansprache macht wenig Eindruck auf Georgina.

»Diese Knochen könnten zu einem Mordopfer gehören, Mr Young. Ich würde sagen, dass das auch ein ziemlich großes Ding ist, meinen Sie nicht?«

»Bis zur Ausstrahlung sind es nur noch drei Stunden, und wir müssen immer noch das Briefing der Teilnehmer drehen, vom Vorbereiten des Live-Segments ganz zu …«

»Diese Knochen sind nicht menschlich.« Ffion blickt von der Feuerstelle auf. »Sie dürfen weitermachen.«

Miles atmet auf. »Was für fantastische Neuigkeiten! Danke, Officer.«

»Moment mal, wir können nicht einfach …« Georgina sieht wütend zu Ffion. »Das Standardprozedere schreibt eindeutig vor …«

»Das sind Tierknochen.« Ffion richtet sich auf und verzieht das Gesicht, als es in ihren Knien knackt. Ist es normal, dass der Körper zu knacken beginnt, wenn man Anfang dreißig ist? In letzter Zeit ertappt Ffion sich sogar dabei, wie sie leise *Ahh* macht, wenn sie sich hinsetzt. Nicht mehr lange, dann futtert sie jeden Morgen Trockenpflaumen und schaltet bei ITV-Dramen die Untertitel ein, weil *die Schauspieler heutzutage alle so nuscheln.*

»Ich habe gar nicht gewusst, dass du einen Abschluss in Anthropologie hast.« Georginas Worte triefen vor Sarkasmus.

»Habe ich nicht.« Ffion greift in das Grab und angelt eine kleine Blechmarke heraus, an der noch Reste von etwas hängen, was mal ein Halsband gewesen sein könnte. »Aber mir ist noch keine menschliche Leiche mit der Nummer einer Tierarztpraxis untergekommen.«

Abends nach der Arbeit öffnet Ffion ihren Kühlschrank. Das letzte Mal hat sie ungefähr vor dreieinhalb Minuten reingesehen, und es ist immer noch nicht mehr drinnen. Sie nimmt Daves Leine auf. »Komm mit, wir essen heute Abend *Chez Morgan.*«

Es ist kurz vor sieben, als Ffion durch die Hintertür in ihr Elternhaus tritt. Die Küche ist Elen Morgans natürliches Habitat, und Ffion ist erstaunt, dass niemand dort ist. Wäsche hängt an dem Wandtrockner über dem Herd, und Mams Notizbuch liegt aufgeschlagen auf dem Tisch. Die Punkte auf der To-do-Liste darin sind säuberlich abgehakt. *Handtücher in der Ferienwohnung wechseln. Teebeutel kaufen. Bücher in die Bücherei bringen.*

»Mam?« Sie öffnet den Kühlschrank, und ihr Magen grummelt schon vor Vorfreude auf die kalte Fleischpastete, die sie dort findet.

»Hier«, wird aus dem Wohnzimmer geantwortet. »Mach das lauter, Seren, ich kann nichts verstehen.«

»Das ist die Werbung, Mam. Und ich dachte, du willst das sowieso nicht gucken.«

»Was gucken?« Ffion kommt mit ihrer Beute ins Wohnzimmer. »Alles klar, Caleb?«

Serens Freund, der auf dem Fußboden gelegen hat, setzt sich sehr gerade auf. »Ja, alles klar. Und bei dir?«, ergänzt er leicht verzögert. Seren behauptet, Ffion würde Caleb nervös machen und ihm das Gefühl geben, er müsse genau aufpassen, wie er sich verhält.

»Wird es, wenn ich das hier gegessen habe«, sagt Ffion. »Rück mal.« Sie kickt Serens Füße vom Sofa, damit sie sich setzen kann.

»Betreibe ich jetzt ein Restaurant?«, fragt Mam. Sie hat eine rote Schürze an, auf der vorn in großen weißen Lettern YES steht – das Logo von Yes Cymru, der walisischen Unabhängigkeitsbewegung.

»Drei Sterne. Die Karte ist zu klein, und am Service muss gearbeitet werden.« Ffion nimmt einen Happen von der Pastete und nickt zum Fernseher. »Okay, was sehen wir?«

DREI

MONTAG | ELEN MORGAN | FOLGE EINS

Äh, *Exposure?*«, sagt Seren, als sei Ffion bescheuert. Elen schnalzt tadelnd mit der Zunge. Das Problem mit Teenagern ist, dass sie glauben, alles zu wissen. Mit Ffion war es in dem Alter dasselbe. Zu groß, um sie auf die stille Treppe zu schicken; zu jung, als dass ihnen das wahre Leben draußen schon die Ecken und Kanten gestutzt hat.

»Wie war dein Tag?«, fragt Elen Ffion. »Irgendwas Interessantes?«

»Eher nicht.«

»Mir ist heute ein Amazon-Paket von der Fußmatte geklaut worden«, sagt sie. Elen versucht, alles in Cwm Coed zu kaufen, was sie braucht, aber diesmal war es Druckertinte, und die konnte nicht bis zu ihrer nächsten Fahrt in die Stadt warten.

Seren gibt ihr einen Klaps. »Psst, es fängt an.«

Auf dem Bildschirm kollidieren grelle Farbkleckse und explodieren zu Bildern, von denen Elen Kopfschmerzen bekommt. Dass sie hierfür *Heno* verpasst! Ein leuchtend blauer Kreis spannt sich wie ein Gummiband, um wieder zurückzuschnellen, und nun sieht Elen, dass es sich um eine abscheuliche Darstellung des Sees handelt. Obendrüber ploppt ein giftgrünes Dreieck inmitten von lila und orangefarbenem Feuerwerk auf. Exakt synchron schwillt der Soundtrack zu einem Crescendo an, während Buchstaben vom Himmel auf den Berg krachen.

Seren quiekt vor Aufregung.

»Ffi?«, hakt Elen nach.

Ffion löst den Blick vom Bildschirm. »Was?«

»Mein Paket?«

»Wahrscheinlich ist es nebenan.«

»Nein, da habe ich gefragt.«

»Ach, na ja.«

»Wie reizend! Meine eigene Tochter, die ranghohe Polizistin …«

»Ich bin Constable, Mam!«

»… und ihr ist völlig egal, dass ihre eigene Mam das Opfer eines Hassverbrechens wurde. *Ach, na ja,* sagte die Sprecherin der Polizei.«

»Das ist kein Hassverbrechen, Mam.«

»Nun, ich *hasse* es.«

»Was nicht …«

»Erinnerst du dich an all die Diebstähle im letzten Jahr, bei denen auch keiner geschnappt wurde? Wir haben es mit einem Serientäter zu tun. Oder einem Nachahmer.«

»Psst!« Seren dreht den Ton lauter.

Elen blickt zum Fernseher. »Ich erkenne keinen von denen.«

»Das sind keine Stars, Mam. Du sollst die gar nicht erkennen.« Neuerdings hat Seren sich angewöhnt, mit ihrer Mam zu reden, als wäre Elen dement und nicht schlicht in der Menopause. »Das sind ganz normale Leute.«

»Außer Ceri«, sagt Ffion mit vollem Mund.

»Ceri ist nicht normal? Das ist aber nicht sehr nett von dir, Ffion Morgan.«

»Ich meine, die wirst du erkennen.«

»Seht ihr den Holzstapel da bei dem Jacuzzi?« Caleb

springt auf und zeigt zum Bildschirm, auf dem zu sehen ist, was die Teilnehmer im Camp erwartet. »Den habe ich gemacht!«

»Echt gut«, sagt Seren loyal.

Ffion stellt ihren Teller auf den Boden, damit Dave ihn abschlürfen kann. »Warum hast du in dem Camp Holz gestapelt?«

»Ich arbeite da«, antwortet Caleb, dessen Augen nicht vom Bildschirm weichen, als die sieben Teilnehmer den Pen y Ddraig hinauf zum Camp wandern.

»Bist du der Runner bei *Exposure?*«

»Das hab ich dir doch erzählt«, sagt Elen.

»Mam, du hast mir erzählt, dass er läuft.«

Elen winkt gereizt ab. Laufen, Laufbursche oder das neumodische »Runner«, wo war da der Unterschied? Im Fernseher fokussiert die Kamera reihum auf jeden Teilnehmer, und unten im Bild erscheint eine Zeile mit ihren Namen und ihrem Beruf.

»*Pam Butler*«, liest Seren vor. »Schulleiterin. Sie sieht wie mein alter Sportlehrer aus.«

Elen schaut stirnrunzelnd zu ihr. »Der war ein Mann!«

»Eben.«

»Also ich finde, dass sie sehr fit aussieht«, sagt Elen, die das Gefühl hat, Pam verteidigen zu müssen. Sie sieht gar nicht wie ein Mann aus, hat bloß einen praktischen Kurzhaarschnitt. Wie alle Teilnehmer hat sie eine helle Hose mit großen Seitentaschen und einen leuchtend orangefarbenen Fleecepulli an, auf dessen Rückseite ihr Name aufgedruckt ist. Pams Hosenbeine sind aufgekrempelt, bemerkt Elen. Sie hätten dem armen Ding wenigstens eine passende Hose geben können.

»Was soll denn eine Fachkraft für frühkindliche Erziehung sein?«, fragt Ffion, als *Aliyah Brown* auf dem Bildschirm erscheint und lächelnd die perfekten Zähne in Richtung der anderen Teilnehmer bleckt.

»Sie arbeitet in einer Kita«, erklärt Caleb.

»Warum sagen sie das nicht einfach?«, fragt Ffion. »Ich schätze, mich würden sie ›Fachkraft für Verbrechen‹ nennen, oder?«

Caleb grinst. »Miles hat dich eher …«

»Jason Shenton«, liest Elen laut vor. *»Feuerwehrmann.«* Jason hat einen von diesen kleinen, sehr akkuraten Bärten, die wie aufgemalt aussehen, und Elen fragt sich, was den Teilnehmern an Haar- und Hautpflege erlaubt ist. Sie würde sich nicht als anspruchsvoll bezeichnen, aber ohne ein bisschen Retinol hat man mit Anfang sechzig keine Haut wie ihre, und darauf würde sie nicht verzichten wollen.

»Der gewinnt«, sagt Seren. »Guckt euch diese Muskeln an!«

Elen blickt zu Caleb, doch der ist entweder selbstsicher genug, um sich nichts daraus zu machen, wenn seine Freundin einen anderen Mann anhimmelt, oder er ist zu sehr auf die Sendung konzentriert. Elen tippt auf Letzteres – der Junge war außer sich vor Freude, weil er den Job ergattert hat, und man muss ihm lassen, dass er sehr fleißig dabei ist. Seren sieht ihn kaum noch, was nichts Schlechtes ist, denn diesen Monat stehen ihre A-Level-Prüfungen an.

Die nächsten beiden Teilnehmer sind Männer. *Henry Moore* ist Steuerberater und hat den Akzent von jemandem, der viel herumgekommen ist. Er ist groß, dunkelhaarig und zwar nicht Elens Typ – schon weil er zwanzig Jahre zu jung ist –, doch bei den Zuschauerinnen ist er eine klare Konkurrenz für Jason.

»Stellt euch vor, mit einem Steuerberater in einem Camp festzusitzen.« Ffion gähnt.

»Du kannst nicht einfach einen ganzen Berufsstand abkanzeln«, sagt Elen. »Mit der Einstellung findest du nie einen Mann.«

»Sprichst du für *Stolz und Vorurteil* vor? Ich will keinen Mann. So einen hatte ich schon und habe mir den Kaufpreis zurückerstatten lassen.«

»Dann eben einen Freund«, sagt Elen, doch Ffion reagiert nicht. Elen seufzt. Eine Mutter wünscht sich doch nur, dass ihre Kinder glücklich sind, nicht wahr? Und Ffion bildet sich vielleicht ein, dass es ihr allein besser geht, aber das glaubt Elen nicht.

»Lieber mit einem Steuerberater als mit einem Vikar«, sagt Seren, als *Reverend Lucas Taylor* der Kamera zuwinkt. Seine rosigen Wangen geben ihm etwas von einer Putte, obwohl Elen schätzt, dass er in den Fünfzigern ist.

»Lucas ist übrigens echt nett«, sagt Caleb. »Ich habe ihm gestern einen Kaffee gemacht, als er angekommen ist. Mit Milch, ohne Zucker. Er hat gesagt, dass er perfekt war.«

»Du machst ja auch klasse Kaffee«, sagt Seren.

Nach fünf Minuten ist Elen schon gelangweilt. Sie denkt an all die Dinge, die sie tun sollte (Wäsche, einen Onlineeinkauf, die Abrechnung für die Ferienwohnung), und an die Dinge, die sie lieber täte (alles, nur nicht dies hier). Sie seufzt laut.

»Mam, keiner zwingt dich, das zu gucken«, sagt Seren.

»Ich will doch nur Caleb unterstützen, *cariad*.«

Anfangs hatte Elen Bedenken in Bezug auf Caleb. Zunächst einmal ist er Engländer, und das meint sie nicht rassistisch; trotzdem wäre ein Waliser schöner. Doch bei all seiner Londoner Großstadtvorgeschichte und den Sprüchen, die Elen nicht immer so ganz versteht, ist Caleb Northcote ein guter Junge, und er und Seren sind seit einem Jahr unzertrennlich.

»Ich kann es gar nicht erwarten, deinen Namen im Abspann zu lesen, Babe.« Seren lehnt sich vor und küsst Caleb. Ein Schwall von Emotionen überkommt Elen; wie Heimweh mitten auf einer schönen Urlaubsreise. Sie hat Ffion aufwachsen gesehen (obgleich zeitweise strittig ist, dass sie jemals erwachsen wurde), und jetzt ist Seren dran. Elen sieht verstohlen zu Ffion und stellt fest, dass auch sie Seren beobachtet und ihr Gesichtsausdruck alles spiegelt, was Elen fühlt. Die beiden Mädchen sind sich sehr ähnlich – bis hin zu dem widerspenstigen Haar und dem trotzigen Ausdruck um den Mund. *Resting Bitch Face* nennt Seren es. Elen verkneift sich die Bemerkung, dass es ihrer Erfahrung nach auch erstaunlich beweglich sein kann.

»Ist das schräg, jemanden im Fernsehen zu sehen, den man kennt«, sagt Ffion, als Ceri Jones auf dem Bildschirm erscheint. Halb erwartet Elen, Ceri in ihrer üblichen Postbotinnenkluft zu sehen, aber sie trägt die Camp-Uniform, und das orangefarbene Oberteil lässt ihre blasse Haut teigig wirken.

»Noch schräger ist, dass man da mitmachen will«, entgegnet Elen, der schleierhaft ist, dass sich jemand vor aller Welt zum Affen machen will. Es überrascht sie, dass sich Ceri, die als Teenager furchtbar gemobbt wurde, dem hier aussetzt, denn sie ist sonst so reserviert. Elen findet es von jeher komisch, so wenig über Ceri Jones zu wissen, während die Postbotin so viel über jeden hier weiß.

Die Bewohner von Cwm Coed haben auf dieselbe Weise von Ceris Teilnahme bei *Exposure* erfahren wie der Rest der Nation: durch einen aufgebauschten Onlineartikel über die »heiße« neue Realityshow. Neben dem Artikel war ein Kasten mit der Überschrift »Fünf Fakten über Nordwales« gewesen, von denen drei nicht stimmten. »Dann wirst du jetzt wohl berühmt«, hat Elen am nächsten Morgen gesagt, als Ceri ihr die Post brachte.

Ceri wurde rot. »Ich durfte nichts sagen. Nicht vor der Ankündigung.«

»Warum hast du dich da beworben?«

»Weiß ich selbst nicht so genau. Aber es ist doch ganz witzig, oder?«, antwortete Ceri und wurde noch röter. Dann blieb sie nicht einmal, um sich nach Seren zu erkundigen oder Elen eine Chance zu geben zu fragen, was Ceri und Ffion am letzten Wochenende in Liverpool getrieben hatten.

»Findet ihr nicht, dass das irgendwie nicht zu ihr passt?«, fragt Elen jetzt, als sie sieht, wie Ceri zu den anderen Teilnehmern geht. »Das zu machen, meine ich?«

»Sie denkt, dass sie gewinnen kann.« Ffion zuckt mit den Schultern. »Und wenn ja, springt ein Batzen Geld für sie heraus.«

Seren rutscht auf den Fußboden zu Caleb, der näher an den Fernseher gerückt ist. »Ich dachte, sie hat eine Sugar-Momma.«

»Seren!«, weist Elen sie zurecht, obwohl Seren fast achtzehn ist und bald von zu Hause ausziehen wird.

»Sie haben Schluss gemacht.« Ffion nickt zum Fernseher. »Können wir das jetzt bitte richtig sehen?«

»Das ist Ryan«, sagt Caleb, einen Sekundenbruchteil bevor der Name des Mannes und sein Beruf unten auf dem Bildschirm erscheinen. *Ryan Francis, Software-Ingenieur.*

»Der da sieht nicht aus, als wäre er eine ernst zu nehmende Konkurrenz.« Ryan geht neben Ceri her, wobei er sich auf dem felsigen Terrain merklich unsicher bewegt. Er wirkt wie jemand, der sein ganzes Leben lang zu wenig draußen gewesen ist, findet Elen. Er hat rundliche Züge und lange, dunkle Wimpern, die seine blauen Augen umrahmen. Als er sich mit einem Fuß in einem Kaninchenloch verfängt und stolpert, lacht Ceri schnaubend. Die Kamera zoomt auf Ryan, der die Tränen wegblinzelt.

»Das sieht Ceri gar nicht ähnlich«, sagt Ffion.

Aber normalerweise spielt Ceri auch nicht um hunderttausend Pfund, denkt Elen, und Geld richtet seltsame Dinge mit Menschen an.

Ryan wischt sich über das Gesicht.

»Twitter wird ihn vernichten.« Seren spricht mit der resignierten Gewissheit ihrer Generation. »Vielleicht gebe ich ihm eine Mitleidsstimme.«

»Für ein Pfund zwanzig plus Netzanbietergebühren? Das darfst du gerne von deinem eigenen Telefon aus machen.« Elen wird nicht abstimmen, obwohl sie, wenn sie müsste, es für die Schulleiterin täte. Die Frau gefällt ihr. Die Teilnehmer sind kaum in dem Camp angekommen, da übernimmt Pam Butler schon ganz schnell die Aufgabenverteilung.

»Henry und Jason, ihr macht Feuer. Aliyah, Süße, ist es okay für dich, wenn du mit Lucas die Betten herrichtest?« Sie stemmt die Hände in die üppigen Hüften und schaut sich um. »Siehst du den mit ›Vorräte‹ beschrifteten Schrank, Ryan? Schau doch mal nach, was wir zum Mittagessen machen können.«

»Fällt euch auch auf, dass sie alle anderen zum Arbeiten verdonnert?«, fragt Ffion spitz. »Typisch Lehrerin.«

Ein lauter Schrei lässt sie alle zusammenfahren – im Fernseher wie auch in Elens Wohnzimmer. Aliyah kommt aus dem Frauenzelt geschossen und wirft sich dem nächstbesten Mann in die Arme: dem Steuerberater Henry Moore.

»Da ist eine riesige Spinne!« Sie erschaudert und wischt an sich herum, als würde es auf ihr von Spinnen wimmeln. »Hol die da raus, bitte! Ich kann nicht in dem Zelt schlafen, wenn da Spinnen sind!«

Seren schnaubt verächtlich. »Die hält sich nicht lange.«

Henry legt einen Arm um Aliyah und drückt sie. »Ich kümmere mich darum.«

Die Kamera wechselt zum Zeltinneren, als Henry hineingeht und sich umblickt.

»Solche Shows haben normalerweise Dutzende Cutter«, sagt Caleb mit der geballten Erfahrung von vierzehn Tagen in der Branche. »Aber Miles macht das richtig schlau. Er und ein anderer Cutter haben Wochen mit der Schablone für die Show verbracht, sodass er jetzt richtig schnell Filmmaterial einfügen kann. Storyboarding heißt das. Und er arbeitet wie irre. Jeden Morgen geht er laufen, aber sonst sitzt er am Schreibtisch, so von sechs Uhr morgens bis nach der Ausstrahlung.«

Im Fernsehen schüttelt Henry Bettdecken aus, bückt sich und nimmt etwas mit den Händen auf.

»Die Leute sagen, Miles ist ein Kontrollfreak, aber ich finde ihn genial. Und er ist echt korrekt. Dass er mich zum Beispiel im Abspann nennen lässt, das ist riesig. Damit tun sich mir wirklich Türen auf.«

In dem Camp hat Henry die Spinne entfernt und wird wie ein Held von Aliyah umarmt.

»Ich weiß, dass es erbärmlich ist«, sagt sie. »Aber wie diese Beine alle …« Sie quiekt bei dem Gedanken daran.

Henry lacht leise. »Jeder hat vor irgendetwas Angst. Mach dir nichts draus.«

»Wovor hast du Angst?«, fragt Aliyah.

»Ich? Wasser.« Henry wirkt verlegen. »Als Kind bin ich fast mal ertrunken.«

»Oh Gott!« Aliyah presst sich eine Hand auf die Brust. Es sieht so aus, als wolle sie mehr fragen, aber die beiden werden von Jason gerufen, der einen Spaten gefunden und beschlossen hat, dass sie eine Feuergrube brauchen.

»Da haben sie Knochen gefunden«, sagt Caleb.

»Knochen?« Elen sieht Ffion an. »Hast du das gewusst? Es könnte ein Tatort sein.«

»Danke für den Hinweis, Mam.«

Sie werden von einer glamourösen Brünetten abgelenkt, die auf dem Bildschirm erscheint. »Willkommen …«, die Frau legt eine dramatische Pause ein, »auf dem Drachenberg!«

Der Teilnehmerjubel wird von einem kollektiven *Er heißt Pen y Ddraig!* aus Elens Wohnzimmer übertönt, und Elen glaubt, dass es in jedem Haus in Cwm Coed genauso zu hören ist. Drachenberg, von wegen. *Bobl bach!*

»Sie wollten den walisischen Namen nehmen«, erklärt Caleb. »Aber Roxy konnte den nicht richtig aussprechen.«

»Wenn sie es nicht mal sagen können, haben sie da auch nichts zu suchen«, bemerkt Elen spitz.

»Meine Damen und Herren.« Roxy Wilde zwinkert. »Ihr denkt, dass ihr hier eine Survivalshow macht, nicht?« Einige Teilnehmer rufen *Ja!*, andere wechseln unsichere Blicke. Und Roxy bringt genüsslich ihre Pointe: »Falsch.«

»Was meint sie?« Elen wartet, dass Caleb es erklärt, aber der Junge sieht genauso verwirrt aus wie die drei Frauen.

»Jeder von euch hat ein Geheimnis«, sagt Roxy. »Etwas, das er oder sie unbedingt vor Freunden und Angehörigen verbergen will.« Die Kamera fährt ran, als sie die sieben Teilnehmer verschlagen angrinst. »Ihr kämpft hier nicht um eine Siegerprämie. Ihr kämpft darum, euer Geheimnis zu wahren. Um die *Bloßstellung* zu vermeiden.«

»Ach du Scheiße«, sagt Ffion.

Seren stößt ein kurzes, erschrockenes Lachen aus und blickt zu Caleb. »Das hast du gar nicht erzählt.«

»Ich … ich durfte nichts sagen«, verteidigt sich Caleb, aber Elen sieht ihm an, dass er peinlich berührt ist. Er wendet sich ab. Vielleicht ist er ein bisschen gekränkt, weil ihn das »kreative Genie«, das er so vergöttert, nicht in das große Geheimnis der Show eingeweiht hat.

»Euer Ziel«, fährt Roxy fort, »ist es, die vierzehn Tage

durchzustehen, ohne dass euer Geheimnis enthüllt wird. Wer nach der letzten Folge noch steht, erhält ein Preisgeld von unglaublichen hunderttausend Pfund – für jeden!«

»Das können die doch nicht tun, Ffion *bach,* oder?«

»Ich würde sagen, sie tun es schon, Mam.«

Roxy hat einen Metallkasten aufgenommen, den sie mit einem Vorhängeschloss an einen hölzernen Sockel nahe der Stelle kettet, an der Jason und Henry die Feuergrube geschaufelt haben. Dann dreht sie sich wieder zur Kamera. »In diesem Kasten sind die Geheimnisse aller Teilnehmer, und *ihr* könnt abstimmen, welcher Teilnehmer bloßgestellt werden soll.«

»Oh Gott, stimmen wir ab, dass Lucas bloßgestellt wird!«, sagt Seren. »Ich wette, der ist pervers – sind Vikare doch immer.«

Elen wird übel. Wer hat sich so etwas Krankes ausgedacht? Und wie konnte das zugelassen werden? Sie will rausgehen, kann sich aber nicht rühren, weil diese Abscheulichkeit sie zu sehr bannt.

»Es kann laufend abgestimmt werden, und wir entscheiden, wann der bei den Zuschauern unbeliebteste Kandidat in die Beichtkammer geschickt wird.« Roxy grinst. »Ich kann euch sagen, dass wir einige Tricks auf Lager haben, wie wir euch zum Geständnis bringen …« Die Kamera vollführt einen schwindelerregenden Schwenk zu einem winzigen, fensterlosen Raum, in dem sich lediglich ein thronartiger, am Boden fixierter Stuhl befindet. Im ersten Bild fließt Wasser in den Raum; im nächsten huschen Ratten über den Stuhl. Danach folgen Spinnen, dann Schlangen und schließlich Kakerlaken. Plötzlich flattern Flügel, gefolgt von einem leuchtend roten Blutspritzer. Die nächste Aufnahme zeigt die Kammer von außen, und Elen sieht, dass sie eng wie ein Sarg und halb in den Boden eingelassen ist. Sie erschaudert bei dem Gedanken, dadrin gefangen zu sein.

Roxy Wilde rattert die Regeln herunter. Jeder Teilnehmer kann täglich versuchen, Immunität zu gewinnen, indem er jemand anders bloßstellt, doch sollte er sich hierbei vertun, muss er in die Kammer und drei Minuten lang seine persönliche Hölle ertragen.

»Das ist grausam«, haucht Seren, und dennoch juchzen die Teilnehmer im Fernsehen vor Aufregung.

»Los geht's!«, ruft Jason.

»Ich bin so was von bereit!«, sagt Aliyah.

Roxy blickt in die Kamera. »Was haben unsere Teilnehmer zu verbergen? Schaltet morgen Abend wieder ein, und findet es heraus!«

Während der Abspann läuft, sehen sich Elen, Seren und Ffion stumm vor Schock an.

Schließlich stößt Ffion einen Pfiff aus. »Arme Ceri. Denkt ihr, sie hat das geahnt?«

»Das bezweifle ich«, sagt Elen. »Mir kommt es eher vor, als hätte keiner es gewusst. Stimmt das, Caleb?«

Aber Caleb ist auf den Bildschirm konzentriert und wartet auf seine Nennung, die seine Fernsehkarriere anstoßen wird. Er blinzelt hektisch, als die Musik endet, und dreht sich verwirrt zu Seren um. »Er war nicht da. Mein Name war nicht da.«

Seren steht der Mund offen. »Dieser Arsch.«

Elen weist sie nicht zurecht. Sie sieht zu Ffion und erkennt, dass sie beide dasselbe denken: wie sie sich fühlen würden, sollten ihre Geheimnisse enthüllt werden. Und wie sich die Männer und Frauen oben auf dem Pen y Ddraig bei der Aussicht auf öffentliche Erniedrigung fühlen.

»Er hat es mir versprochen.« Caleb ist den Tränen nahe. »Er hat gesagt, dass das Budget keinen festen Lohn für mich hergibt, ich aber als Produktionsassistent genannt werde.«

»Blöder W…«

»*Diolch yn fawr*, Seren Morgan, das reicht.« Elen geht zum Fernseher und schaltet ihn aus. »Tja, keiner, der einen Funken Anstand im Leibe hat, schaltet diesen Quatsch morgen wieder ein …«

Ffion lacht spöttisch. »Den haben die Leute nicht, Mam. Heute gucken die Leute Realityshows, deren Vorfahren ihr Strickzeug mit zu einer Hinrichtung genommen haben. Halb Großbritannien wird das morgen einschalten und unbedingt sehen wollen, wie jemandes Leben in Fetzen gerissen wird.« Sie schüttelt sich, als würde sie sich bei dem Gedanken schmutzig fühlen. »So viel steht fest: Einen Haufen alter Knochen zu finden, wird noch ihr kleinstes Problem sein.«

VIER

DIENSTAG | FFION

Natürlich ruft DI Malik am nächsten Morgen um halb elf bei Ffion an. »Wo zum Teufel stecken Sie?«

»Zu Hause.«

»Sagen Sie mir bitte, dass Sie nicht noch im Bett sind.«

Ffion sieht zu Dave, der zu ihren Füßen auf der Bettdecke ausgestreckt ist. »Ich bin nicht mehr im Bett.« *Auf* dem Bett zu liegen ist etwas völlig anderes, denkt sie. »Ich mache den Fallbericht zu der Proctor-Sache fertig und dachte, das geht besser, wenn ich nicht dauernd unterbrochen werde.« Tatsächlich hat sie den Bericht auf ihrem Bildschirm; gleich hinter der E-Mail an ihren Vermieter, in der sie ihm anbietet, einer Mieterhöhung um die Hälfte dessen zuzustimmen, was er mehr bekäme, würde er ihr Zuhause als Ferienunterkunft vermieten.

»Ich brauche Sie wieder bei dem Farmhaus. Georgina ist schon unterwegs.«

»Chef, wenn diese Knochen menschlich sind, fresse ich …«

»Ein Teilnehmer von *Exposure* wird vermisst.«

Auf der Fahrt nach Felignwm Isaf fallen einige Regentropfen auf Ffions Windschutzscheibe, und als sie auf die einspurige Straße nach Carreg Plas einbiegt, setzt Nieselregen ein. Georgina wartet mit einem Kaffeebecher in der Hand in der Einfahrt auf sie, und vergebens sucht Ffion nach einem zweiten. Leo und sie hatten eine ungeschriebene Regel eingeführt, als sie letztes Jahr gemeinsam im Mordfall Rhys Lloyd ermittelten: Der Erste vor Ort bringt den Kaffee mit.

Georgina operiert offensichtlich nach anderen Regeln.

Verdammt, jetzt denkt sie an Leo. Ffion bemüht sich sehr, nicht an Leo Brady zu denken. Es war alles so gut gelaufen, bis sie es komplett ruiniert hat. Ffion glaubt nicht an »den Einen« – wie kann es in einer Welt mit acht Milliarden Menschen nur einen geben, der perfekt passt? –, aber Leo und sie hatten auf eine Weise zusammengepasst, wie Ffion es nicht für möglich gehalten hätte. Es hat ihr Angst gemacht, weil es sich so groß anfühlte und es so wichtig war, dass sie es nicht versaute. Als der Fall abgeschlossen war, hatte Leo ihr geschrieben »Gehst du mit mir essen?«, und sie starrte auf die Textnachricht, bis ihr die Sicht verschwamm. Sie wusste, was sie wollte, konnte es aber nicht sagen, und je länger sie es nicht aussprach, desto schwieriger wurde es, überhaupt etwas zu sagen. Er hat ihr nie wieder geschrieben. Das war sie gewesen, ihre einmalige Chance. Und Ffion hat sie vergeigt.

»Der Vermisste ist Ryan Francis«, sagt Georgina, die auf das Haus zugeht.

»Guten Morgen«, sagt Ffion betont.

Georgina ist vor drei Monaten in Ffions Abteilung gekommen und verriet nicht, warum sie von einem trubeligen Major Crime zum relativ ruhigen Bryndare Criminal Investigation Department wechselte.

»Was ist ihre Geschichte?«, hatte Ffion DI Malik gefragt, als er ihr das neue Teammitglied ankündigte.

»Nicht jeder hat eine *Geschichte,* Ffion«, antwortete er. Ffion glaubte ihm nicht. Jeder hat eine, und wenn Malik ihr Georginas nicht verraten wollte, musste sie sich eben an die Quelle wenden.

»Wie kommt es, dass du weg bist von Major Crime?« Sie hatte vorgehabt, es behutsam anzugehen, indem sie der Neuen ein Mittagessen in der Kantine spendierte, aber Georgina hatte sich Sandwiches von zu Hause mitgebracht und aß an ihrem Schreibtisch.

»Ich wollte einfach eine Veränderung.«

»Das Pendeln ist grausam.«

»Nein, ich bin umgezogen.«

»Hast du hier Verwandte? Freunde?« Leute zogen weg aus Bryndare, nicht hin.

»Nein«, sagte Georgina so frostig, dass nicht einmal Ffion wagte, es noch einmal zu versuchen. Eines aber stand für sie fest: Georgina Kent hat definitiv eine Geschichte.

Roxy Wilde trägt Jeans und ein weißes Trägertop und zieht ihre sehr große Strickjacke fester um ihre Mitte, als sie die Tür öffnet. Ohne die schimmernden Locken und das Makeup ist sie kaum als die schillernde Moderatorin aus der ersten Folge von *Exposure* wiederzuerkennen.

»Das war ja eine ziemlich unerwartete Wendung gestern Abend«, sagt Ffion.

»Ja, so ist Reality-TV eben.« Roxys Lächeln erreicht ihre Augen nicht. »Man weiß nie, was kommt.«

Sie führt Ffion und Georgina in die Küche, die von einem großen Kieferntisch mit schweren Holzstühlen drum herum dominiert wird. In der Tischmitte stehen eine in Frischhaltefolie gehüllte Platte mit Gebäck und eine mit Sandwiches. »Frühstück und Mittagessen«, erklärt Roxy. »Die werden jeden Morgen geliefert. Bedienen Sie sich. Kaffee ist dort drüben, falls Sie möchten.«

Das muss Ffion nicht zweimal gesagt werden. Sie steckt eine Espressokapsel in die blitzblanke Maschine auf dem Tresen.

»Wie geht es Ceri? Sie bringt mir die Post«, ergänzt sie, als Roxy sie fragend ansieht, und entscheidet, dass es die einfachste Erklärung ist. Vor dem Mord an Rhys Lloyd hatte Ffion nie viel mit Ceri zu tun gehabt, doch im Zuge der Ermittlungen hat sie eine Seite von Ceri kennengelernt – und von mehreren anderen im Dorf –, die sie vorher nicht gesehen hatte. Ceri und sie hatten das Urteil mit einem schnellen Bier im Y Llew feiern wollen, aus dem mehrere Pints über die Sperrstunde hinaus und ein Kebab auf dem Heimweg wurden. Und sie waren sich einig, dass sie es schlimmer treffen könnten, als es mal wieder zu machen.

»Meinen Sie, ob sie gewinnt?« Roxy blickt rasch zur Tür. »Denn ich darf nicht …«

»Nein, ich meine, wie geht es ihr? Hat sie die Nachricht einigermaßen gut verkraftet?« Ffion lüpft die Plastikabdeckung von der Gebäckplatte und kann sich zunächst nicht zwischen einem Chocolate Twist und einem *Pain aux raisins* entscheiden. Schließlich will sie nach dem Twist greifen, zögert einen Moment und nimmt beides.

»Ich glaube, ja.« Roxy zieht die Strickjacke noch strammer um ihren Bauch.

Ffion beißt in das *Pain aux raisins*, und das Gebäck schmilzt auf ihrer Zunge. Gott, ist das gut! Mam hat gefragt, ob Ffion gekränkt war, dass Ceri ihr nichts von der Teilnahme bei *Exposure* erzählt hatte, aber darüber hat Ffion überhaupt nicht nachgedacht. Sie trinken gern mal zusammen was, aber sie sind keine BFFs; Erwachsene, keine stressanfälligen Teenies, die wegen unbeantworteter Textnachrichten in Panik ausbrechen. Ceri ist unkompliziert und weicht persönlichen Fragen aus, indem sie ein bisschen Tratsch von ihrer Runde erzählt. Nur hin und wieder streift sie, was in ihrem Leben los ist. »Wir haben uns getrennt« war alles, was sie sagte, als Ffion sie gefragt hatte, wann sie die Frau wiedersähe, die sie online kennengelernt hatte. Die unausgesprochenen Grenzen waren Ffion ganz recht, denn sie hat genug Klatsch von Ceri über die Leute in Cwm Coed gehört, um ihr nichts aus ihrem Privatleben zu erzählen.

»Hast du ihm geantwortet?«, hat Ceri wenige Wochen nach Leos Dinnervorschlag gefragt.

»Woher weißt du …« Ffion kniff die Augen zu. Verdammte Seren, die ihren Mund nicht halten kann! »Von der Runde, oder?«, fragte sie stattdessen. Leo Brady war tabu.

Die Küchentür geht auf, und Miles kommt herein, dessen breites Lächeln so gar nicht zu den Ereignissen des Tages passt. Er trägt eine neongelbe Laufjacke und eine Wollmütze und ist in Begleitung eines Mannes in einer Gore-Tex-Hose.

»Das ist Owen«, sagt Roxy, »unser Kameramann. Miles, die Frau vom Catering wollte bezahlt werden – wo ist die Handkasse?«

»Oben in meiner Kommode. Pass auf, dass du eine Quittung bekommst.« Miles wendet sich an Ffion und Georgina. »Und, haben Sie die Sendung gesehen?«

»Ja«, antwortet Ffion im selben Moment, in dem Georgina *Nein* sagt.

»Sie ist den ganzen Abend *der* Trend auf Twitter gewesen, und die Zeitungen reden von nichts anderem. Die Einschaltquoten heute Abend werden episch sein. Das ist fantastisch!«

»Anscheinend weniger fantastisch für Ryan Francis«, sagt Ffion.

Schlagartig wird Miles ernst. »Ja, stimmt wohl.«

»Der Typ hat es offensichtlich nicht ausgehalten.« Owen zuckt mit den Schultern, nimmt sich ein *Pain au chocolat* und krümelt sich Blätterteigflocken auf die Brust, als er es vernichtet.

»Gibst du ihm die Schuld?« Roxys beißender Tonfall ist Lichtjahre von dem schelmischen entfernt, den sie in der Sendung gestern Abend an den Tag legte. »Würdest du denn wollen, dass deine tiefsten Geheimnisse im landesweiten Fernsehen gelüftet werden?«

»Würde mir nix ausmachen«, antwortet Owen. »Ich habe nichts zu verbergen.«

»Sie haben es nicht gewusst, oder?«, fragt Ffion und sieht

Roxy an. »Deshalb haben Sie gestern mit Miles gestritten, als wir hergekommen sind. Er hatte es Ihnen gerade gesagt, und Sie waren nicht froh darüber.«

»Ich habe ihm gesagt, dass es grausam ist«, antwortet Roxy leise.

Owen zieht die Augenbrauen hoch. »Aber du bist noch hier, oder nicht?«

»Ich bin Profi und schmeiße keinen Job auf halber Strecke hin.«

»Du meinst, nicht ohne deinen Gehaltsscheck in der Hand zu haben.«

»Kleine künstlerische Differenzen«, sagt Miles und lächelt Ffion und Georgina zu. »Roxy hat eine Weile gebraucht, um meine Vision zu verstehen, mehr nicht. Es ist doch nicht grausam, Ehrlichkeit zu fördern, oder? Wir halten der Gesellschaft mit all ihren Filtern und Falschinformationen den Spiegel vor und sagen: Seid ehrlich zu euch selbst.«

»Ein geniales Konzept.« Owen grinst. »Und macht sich nicht schlecht im CV. Ich habe schon Anrufe von Produktionsfirmen gehabt, die anfragen, wann ich verfügbar bin.«

»Du gehst nirgends hin, Alter.« Miles legt einen Arm um Owens Schultern. »Dies hier ist erst der Anfang. Wart's ab, bis du von der nächsten Show hörst, die ich plane.«

Ffion fragt sich, ob Roxy in Miles' Plänen vorkommt. Diese hat sich abgewandt und wäscht ihren Kaffeebecher ab. »Wann hat Ryan Francis das Set verlassen?«

Es gibt eine winzige Pause. »Gegen drei Uhr heute Morgen, glauben wir«, sagt Miles.

»Und Sie haben bis jetzt gewartet, um ihn als vermisst zu melden?« Ffion sieht ihn verwundert an.

»Ehrlich gesagt habe ich gedacht, er taucht wieder auf, nicht zuletzt, weil er vertraglich verpflichtet ist, zum Farmhaus zu kommen, wenn er das Camp verlassen hat.« Miles sieht Ffions Gesicht und räuspert sich. »Auch wenn jetzt natürlich nur noch wichtig ist, dass er wohlbehalten gefunden wird.«

»Genau.«

»Wann haben Sie bemerkt, dass er verschwunden ist?«, fragt Georgina.

»Einige Teilnehmer sind gegen sieben aufgestanden, aber mehrere von ihnen waren um zehn noch im Bett. Ich bin laufen gegangen, und als ich wieder an meinem Schreibtisch war, hatten sie entdeckt, dass Ryan ein Kissen und ein paar Pullover unter seine Decken gestopft hat. Der Mann selbst war nirgends zu sehen.«

»Wir haben uns die Aufnahmen angesehen«, sagt Roxy. »Da gibt es Kameras für Nachtaufnahmen in den Zelten, aber es kann ziemlich schwer zu erkennen sein, was passiert. Es sieht so aus, als würde Ryan sich nur im Bett umdrehen, aber als wir es wieder abgespielt haben, konnten wir sehen, dass er sich zur Seite, die am weitesten von der Kamera weg ist, aus dem Bett rollt.«

»Und wenige Minuten später«, springt Miles ein, »sehen wir gerade noch eine Bewegung der Zeltplane, als er unter ihr durchkrabbelt und raus in den Wald hinterm Camp.«

»Wo wohnt er?«

»In Staffordshire«, antwortet Miles. »Ich habe versucht, seine Frau zu erreichen, Jessica – er hat sie als Notfallkontakt angegeben. Aber sie nimmt nicht ab.«

»Gibt es gesundheitliche Probleme?« Georgina macht sich Notizen.

»Nichts Aktuelles.« Miles formuliert es vorsichtig. Zu vorsichtig, wie Ffion findet.

»Aber frühere?«

Miles zögert. »Ryan hat auf seinem Bewerbungsformular angegeben, dass er an Depressionen gelitten hat«, sagt er hastig. »Aber das hatte er alles hinter sich. Er war fit und gesund, und er hat die Untersuchung mit Bravour bestanden. Wir sind sehr streng, was die geistige Gesundheit angeht, nicht?« Er sieht die anderen an, und Owen nickt eifrig, während Roxy sich nicht rührt.

Ffion blickt zu Georgina. »Lass die Zentrale bei den Psychiatrien und den Notaufnahmen nachfragen. Auch nach kleineren Verletzungen. Wir müssen die Kollegen in Staffordshire bitten, zu seiner Adresse zu fahren. Selbst wenn er nicht nach Hause zurückgegangen ist, sollte seine Frau informiert und gefragt werden, was sie uns sagen kann.«

»Sein Handy und das Portemonnaie sind noch in seiner Tasche in seinem Stallzimmer.« Roxy wirkt nervös. »Ich dachte, es ist okay, wenn ich das durchsehe. Angesichts der Umstände.«

Ffion nickt kurz. Ryan ist seit ungefähr acht Stunden weg, und es braucht kein Genie, um zu verstehen, warum. »Was ist sein Geheimnis?«

Miles runzelt die Stirn. »Wie bitte?«

»Wenn Ryan aus freien Stücken gegangen ist, liegt die Vermutung nahe, dass er seine Privatsphäre schützen wollte. Also was verbirgt er?«

»Das kann ich Ihnen nicht sagen.«

»Wir haben einen Vermisstenfall, Mr Young. Sie sind verpflichtet …«

»Sie verstehen das nicht! Seit der ersten Folgen sind letzte Nacht Tausende von Wetten platziert worden. Bet247 nimmt Wetten an, wer als Erster geht, wer mit wem schläft, was die Geheimnisse von wem sind … Die machen ein Vermögen.« Miles seufzt. »Mir sind die Hände gebunden.«

»Ich gebe eine Beschreibung raus.« Georgina hat ihr Funkgerät in einer Hand und eine Liste mit allem, was zu tun ist, in der anderen. »Und fordern wir einen Rettungstrupp an?«

Ffion bejaht stumm, und während Georgina die Einsatzzentrale verständigt, wählt sie Huws Nummer und tritt hinaus auf den Hof. »Es rollt Arbeit auf dich zu«, sagt sie, als sich ihr Ex-Mann meldet. Noch nieselt es weiterhin leicht, sodass sich ein silbriger Tropfenfilm auf Ffions Jacke legt, als fehlte dem Wasser der Elan, sich weiter vorzuwagen. Oben, um den Gipfel des Pen y Ddraig, ist der Himmel noch blauviolett und treiben Wolkenfetzen ohne erkennbare Eile ostwärts. Ffion ist an die Wetterlaunen in Cwm Coed gewöhnt und weiß, wie sehr sich die Wetterverhältnisse von einem Dorf zum nächsten verändern können. Es kommt vor, dass ein Ende des Llyn Drych in strahlendem Sonnenschein liegt und das andere gleichzeitig mit Gewitterwolken vom Berg kämpft.

»Ein Rettungseinsatz?«, fragt Huw. »Oder willst du einen Dachbodenausbau?«

»Da bräuchte ich erst mal einen Dachboden.«

»Also immer noch kein Glück bei der Haussuche?«

»Nein.« Vor wenigen Monaten noch hätte Huw die Gelegenheit bei Schopf ergriffen, um sie daran zu erinnern, dass sie bei ihm ein gutes Zuhause hätte. Sogar als die Scheidung durch war, hat er Ffion erzählt, es wäre nicht zu spät, würde es nie sein. Sie könne es sich immer noch anders überlegen. Heute sagt er es nicht, und Ffion fühlt sich gleichzeitig erleichtert und traurig, weil dieses Kapitel ihres Lebens endgültig abgeschlossen ist.

»Worum geht's?«

Ffion wendet sich Richtung Stall auf der einen Seite des Hofs. »Gefährdeter Vermisster auf dem Pen y Ddraig. Männlicher Weißer, braunes Haar, circa ein Meter achtzig groß. Die Anfrage wird von der Einsatzzentrale kommen, aber ich dachte, ich warne dich vor.« Ffion versucht, Nummer acht zu öffnen – Miles' Studio –, und stellt fest, dass es abgeschlossen ist.

»Kann ich Ihnen helfen?«

Miles klingt streng, doch als Ffion sich umdreht, lächelt der Produzent. Es beunruhigt sie und lässt sie an ihrem Instinkt zweifeln.

»Huw, ich muss Schluss machen.« Ffion beendet das Telefonat.

»Suchen Sie etwas, DC Morgan?«

»Wie ist Ryan aus dem Camp gekommen?«

»Wir haben eine Stelle am Zaun entdeckt, wo der Draht nach oben gebogen wurde.«

»Die würde ich mir gerne ansehen.«

»Sie dürfen nicht mit den anderen Teilnehmern sprechen.«

»Erzählen Sie mir nicht, was ich darf und was nicht, Mr Young.« Ffion hält seinen Blick. »Zeigen Sie mir jetzt, wo das ist?«

Miles schweigt.

»Vielleicht wandere ich selbst nach oben und bitte einen der Teilnehmer, es mir zu zeigen?«

»Na gut.« Miles verengt die Augen. »Ich lasse Sie vom Runner hinbringen.«

Caleb sagt nichts, nickt bloß, als Miles ihn instruiert und darauf hinweist, wie wichtig es ist, dass die Teilnehmer in ihren Zelten bleiben. Georgina und Ffion – die nicht vorhat, sich an Miles' »Bedingungen« zu halten – wandern los. Der Nieselregen hat nachgelassen, und während der Morgen in den Nachmittag übergeht, erscheint ein Regenbogen über Llyn Drych.

»Denkt ihr, Ryan ist was Schlimmes passiert?«, fragt Caleb, der Ffion einholt.

»Hoffentlich nicht«, antwortet Georgina, was eigentlich keine Antwort ist. Ffion hasst solche Nichtantworten. *»Wir tun alles, was wir können«* oder *»Die Ermittlungen laufen«*

oder *»Die ersten Hinweise sind vielversprechend«*. Sie beleidigen die Öffentlichkeit, die größtenteils sehr gut imstande ist, zwischen den Zeilen zu lesen. Und sie verdient mehr.

»Die meisten Vermissten tauchen innerhalb der ersten vierundzwanzig Stunden wieder auf«, sagt Ffion zu Caleb. »Er könnte versuchen, nach Hause zu kommen, oder sich auf dem Berg verirrt haben. Und er könnte verletzt sein.«

»Von einem Bären oder so?«

Ffion bleibt stehen. »Caleb, echt, ich weiß ja, dass du aus der Stadt bist, aber wie viele Bären hast du gesehen, seit du in Wales bist?« Sie tippt ihm an den Kopf. »Erst Hirn einschalten, dann reden, klar?«

Sie folgen dem Zaun nach Osten und suchen nach der beschädigten Stelle. Ein kleines Stück weiter, halb versteckt zwischen den Bäumen, steht ein dunkelblaues Zelt. Ffion bleibt stehen.

»Wer ist das?«

»Zee Hart. Die ist in Ordnung.«

Die YouTuberin, über die Miles so verächtlich gesprochen hat. Wie abgesprochen gehen Ffion und Georgina auf die kleine Lichtung zu. Als sie näher kommen, ruft eine Stimme aus dem Zelt: »Wer ist da?« Eine eindrucksvolle junge Frau mit blondem, auf einer Seite rasiertem Haar kommt aus dem Zelt und sieht sie streng an. »Freund oder Feind?«

»Das macht sie immer«, sagt Caleb.

Zee lacht und springt auf, um sie zu begrüßen, wobei ihnen ein leichter Marihuanageruch entgegenweht. »Habt ihr nie *Der Kampf um die Insel* gelesen? Mein Dad hat mich darauf gebracht, obwohl wir ungefähr eine Million Kilometer vom Meer entfernt gewohnt haben.«

»Polizei.« Georgina ignoriert ihre Frage, zeigt ihren Dienstausweis und mustert Zees Sachen.

»Polizei?« Zees Ton wird merklich unfreundlicher.

»Wir suchen nach einem Vermissten, einem weißen Mann in den Dreißigern. Haben Sie jemanden gesehen, auf den die Beschreibung passt?«

»Ich habe niemanden gesehen.«

Ms Hart mag die Polizei nicht, denkt Ffion. Sie ist älter als Seren, wenn auch nicht viel, und trägt eine Latzhose in der Farbe einer überreifen Pflaume. Ihre Handgelenke sind von silbernen Armreifen bedeckt, die wild klimpern, als sie sich das Haar über die Schulter wirft.

»Sie sind die YouTuberin, oder?«, fragt Ffion.

»Ja, bin ich! *Hart Breaks*. Sie wissen schon, wie ›Breaking News‹? Ich mache gerade eine Serie, *Exposure extra mit Zee Hart*. Wenn sie näher an den Zaun kommen, sehe ich ja einiges von den Teilnehmern, und ich spreche meine Kommentare zu jeder Folge, und …«

»Dann ist das Ihr Job?«, unterbricht Ffion, bevor Zee richtig in Schwung kommt. »Ihr YouTube-Kanal?«

»Ja.« Zee wird rot. »Na ja, ich arbeite auch bei McDonald's. Aber YouTube wird mein Fulltime-Job. Ich brauche nur noch mehr Abonnenten. Darum geht es hier.« Sie schwenkt die Hand zum Camp von *Exposure*. »Auch wenn es eine Million Mal einfacher wäre, würde das Produktionsteam kooperieren.« Den letzten Satz richtet sie an Caleb.

»Mann, schieß nicht auf den Boten. Ich kann nichts dafür, dass Miles nicht will.«

»Aber du könntest mir ein Interview geben.«

»Dann verliere ich meinen Job«, sagt Caleb. Sein Ton verrät, dass er und Zee dieses Gespräch nicht zum ersten Mal führen.

Zee sieht ihn verschlagen an. »Ich glaube nicht, dass man von einem Job reden kann, wenn man nicht bezahlt wird und der Produzent einen im Abspann unterschlägt.«

Caleb wird wütend. »Du Mi…«

»Okay!« Ffion schreitet ein. »Zee, wenn Sie einen Mann sehen, der aussieht, als hätte er sich verirrt, wählen Sie bitte den Notruf.«

»Wie heißt er?«

»Bedaure, das müssen Sie nicht wissen.«

»Oh Gott, ist es ein Teilnehmer?« Zees Augen leuchten. »Ist es Jason? Nein, Moment, Sie haben gesagt, braunes Haar. Es ist doch nicht Henry, oder? Der ist mein Favorit.«

Ffion wendet sich ab.

»Es ist Ryan, oder?«, ruft Zee ihnen nach. »Ist es Ryan?«

Die Stelle, an der Ryan aus dem Camp gelangt ist, liegt auf der Nordseite. Dort wurde die Erde unter dem Zaun weggekratzt und der Maschendraht weit genug nach oben gebogen, dass er drunter durchrobben konnte.

Caleb zupft einen orangefarbenen Fleecefetzen vom Maschendraht. »Wie ein Kriegsgefangener.«

Ffion stellt sich Ryan vor, wie er durch den Schmutz kriecht, wie verzweifelt er gewesen sein muss. Flucht bedeutete, dass er sich niemandem stellen musste: Miles nicht, den Journalisten nicht und auch nicht seiner Familie. Aber wo wollte er ohne Geld und ohne seine Sachen hin?

»Gefangene sind sie eigentlich nicht.« Der Sicherheitsmann Dario taucht hinter ihnen auf. »Sie können weg. Dann bekommen sie bloß kein Teilnahmehonorar. Ich weiß, dass Miles angefressen ist wegen Ryan, aber mich hat er angeheuert, damit keiner ins Camp einbricht, nicht um sie aufzuhalten, wenn sie es verlassen.«

»Apropos«, sagt Ffion, »können Sie uns das Tor aufmachen? Wir müssen mit den anderen Teilnehmern reden.«

Dario wirkt unsicher. »Ich glaube nicht, dass Miles …«

»Mich interessiert nicht, was Miles meint. Machen Sie bitte auf.«

An Serens zehntem Geburtstag fuhren Mam und Ffion mit ihr zu den Harry-Potter-Studios. Ffion ging durch die Winkelgasse und rechnete halb damit, dass Hagrid ihr entgegenkam. Jetzt, da sie das Camp betritt, kommt ihr alles genauso surreal vor. Gestern war es schlicht der Fundort einiger ausgegrabener Knochen, nun aber hat Ffion das Gefühl, in ihren Fernseher zu steigen. Die Feuergrube ist fertig, und ein Haufen Scheite schwelen in der Mitte. Als Ffion und Georgina näher kommen, fällt einer der Scheite zur Seite, sodass Ascheflocken wie Konfetti aufstieben. Die sechs Teilnehmer stehen auf. Dario und Caleb bleiben auf Abstand, zweifellos aus Furcht vor Miles' Reaktion. Ffion sieht, dass Dario zu den Bäumen schaut, und folgt seinem Blick. Dort ist weit oben an einem Stamm eine Kamera. Sie blickt sich um. Da sie nun weiß, wonach sie sucht, sind die anderen leicht zu entdecken.

»Er guckt zu«, sagt sie so leise wie möglich zu Georgina. »Beeilen wir uns lieber.« Sie wendet sich an die Gruppe. »Wer hat als Letzter mit Ryan gesprochen oder ihn gesehen?«

Ceri sieht Ffion direkt an, und beide wechseln ein sehr kurzes Lächeln. Wer Ceri nicht kennt, denkt Ffion, würde meinen, dass alles okay ist, sie sogar Spaß hat. Aber die Tränensäcke unter ihren Augen sind sonst nie so ausgeprägt, und ihr blasses Gesicht sieht nervös und verängstigt aus. Ffion fragt sie nicht, wie es ihr geht. Auch wenn ihr Miles' Sponsoren scheißegal sind, will sie Ceri da nicht reinziehen. Dennoch fragt sie sich unweigerlich, was Ceris Geheimnis ist.

»Das waren wir.« Henry zeigt erst auf Jason, dann auf sich. »Wir sind im selben Zelt wie Ryan, aber viel geredet hat er offen gesagt nicht, oder?«

Jason schüttelt den Kopf. »Henners und ich haben darüber gesprochen, was zur Hölle hier los ist – haben Sie die

Show gesehen? Ich meine, es ist total irre, aber Ryan hat nichts gesagt. Ich habe gedacht, er ist müde oder verarbeitet irgendwelchen Mist, verstehen Sie?«

»Ich habe ihm Lippenbalsam gegeben.« Aliyah klingt, als sei sie den Tränen nahe. »Den habe ich als einen meiner Luxusgegenstände mitgebracht. Ich habe gedacht, er muntert ihn auf, aber er hat ihn bloß in die Tasche gesteckt – sich nicht mal richtig bedankt.« Sie schiebt die Unterlippe vor. »Und der war auch noch mit Erdbeergeschmack – meine Lieblingssorte.«

Pam hebt eine Hand, als wäre sie in der Schule.

»Ja?«, fragt Ffion.

»Ich habe nach dem Abendessen mit ihm geredet. Er war sehr wütend.«

»Weswegen?«

»Was denken Sie denn? Ich kann nicht für die anderen sprechen, aber ich bin ein aufrechtes Mitglied der Gesellschaft, und ich bin mir sicher, das gilt auch für Ryan. Die Unterstellung, man würde etwas verbergen, grenzt an … nein, das ist Verleumdung, oder nicht?« Sie schaut in die Runde. »Selbst wenn wir hier unbeschadet rauskommen, werden die Leute annehmen, dass es keinen Rauch ohne Feuer gibt. Wir könnten unsere Freunde, unsere Jobs verlieren.«

»Ganz genau.« Reverend Lucas nickt eifrig.

»Hat Ryan irgendeine Andeutung gemacht, dass er wegwollte?«, fragt Georgina.

Allgemeines Kopfschütteln.

»Er hatte Angst vor den anschließenden Interviews«, sagt Aliyah. »Sie wissen schon: was die Zeitungen dann über ihn schreiben.«

»Was sie sich ausdenken, meinst du«, korrigiert Pam finster.

Ein Motor heult auf, und Ffion denkt noch, wie komisch es ist, auf dem Berg einen Wagen zu hören, da kommt ein Quad mit Owen am Lenker ins Camp gerast.

»Alle ins Chill-Zelt«, befiehlt er. »Sofort!«

Einige Teilnehmer – Jason, Pam und Ceri – zögern, aber die anderen drehen sich artig zu dem größten Zelt um und gehen nach drinnen, wo Roxy sie erwartet.

»Wahrheit oder Lüge«, sagt Owen.

»Wie bitte?« Georgina zieht eine Augenbraue hoch.

»Programm für heute.« Owen sieht zu den drei verbliebenen Teilnehmern. »Los, los. Ich will einige Aufnahmen machen, solange Roxy alles vorbereitet.«

»Haben Sie noch Fragen, Officers?« Pam dreht sich betont zu Ffion um.

»Im Moment nicht.«

»Du lässt es uns wissen, wenn ihr ihn findet, oder?«, fragt Ceri, als sie zu dem Zelt gehen.

»Natürlich«, antwortet Ffion, aber da sind schon alle nach drinnen gescheucht worden.

»Wir müssen Cheshire Bescheid geben, dass jemand vermisst wird.« Georgina betrachtet die Karte auf ihrem Handy.

Ffion hat erwartet, dass Leo und sie sich wieder über den Weg laufen würden. Bei einem überregionalen Meeting oder einem grenzübergreifenden Fall.

Was jedoch nicht geschehen ist.

Bis jetzt.

»Vielleicht bitten sie uns, den Fall zu behalten – ich weiß nicht, welche Ressourcen die hier haben. Aber verständigen müssen wir sie zumindest.« Georgina zieht ihr Funkgerät hervor. »Ich bitte die Einsatzzentrale, den Zuständigen da anzurufen.«

»Das kann ich übernehmen«, sagt Ffion hastig, ehe sie es sich anders überlegen kann. »Ich habe dort einen Kontakt.

Das geht schneller.« Sie blickt auf ihr Handy, aber hier hat sie keinen Empfang. »Bin gleich wieder da. Sieh du dir inzwischen Ryans Sachen an. Wir müssen wissen, was er hiergelassen hat.«

Sie scrollt durch ihre Kontakte, als sie zurück durch das Camp in Richtung Farmhaus geht. Ihr Herz pocht wild, und sie will nicht anrufen, aber eigentlich doch, denn jetzt kann sie mit Leo sprechen, ohne das Gesicht zu verlieren. Falls er die Textnachricht erwähnt, kann sie behaupten, sie nie bekommen zu haben, denn selbstverständlich hätte sie geantwortet … *Natürlich hätte ich zurückgeschrieben! Ich hätte gesagt, klar, gehen wir mal essen. Also, na ja, falls du willst, könnten wir …*

Ein einzelner Balken erscheint oben auf dem Display, dem gleich ein zweiter folgt. Ffions Puls rast, als sie das grüne Icon antippt.

Sie können da weitermachen, wo sie aufgehört hatten.

FÜNF

DIENSTAG | DS LEO BRADY

Als sich eine Detective-Sergeant-Stelle im Cheshires Criminal Investigation Department auftat, verließ Leo Major Crime. Ihm fehlte zwar die hektische, heftige Stimmung bei einer Mordermittlung, doch er arbeitete mit großartigen Leuten zusammen und musste nicht mehr täglich den widerlichen DI Crouch sehen. Zuvor war Leos Strategie gewesen, die permanenten Sticheleien des Detective Inspectors als unbedeutend abzutun; er hatte sogar mitgelacht, wenn er sich dazu bringen konnte, doch innerlich hatte es geschmerzt. Es war Ffion gewesen, die alles geändert hatte. »Was ist mit dem Nächsten, auf dem er herumhackt?«, hatte sie gefragt. »Jedes Mal, wenn du Crouch davonkommen lässt, lässt du irgendein anderes armes Schwein im Stich.« Also hatte Leo sich gewehrt, sich gegen Crouch behauptet, bis die feindseligen Witze aufhörten. Eine Zeit lang hatten die beiden Männer bei Major Crime koexistiert, doch auch wenn Simon Crouch es nicht mehr aussprach, hatte Leo gewusst, dass er es immer noch dachte. Und als er die Stellenausschreibung für das CID sah, hatte es sich wie ein Neuanfang angefühlt. Ausschlaggebend war die letzte Zeile gewesen.

Gern flexible Arbeitszeiten.

Zweimal die Woche geht Leo früher und holt Harris von der Schule ab, zusammen mit einer Tasche Wechselkleidung und was immer Allie sich an Instruktionen ausgedacht hat (die neueste war eine Erinnerung daran, dass Leo die Brotdose auswaschen müsse, bevor er sie morgens neu packe –

die hat letztes Mal eindeutig vergammelt gerochen). Und bei Leo zu Hause gehen die beiden ihrer aktuellen Lieblingsbeschäftigung nach: Leo und Harris lernen kochen.

Leo beherrscht die Grundlagen – er ist kein kompletter Idiot. Doch während seiner Ehe wurde er stets aus der Küche gejagt, was später bei der Scheidung umgemünzt wurde in *weigert sich, Hausarbeiten zu übernehmen*, und er ist nie über Spaghetti bolognese und Chili con Carne hinausgekommen, was de facto nur Hackfleisch in verschiedenen Kostümierungen ist.

Jede Woche wählen Leo und Harris ein anderes Land, aus dem Leo ein Rezept aus dem Internet herunterlädt. Die Erfolge variieren; der Eintopf aus Andorra endete mit einer Notfallbestellung bei Deliveroo. Aber beide sind sich einig, dass sie den Jollof-Reis super hinbekommen.

Diese Woche ist es Italien, und da Spaghetti bolognese schon sitzt, machen sie Pizza. Den Boden und die Zutaten hat Leo gestern vorbereitet und im Kühlschrank gelagert, und jetzt hat Harris ihn zu etwas Kreisähnlichem ausgerollt und Tomatensoße in Ringen draufgestrichen. Er bewirft sie mit geriebenem Käse, von dem einiges auf dem Fußboden landet.

Leo dreht die Musik lauter. »Super gemacht, Kumpel. Schinken oder Hähnchen?«

»Ich bin jetzt Vegetarier.«

»Aha?« Leo sieht seinen Sohn an, der am Wochenende noch Braten vertilgt und dessen Brotkanten vom Mittagessen Spuren von Thunfisch aufwiesen. »Macht nichts. Wie wäre es mit Tomaten?«

Leos Handy summt, und er blickt aufs Display, bevor er den Anruf auf die Mailbox gehen lässt. Seit einem Monat trifft Leo sich mit einer Frau, die er online kennengelernt hat. Genauer gesagt hat er drei Dates mit ihr gehabt und ist unsicher, ob er ein viertes möchte. Auf Gayles LinkedIn-Seite steht, sie sei *eine Projektmanagerin, die Resultate bringt*, und es wird zunehmend klar, welche Resultate sie sich von dem Projekt Leo Brady erwartet.

»Ja!« Harris begutachtet die Teller mit den Pizzabelägen, die Leo hingestellt hat. »Und was von dem knusprigen Bacon.«

»Alles klar.« Leo zupft ein Stück Mozzarella ab und steckt es sich in den Mund.

»Was noch?« Harris schaut sich auf dem Tisch um.

»Ich glaube nicht, dass noch mehr draufpasst.« Leo schiebt Harris' Werk auf ein Backblech. Als er es bereit für den Abend in den Kühlschrank schiebt, klingelt sein Handy erneut. Diesmal ist es nicht Gayle, also nimmt er den Anruf an und hält sich das andere Ohr zu, um die Musik auszublenden. »DS Leo Brady.« Er bedeutet Harris stumm, die Musik leiser zu stellen, worauf der sie lauter dreht und schrill lacht.

»Hey, ich bin's.«

Leo kann kaum sich selbst denken hören, geschweige denn jemand anderen sprechen. Er greift nach der Fernbedienung und schaltet die Musik aus. Dabei sieht er Harris an und verdreht die Augen. »Sorry, wer ist ich? Diese Nummer habe ich nicht gespeichert.«

Es bleibt so lange still, dass Leo denkt, der Anruf wurde abgebrochen. Er will auflegen, als die Frau wieder etwas sagt, und diese Stimme würde Leo überall wiedererkennen.

»Hier ist DC Ffion Morgan«, sagt sie. Ihr Ton ist kurz und sachlich. »North Wales Police.«

»Ffion! Entschuldige, ich war …«

»Dies ist ein Gefälligkeitsanruf. Es gibt einen Vermissten mit Hochrisiko, der von der Fernsehshow *Exposure* zu euch unterwegs ist.« Es hört sich sehr nach rein Geschäftlichem an.

Ein Höflichkeitsanruf? Ihr Tonfall erinnert ihn an Allie, die ihn während der Scheidung wie einen Aussätzigen behandelt hatte.

»Wie geht es dir?«, fragt Leo beiläufig, obwohl sein Herz hämmert. *Ffion.* Viel zu lange hat er gehofft, sie würde sich melden, und viel zu viele Abende hat er ihren Namen auf seinem Handy angestarrt und überlegt, ihr noch eine Textnachricht zu schicken. Am Ende hat er ihre Nummer gelöscht, schon um seiner geistigen Gesundheit willen.

»Der Hubschrauber ist oben, und das Rettungsteam macht sich gerade bereit.«

»Ich freue mich …«

»Unser DI redet noch mit deinem, um die Zuständigkeiten abzustimmen.«

»… von dir zu hören«, beendet Leo seinen Satz. Aber Ffion hat schon aufgelegt. Leo lehnt sich an die Wohnzimmertür und atmet aus. Sein Handy summt, und er hebt es in der Hoffnung an, dass es Ffion ist, die ihm erklären will, warum sie so kurz angebunden war. Hat ihr Chef vielleicht mitgehört? Aber wann hat Ffion je gekümmert, was andere denken?

Hi, Schöner! Hast du am Samstag Zeit? Wir könnten mit Harris in den Chester Zoo gehen! Xxx

Gayle.

Sie hat Harris bisher nicht kennengelernt. Bei ihrem letzten Date – dem *dritten,* erinnert Leo sich – hat sie gefragt, ob sie mal mitkommen kann, ihn von der Schule abholen, und sie ist zu FaceTime anstelle von Anrufen übergegangen, wenn sie weiß, dass Harris bei ihm ist.

»Kinder *vergöttern* mich«, sagt sie immer wieder.

Leo schreibt zurück.

Da müsste ich freihaben. Kommt auf die Arbeit an. Ist aber ein bisschen früh, was du hoffentlich verstehst.

Er beobachtet, wie die Nachricht geschickt und als gelesen markiert wird. Tanzende Punkte verraten, dass Gayle schreibt, schreibt, schreibt …

Und dann nichts. Leo verzieht das Gesicht.

»Dad?«

»Entschuldige, Großer, ich gehöre ganz dir.« Leo grinst. »Such dir ein Vorlesebuch aus, und dann sehen wir mal, was Biff und Chip treiben, ja?«

»Und Kipper!«

»Logisch.«

Als Harris zu seiner Büchertasche läuft, starrt Leo auf sein Handy. Er könnte sie zurückrufen. Ffion, nicht Gayle. Oder soll er ihr eine WhatsApp schreiben?

Aber wenn Ffion reden wollte, wäre sie in der Leitung geblieben, oder nicht? Sie hätte seine Fragen beantwortet, ihm erzählt, was sie so trieb und wie es ihr ging. Stattdessen konnte sie den Anruf gar nicht schnell genug beenden.

Leo schaltet sein Handy stumm.

Später, nachdem Biff und Chip noch ein magisches Königreich gefunden und Leo und Harris ihre Pizza gegessen haben (in der Mitte nicht ganz durch, aber ansonsten köstlich), bringt Leo seinen Sohn ins Bett, nimmt sich ein Bier und ruft die Suchmaschine auf seinem Handy auf. Man muss schon auf dem Mond leben, um nichts von der explosiven Folge von *Exposure* gehört zu haben. Auf der Fahrt ins Büro morgens war im Radio ein Hörertelefon zum Thema Ausbeutung im Reality-TV geschaltet gewesen. Im Büro tippt sogar schon jemand, wer als Erster rausfliegt.

Und jetzt wird ein Teilnehmer vermisst.

Die ersten Suchergebnisse sind Nachrichtenkanäle, unter anderem ein Klatschblatt mit einer *Exposure*-Story von einer Frau, die mal mit Ceri Jones zusammen war. An Ceri erinnert Leo sich gut von dem Rhys-Lloyd-Fall vor anderthalb Jahren; und es gibt eine detaillierte Analyse des letzten Inspektionsberichts für Pam Butlers Schule. Dem Reverend Lucas Taylor sind gleich mehrere Artikel gewidmet. Überrascht liest Leo, dass Taylor als junger Mann im Gefängnis gesessen hat. *Das Geheimnis ist gelüftet!,* lautet die Schlagzeile. Leo überfliegt die Artikel. Weiter unten finden sich Links zu viralen Tweets und Facebook-Gruppen, die alles, was die Teilnehmer von *Exposure* tun, haarklein auseinandernehmen und diskutieren. Leo klickt einen YouTube-Link auf der zweiten Seite an. Nach der obligatorischen Zwanzig-Sekunden-Werbung fängt eine junge Frau in einer lila Latzhose in Lichtgeschwindigkeit zu reden an.

»Willkommen bei *Hart Breaks!* Ich bin eure Moderatorin Zee Hart und zurück mit einer neuen Folge von *Exposure extra.* Ich kann euch sagen, ihr wollt bis zum Ende dranbleiben, denn es wird verrrüüückt! Vergesst nicht, das Video zu liken und meinen Kanal zu abonnieren!«

Leo massiert sich die Schläfen. Zee Hart zuzuschauen fühlt sich wie Waterboarding an.

»Also, heute Morgen mache ich hier mein Ding, editiere einige Aufnahmen für euch Süßen – und, ja, der versprochene Clip von Jason beim Holzhacken kommt, Leute! –, da besucht mich auf einmal … die Polizei!«

Leo setzt sich auf. Zee Harts Kopf ist geschrumpft und wippt jetzt in einer Ecke des Bildschirms, der sich mit Videomaterial füllt, das Zee kommentiert. »Dies sind DC Morgan und DC Kent«, sagt sie, als die beiden Detectives von der Kamera weggehen.

Leo drückt auf *Pause*. Ffion ist halb seitlich zu sehen, wie sie mit ihrer Kollegin spricht, und Leo erkennt die Haltung ihres Kinns und die wenigen Sommersprossen. Ein Stich durchfährt ihn, als er wieder auf *Play* drückt und sie weggeht.

»Nach unserem Gespräch«, sagt Zee, »kann ich exklusiv berichten, dass ein Teilnehmer aus dem *Exposure*-Camp verschwunden ist. Ja, ganz richtig: *verschwunden!* Also streng vertraulich wurde mir der Name verraten, und, sorry, Leute, aber ich bin eine Frau, die zu ihrem Wort steht. Ich kann nur die Fakten darlegen und euch eure eigenen Schlüsse ziehen lassen …«

Als Zee die physischen Beschreibungen der vier männlichen Teilnehmer durchgeht, hält Leo das Video an. Er sieht, dass die Views in den wenigen Minuten, die er zugesehen hat, um mehrere Tausend zugelegt haben, und als er die Suche neu eingibt, erscheint Zees Video auf der ersten Seite. Die Nachricht geht schon viral.

Eines will Leo noch recherchieren, bevor er sich bei seinem DI meldet. Er greift nach der Fernbedienung und schaltet den Fernseher ein. Dort kollidieren Akkorde, als die Titelmusik spielt. Folge zwei von *Exposure* fängt an.

SECHS

DIENSTAG | DARIO KIMBER | FOLGE ZWEI

Nach zehn Jahren, in denen er Ladendieben nachgejagt war, hatte Dario Kimber den Job als Türsteher bei einem Nachtclub in Manchester ergattert, wo er ein bisschen grob mit den Gästen war, die unbedingt reingelassen werden wollten. Irgendwann gab es dann eine Anzeige wegen Körperverletzung, die letztlich fallen gelassen wurde, aber zum ersten Mal, seit er sechzehn war, war Dario mit einem Mal arbeitslos.

Exposure fühlte sich wie die Gelegenheit für einen Neuanfang an. Dario war fit und stark, und ein Überlebenstraining in den walisischen Bergen wäre für ihn eine Kaffeefahrt. Er war so überzeugt, dass er der ideale Kandidat wäre, dass er geschockt war, eine E-Mail zu bekommen, in der es hieß, *Young Productions tut es leid, Ihnen mitteilen zu müssen, dass Sie nicht für die Show ausgewählt wurden.*

Noch verwunderter war er, als er einen Monat später einen Anruf von Young Productions bekam, die fragten, wo Dario wohne. Er sorgte sich, dass er wegen der Schmäh-E-Mail hopsgenommen werden sollte, die er nach der Ablehnung anonym an Miles Young geschickt hatte; doch es stellte sich heraus, dass sich ein Location-Manager nach Darios Verfügbarkeit als Security-Mann erkundigen wollte.

»Ich will ehrlich zu Ihnen sein«, sagte der Typ. »Ich hab's vergurkt, denn ich habe völlig vergessen, Security zu buchen, und jetzt muss ich diese Woche jemanden finden, sonst ist die Kacke am Dampfen.«

Angesichts der tickenden Uhr, eines schrumpfenden Budgets und einer Kontaktliste voller bereits abgehakter, komplett ausgebuchter Firmen hatte der Location-Manager quergedacht. Die Möchtegernkandidaten für *Exposure* hatten allesamt bestätigt, dass sie kurzfristig für die Sendung zur Verfügung stünden, und unter den fünfundvierzigtausend Leuten, die sich beworben hatten, musste sich doch wenigstens ein Sicherheitsmann finden lassen, oder nicht?

Tat es. Und weil Dario gegenwärtig arbeitslos war und bei Freunden auf der Couch übernachtete, hat er sofort zugesagt. Der Location-Manager, dessen Zuständigkeiten täglich mehr wurden, konnte »Security« von seiner Liste abhaken.

Und jetzt liegt Dario hier, auf einem gammeligen Klappbett in dem alten Wohnwagen, den man ihm als »Vorortunterbringung« zugeteilt hat, schaut sich *Exposure* auf einem tragbaren Fernseher an und fragt sich zum hundertsten Mal, warum Miles seine Bewerbung abgelehnt hat. Aus den gelegentlichen Unterhaltungen mit dem Team weiß er, dass Miles die Bewerber selbst ausgesucht und dann jemanden angeheuert hat, der Dreck über sie ausgrub. Dario kann es nicht auf die Shortlist geschafft haben, denn dann hätten sie das mit der Körperverletzung herausgefunden oder dass er die Frau vom Chef gevögelt hatte. Vielleicht hätten sie sogar entdeckt, dass er mal absichtlich aus Versehen den Hamster seines Bruders mit dem Staubsauger aufgesaugt hat, um zu sehen, was passiert. Dario hat alle möglichen saftigen Anekdoten zu bieten, die geniales Fernsehen ergeben hätten, und ihm ist völlig schnurz, wer von denen erfährt. Nicht die Tat ist ausschlaggebend für ein Geheimnis, sondern welche Macht es über einen hat; und Dario kennt keine Scham.

Als der Vorspann endet, spricht eine Frauenstimme über die Titelmelodie. »Aus privaten Gründen hat Ryan *Exposure* verlassen. Er bedankt sich bei den Zuschauern und wünscht den verbliebenen Teilnehmern alles Gute. Heute Abend gibt es keine Enthüllung und keinen Rauswurf.«

Die Ankündigung war natürlich Miles' Idee.

»Hast du gesehen, was dieses verfluchte Mädchen jetzt wieder gemacht hat?« Nachmittags hatte Miles Dario sein Handy gezeigt, auf dem Zee Hart eine Verschwörungstheorie zum Verschwinden von Ryan Francis verbreitete. *Ich sage nicht, dass Regierungsagenten unter den Teilnehmern sein könnten, aber die wissen, wie man spurlos verschwindet. Da wird man nachdenklich, oder?*

»Ich habe eine Benachrichtigung für jede Erwähnung von *Exposure* eingestellt«, sagte Miles und runzelte die Stirn. »Es funktioniert nicht ganz – um ehrlich zu sein, sind da Dinge in meinem Eingang, die ich lieber nicht gesehen hätte. Aber eben hat es das hier geschickt. So viel dazu, dass es im Team bleibt.« Er sah Dario an, als gäbe er dem Sicherheitsmann die Schuld an diesem Vertrauensbruch.

»Was soll ich denn machen? Ihr Zelt zusammenkloppen? Ihr das Handy wegnehmen?« Dario meinte es als Scherz, denn von den beiden Detectives hier bekam er schon einen Ausschlag, doch Miles schien die Optionen einen Moment in Betracht zu ziehen.

»Lieber nicht, aber halte sie um Gottes willen vom Camp fern. Man darf ihr nicht trauen. Ich gebe es bekannt, denn wir haben schon Presseanfragen. Ich sage einfach, dass Ryan aus persönlichen Gründen nach Hause gereist ist. Was wahrscheinlich auch stimmt, und er hat nicht an den Mist gedacht, in dem er mich sitzen lässt.« Wieder sah er Dario wütend an. »Ist das Loch aufgefüllt, das Ryan gegraben hat?«

»Ja, das habe ich gleich gemacht, nachdem du es gesagt hast.«

»Richtig?«

»Ja, Chef«, log Dario, der bloß die Erde zurück gegen den Zaun getreten hatte.

Jetzt nimmt Dario sich noch einen Chocolate-Chip-Keks.

Auf dem Bildschirm wird gar nicht über Ryan geredet – als wäre er komplett aus der Show geschrieben worden. Die sechs Teilnehmer sitzen im Kreis im Chill-Zelt und haben einen Kasten mit der Tagesaufgabe erhalten.

»Es ist ein Spiel!«, sagt Aliyah.

Dario wünscht, sein beknackter Fernseher hätte eine *Pause*-Taste. Aliyah Brown ist *perfekt*. Einen anderen Ausdruck für sie gibt es nicht. Dario glaubt, dass er ihre Taille mit beiden Händen vollständig umfassen könnte, und sie hat einen richtigen Hintern und zwei göttliche Titten. Total echt – das erkennt Dario immer. Sie wackeln begeistert, als sie sich vorbeugt, um die Anweisungen aufzunehmen.

»Exposure-*Teilnehmer«*, liest sie vor, *»ihr spielt ›Wahrheit oder Lüge‹. Ziel des Spiels ist, mehr über die Körpersprache der anderen zu erfahren, wenn sie lügen, und so der Entdeckung ihrer dunklen Geheimnisse näher zu kommen – und euer eigenes zu schützen.«* Aliyah kichert nervös.

Gott, sie ist klasse. Dario war am Tor, als die sieben Teilnehmer ins Camp gekommen sind, und Aliyah hat ihm so ein Lächeln zugeworfen, das praktisch eine heftige Anmache ist. Er hat keinen Schimmer, was ihr »dunkles Geheimnis« ist, aber das verzeiht er ihr total.

Vorhin ist er unter dem Vorwand, nach Ryan zu suchen, den Zaun abgewandert. Hin und wieder hatte er ein bisschen Orange gesehen, als die Teilnehmer im Wald unterwegs waren und sich gegenseitig zuriefen.

Ey, Henners, hast du schon Holz geholt?

Hey, Pam, was gibt's zum Essen?

Wer hat das Klopapier aufgebraucht?

Dario war geduldig. Er wanderte und beobachtete und wanderte und lauschte, bis er schließlich einen langen schwarzen Zopf sah.

»Aliyah!« Seine Stimme klang zu laut – Dario stellte sich

vor, dass sie vom Berg hallte –, aber sie hatte ihn nicht gehört. Er versuchte es wieder – »Aliyah!« –, und diesmal kam sie rüber.

»Alles okay?« Sie war kein bisschen neugierig, was er da machte. Deshalb fragte er sich, womit er noch davonkäme, bloß weil er ein Security-Abzeichen trug.

»Ich habe was für dich.«

»Und was?« Aliyah sah unter langen Wimpern hervor zu ihm auf. Sie flirtete definitiv mit ihm.

»Komm näher, dann stecke ich es durch den Zaun.«

Sie machte den Mund auf (Gott, diese Zunge!), und Dario glaubte eine furchtbare Sekunde lang, sie würde schreien, aber dann sah sie, was er in der Hand hatte, und ein Lächeln erschien auf ihrem umwerfenden Gesicht. »Schokolade! Für mich?«

»Für dich.«

Sie riss die Verpackung auf, nahm einen Bissen und schloss die Augen. Es gab Dario mehrere Sekunden Material für seine mentale Wichsdatei. »Das hat mir so gefehlt!«

Dario lachte. »Du bist erst seit zwei Tagen hier.«

»Es fühlt sich ewig an.« Das Lächeln verschwand. »Ich weiß nicht, wie lange ich es noch aushalte. Ryan hat es wohl richtig gemacht, zu türmen.«

»Ich helfe dir.« Sie war so vollkommen und so … so hilflos, gefangen hinter diesem Maschendraht.

»Tust du? Ich habe solche Angst vor der Beichtkammer, weil ich sicher bin, dass sie die mit Spinnen füllen. Und ich hasse Spinnen so sehr, ich gebe sofort auf. Dann redet meine Mum nie wieder mit mir.« Sie brach in Tränen aus.

Dario bekam Panik. Sein Hilfsangebot war voreilig gewesen; er hatte nur gedacht, dass er Aliyah mehr Extrarationen bringen könnte oder …

»Kannst du herausfinden, was die Geheimnisse der anderen sind?« Aliyah streckte eine Hand durch den Maschendraht und presste sie auf seine Brust; dabei kam sie nahe genug, dass er ihren Atem auf seinem Hals fühlen konnte. »Wenn ich sie bloßstelle, bekomme ich Immunität. Gewinne vielleicht sogar das Geld.« Jetzt weinte sie nicht mehr. Sie reckte sich auf die Zehenspitzen und flüsterte ihm ins Ohr: »Ich sorge dafür, dass es sich für dich lohnt.«

Jetzt beobachtet Dario, wie Aliyah jedem Teilnehmer seine persönliche Karte gibt. Jede enthält eine Wahrheit oder eine Lüge. Die Geheimnisse sind auf dem Baumstumpf nahe der Feuergrube, aber wie kommt er da ran, ohne gefilmt zu werden?

»Ähm …« Auf dem Bildschirm blinzelt Reverend Lucas hektisch, als er seine Karte vorliest. *»Ich bin ausgebildeter Yogalehrer.«* Ein prustendes Lachen ertönt, und Lucas versucht, beleidigt auszusehen. »Das ist wahr!«

»Dann zeig uns deinen herabschauenden Hund«, sagt Henry.

»Wohl eher herabschauender Pfarrer«, sagt Pam trocken. »Ganz klar Lüge.« Dario kann sich die Schuldirektorin in ihrem Büro vorstellen, wie sie irgendein armes Kind zur Schnecke macht, weil es geschwindelt hat.

»Ihr seid zu gut.« Lucas dreht seine Karte um, sodass man das Wort LÜGE in fetten, schwarzen Buchstaben sehen kann.

Dario wird wieder wütend auf Miles. Er wäre bei diesem Spiel genial. Mit seinem Pokerface gewinnt er regelmäßig beim Kartenspielen, hält sich die Polizei vom Hals und überzeugt Frauen, dass es ihm ernst mit ihnen ist. Er verzweifelt an diesem Haufen Idioten im Fernsehen, die nichts gebacken kriegen. Henry macht das klassische »Nasereiben«, als er erzählt, dass er noch nie Fahrrad gefahren ist, und Jason hat seine Gesichtszüge maximal eine Sekunde unter Kontrolle, nachdem er verkündet, dass er Politiker werden will.

Aliyah liest ihre Karte vor. *»Ich kann vier Minuten lang die Luft anhalten.«* Ihr Blick huscht nach rechts, und die Postbotin Ceri zeigt hin und ruft: »Ha! Ertappt!«, aber Dario lässt sich nicht täuschen. Weder von den Augen noch von der Art, wie Aliyah die Sitzposition wechselt und den Oberkörper mit den Armen umschlingt. Sie blufft.

»Lüge!«, sagt Ceri. Sie sieht die anderen an, wartet auf Zustimmung.

»Bist du sicher?«, fragt Aliyah.

»Hundertprozentig.«

Aliyah grinst und dreht die Karte um. WAHRHEIT. Dario seufzt zufrieden. Einen Lügner erkennt nur, wer selbst einer ist.

Da dank Ryans Verschwinden am Abend keiner gehen muss, spart sich Dario den Rest. Er zieht seine Stiefel an, verlässt den Wohnwagen und überlegt, wie er an den Kasten mit den Geheimnissen kommt. Als er langsam um das Camp herumgeht, kann er an nichts anderes denken als Aliyahs Worte.

Ich sorge dafür, dass es sich für dich lohnt.

SIEBEN

MITTWOCH | FFION

»Was zum Teufel haben Sie sich dabei gedacht?« Ffion steht auf dem Hof der Carreg-Plas-Farm und sieht Miles ungläubig an. »Wir haben alle Kräfte mobilisiert, um den Pen y Ddraig nach Ryan Francis abzusuchen, und Sie erzählen der Welt, ihm ginge es prima und er chille nur zu Hause ›aus privaten Gründen‹?« Bei ihren in die Luft gemalten Anführungszeichen verrenkt sie sich fast die Finger.

»Ich hatte keine andere Wahl! Diese verfluchte YouTuberin hat alles sabotiert. Eine Bekanntmachung bedeutet, dass es eine Nonstory geworden ist. Sogar die Medien haben sich zurückgezogen.«

»Aber es stimmt nicht! Wir haben keine Ahnung, wo Ryan ist.«

Miles' Blick schweift immer wieder zurück zu dem Monitor auf seinem Schreibtisch, weil er keine Sekunde der kostbaren Aufnahmen verpassen will. Am Himmel über dem Wald um Carreg Plas dreht der Hubschrauber langsam um, und das Geräusch pulsiert in Ffions Ohren.

»Das ist Behinderung«, sagt Ffion.

»Wir reden hier von einer potenziell preisgekrönten Fernsehserie, Officer, und das ist nicht nur meine Überzeugung.« Miles nimmt ein iPad von seinem Schreibtisch auf und hält ihr eine Schlagzeile hin. *Unanständiger Voyeurismus … oder schlicht verdammt gutes Fernsehen?* »Oder was ist hiermit?« Er wischt übers Display und liest aus einem Artikel in *Entertainment Weekly* vor. *»Miles Young spielt in der obersten Liga, seit alle über seine neue Reality-TV-Serie reden.«* Auf seinem

Schreibtisch wartet der eingefrorene Clip von Reverend Lucas beim Gebet auf was auch immer Miles danebenstellen will. Er ruft noch eine Schlagzeile auf, doch Ffions Blick bleibt fest auf Miles gerichtet.

Langsam legt er das iPad hin. Als er aufschaut, wirkt er kleinlauter, runzelt die Stirn und fleht Ffion an: »Nur noch wenige Stunden, bitte!«

»Dies ist eine Ermittlung.«

»Lassen Sie mich wenigstens die Folge für heute Abend in den Kasten bekommen. Dies ist der größte Moment meiner Karriere. Für Roxy auch«, fügt er schnell hinzu, als Ffion ihn skeptisch ansieht. »Ich bitte Sie lediglich um mehr Zeit, bevor Sie eine Erklärung rausgeben.«

»Warten wir ab, was Ryans Frau dazu sagt.« Ffion dreht sich um.

»Wie bitte?«

»Ich bezweifle, dass sie dafür ist.« Sie wird lauter, als sie zurück in Richtung Farmhaus geht. »Jessica Francis ist eben eingetroffen, um ihren Mann zu treffen. Ich sage ihr, dass Sie gleich da sind.«

Ryans Frau ist eine zierliche Blondine in schwarzer Nike-Leggings und einem grauen Sweatshirt in Übergröße. Als Ffion sie am Einfang von Carreg Plas sah, wo sie stirnrunzelnd auf ihr Handy blickte, als suchte sie nach dem Weg, hielt sie die Frau zunächst für einen Teenager. Einen Fan der Show, der vielleicht auf Autogramme hoffte; oder jemand, der mit Zee Hart zu tun hat. Dann jedoch blickte die Frau auf, und Ffion erkannte, dass sie Ende dreißig sein musste. Ihr Gesicht war voller Sorgenfalten. »Wird hier *Exposure* gedreht?«, fragte sie. »Ich suche meinen Mann.«

Jessica hört stumm zu, als Miles zugibt, dass Ryan seit gestern Morgen von niemandem mehr gesehen wurde und der

Aufruhr, den Jessica auf ihrem Weg herauf bemerkt hat – der Hubschrauber, die geparkten Wagen, die vielen Gruppen in roten Bergungswesten –, Ryans wegen ist.

»Aber Sie haben gesagt, dass er die Show ›aus privaten Gründen‹ verlassen hat. Woher wissen Sie das, wenn Sie nicht mit ihm geredet haben?«

Ffion funkelt Miles wütend an, doch der meidet jeden Blickkontakt. »Wir haben versucht, Sie anzurufen«, weicht er Jessicas Frage aus.

»Ich habe mein Handy ausgeschaltet.« Jessica sieht auf. »Alle meine Freunde haben angerufen und wollten wissen, ob Ryan gewusst hat, worum es bei *Exposure* wirklich geht, und ob es okay für ihn ist.« Sie atmet scharf aus. »Natürlich wollten sie eigentlich wissen, was sein *Geheimnis* ist.« Das Wort »Geheimnis« spuckt sie förmlich aus.

»Gestern waren Officers aus Staffordshire bei Ihnen zu Hause«, sagt Georgina, »aber da war niemand.«

»Ich bin zu meiner Mum gefahren. Bei mir haben schon Reporter angeklopft und mir angeboten, ›einfühlsame‹ Exklusivstorys zu schreiben. Und mir war vollkommen klar, je häufiger ich denen sage, dass sie abhauen sollen, desto mehr sieht es aus, als hätten wir etwas zu verbergen. Und das haben wir nicht. Wir haben überhaupt nichts zu verbergen«, wiederholt sie fest.

»Haben Sie von Ryan gehört, seit er die Show verlassen hat?«, fragt Miles. Ffion wird bewusst, dass er nie von »vermisst« spricht. Er hat Ryans Verschwinden umgedeutet, es quasi editiert, um es zu einem freiwilligen Akt zu machen. Falls er sich überhaupt Sorgen um den Mann macht, dann nur in Bezug auf seinen eigenen Ruf.

»Nein.« Jessicas Stimme bricht. »Als ich gestern Abend die Show gesehen und erfahren habe, dass er weg ist, habe ich auf seinem Handy angerufen, aber das war ausgeschaltet.

Mir hat er erzählt, dass er ein Interview geben müsste, wenn er die Show verlässt, aber es hat mich wahnsinnig gemacht, nicht zu wissen, wie es ihm geht. Sobald ich morgens aufgewacht bin, habe ich mich ins Auto gesetzt und bin hergekommen.«

»Mrs Francis«, sagt Georgina, »tut mir leid, dass ich das fragen muss, aber was ist Ryans Geheimnis?« Ihre Stimme klingt so sanft, wie Ffion sie noch nie gehört hat.

Jessicas ganzer Körper spannt sich an. Sie spricht leise, und ihre Worte triefen vor Gift. »Er hat kein *Geheimnis.*« Dann schlägt sie einen betont beiläufigen Ton an. »Mein Mann trägt Frauenkleider. Das ist es. Das ist das *große Geheimnis.* Und ja, Ryan hat sich deswegen geschämt, aber doch nur, weil Leute wie Miles Young ihn dazu *bringen.*«

»Ich mache nichts weiter, als Menschen zu ermutigen, sie selbst zu sein«, verteidigt sich Miles.

»Blödsinn! Sie outen Leute zu Unterhaltungszwecken. Sie nehmen ihnen die freie Entscheidung, wann und wem sie ihre Geschichte erzählen. Sie nehmen etwas Privates – etwas, das nicht einmal ein Geheimnis sein *sollte* – und beschmutzen es.«

Ffion stellt sich vor, dass Ryan draußen auf dem Berg speiübel ist vor einer Scham, die jemand anders ihm eingeredet hat. Er wird seit sechsunddreißig Stunden vermisst, und je mehr Zeit vergeht, umso schlechter stehen die Chancen, ihn lebend zu finden. Es geht auf den Sommer zu, doch die Nächte sind noch kalt, und die Temperatur auf dem Berg ist mehrere Grad niedriger als die in den Tälern. Ryan hat lediglich die Sachen bei sich, die er trug, als er das Camp verließ; keinen Unterschlupf, kein Essen, kein Wasser.

Miles redet noch. Verteidigt nach wie vor sein Konzept. »Unsere Teilnehmer müssen sich eingehend mit ihren Gefühlen auseinandersetzen.«

Jessica lacht verbittert. »Sie spielen Gott.«

»Wir helfen ihnen, sich ihrem wahren Ich zu stellen.«

»Und die armen Kids, die sich das ansehen … die, die homosexuell oder trans sind oder die sich gern kostümieren oder mit Lego spielen oder was immer Sie zu einem verdammten *Geheimnis* erklärt haben …«

»Wir unterstützen sie auf dem Weg, sich selbst zu erkennen.«

»Sie bringen ihnen bei, sich dafür zu schämen, wer sie sind!«

»Die Teilnehmer werden verwandelt wieder nach Hause reisen.«

»Vorausgesetzt, sie schaffen es überhaupt nach Hause«, kontert Jessica frostig. Sie hält Miles' Blick. »Wie haben Sie es herausgefunden?«

»Das ist der Job des Rechercheurs. Ich habe eigentlich nichts damit zu tun …«

Wieder beäugt Ffion ihn wütend, und Miles schluckt. »Etwas, das er online gekauft hat, wie ich es verstanden habe. Eine Quittung? Ein Paar Schuhe …« Er schwenkt die Hand, was eine richtige Erklärung ersetzen soll.

»Ist das legal?« Jessica sieht erst Ffion, dann Georgina an. »Das kann nicht legal sein.«

»Ich kann Ihnen die Verträge zeigen. Es sind alle Einverständniserklärungen da. *Hiermit gestatte ich Young Productions, eine Hintergrundrecherche durchzuführen, soweit sie für die Produktion nötig ist …*« Wieder der Handschwenk, mit dem er seine Verantwortung wegwischt.

»Jessica«, sagt Georgina, »was glauben Sie, warum Ryan Sie nicht kontaktiert hat?«

»Wahrscheinlich denkt er, ich habe es herausgefunden.« Jessica schluckt. »Vielleicht macht er sich Sorgen, dass ich wütend bin oder angewidert oder …«

Ffion runzelt die Stirn. »Er weiß nicht, dass Sie das mit den Frauenkleidern wissen?«

»Ich habe es erst vor ein paar Jahren entdeckt. Und ich wollte ihm Raum geben, es mir zu erzählen, wenn er so weit ist. Ich ließ eine Zeitschrift bei einem Artikel über Transvestiten aufgeschlagen und erwähnte häufiger LGBTQ-Menschen, die ich bei der Arbeit kennengelernt habe. Um ihm zu zeigen, dass es keine Rolle spielt, verstehen Sie? Und gleichzeitig dachte ich, wenn er es mir nicht erzählen will, ist das auch in Ordnung. Ich meine, wir sind verheiratet, aber wir dürfen trotzdem unser eigenes Leben haben, nicht?«

»Wäre er von Anfang an offen gewesen«, sagt Miles in einem missionarischen Ton, »wäre nichts hiervon …«

»Hieran ist nur eine einzige Person schuld, und die sind Sie«, fällt Jessica ihm scharf ins Wort. Dann scheint ihr etwas einzufallen. »Als ich angekommen bin, habe ich Ihren Kameramann gesehen. Sie filmen doch nicht immer noch, oder?« Miles' Schweigen reicht als Antwort, und Jessica wendet sich erbost an Ffion und Georgina. »Und Sie lassen ihn?«

»Es ist keine Frage des *Lassens*«, antwortet Georgina. »Er verstößt gegen kein Gesetz.«

»Leider«, fügt Ffion hinzu, was ihr einen mahnenden Blick von Georgina einträgt.

»Dann ist das Gesetz falsch.« Jessica sackt auf einen Stuhl, als wäre plötzlich ihr Akku leer.

»Mrs Francis«, sagt Georgina sanft. »Als Ryan sich für die Show beworben hat, hat er da angegeben, dass er früher an Depressionen litt? Ist Ihnen das bekannt?«

»Ob es mir bekannt ist?« Wieder lacht sie verbittert. »Man kann schlecht übersehen, wenn der eigene Mann zwangseingewiesen wird.«

»Wie bitte, was?« Ffion, die gerade ein kurzes Update an

DI Malik tippt, konzentriert sich wieder auf das Gespräch. »Ryan wurde zwangseingewiesen?«

»Sie haben damals gesagt, dass er eine psychotische Episode habe und es zu seinem Besten sei.« Jessica beißt sich auf die Unterlippe. »Und das war es … wirklich. Sogar Ryan hat es eingesehen, als es ihm ein bisschen besser ging. Dann ist er ein freiwilliger Patient geworden. Wir fanden es wohl beide einfacher, schätze ich. Mehr Kontrolle, wissen Sie?«

»Das klingt ziemlich ernst.« Ffion versucht, ihre Stimme ruhig zu halten. »Das hätte er unbedingt im medizinischen Abschnitt seiner Bewerbung angeben müssen, damit das Produktionsteam …«

»Hat er doch!« Jessica scheint verwirrt. »Ich habe verlangt, dass er zumindest absolut ehrlich ist, was seine Vorgeschichte angeht. Ich meine, verstehen Sie mich nicht falsch, Ryan geht es seit Jahren gut, aber …« Sie bricht ab und zupft an ihren Fingernägeln. »Ich schätze, dass ich gehofft hatte, er würde aussortiert. Aber das wurde er nicht.«

Ffion steht auf und sieht Miles mit einem vernichtenden Blick an. »Warum haben Sie uns davon nichts gesagt?«

»Es …« Miles schluckt. »Es muss mir entfallen sein.«

»Erzählen Sie keinen Quatsch. Sie lassen einen Mann mit einer Geschichte ernsthafter psychischer Erkrankung in eine Realityshow, die eigens darauf ausgerichtet ist, die Teilnehmer zu zerstören …«

»Finden Sie, ich hätte Ryans Bewerbung ablehnen sollen, nur weil er im Krankenhaus war?« Miles macht einen Schritt auf Ffion zu. »Das hört sich für mich sehr nach Diskriminierung an. Schlagen Sie vor, dass jemand mit mentalen Erkrankungen nicht an normalen Aktivitäten teilnehmen kann?«

»*Exposure* ist keine …«

»Ganz und gar nicht«, sagt Georgina ruhig über Ffions wütende Antwort hinweg. »Ich finde es sogar bewundernswert von Ihnen, dass Sie nicht nach Stereotypen gehen und den Menschen hinter dem Etikett sehen.«

»Na ja, ich …« Miles blinzelt. »Ja, genau.« Er blickt arrogant zu Ffion, die lieber nichts mehr sagt. Miles hat ihre Worte genauso verdreht wie das, was die Leute bei *Exposure* sehen.

»Ich frage mich«, fährt Georgina lächelnd fort, »ob es möglich wäre, die Risikoeinschätzung zu sehen, die Sie bei Ryan vorgenommen haben.«

»Ich …« Miles' Mund bewegt sich weiter, ohne dass ein Ton herauskommt.

»Und Einzelheiten zu der zusätzlichen psychologischen Unterstützung, die Sie hier anbieten, natürlich. Ach, und ich nehme an, dass Sie jemanden haben, der sich den Livestream ansieht und in die individuellen psychologischen Vorgeschichten und die speziellen Bedürfnisse eingeweiht ist. Mit dem würden wir gerne sprechen.«

Es gibt ein Geräusch auf dem Hof, und Miles schaut aus dem Fenster, sichtlich dankbar für die Ablenkung. Dann reißt er die Augen auf. »Was zum …?«

Die Tür zum Schneideraum steht weit offen.

»Ich habe da abgeschlossen.« Miles dreht sich zu den Frauen, als könnten sie es bestätigen. »Ich schließe immer ab, wenn ich nicht da bin.« Er eilt zur Hintertür und wirft sie mit einem Knall auf. »Ey! Wer ist da?«

Zunächst ist es still, dann kommt Dario aus Nummer acht. »Da bist du ja!«, ruft er.

»Was zur Hölle machst du denn?«, brüllt Miles. »Deine Schlüssel sind für Notfälle, nicht damit du in mein Studio latschen kannst, wenn es dir passt.«

»Ich habe dich gesucht.«

Darios Antwort ist nicht überzeugend, und müsste Ffion nicht nach einem Vermissten suchen, würde sie dem Sicherheitsmann gern ein paar Fragen stellen. Aber Jessica ist den Tränen nahe, also überlässt Ffion es Miles, über den Hof zu gehen und Dario den Marsch zu blasen. Sie schließt die Hintertür.

»Ich mache einen *Paned*. Tee oder Kaffee?«, fragt sie Jessica.

»Ich muss meinen Mann finden.«

»Und um das zu tun, brauchen wir so viele Informationen wie möglich«, sagt Ffion bestimmt. »Also mache ich den Tee, und Sie erzählen uns von Ryan.«

Ihr Handy vibriert, und sie sieht, dass es eine Nachricht von Mam ist, die sich widerwillig bereit erklärt hatte, Dave am Vormittag zu sich zu nehmen.

»Ich hole ihn mittags wieder ab«, hat Ffion zu ihr gesagt, obwohl sie wusste, dass es frühestens um sechs wäre.

»Wenn er wieder mein Sofa frisst …«

»Wird er nicht!«

Ffion liest die Textnachricht ihrer Mam. Dave di bwyta'r blydi soffa eto!

Ach, na ja. Es wird sowieso Zeit, dass sie sich mal ein neues anschafft.

»Ich hätte ihn aufhalten müssen«, sagt Jessica. »Er hat die Anzeige gesehen und gesagt: *Vielleicht bewerbe ich mich.* Und ich hätte sagen müssen: *Das ist eine saublöde Idee, Ry.* Aber ich habe mir nichts weiter dabei gedacht, und kurz darauf hat er die Formulare ausgefüllt. Ich habe versucht, es ihm auszureden, aber er war wild entschlossen, es zu machen.«

»Und zu dem Zeitpunkt dachte er vermutlich, dass es sich um eine Survivalshow handelt?«, fragt Georgina.

»Ich denke, er hatte diese dumme Idee, dass er beweisen könnte, ein richtiger Mann zu sein.« Jessica löst sich in Tränen auf. »Als würde mich so ein Mist interessieren!«

Ffion bringt die Teebecher zum Tisch, in denen noch die Teebeutel schwappen. »Hat Ryan jemals versucht, sich das Leben zu nehmen?«

Jessica ringt nach Luft. »Nicht, dass ich wüsste. Nicht einmal, als er krank war. Er hat sich nicht verletzt, nur manchmal zugeschlagen.« Sie bricht ab.

»Er war gewalttätig?«, fragt Georgina sanft.

»Nie zu mir«, sagt Jessica entschieden. »Nie zu mir.«

Sie warten.

»Kurz vor der Einweisung hat er die Küche zertrümmert«, sagt Jessica schließlich, was ihr merklich widerstrebt. »Ein anderes Mal hat er ein Loch in eine Wand geschlagen. Aber er würde nie jemandem wehtun – das müssen Sie mir glauben. Er ist nur …« Unglücklich starrt sie auf den Tisch. »Er liebt sich selbst nicht so, wie ich ihn liebe.«

Die Tür geht auf, und Huw kommt hereingestürmt, direkt auf den Kessel zu.

»Mann, Huw, schon mal was von Anklopfen gehört?«, fragt Ffion. Dann spricht sie walisisch mit ihm, weil sie ihn so am schnellsten auf den aktuellen Stand bringen kann, ohne Jessica noch verzweifelter zu machen.

»*Mae pobl yn siarad*, Ffi«, antwortet er. »Sie fragen, ob wir nach Ryan suchen.«

Ffions Handy meldet eine neue Textnachricht. Ffi! Mae Dave wedi neidio dros y ffens a dianc!

»Was ist?«, fragt Huw.

»Es ist Dave. Er ist über Mams Zaun und weg. Halt die Augen auf dem Berg nach ihm offen, ja?« Ffion verzieht das Gesicht. »Verfluchter Hund.«

»Vielleicht wäre es besser, wenn du ihn zurück ins Tierheim bringst.«

Er mag besorgt klingen, aber Ffion täuscht er nicht. »Leck mich, Huw. Du kriegst die zwanzig Pfund nicht.« Sie macht ihm einen Kaffee und rührt automatisch exakt einen halben Zuckerwürfel hinein, während Huw sich Jessica vorstellt.

»Wir tun alles, was wir können«, sagt er auf Englisch.

»Bitte, finden Sie ihn.« Jessicas Stimme bricht. »Er muss erfahren, dass ich ihn liebe, nicht trotz dem, wie er ist, sondern deswegen.«

Ffion denkt an Miles' Bitte um einige Stunden Gnadenfrist, ehe sie eine Erklärung abgeben. Und sie denkt auch an seinen Werbevertrag mit Bet247 und sein Drängen, dass die Teilnehmer nicht von Ryans Verschwinden »abgelenkt« werden dürften. Dem freiwilligen Suchtrupp Ryans Namen zu verraten, könnte Miles' Beziehung zu seinen Sponsoren schaden und sich auf die Einschaltquoten auswirken – kein Wunder, dass er alles vertraulich handhaben will.

Sie sieht Huw an. »Trommle so viele Freiwillige aus dem Dorf zusammen, wie du kannst. Und erzähle ihnen alles, was sie wissen müssen.«

ACHT

MITTWOCH | LEO

Das letzte Mal ist Leo zusammen mit Ffion nach Wales gefahren. Da verknüpften sie die verbliebenen losen Enden im Mordfall Rhys Lloyd: zusätzliche Zeugenaussagen, noch eine Hausdurchsuchung, ein allerletzter Blick auf den See, aus dem Lloyds Leiche wenige Wochen zuvor geborgen worden war.

Nun beobachtet Leo, wie sich die Landschaft verändert, je näher er Cwm Coed kommt. Er wartet darauf, den Mirror Lake erneut zu sehen. Das erste Mal hat es ihm den Atem geraubt, und genauso ist es heute wieder – ein schimmernder Streifen von Saphirblau im Tal. Rhys Lloyd ist im Winter gestorben, als nur wenige Boote draußen waren; heute sind dort Dutzende. Winzige dreieckige Segel huschen übers Wasser, die Bewegungen wie choreografiert, als die Boote einander scheinbar in Zentimeterabständen passieren.

Leo hätte einen DC schicken können, der sich mit der North Wales Police abstimmt. Hätte er wahrscheinlich tun sollen. Aber ausnahmsweise hat er nicht allzu viele aktuelle Fälle, und es zieht ihn zu den Bergen. Und zu Ffion.

Als die Straße hinunter zum Ort führt, verschwindet der See hinter dem ihn umgebenden Grüngürtel. Cwm Coed hat sich für Leo anfangs provinziell angefühlt. Zu groß für ein Dorf, aber zu klein für eine Stadt. Hier gibt es nichts zu tun außer Schwimmen, Angeln oder Segeln. Damals hat Leo gedacht, es wäre der typische Ort, durch den man auf dem Weg zu einem netteren fuhr. Heute hingegen überkommt ihn ein überaus seltsames Gefühl, als er sich dem Dorf nähert. Er merkt, dass sich die Anspannung in den Schultern löst, als würde er ein zu enges Jackett ablegen. Er spürt, wie er sich entspannter in den Sitz zurücklehnt, als würde er nach einem langen Arbeitstag aufs Sofa sinken.

Cwm Coed hat sich seit Jahrhunderten nicht verändert, hat Ffion ihm einmal gesagt, und das meinte sie als Segen wie Fluch zugleich. Leo war neidisch auf ihre Wurzeln und ihre Geschichte hier. Ihm gefiel es, dass sie nicht von einem Ende der Hauptstraße zum anderen gehen konnte, ohne ein Dutzend Unterhaltungen über das Wetter oder die Renovierungsarbeiten an der Kirche zu führen; ohne dass Leute sich nach ihrer Mutter erkundigten, Elen Morgan, oder fragten, ob Ffion wisse, wer Osian Edwards Aufsitzmäher geklaut hatte. So was erlebt man in der Stadt nicht.

Leos Navi führt ihn nördlich hinter das Dorf zum Pen y Ddraig. Als es bergauf geht, wird sein Puls schneller, und er zwingt sich, einige Male tief durchzuatmen. Er ist ein Detective Sergeant, unterwegs zum Treffen mit einem Constable einer anderen Einheit, um auf den neuesten Stand gebracht zu werden; kein Elftklässler, der in der Schlange vor der Schuldisco steht!

Aber Ffion.

Er hat ihr am Morgen eine Textnachricht geschickt, dass er kommt. Eine einzelne Zeile, passend zu dem abrupten Tonfall des Anrufs gestern Nachmittag.

Ihre Antwort kam prompt. Ist notiert.

So soll es also sein. Das Gefühl in Leo ähnelt Trauer, und er öffnet das Seitenfenster, damit der Fahrtwind ihm die Idiotie wegbläst. Die Straße verengt sich. Laut Navi ist das Farmhaus drei Minuten entfernt, aber hier endet die Straße, und es ist kein Haus in Sicht.

Er hält an und zoomt die Karte auf seinem Handy heran.

Er ist auf der falschen Seite eines Felds.

Als Leo vorsichtig rückwärts die einspurige Straße herunterfährt, sieht er sich flüchtig selbst im Rückspiegel. Wann hat er sich zuletzt die Haare schneiden lassen? Er richtet seine Krawatte. Heute hat er einen grauen, dezent karierten Anzug an, allerdings von den Budapestern fürs Büro zu Stiefeln gewechselt, die sich für dieses Terrain besser eignen. Sieht er okay aus? Ist das Anzugjackett zu viel? Er könnte es im Wagen lassen und die Windjacke anziehen, die er im Kofferraum hat, falls es zu regnen anfängt … *Um Himmels willen, Mann, reiß dich zusammen!* Es ist nur Ffion. Und Ffion hat ziemlich deutlich gemacht, dass sie nicht interessiert ist, also spielt es keine Rolle, ob sein Haar gruselig aussieht oder …

Sein Telefon klingelt, als er die Hauptstraße erreicht (wobei die Bezeichnung eher relativ zu sehen ist, denn er müsste sich an die Hecke quetschen, sollte ihm jemand entgegenkommen), und obwohl er eigentlich nicht mit Gayle reden will, ist die Ablenkung willkommen, und er nimmt den Anruf an.

»Hallo, Schöner.« Ihre tiefe, flirtende Stimme füllt den Wageninnenraum. »Ich bin heute in Chester und dachte, wir können vielleicht mal diesen neuen Laden am Fluss testen. Wie ich gehört habe, machen sie da einen fantastischen Nachmittagstee.«

»Geht nicht. Ich bin in Wales, wegen eines Falls.« Leo hat mehrmals versucht zu erklären, dass er keine langen Trinkpausen einlegen kann. Bei der Polizei isst man in geparkten Autos oder am Schreibtisch und lässt alles stehen und liegen, wenn der nächste Einsatz kommt oder man angerufen wird, weil ein Verdächtiger jetzt zum Verhör bereit sei. Ein Nachmittagstee … Leo kann sich lebhaft vorstellen, wie das beim DI ankäme. *Ich bin kurz mal auf Gurkensandwiches, Chef.*

»Jeder muss essen«, hat Gayle einmal gesagt, als er ihr Angebot ablehnte, sie auf einen *schnellen Happen und einen kleinen Pinot* im Pub zu treffen.

»Erzähl das der Kriminalpolizei von Cheshire.«

»Aber die beiden aus Inspector Morse sitzen dauernd im Pub!«

Leo lachte, aber es stellte sich heraus, dass Gayle es ernst meinte.

»Wie geht es dir?«, fragt er jetzt. Er ignoriert die Ansage seines Navis, er solle wenden, und fährt durch ein offenes Tor auf eine breite, mit Kies ausgestreute Einfahrt vor dem Farmhaus. Auf einem Schild am Tor steht *Carreg Plas.*

»Ich bin spitz«, antwortet Gayle und zieht das letzte Wort mit einem rauchigen Bühnenflüstern in die Länge.

Leo reißt das Handy aus der Halterung und schaltet die Freisprechanlage aus. Was soll er sagen? *Das ist schön? Oh nein?* Er entscheidet sich für »Ich bin bei der Arbeit« und ergänzt »leider«, obwohl es ihm nicht leidtut.

»Du hast doch sicher fünf Minuten Zeit, um einer Frau auszuhelfen, oder?« Sie lacht kehlig.

Das kann Leo nicht. Teils weil er Gayle immer weniger mag anstatt mehr; teils weil ihm bei dieser Art Gespräch unwohl ist. Vor allem aber, weil Ffion in der Einfahrt steht. Einzelne Strähnen ihres Haars haben sich aus der Spange in ihrem Nacken gelöst und wehen ihr ins Gesicht. Sie nickt kurz, als ihr Blick Leos begegnet.

»Ich muss Schluss machen«, sagt er zu Gayle. »Tut mir leid.« Ffion kommt auf seinen Wagen zu, bis er ihr Gesicht nicht mehr sehen kann, sondern nur noch einen Ledergürtel und eine graue Hose, die übersät ist von etwas, das wie Hundehaar aussieht.

»Weißt du, was ich unter meinem Kleid anhabe?«, fragt Gayle.

Ffion öffnet die Fahrertür. »Willst du den ganzen Tag da sitzen bleiben?«

»Überhaupt nichts«, schnurrt Gayle. »Wenn wir uns später treffen, darfst du die Hand darunterstecken und sehen, wohin es dich führt …«

»Denn wir wollen mit Miles reden.« Ffion beugt sich nahe vor die Fahrertür, sodass Leo ihr Parfüm riechen kann, scharf und zitronig. Sie trägt nur ein kurzärmeliges Top, keine Jacke, und hat eine Gänsehaut auf den Armen.

»Ich komme sofort.« Leo wird ein wenig panisch. Er presst das Handy näher an sein Ohr, aber Gayles Stimme ist so *laut*.

»Das will ich nicht hoffen.« Wieder lacht Gayle kehlig. »Du musst die ganze Nacht durchhalten.« Sie dehnt das »ganze« auf mehrere Sekunden.

»Ich muss jetzt wirklich Schluss machen.« Leo ist unangenehm heiß, und Schweiß kitzelt an seinem Haaransatz und über seiner Oberlippe. Ffion sieht ihn fragend an. »Arbeit«, sagt er stumm, verdreht die Augen und macht eine Handbewegung, die ihr bedeuten soll, dass er das Gespräch beendet. »Ich melde mich später mit einem Update.«

»Jetzt gerade«, sagt Gayle, »werde ich …«

Leo drückt den Anruf weg. Er steigt aus und kehrt Ffion den Rücken zu, als er seine Aktentasche vom Rücksitz nimmt, wobei er lange ausatmet, um seinen Herzschlag zu normalisieren. »Hi«, sagt er, als er sich endlich wieder ihr zuwendet. »Schön, dich …«

»Wollen wir?« Sie beginnt, um das Farmhaus herumzugehen.

Leo holt sie mit wenigen großen Schritten ein. Das Etikett stakt aus dem Kragen ihres Tops hinten, und es gab mal eine Zeit, da hätte er es reingesteckt und keiner von ihnen sich etwas dabei gedacht. Jetzt behält er die freie Hand in der Tasche. »Du hast da …«, setzt er an, doch Ffion sieht ihn an, und ihr Blick erinnert ihn daran, wie sehr sich die Dinge zwischen ihnen geändert haben. »Wie ist es dir ergangen?«, fragt er stattdessen.

»Viel zu tun.«

Zu viel, um auf seinen Vorschlag mit dem gemeinsamen Abendessen zu antworten. »Ich auch.«

»Wie ist es beim CID? Gutes Team?«

»Ja, nette Leute.« Sie reden wie Kollegen auf einer Tagung, obwohl sie das letzte Mal, als sie zusammen waren, die intensivsten Momente erlebt hatten, die Leo kannte. Auch wenn Ffion keine Beziehung mit ihm wollte, hätten sie diese Nähe doch behalten können, oder nicht? Sie hätten Freunde sein können.

»Die Arbeit als DS muss anstrengend sein.« Da ist ein komischer Unterton in Ffions Stimme, als sie voraus zur Rückseite des Farmhauses geht.

»Kann sein.«

Ffion öffnet eine Tür. Ihre Mundwinkel zucken. »Vor allem mit einer Chefin, die will, dass du die gaaanze Nacht durchhältst.«

Zum Glück für Leo wird die Hitze, die in ihm aufsteigt, von einem verzweifelten Schrei abgewürgt, der von der Straße kommt. Automatisch greift Leo nach seinem Funkgerät. Ein Unfall? Der Vermisste? Leo fragt sich, wie schnell in dieser Gegend ein Krankenwagen kommen kann, und hofft, dass die ein besseres Navigationssystem haben als er.

»Oh, Mist«, sagt Ffion. »Dave.«

Leo bleibt keine Zeit, sich zu fragen, wer Dave ist und was ihn derart verzweifelt macht, denn etwas von der Größe eines Shetlandponys, nur haariger und nicht annähernd so niedlich, kommt die Einfahrt entlanggestürmt. Das entsetzliche Schreien geht in Gebell über, das freudig scheint, als sich das Ding auf Ffion stürzt, die gigantischen Vorderpfoten auf ihre Schultern stemmt und beginnt, ihr das Gesicht abzuschlecken.

»Hast du …« Leo tritt einen Schritt zurück. Es ist nicht so, dass er kein Hundemensch wäre. Er mag Hunde, wenn sie brav an der Leine laufen oder zusammengerollt in Körben nahe dem Kamin liegen. »*Kennst* du diesen Hund?«

»Runter!« Ffion befreit sich mit einem gewaltigen Stoß von dem Tier. »Leo, darf ich dir Dave vorstellen? Er ist ein Tierheimhund mit Trennungsangst und Schwierigkeiten mit Grenzen.« Sie nimmt ihren Gürtel ab und fädelt ihn durch das Hundehalsband. »Dave, das ist Leo, ein DS aus Cheshire mit einem guten Anzuggeschmack.«

»Freut mich.« Vorsichtig streckt Leo eine Hand aus, um Dave zu streicheln, und wird mit einer Hand voller Sabber belohnt, den er wirklich nicht an seinem Anzug abwischen will. Erst recht nicht nach einem ehrlich wirkenden Kompliment von Ffion Morgan. »Ich nehme an, du hattest nicht geplant, dass er zu uns stößt?«

»Er ist Mam ausgerissen, die auf ihn aufgepasst hat, um mich zu suchen.«

»Kluger Hund.«

»Vorher hat er ihr Sofa aufgefressen.«

Was er hierzu sagen soll, weiß Leo nicht. Sie betreten einen Hof hinter dem Haus, dessen Küchentür offen steht. Dort wartet eine Frau mit kurzen dunklen Haaren.

»Sie müssen DS Brady sein.« Sie reicht ihm die Hand. »DC Georgina Kent, Sarge. Ich arbeite mit Ffion.«

»Sag ruhig Leo.« Er schüttelt ihre Hand. »Es sei denn, es ist ein Zivilist in der Nähe.« Er grinst. »Und darf ich Georgina sagen? Oder ziehst du einen anderen Namen vor?«

Georgina ist überrascht. »Na ja, eigentlich George.«

Ffion starrt sie an. »Das hast du nie gesagt.«

George hält ihren Blick. »Du hast nie gefragt.«

Zwanzig Minuten später blickt Leo allmählich durch. Die Moderatorin Roxy Wilde sieht in natura jünger aus als im Fernsehen und gibt sich sanfter und weniger überdreht. Es ist nicht das erste Mal, dass Leo jemandem begegnet, den er aus dem Fernsehen kennt – man kann nicht acht Jahre lang in Cheshire arbeiten, ohne hin und wieder auf einen Fußballspieler oder eine Möchtegern-Prominente von *Real Housewives of Cheshire* zu treffen – und er findet es jedes Mal wieder befremdlich. Er vermutet, dass er jetzt die »echte« Roxy vor sich hat und die im Fernsehen die unechte ist, aber wer weiß das schon?

Der Kameramann Owen hat seit Leos Ankunft kein einziges Mal von seinem Handy aufgesehen. Und er hat auch schon »Sind wir hier fertig?« gemurmelt, was er an niemanden direkt richtet. Leos Fragen hat er lakonisch und desinteressiert beantwortet.

Den Produktionsassistenten Caleb Northcote kennt Leo bereits, ist allerdings verblüfft, wie sehr sich der Junge verändert hat. War er während der Ermittlungen zum Mord an Rhys Lloyd noch ein linkischer Sechzehnjähriger, hat Caleb in den letzten siebzehn Monaten an Statur gewonnen; seine Muskeln wölben sich unter dem schwarzen T-Shirt. Er gab Leo nicht die Hand, und als der seine vorstreckte, sah Caleb ihn nicht an. Also ist er nach wie vor kein Fan der Polizei, obwohl Leo auffällt, dass er bei Ffion gelassener ist. Vermutlich sieht er sie einfach häufiger in Cwm Coed.

Der Frau des Vermissten, Jessica Francis, hat man das Zimmer ihres Mannes in dem umgebauten Stalltrakt hinterm Farmhaus zur Verfügung gestellt, und Leo erfährt, dass er dort auch Miles Young in dessen Schneideraum findet.

»Ich habe ihm gesagt, dass Sie kommen«, sagt Caleb. »Aber die Zeit ist echt knapp. Er ist ja alleine hier, weil alle anderen remote arbeiten.«

»Verstehe.« Leo steht auf. »Roxy, Owen, Caleb, vielen Dank für Ihre Zeit.«

Es dauert einen Moment, bis die Crewmitglieder begreifen, dass sie entlassen sind; dann aber stolpern sie beinahe übereinander, so schnell wollen sie weg. Roxy scheint kurz zu zögern, als wolle sie noch etwas sagen, doch Owen ruft nach ihr, und sie folgt ihm pflichtbewusst.

»Danke, dass ihr beide mich auf den aktuellen Stand gebracht habt.« Leo nickt erst George, dann Ffion zu. Er ist auf eine Weise unsicher, wie es ihm nie passiert, wenn er sich mit seinem CID-Team bespricht. Freut sie sich überhaupt, ihn zu sehen? Falls ja, lässt Ffion es sich nicht anmerken. »Ich würde gern absprechen, wie wir vorgehen, damit wir sicher sind, alles zu tun, was wir können, um Ryan heil nach Hause zu bringen.«

»Du meinst überprüfen, ob die Einheimischen es nicht versaubeutelt haben?« Ffions walisischer Akzent wird ausgeprägter.

Leo schnappt nicht nach dem Köder. »Ich weiß, dass die Suchkoordinatoren der Polizei mit dem Bergungstrupp in Kontakt sind, und sie haben den Bereich direkt um das Camp gut abgedeckt. Wie sieht es weiter weg aus?« Er sieht Ffion an, doch George antwortet.

»Uniformierte haben Schuppen und Nebengebäude in einem Fünf-Meilen-Umkreis abgesucht.«

»Ist jemandem von den Besitzern dort aufgefallen, dass etwas fehlt? Kleidung von einer Wäscheleine, Milch- oder Brotlieferungen von der Haustür?«

»Ich glaube nicht, dass danach gefragt wurde, Sarge …« George korrigiert sich. »Leo.«

»Dann macht ihr das heute bitte. Krankenhäuser?«

»Keine Spur.«

»Arrestzellen?«

»Dasselbe.«

»Irgendein Zugriff auf einen Wagen?«

George schüttelt den Kopf. »Alle Teilnehmer wurden am Sonntag bei sich zu Hause abgeholt und hergefahren.«

»Angesichts der Zeit, die seit Ryans Verschwinden vergangen ist, ist nicht unvorstellbar, dass er eine Hauptstraße erreichen und trampen konnte. Lasst bitte seine Beschreibung an Lkw-Fahrer und Tankstellen rausgeben.« Er stockt. »Ffion?«

Sie sagt nichts.

»Ist das okay?«

»Sollte dein Team das nicht übernehmen?«, entgegnet Ffion. »Ich meine, Ryan wird auf der Cheshire-Seite vermisst, und du bist hier, also wirst du den Fall wollen, und ...«, sie zeigt mit dem Finger auf sich, bewegt ihn dann im Kreis und weist zur Tür, »... wir können an dich übergeben und gehen, oder?«

»Es ist offiziell eine gemeinsame Ermittlung«, antwortet Leo. »Unser Vermisster, eure Ortskenntnis.«

»Aha.«

»Ist das ein Problem?« Leo sieht sie direkt an.

Sie reckt kaum merklich das Kinn, ohne den Blick abzuwenden. »Nein.«

»Gut. Wie weit sind wir mit seinen Finanzen und seiner Anrufliste?«

»Haben wir noch nicht überprüft«, antwortet George. »Ryans Brieftasche und sein Handy sind noch hier.«

»Wissen wir, ob irgendwelche Bankkarten fehlen?«

George wird ein wenig rot. »Nein.«

»Dann überprüfen wir das bitte auch. Ryan könnte eine Karte mit ins Camp genommen haben.« Leo überfliegt die Liste, die er zusammengestellt hat, nachdem er die gestrige Folge von *Exposure* gesehen hatte. »Freunde und Bekannte?«

»Jessica kontaktiert alle Freunde und Verwandten«, antwortet George. »Wir stehen mit Ryans Chef in Kontakt, der bei seinen Kollegen nachfragt.«

»Gute Arbeit.« Leo klappt seinen Notizblock zu. »Ich möchte mit Miles Young reden, aber ruft mich an, falls es irgendeine Entwicklung gibt. Die Pressestelle habe ich gebeten, einen Aufruf an alle herauszugeben, die in den letzten paar Tagen in der Gegend wandern waren, sie mögen den Hintergrund auf ihren Fotos und Videos genauer ansehen. Da haben wir vielleicht schon heute Nachmittag mehr.«

Leo geht über den Hof. Den Hubschrauber hört er nicht mehr – vielleicht ist er zum Auftanken oder wurde zu einem dringenderen Auftrag gerufen. Der Berggipfel ragt schroff in den Himmel auf, und Leo nimmt sich eine Sekunde, um sich zu sammeln. Seine Vorstellung eben in der Küche war exakt das: eine Vorstellung. Genauso hatte er sich direkt nach seiner Beförderung zum Detective Sergeant gefühlt. Er erinnert sich an das erste Briefing, das er geleitet hat, und wie heftig sein Herz unter dem blütenweißen Hemd und dem Nadelstreifenjackett gehämmert hatte; wie nervös er sich gefragt hatte, was das Team von ihm denken mochte.

»Super gemacht«, hatte sein neuer DI hinterher gesagt, und Leo hatte es außergewöhnlich gefunden, dass man ihm seine Nervosität nicht angemerkt hatte.

Im Laufe des ersten Jahrs war Leo selbstsicherer geworden. Er musste vor Besprechungen nicht mehr tief durchatmen oder sie auf der Fahrt zur Arbeit proben. Nicht, dass ihm gleich wäre, wie das Team über ihn denkt, aber er weiß schlicht, dass er gut in seinem Job ist.

Heute hingegen kommt er sich wieder wie ein Anfänger vor. Seine Gedanken sind überall und nirgends – mal beim Prozedere in Vermisstenfällen, dann bei der Tatsache, dass Ffions Mund ihm gleichzeitig vertraut und ganz neu scheint.

Er fühlt sich wie unterm Mikroskop. Liegt es daran, dass er als Sergeant zurückgekommen ist? Oder dass Ffion hier ist? Es ist, weil sie ihn geschnitten hat und er ihr zeigen will, dass es keine Rolle spielt und er professionell ist. Dass es ihn nicht kümmert, wenn die Frau, von der er einst glaubte, er würde sich in sie verlieben, beinahe vergessen hat, dass es ihn gibt.

Ein gellender Schrei unterbricht Leos Gedanken, und als er aufblickt, sieht er einen Turmfalken über sich segeln, die Flügel ausgebreitet und den Schwanz mit den schwarzen Federspitzen gegen den Wind gespreizt. Leo beobachtet ihn kurz und denkt, dass Harris es fantastisch fände. Sie sollten häufiger aufs Land fahren. Vor sechs Monaten hat Allie ein Paar Gummistiefel von Le Chameau für Harris gekauft und Leo gesagt: *Die kosten achtzig Pfund, also lass ihn die um Himmels willen nicht dreckig machen*. Doch er könnte ein anderes Paar bei Asda besorgen, und dann können sie eine Wanderung mit einem Picknick und einem Buch über Vögel unternehmen. Innerlich lacht er. Wer hätte vor wenigen Jahren noch gedacht, dass der Stadtjunge Brady von einer Wanderung in den Hügeln träumen würde? Das ist Ffions Einfluss zu verdanken, ob sie es weiß oder nicht. *In Großstädten kann ich nicht atmen,* hat sie einmal zu ihm gesagt, und Leo musste lachen. Jetzt jedoch spürt er es, so wie beim letzten Mal, als er hier war. Die Weite des Himmels, die endlosen Berghänge, sogar die Sonne, die bereits hoch über ihm steht. Alles ist so viel größer, so viel offener.

Der Turmfalke steigt höher am Berg hinauf, und Leo konzentriert sich. Er muss mit Miles Young sprechen. Als Produzent von *Exposure* und Inhaber von Young Productions ist Miles für das Wohlergehen der sieben Teilnehmer verantwortlich. Sollte mangelnde Fürsorge zu Ryans Tod führen, könnte Miles eine Anklage wegen fahrlässiger Tötung drohen.

»Verzeihung!«

Leo dreht sich um. Roxy Wilde kommt auf ihn zu. Sie ist inzwischen vollständig geschminkt und hat ein winziges Mikrofon an ihrer Jacke, dessen Kabel nicht zu sehen ist.

»Wir gehen nach oben zur heutigen Aufgabe«, sagt Roxy. »Sie machen eine Vertrauensprüfung mit Abseilen – jeweils paarweise. Sollte spaßig werden«, fügt sie hinzu, doch ihr Gesichtsausdruck spricht eine andere Sprache.

»Wollten Sie noch etwas sagen?«, fragt Leo, weil es scheint, als wolle Roxy nicht reden.

»Ich …« Sie blickt zur Nummer acht. »Ryan hatte die Ankündigung richtig schlecht aufgenommen. Ich meine, alle Teilnehmer waren geschockt, aber Ryan … so habe ich noch nie jemanden erlebt. Er ist kreidebleich geworden, wie eine Leiche, und vollkommen erstarrt, als wäre er gelähmt vor Angst.«

»Ich habe die erste Folge nicht gesehen. War das …«

Roxy lacht zynisch. »Da hätten Sie Ryans Reaktion auch nicht gesehen. Miles hat Material von früher an dem Tag benutzt, als die Teilnehmer noch aufgedreht waren, weil sie gedacht haben, sie machen bei einer Survivalshow mit. Er hat es so editiert, dass es aussieht, als würden sie so nach der Ankündigung wirken. Deshalb sind ja alles Nahaufnahmen, und sie müssen eine Camp-Uniform tragen – damit man nicht erkennt, dass es sich um unterschiedliche Szenen handelt. Im Fernsehen juchzen und jubeln sie alle, doch tatsächlich war es das totale Gegenteil.«

»Ist das …« Leo glaubt nicht, dass er naiv ist, und er weiß, dass beim Reality-TV einiges retuschiert wird, aber dass Material so manipuliert wird … »Ist das normal?«

»Willkommen im Reality-TV.« Roxy schließt kurz die Augen und atmet aus. »Die Einschaltquoten gehen durch die Decke, aber ich musste mich von Twitter abmelden – ich halte die Beschimpfungen nicht mehr aus.«

»Beschimpfungen? Von wem?«

»Hauptsächlich von der Bewegung #BeKind. Was für eine Ironie!« Roxy schlingt die Arme um ihren Oberkörper. »Aber letztlich stimme ich allem zu, was sie sagen. Abgesehen von den Morddrohungen, versteht sich. Die Show *ist* grausam. Das ist Mobbing auf Speed. Hätte Miles meinen Vertrag nicht so wasserdicht gemacht, wäre ich weg.«

»Hat Ryan Sie hinterher angesprochen?«

»Ehrlich gesagt konnte er kaum sprechen. Die anderen haben sich um ihn gekümmert, aber ich weiß, dass es ihm richtig mies ging. Er hat mir erzählt, dass er … dass er lieber tot wäre. Ich dachte, es wäre nur so eine Floskel, aber …« Roxy kommen die Tränen.

Leo nickt ernst.

»Hören Sie, ich muss los. Sie sollten nur wissen, dass Sie nicht glauben dürfen, was Sie im Fernsehen sehen.« Roxy legt eine Hand auf Leos Arm und sieht ihn mit großen Augen an. »In der Show geht es nur darum, die Lügen der Teilnehmer bloßzustellen. Aber tatsächlich ist Miles der größte Lügner von allen.«

NEUN

MITTWOCH | KAT SHENTON | FOLGE DREI

Kat Shenton sieht ihren Ehemann Jason wegen einer Frau sabbern, die seine Tochter sein könnte. Es sind die Untertitel anstelle des Tons eingeschaltet, und Kats Finger schwebt über der Ausschalttaste der Fernbedienung, weil sie Belle und Aimee-Leigh erzählt hat, Daddy würde nicht mehr bei *Exposure* mitmachen.

»Anscheinend will er lieber mit Aliyah rummachen«, murmelt sie verbittert, bevor sie ihr Weinglas leert und in die Küche geht, um sich nachzuschenken. Sie steckt ein Fertiggericht in die Mikrowelle und hackt wütend auf die Tasten ein. Vorhin hat sie gesehen, wie Jason zu Aliyah sagte: *Ich lass dich nicht fallen, Süße*, und dann unverhohlen in Aliyahs Ausschnitt gaffte, als die Frau den Felshang herunterwippte (und, Mann, sind die Dinger gewippt – die müssen aus Gummi sein).

Kat hat noch nie erlebt, dass ihr Mann flirtet. Sonst hätte sie die ersten drei Folgen von *Exposure* vielleicht besser verkraftet. Jason und sie führen eine gute Ehe, und Kat hält sich in Form. Würde Jason mit ihren Freundinnen flirten, wenn sie zusammen aus waren, würde es ihr nichts ausmachen. Sie fühlt sich in ihrer Beziehung sicher.

Aber diese Seite von Jason kennt sie bisher nicht. Diese Seitenblicke, wenn Aliyah ihren Fleecepullover auszieht; das anerkennende Nicken, wenn ihr T-Shirt nach oben rutscht und den Blick auf ihren straffen Bauch freigibt. Ganz gleich, wo Aliyah ist, Jason ist immerzu in unmittelbarer Nähe, und das allein ist, als würde Kat einem Fremden zuschauen.

Wenn er fähig ist, so zu flirten, wozu ist er es sonst? Was verbirgt er noch?

Kat, Belle und Aimee-Leigh haben die erste Folge zusammen gesehen, eingekuschelt auf dem Sofa mit heißem Kakao und einer Schale Popcorn. Kat hat ihnen T-Shirts drucken lassen – *Jase's Girls* –, und sie haben Selfies für Instagram gemacht. *Du schaffst das, Daddy!*, hat sie daruntergeschrieben, und ihr Handy wurde mit Herz-Emojis geflutet. Kat hat keine riesige Reichweite, deshalb hat sie das Hashtag #ExposureTVShow benutzt, und die Zahl ihrer Follower ist explodiert.

Sie schob sich eine Handvoll Popcorn in den Mund, als Roxy Wilde in der ersten Folge die große Ankündigung machte. Kat war erstarrt, zu baff, um zu kauen. *Bitte was?!*

»Die ist so hübsch«, sagte die sechsjährige Belle.

»Man darf keine Geheimnisse haben.« Aimee-Leigh, acht Jahre alt und wahnsinnig klug, sah Kat fragend an. »Warum hat Dad ein Geheimnis?«

Das ist eine verdammt gute Frage. Kat und Jason sind seit zwölf Jahren zusammen und seit zehn Jahren verheiratet. Sie sollten keine Geheimnisse haben. Die letzten zwei Tage hat Kat das Haus auseinandergenommen, nach etwas – irgendwas – gesucht, das ihr verrät, was ihr Mann treibt.

Allerdings hat sie jetzt, da sie ihn wie einen Perversen Aliyah begaffen sieht, eine verflucht gute Vorstellung, was es ist.

Sie kennen die Passwörter des anderen, also ist Kat auch Jasons Kontoauszüge und seine Anrufliste durchgegangen, hat aber nichts Ungewöhnliches gefunden. Soll sie mit den anderen Feuerwehrmännern reden, ob die mehr wissen?

»Du musst dir solche Sorgen machen«, sagte Kats Mum, die anrief, sobald der Abspann der ersten Folge begann.

»Nein, gar nicht«, log Kat. »Jason und ich haben keine Geheimnisse.«

Gestern Abend hat Kat innerlich gekocht, als sie im Fernsehen sah, wie Jason mit dem Steuerberater Henry in dem Jacuzzi saß. Aliyah war gerade gegangen, und Jason hat über sie geredet.

»Sie ist so klasse.« Er schloss die Augen und lehnte lächelnd den Kopf nach hinten. »Perfekte Titten, super Arsch. Das ganze Paket.«

Kat wollte die Fernbedienung nach dem Bildschirm schmeißen oder nach oben rennen und Jasons Lieblingshemden zerschlitzen. Nur konnte sie sich nicht rühren. Benommen saß sie in der Mitte des Ledersofas, und Tränen liefen ihr über die Wangen. Heute hat ihr Handy den ganzen Tag eine Textnachricht nach der anderen gemeldet: Freundinnen, die fragten, ob alles okay sei, und falsche Freundinnen, die sich in ihrer öffentlichen Demütigung suhlten.

»Der Sex«, hat Jason gestern Abend Henry erzählt, »ist phänomenal.« Die Kamera schnitt zu Aliyah, die, nur mit einem Handtuch um ihre perfekte Figur gewickelt, aus der Dusche kam. Kat brach es das Herz. *Er hat mit ihr geschlafen.*

Sie weiß, dass sie den Fernseher heute Abend nicht hätte einschalten dürfen – das Zusehen war die schlimmste Form der Selbstverletzung –, aber sie kann sich nicht von der Massenkarambolage abwenden, zu der ihre Ehe geworden ist. Jason und Henry sitzen wieder in dem Jacuzzi – wenigstens ohne Aliyah –, und Kat stellt den Ton an, wobei sie mit einem Auge die Wohnzimmertür im Blick behält.

»Ich überlege zu gestehen. Das Pflaster abreißen, verstehst du?« Während Jason redet, wird das Bild von einer früheren Aufnahme ersetzt, die Aliyah und Jason lachend im Camp zeigt. Für das Erraten, was Jason zu gestehen plant, gibt es garantiert keinen Preis, denkt Kat verbittert. Sie fragt sich, wie er es machen will. Ob er sie anruft, wenn er das Camp verlässt, oder wartet, bis er zu Hause ist.

»Was würdest du mit dem Preisgeld machen?«, fragt Henry.

»Was immer sie glücklich macht.« Jason grinst, und Kat kneift die Augen zu, als die Kamera seinem Blick zu der Stelle folgt, an der Aliyah sitzt und mit beiden Händen einen Kaffeebecher umklammert. »Auf jeden Fall würde ich einen Urlaub irgendwo buchen. Sonne, Meer und …« Er beendet den Satz mit einem Augenzwinkern, und wieder kommen Kat die Tränen. Jason und sie sind nie zusammen im Ausland gewesen; ihre Flitterwochen waren zwei Übernachtungen im Wohnwagen ihrer Mum. Er kennt dieses Mädchen quasi seit fünf Minuten, und schon ist er bereit, ihr sein Preisgeld zu schenken.

Als die Männer den Jacuzzi verlassen – wobei sie sich auf die Schulter klopfen, sich zuzwinkern und so blöd mit den Händen eine Waffe nachahmen, um sich zu bedeuten: *Schon verstanden, Alter,* reicht es Kat. Sie will ausschalten und schwört, sich das morgen nicht wieder anzutun, als das Bild zu einer Aufnahme später an dem Tag wechselt. Henry ist jetzt angezogen und auf dem Weg zur Beichtkammer. Trotz ihrer Angst ist Kat gebannt. Wird er sein Geheimnis gestehen? In der Küche piept die Mikrowelle hartnäckig, aber Kat rührt sich nicht.

In der Beichtkammer blickt Henry in die Kamera. »Ich habe mir den Kopf zerbrochen, ob ich sagen soll, was ich jetzt sagen will.« Er reibt sich den Kopf, sodass er sein noch feuchtes Haar zerzaust. »Mit Worten bin ich nicht so gut – ich bin ein Zahlentyp –, und wenn ich ehrlich bin, bin ich nicht gut mit Beziehungen.«

Kat beugt sich vor. Ist Henry auch fremdgegangen? Sind das alle, die dort sind? Vielleicht hat der Produzent diese Teilnehmer zusammengebracht, um ihre Untreue zu entlarven. Was ein kleiner Trost ist, denkt Kat, wenn sie nicht die einzige Partnerin ist, die das hier durchmacht.

Aber Henry redet von Jason. »Er ist ein cooler Typ, und ich fühle mich mies, weil ich das hier tue, aber so ist das Spiel, oder? Der Stärkste überlebt. Also … ich stelle Jason bloß.«

Sofort unterbricht die Sendung für eine Werbepause. Kat stößt einen frustrierten Schrei aus. Sie sinkt auf den Teppich und schleppt sich zum Fernseher; dort bleibt sie hocken, solange die Werbung läuft und ihr Telefon Textnachrichten meldet, die sie nicht anzusehen wagt.

Als *Exposure* weitergeht, sind die Teilnehmer für das Live-Segment im Camp versammelt, das jede Folge abschließt. Was Henry zu sagen hat, erfährt man nicht, und jetzt kommt Roxy mit ihrem perfekten Haar und ihren schimmernden Lippen ins Camp geschlendert. Kat will sterben. *Sag's schon,* denkt sie. *Reiß das Pflaster ab.* »Was hast du getan?« Die Frage ist an ihren Mann gerichtet, der, seinem entspannten Gesichtsausdruck nach zu urteilen, keine Ahnung hat, dass er bloßgestellt werden soll. Oder es ist ihm egal. Vielleicht hat er Henry dazu angestiftet. Womöglich ist es Jasons Art, das dämliche Pflaster abzureißen. *Hey, Kat, hey, Kinder – ich verlasse euch für eine Frau, die ich gerade kennengelernt habe!*

Roxy spricht in die Kamera. »Vorhin hat Henry angeboten, Jason bloßzustellen. Sehen wir mal, ob er recht hatte.« Lauter Fotos huschen über den Bildschirm: Jasons entsetzte Miene; Henrys Unbehagen; der Schock der anderen. »Denkt dran«, sagt Roxy, »wenn Henry falschliegt, muss er in die Beichtkammer.« Sie dreht sich zu ihm. »Sag allen, was deine Phobie ist.«

Henry blinzelt hektisch. »Ähm … Wasser.«

Der Bildschirm wechselt zur leeren Beichtkammer, in die aus einem Rohr in der Wand Wasser rauscht und den kleinen, fensterlosen Raum schnell füllt. Es steigt immer höher, bis Kat stellvertretend fühlt, wie ihr die Brust eng wird.

Roxy reicht Henry einen Schlüssel und zeigt zu dem Kasten mit den Geheimnissen, der mit einem Vorhängeschloss an dem Baumstumpf nahe der Feuergrube steht. »Der Moment der Wahrheit. Öffne den Kasten, und gib mir Jasons Geheimnis.«

Kat kann nicht wegsehen. Auch nicht atmen. Sie beobachtet, wie Henry den Kasten aufschließt und die sieben Umschläge darin einen nach dem anderen durchgeht auf der Suche nach dem, der mit *Jason* beschriftet ist.

»Mum?« Die Wohnzimmertür geht auf, und Aimee-Leigh kommt herein. Sie reibt sich die Augen.

Alles geschieht gleichzeitig.

Eine Nahaufnahme des Umschlags, den Roxy öffnet. Ein Schnitt zu Henrys früherer Anschuldigung. *Ich stelle Jason bloß.* Die Gesichter der Teilnehmer. Aimee-Leighs Aufregung. »Dad! Du hast gesagt, er ist weg! Ist er wieder da?«

Ich stelle Jason als Bigamisten bloß.

Der offene Umschlag. Henrys erleichterter, aber schuldbewusster Gesichtsausdruck. Jasons Verzweiflung.

»Was ist ein Bigamist, Mum?«

Das Zimmer dreht sich um Kat.

Im Fernseher redet Roxy mit den Zuschauern. Jason verabschiedet sich stumm von allen anderen Teilnehmern bis auf Henry, dem er einen mörderischen Blick zuwirft.

Zu Hause sind Kats Tränen versiegt. Sie schaltet den Fernseher aus und zieht ihre Tochter in die Arme. Ihr Handy wird irre, aber es kann unmöglich so wütend sein wie Kat.

Ihr Mann hat eine andere Frau.

Kat bringt ihn um!

ZEHN

DONNERSTAG | FFION

Rein. Schnell.« Ffion blickt sich auf der engen Straße um. Ihr winziges gemietetes Reihenhaus befindet sich vom Haus ihrer Mam aus gesehen auf der entgegengesetzten Seite von Cwm Coed. Hier stehen lauter rote Backsteinbauten mit Schieferdächern, die einst identisch gewesen sein dürften, bis die neuen Besitzer die Fenster auswechselten, die Haustüren lackierten und kleine Windfänge für ihre Mäntel und Stiefel anbauten. Es gibt keine Gärten und keine Hintertüren, was es zur Herausforderung macht, ungesehen zu kommen und zu gehen.

Ffion zieht die Haustür zu. »Hat dich jemand gesehen?«

»Nein.«

»Sicher?«

»Ich bin nicht blöd. Jetzt raus damit.«

Ffion hält einen Zehnpfundschein hin. »Das ist alles, was ich an Bargeld habe.«

»Ich nehme auch PayPal.« Seren lächelt süßlich. »Oder soll ich Mam erzählen, dass ich den Tag hier verbringe statt in der Bibliothek …«

Aber Ffion ist schon an ihrem Handy und schickt Seren zwanzig Pfund auf ihr Konto. »Wer hat dir beigebracht, wie man Leute erpresst?«, murmelt sie.

»Meine Mam.«

Beide Frauen sehen einander eine Sekunde lang an. Dann schüttelt Ffion den Kopf und lacht.

Seren war sechzehn, als sie herausfand, dass Ffion nicht ihre große Schwester, sondern ihre Mutter ist. Sie war selbst erst in dem Alter gewesen, als sie Seren zur Welt brachte, und stimmte Mams Idee zu – redete sich sogar selbst ein, dass es das Beste sei. Und je älter Seren wurde, desto tiefer war das Familiengeheimnis begraben, bis sich die Täuschung wie Wahrheit anfühlte.

Es erschütterte Serens Welt in ihren Grundfesten, als sie es entdeckte. Wochenlang redete sie nicht mit Ffion, und als sie es endlich tat, brach der Schmerz in ihren Augen Ffion beinahe das Herz. »Ich weiß nicht, wie ich *sein* soll«, sagte Seren. »Ich meine, du bist meine Schwester gewesen, und da wusste ich, wie ich mich bei dir verhalten soll. Aber jetzt …«

Es dauerte Monate, bis sie sich auf eine neue Normalität eingestimmt hatten. Alles hatte sich geändert und in gewisser Weise auch nichts. Ffion blies Seren den Marsch, wie sie es immer getan hatte. Seren konterte wie immer. Sie beide nannten Mam *Mam*, wie sie es immer getan hatten.

Was sich geändert hat, reicht tiefer als das. Es äußert sich in der ungefilterten Art, wie Ffion empfindet, wenn Seren im Pyjama fernsieht, das Haar noch feucht vom Duschen. Wenn Seren eine Stunde später als vereinbart nach Hause kommt. Die Wahrheit aufzudecken war, als hätte jemand eine Schicht abgezogen, und alles, was Ffion jetzt fühlt, ist roher, plastischer.

Seren wirft sich aufs Sofa und nimmt die Fernbedienung auf.

»Du bist zum Lernen hier, nicht zum Fernsehgucken.« Ffion hat nicht gewagt, Mam zu fragen, ob sie Dave wieder nimmt, nicht nach seinem Remake von *Flucht von Alcatraz*. Sie denkt, es geht Dave besser, wenn er bei sich zu Hause bleibt. Und Seren kann hier genauso gut lernen wie in der Bücherei. Mam teilt diese Ansicht nicht, daher die Heimlichtuerei.

»Ich habe gedacht, dass ich hier bin, um auf Dave aufzupassen.« Seren steht auf und schlendert in die Küche.

»Bist du. Aber du musst lernen – deshalb heißt es Lernferien.«

»Äääh, ja, und wie viel hast du eigentlich vor deinen Abschlussprüfungen gebüffelt?« Sie steckt zwei Scheiben Brot in den Toaster.

»Darum geht es nicht«, antwortet Ffion grinsend, denn sie erinnert sich aus ihrem letzten Schuljahr an wenig anderes als an die freitagabendliche Herausforderung, den Wodka fürs Wochenende zu bekommen. »Du hast eine Eins sicher und zwei weitere, was meilenweit von meiner einsamen Drei in walisischer Literatur entfernt ist.« Zögernd blickt sie zu Dave, der jetzt schon niedergeschlagen bei der Aussicht wirkt, dass er verlassen wird. »Versprich mir, dass du dir wenigstens deine Notizen anguckst.«

»Meine nächste Prüfung ist noch ewig hin, und das ist bloß Chemie, die schaffe ich im …«

»Versprich es mir!«

»Okay!«

»Es ist wichtig, Seren. Gute Noten öffnen Türen. Bangor ist eine tolle Uni. Basta. Und wenn Caleb was taugt, wartet er.«

»Aber …«

»Kein Aber!« Ffion trinkt den Rest ihres Kaffees aus und verzieht das Gesicht, als sie merkt, dass er eiskalt ist. »Wie kommt er eigentlich mit Miles klar?«

»Gar nicht. Miles hat ihn immer noch nicht in den Abspann gebracht, und er lässt Caleb nicht in die Nähe des Schneideraums, obwohl Caleb schon die ganze Software kennt – er darf ihm nicht mal über die Schulter gucken. Caleb macht im Grunde nur Kaffee und belädt das Quad mit Klopapier. Er ist richtig sauer.«

»Irgendwo muss man wohl anfangen, schätze ich.«

Ffion hockt sich hin und fängt Daves Kopf mit beiden

Händen ein. Da er sich jetzt nicht mehr rühren kann, richten sich die Hundeaugen auf die Küchenarbeitsplatte, wo Seren gerade Margarine auf ihren Toast streicht.

»Jetzt hör mir zu, Freundchen«, sagt sie. »Ich muss arbeiten, aber du machst es dir mit Tante Seren nett. Ich liebe dich, doch wenn du mich enttäuschst, kommst du zum Abdecker.«

»Wie rührend.« Seren öffnet das Marmite-Glas. »Mir ist ein Rätsel, warum du Single bist.«

»Mir auch.« Solange Dave von der Aussicht auf Toastrinden abgelenkt ist, sprintet Ffion zur Tür. »Lass ihn keine Sekunde aus den Augen.«

Ryan Francis wird seit über achtundvierzig Stunden vermisst. Das Bergungsteam – verstärkt von Freiwilligen aus Cwm Coed – ist seit dem Morgengrauen draußen, doch die Updates sind mager. *Dim newyddion,* lautet Huws letzte Nachricht an Ffion. Nichts Neues. Gestern waren Ffion und George bei allen Grundstücken auf dem Pen y Ddraig. Keiner der Farmer oder Pächter hat etwas Ungewöhnliches bemerkt. »Was jetzt?«, fragte George, als sie das letzte Haus verließen, und Ffion war ratlos. Verschwindet jemand in einer Stadt, nehmen die Ermittlungen sofort Fahrt auf. Allein das viele Bildmaterial, auf das umgehend zugegriffen werden kann: von Armaturenbrettkameras, Tankstellenüberwachungen, Türklingeln mit Kamera, Sicherheitskameras aus den Innenstädten. Das Suchgebiet kann mehrere Straßen umfassen, in denen Officers von Tür zu Tür gehen. Handyortung, Kontenprüfung, Suchverlauf auf dem Computer …

Hier draußen ist es anders. Schwieriger. Jemand kann tagelang unauffindbar sein, selbst wenn die Person es gar nicht will.

Ffions Handy meldet einen Texteingang von Leo. Sie hasst

es, wie ihr Bauch immer noch komisch reagiert, als könnte es etwas anderes als eine berufliche Nachricht sein. Und natürlich ist sie kurz und sachlich.

Letzte Nacht wurden drei Kameras von *Exposure* zerstört. Bin mit George unterwegs zum Camp, um es mir anzusehen.

Sie blickt auf das Display und ärgert sich, weil sie eine irrationale Eifersucht empfindet. Auch wenn sie sich nicht vorstellen kann, dass die roboterhafte George Leo den Kopf verdreht, aber … Ffion knallt ihre Autotür unnötig fest zu. Er fehlt ihr bloß, sonst nichts.

Es ist noch zu früh im Jahr, als dass die Sonne schon den Dunst über dem See aufgelöst hat. Er wabert durch die Bäume entlang des Ufers, und als sich der Triumph gen Carreg Plas arbeitet, verschwindet die Sicht auf den See komplett unter dem weißen Schleier.

Bei Ffions Ankunft wimmelt es in der Farmhausküche von Leuten. Jason Shenton sitzt aschfahl am Tisch und redet mit einer Frau mit Pferdeschwanz und einem Aufnahmegerät. Eine zweite Frau, die eine Kamera umgehängt hat, nimmt sich ein Gebäckstück. Neben ihr auf dem Küchentresen steht ein aufgeklappter Laptop, auf dem eine stummgeschaltete Frühstücksshow läuft. Am anderen Ende des Tisches unterhält sich Zee Hart angeregt mit einem kleinen, kahlköpfigen Mann. Leo und George sind nicht hier.

Caleb versteckt sich in der Speisekammer.

»Mit wem redet Jason?«, fragt Ffion ihn.

»Irgendeiner Frauenzeitschrift. Der Glatzkopf ist von der *Sun*. Er hat Jasons andere Frau in Australien gefunden – das geht richtig rund.«

»Mich wundert, dass Jason mit denen spricht.«

»Tut er das nicht, kriegt er sein Teilnahmehonorar nicht.«

Ffion sieht zu Zee, die eine Visitenkarte von dem *Sun*-Reporter annimmt. »Was macht sie hier?«

»Sie hat irgendeinen Presseausweis.« Caleb zuckt mit den Schultern. »Du weißt ja, wie Miles ist. Kein richtiges Briefing – hat mich einfach hier reingeschoben und gesagt, ich soll aufpassen. Zu knapp bei Kasse, um einen Pressesprecher zu bezahlen«, höhnt er. Es sind völlig andere Töne, als Ffion sie vor drei Tagen bei ihrer Mam zu Hause von ihm gehört hatte.

»Dreh mal laut«, sagt jemand.

Eine australische Stimme füllt die Küche. »Wir waren so jung. Ich meine, so ungefähr achtzehn? Das war ein verrückter Sommer.« Die Sprecherin lacht. Neugierig geht Ffion ein Stück zur Seite, um den Bildschirm zu sehen. Die Australierin ist braun gebrannt und schlank mit karamellbraunem Haar und schokoladenfarbenen Augen. »Aber ich habe Jason geliebt. Seit zwanzig Jahren habe ich ihn nicht gesehen, doch vielleicht will Gott uns hiermit sagen, dass wir es noch mal versuchen sollen.« Sie zeigt der Kamera ihre weißen Zähne. »Hey, Jason, wenn du das siehst – was meinst du?«

Jason vergräbt das Gesicht in den Händen und stöhnt laut.

»Wie fühlen Sie sich damit?« Die Journalistin schiebt ihr Aufnahmegerät näher zu Jason. »Lieben Sie Addison noch?«

»Nein! Herrgott!« Er reibt sich übers Gesicht und blickt auf, als hoffte er, dass alles nur ein Traum gewesen ist. »Damals habe ich nicht mal gewusst, was Liebe ist. Ich hatte sie seit drei Wochen gekannt, und wir waren die ganze Zeit besoffen. Nach der Heirat sind wir nüchtern geworden und haben kapiert, dass es nie funktionieren könnte. Wir haben uns getrennt und …« Er verstummt unglücklich.

»Sie haben nie daran gedacht, sich scheiden zu lassen?«

»Erst später, als ich Kat kennengelernt habe. Aber da wusste ich schon nicht mehr, wie ich Addison erreiche. Ich habe mir eingeredet, dass es keine richtige Heirat war, dass es nicht zählt …« Er blickt sich im Raum um. »Ich bin kein Bigamist!«

»Na ja, rein technisch sind Sie buchstäblich einer«, sagt Zee.

»Kat will die Scheidung.« Jason ist verbittert. »Sie nimmt nicht mal meine Anrufe an. Und sie sagt, wenn ich zu Hause aufkreuze, ruft sie die Polizei.«

Die Journalistin tätschelt ihm den Arm. »Sicher kriegt sie sich wieder ein.«

Jason springt so schwungvoll auf, dass sein Stuhl umfliegt. Ffion hört eine Reihe von Klicks, als die Fotografin den Moment festhält. »Meine ganze Welt ist eingestürzt, und das nur wegen Miles Young. Wenn der sich blicken lässt, bringe ich ihn verdammt noch mal um!«

Die Chance, dass es dazu kommt, steht schlecht, denkt Ffion, denn Miles hat sich im Schneideraum eingeschlossen. Er öffnet erst, nachdem sie eine volle Minute an die Tür gehämmert hat.

»Was ist?« Er trägt seine Laufsachen: eine neongelbe Jacke, die seiner schon blassen Haut einen ungesunden Schimmer verleiht. »Ah – haben Sie meine Fallnummer? Die brauche ich für die Versicherung. Ihr Vorgesetzter hat gesagt, jemand würde …«

»Verzeihung, mein *was?*«

»Detective Sergeant Brady, oder? Er hat gesagt …«

»Nein, ich habe Ihre Fallnummer nicht.«

»Aber die brauche ich!« Miles sieht sie erbost an.

»Und ich brauche einen Platz zum Wohnen, eine Gehaltserhöhung, die der Inflation angemessen ist, und einen Hund, der sich nicht aus einem Zimmer freifrisst, um mich zu suchen. Ich schätze, wir haben beide Pech.«

»Ich habe sofort neue Kameras anfordern lassen müssen,

aber die Versicherung zahlt nicht, bis der Schaden an den alten bestätigt ist, und das passiert erst, wenn ich eine Fallnummer habe. Also fehlen mir mehrere tausend Pfund.«

»Ryan Francis wird seit zwei Tagen vermisst«, sagt Ffion. »Ich denke, das ist wichtiger als ein Schadensbericht, meinen Sie nicht auch?«

Die Tür, die vor Ffions Nase zuknallt, soll wohl heißen, dass Miles ihr nicht zustimmt.

Ihr Vorgesetzter. Wozu macht das sie – der Untergebenen? »Untergeben, leck mich«, murmelt sie.

Aus dem Schneideraum ist ein scharfer North-Wales-Akzent zu hören, den Ffion sofort erkennt. *Jetzt ist mal genug gebetet! Jedes Mal, wenn ich ins Camp zurückkomme, bist du auf deinen beknackten Knien.* Ffion muss unwillkürlich schmunzeln. Ceri kann sehr witzig sein, wenn man abends mit ihr unterwegs ist, aber man möchte sich wahrlich nicht mit ihr anlegen. Wie das ausgeht, hat Ffion letztes Jahr hautnah erlebt.

»Rhywbeth ti isio'i ddweud wrthon, Ffion?«, hatte Efan Howells von der anderen Seite des Pubs gerufen. *Willst du uns was erzählen?*

Es war wenige Tage nach dem Abschluss des Rhys-Lloyd-Falls. Efan trug einen blauen Overall, die Ärmel um die Taille gebunden, und sein Gesichtsausdruck war verschlagen.

»Ich habe einige Sachen über die Morgans gehört. Vor allem über deine *Schwester.*«

»Wollte ich einem Arschloch lauschen, Efan Howells, würde ich furzen.« Ffion brachte zwei Pints zu dem Tisch, den Ceri ihnen gesichert hatte. Ihr war egal, dass die Leute immer noch rätselten, ob an den Gerüchten etwas dran war – ob Seren wirklich Ffions Tochter war. Sollten sie reden. Ffion würde es weder bestätigen noch leugnen.

»Gut reagiert«, sagte Ceri und nickte zu Efan und seinen Kumpels, die brüllten vor Lachen.

»Er ist es nicht wert, dass ich mich aufrege.« Ffion nahm ihr Glas auf, stellte es jedoch gleich wieder hin, als sie merkte, dass sie zitterte.

»Der muss mal auf den Pott gesetzt werden«, sagte Ceri finster.

Mam erzählte ihr dann wenige Tage später, dass Efan Howells ein unschönes Zusammentreffen mit dem preisgekrönten schwarzen Bullen nebenan gehabt hatte. »Jemand hat ihn auf das obere Feld gelassen, und er ist auf Efan los«, sagte sie. »Er hat es eben noch rechtzeitig über den Zaun geschafft.«

Ceri behauptete, von nichts zu wissen. »Das ist Karma, sonst nichts«, sagte sie, aber Ffion hatte das Blitzen in den Augen der Postbotin gesehen.

Jetzt ist mal genug gebetet!, hört Ffion nun, als Miles den Clip erneut abspielt.

»Er hat das immer so laut gestellt.« Caleb erscheint neben ihr. »Er sagt, er muss ganz in das Material *eintauchen*.« Er öffnet den Mund, schließt ihn wieder und macht ihn erneut auf, um ihn gleich wieder zu schließen.

»Was soll diese Guppy-Imitation?«

»Ich …«

»Raus damit.«

»Na ja … ist es nicht gegen das Gesetz, jemandem etwas zu versprechen und es dann nicht zu halten?« Seine Miene changiert zwischen Kränkung und Wut. »Denn Miles hat mir versprochen, dass ich als Produktionsassistent im Abspann genannt werde, und dann erzählt er mir Blödsinn von einem Grafikpatzer, aber gestern Abend war ich auch nicht drin, und …«

»Caleb.« Ffion berührt seinen Arm. »Ich verstehe vollkommen, wie frustig das ist, doch ich bin Detective, keine Kummerkastentante.«

»Aber das kann nicht legal sein!«

»Du brauchst eine Gewerkschaft oder so, nicht die Polizei.«

»Er hat es versprochen«, sagt Caleb mit einem Knurren, das beinahe wie eine Drohung klingt.

»Gib's auf.« Ffion geht weg. Caleb kann nur verlieren, und Miles Young kommt Ffion nicht wie jemand vor, der Versprechen hält.

ELF

DONNERSTAG | LEO

In der Campmitte züngeln Flammen an frischen Scheiten, die Lucas eben ins Feuer gelegt hatte. Auf dem Berg ist die Luft frisch, und der rauchige Nebel über den Flammen lässt Leo an Novemberabende, Lagerfeuer und Wunderkerzen denken. Einzig das satte Grün um sie herum verrät, dass es fast Sommer ist.

Leo und George untersuchen die beschädigten Kameras, als Lucas auftaucht. Sofort geht Owen auf den Vikar los. »Euch wurde gesagt, dass ihr im Zelt bleiben sollt.«

»Tun wir ja, tun wir.« Lucas' ruhige Art lädt Leute ein, sich ihm anzuvertrauen, und Leo fragt sich, ob er die Art Priester ist, die Beichten abnimmt. »Aber wenn das Feuer ausgeht, ist es später nicht heiß genug zum Kochen.«

Widerwillig lässt Owen ihn weitermachen. Er steht Wache am Feuer, während Lucas arbeitet, vermutlich um zu verhindern, dass Leo oder George Informationen »aus der Außenwelt« weitergeben, die Einfluss auf die Show haben könnten. Der Kameramann ist Miles' Handlanger, wie Leo klar wird – ob offiziell dazu ernannt oder nicht –, und dem spöttischen Gesichtsausdruck nach, mit dem er Lucas zu den anderen Teilnehmern zurückscheucht, genießt er es ein bisschen zu sehr. Dario hingegen hält sich zurück und wirkt beunruhigt – wegen der Situation oder der Polizei hier.

Neben dem Feuer steht der Holzpfahl mit dem kleinen Metallkasten, in dem die Geheimnisse der Teilnehmer verwahrt werden. Der Pfahl ist aus einem Teil des Baumstumpfs gemacht, entrindet und so tief eingegraben, dass er ebenso gut mit Zement verankert sein könnte. Der Kasten, den Leo jetzt mehr als einen kleinen Safe wahrnimmt, ist mit verzinkten Krampen und einem dicken Vorhängeschloss auf dem Pfahl gesichert.

»Sieh dir all diese Kratzer an.« George zeigt zu einer Reihe von Riefen um die Krampen herum. Ähnlich große Kratzer sind am Schloss zu sehen. »Jemand hat versucht, den Kasten aufzubrechen, und als das nicht geklappt hat, wollte derjenige ihn vom Pfahl stemmen.«

Leo blickt sich um. »Wie viele Kameras sind zerschlagen worden?«

»Drei«, antwortet Owen. »Alle, die auf das Feuer gerichtet sind.« Er zeigt zu der ersten kaputten Kamera und den Glasscherben darunter. »Wer das war, hat genau gewusst, wo sie sind – und ist außerhalb des Bilds geblieben. Man sieht nur, wie etwas auf die Kamera zufliegt, dann ist alles schwarz.«

»Wann genau war das?«

»Die erste wurde um elf nach zwei letzte Nacht zerschmettert.«

»Wie leicht wäre es gewesen, von außen in das Camp zu gelangen?« George sieht zu Dario, der rot wird.

»Ich kann nicht überall gleichzeitig sein! Einmal die Stunde um den Zaun herum, das hat Miles gesagt, und schon das verstößt gegen meine Menschenrechte. Wie soll ich richtig funktionieren, wenn ich immer nur mal eine halbe Stunde pennen kann?«

»Haben Sie den Zaun auf Einbruchsspuren überprüft?«

Darios Schweigen spricht Bände.

Owen seufzt laut. »Wenn es ordentlich gemacht werden soll, mach es selbst, schätze ich. Hier entlang, DC Kent.« Als die beiden zum Rand der Anlage gehen, blickt Dario ihnen sehr wütend nach.

Etwas bewegt sich in den Bäumen hinter Leo. Er dreht

sich um und sieht Ffion, die auf ihn zukommt. Sie ist für den Berg gekleidet: leichte Hose und Wanderstiefel. Einzig der umgehängte Dienstausweis lässt erkennen, dass sie Polizistin ist. Leo fühlt sich in seinem Anzug overdressed.

Ffion sieht sich die zerschmetterten Kameras und die Spuren um den Geheimniskasten an. »Was meinst du – war das Ryan?«, fragt sie.

»Falls er versucht hat, den Kasten zu klauen, um sein Geheimnis zu schützen, heißt das, dass er letzte Nacht auf dem Berg war. Dann hätten wir eine frische Spur für einen Spürhund.«

»Haben die Teilnehmer etwas gesehen?«

»Sie weigern sich, mit uns zu sprechen. Miles hat ihnen einen Maulkorb verpasst.«

»Er hat was?« Sofort steuert Ffion auf die Zelte zu.

»Er hat ihnen gesagt, dass ihre Verträge ihnen verbieten, mit irgendwem außer den bestellten Reportern zu reden.« Leo folgt ihr in das mittlere Zelt, wo die Teilnehmer auf Sitzsäcken hocken.

»Und da waren's nur noch fünf …«, sagt Ffion munter. »Wie geht es Ihnen allen?«

Die Teilnehmer blicken zu Boden.

»Dies ist eine ernste Ermittlung«, sagt Leo. »Jemand hat einen Schaden an den Kameras der Produktionsfirma in Höhe von Tausenden Pfund verursacht. Falls Sie irgendetwas darüber wissen, müssen wir es jetzt erfahren.«

Keiner sagt etwas.

»Sollte sich herausstellen, dass einer von Ihnen damit zu tun hat«, warnt Leo, »oder Sie Informationen zurückhalten, die relevant für den Fall sind, könnten Sie ernste Probleme bekommen. Kein Vertrag verbietet Ihnen, mit der Polizei zu reden, ganz gleich, was Miles Ihnen erzählt hat.«

Aliyah schlingt sich die Arme fester um die Knie.

»Ryan ist nicht nach Hause gefahren«, sagt Ffion.

Nach und nach sehen die Teilnehmer auf, mustern sich gegenseitig, ob jemand einknickt.

»Er ist nicht ›aus privaten Gründen‹ weg«, sagt Ffion. »Er wird vermisst.«

»Was?«, fragt Pam. Henry stößt sie mit dem Ellbogen an und wirft ihr einen verärgerten Blick zu. »Seit wann?«

»Seit er das Camp verlassen hat«, antwortet Ffion. »Miles hat Sie belogen.«

»Der Mistkerl!« Henry steht auf, und es ist, als löse es etwas in den anderen, denn auch sie springen auf und fangen alle gleichzeitig zu reden an.

»Ich habe gewusst, dass etwas passiert ist!«

»Ich habe den Hubschrauber gesehen und gedacht, das ist die Presse.«

»Er hat gedroht, uns das Teilnahmehonorar zu streichen, wenn wir mit jemandem reden.«

»Ist sie beliebt?«, fragt Aliyah plötzlich. »Die Show – sehen die Leute sie?«

Leo könnte ihr sagen, dass *jeder* sie zu sehen scheint; dass die Radiosender ihre Hörer einladen, ihre Geheimnisse zu gestehen; dass #ExposureTVShow seit Montagabend in den sozialen Medien trendet. Er könnte ihr verraten, dass die Sendung die höchsten Einschaltquoten aller britischen Reality-TV-Shows einfährt – eine Tatsache, die ihn erstaunt.

Aber das tut er nicht. Nicht wegen Miles' Warnung, es könne den Ausgang beeinflussen (wie Ffion sind auch Leo Miles' Sponsorendeals vollkommen egal), sondern weil Aliyahs Frage nicht dem Wunsch nach Ruhm geschuldet ist. Blanke Angst motiviert sie. Sie sieht Leo an. Dunkle Schatten liegen unter ihren unruhigen Augen, und Leo fällt es schwer, die gebrochene junge Frau vor sich mit der lächelnden in Einklang zu bringen, die er abends zuvor im Fernsehen gesehen hat. Er vermutet, dass Miles vierundzwanzig Stunden Material hat, in dem er die lächelnden Gesichter findet. Er erinnert sich an Roxys Warnung: *Miles ist der größte Lügner von allen.*

»Sie wissen, dass Sie alle einfach gehen können.« Ffion sieht sie einen nach dem anderen an. »Sie sind keine Gefangenen.«

»Könnten wir ebenso gut sein«, erwidert Pam finster. »Dies ist die Fernsehversion eines Todestrakts, und wir alle warten, bis wir auf den Stuhl kommen.«

»Dann gehen Sie«, sagt Ffion.

»Aber die Geheimnisse …« Ceri schließt für eine Sekunde die Augen. »Wenn meines rauskommt, werde ich gefeuert. Und auch wenn ich nicht lange genug bleibe, um die hundert Riesen zu gewinnen, brauche ich das Teilnahmehonorar.«

»Schätzchen, gib solche Informationen nicht raus.« Pam nickt zu den anderen. »Jetzt wissen sie, dass dein Geheimnis mit deinem Job zu tun hat.«

»›Sie‹?«, wiederholt Aliyah. »Als würdest du Ceri nicht bei der ersten Gelegenheit bloßstellen!«

»Würde ich nicht«, entgegnet Pam streng. »*Exposure* mag versuchen, mein Leben zu zerstören, aber ich lasse nicht zu, dass es meine Moral zerstört.«

Henry schnaubt. »Löblich, ohne Frage. Warten wir ab, wie stark deine Moral ist, wenn dir die Beichtkammer blüht. Was haben sie für dich auf Lager? Ratten, stimmt's?«

Pam zuckt zusammen.

»Stell einen von uns bloß, und du entkommst der Beichtkammer«, sagt Henry. »Es geht um das Überleben des Stärksten, und das weißt du.«

In diesem Augenblick kommt Owen wütend ins Zelt gestürmt. »Was machen Sie hier?« Er starrt Leo an. »Miles hat mich eben angefunkt. Ich habe doch gesagt, dass die Zelte tabu sind.«

»Freundchen«, sagt Ffion in einem gar nicht freundschaftlichen Ton, »Ihnen ist schon klar, dass wir die Polizei sind, oder?«

»Ist mir doch sch…« Owen bremst sich, weil ihm vermutlich einfällt, dass ihm nicht egal ist, wenn er wegen Behinderung der Justiz, Störung der öffentlichen Ordnung oder irgendetwas anderem verhaftet würde, was Leo und Ffion mit Freuden täten, sollte er so weitermachen. »Ähm … Ihre Kollegin fragt nach Ihnen«, sagt er brav.

George hat mehrere faustgroße Steine eingesammelt; an einigen glitzern Glasfragmente. »Und ich habe das hier am Rand des Camps gefunden, halb in die Erde getreten.« Es handelt sich um ein Taschenmesser, identisch mit denen, die jedem Teilnehmer zu Beginn der Show gegeben wurden. In den Griff sind die Buchstaben »RF« eingraviert.

»Das ist Ryans«, sagt Owen.

»Glückwunsch, Poirot.« Ffion wendet sich zu Leo. »Wenn die Spurensicherung Abdrücke auf den Steinen findet – von denen wir wohl sicher sein können, dass sie benutzt wurden, um die Kameras zu zertrümmern –, kann sie die mit den Sachen aus Ryans Tasche vergleichen.«

»Ich frage mal, ob ein Hund verfügbar ist«, sagt Leo.

Als sie das Camp verlassen, blickt er sich über die Schulter zum großen Zelt um, aus dem Pam, Henry, Lucas, Ceri und Aliyah kommen. Miles behauptet, die Teilnehmer würden erleichtert sein, wenn ihre Geheimnisse gelüftet sind, was Leo bezweifelt. Alle fünf wirken verzweifelt.

Als sie auf die Farm zurückkehren, wartet Huw im Hof auf sie.

Er greift Leos Frage vor. »Nichts, leider. Die Drohne hat einen Wildcamper aufgespürt, aber das war bloß ein Vogelbeobachter. Einer von euren Leuten hat ihn weggeschickt.« Huw sieht zwischen Leo und Ffion hin und her, und sein Blick verrät mehr als berufliche Neugierde. Prompt fragt Leo sich, wie viel Ffion ihrem Ex-Mann erzählt. Unweigerlich vergleicht er sich mit Huw, der den wettergegerbten Teint eines im Freien arbeitenden Mannes hat, mit zarten Falten um die Augen vom vielen Blinzeln in der Sonne. Leo stemmt Gewichte, wann immer er kann, aber es gibt einen Unterschied zwischen Armmuskeln, die man sich in einem Fitnesscenter antrainiert, und solchen, die man bekommt, wenn man Backsteine Leitern hinaufträgt. Er sieht zu Ffion. Hat sie noch Gefühle für Huw?

»Sarge?«

Leo ist froh, dass seine Gedanken unterbrochen werden. Er dreht sich zu einem Uniformierten um, der in Begleitung einer Frau in Wanderkleidung zu ihnen kommt. Eine Geländekarte hängt in einem Plastikumschlag um ihren Hals, und eine metallene Wasserflasche klimpert an den Verschlüssen ihres Rucksacks.

»Diese Dame hat unseren Vermissten gesehen«, sagt der Officer.

Die Frau ist erschrocken, weil sie auf einmal im Mittelpunkt steht und alle Blicke auf sie gerichtet sind. Aber sie hält sich gut. »Ich bin heute Morgen den Pen y Ddraig rauf – weil ich bei Sonnenaufgang auf dem Gipfel sein wollte – und habe meinen Wagen am See stehen gelassen. Als ich zurückgekommen bin, das muss gegen elf gewesen sein, war da ein Mann im See.«

»*Im* See?«, fragt George.

»Bis zu den Knien. Zuerst habe ich gedacht, er angelt. Dann habe ich bemerkt, dass er keine Angel hatte und weinte. Er fing an, ins Tiefere zu gehen, und ich habe ihm zugerufen, dass er stehen bleiben soll. Ich habe gefragt: *Geht es Ih-*

nen gut?, was blöd war, denn natürlich ging es ihm nicht gut.«

»Und was hat er gemacht?«

»Na ja …« Die Frau zögert. »Er hat etwas zurückgerufen. Es war nicht besonders klar, aber ziemlich aggressiv, und ich fürchte, ich habe Angst bekommen. Deshalb bin ich zurück zu meinem Wagen. Ich war mir nicht sicher, ob ich die Polizei anrufen soll, und dann ist dieser nette Officer vorbeigefahren, also habe ich ihm gewinkt, und er hat mich hergebracht.«

»Die Beschreibung passt auf Ryan Francis«, sagt der Officer.

Leo hört einen erstickten Schrei. Er dreht sich um und sieht Jessica Francis auf dem Hof stehen. Im Geiste verflucht er sich, dass er die Zeugin nicht irgendwo befragt hat, wo man sie nicht zufällig hören kann.

»Ryan kann nicht schwimmen«, sagt Jessica. »Wenn er in dem See gewesen ist …« Sie beendet den Satz nicht.

Was sie auch nicht muss.

»Verständige unsere Bergungseinheit«, sagt Leo zu George. »Wir müssen den Suchbereich verlegen.«

Er hofft nur, dass sie nicht zu spät sind.

ZWÖLF

DONNERSTAG | ZEE HART | FOLGE VIER

Zee Hart wurde geboren, um berühmt zu werden. Leider dauerte es eine Weile, bis jemand anders das erkannt hat. Obwohl sie seit Jahren für ihren YouTube-Kanal schuftet, bewegten sich die Zuschauerzahlen in den Hunderten, nicht den Tausendern, und der Twitteraccount, den sie eingerichtet hat, um über *Exposure* »hinter den Kulissen« zu berichten, zog nicht so an, wie sie gehofft hatte.

Doch mit Ryans Verschwinden hat sich alles geändert.

Zee sieht sich ihre Statistiken an und grinst sehr breit. Es passiert. Es passiert wirklich. Die Zahlen schießen in die Höhe, nicht bloß bei ihrem YouTube-Kanal, sondern auch bei Twitter. Ihr Video mit der Nachricht von dem vermissten Teilnehmer ist viral gegangen, und jetzt wird alles, was sie postet, binnen Sekunden geteilt.

Wenn sie erst ihr Interview mit Jason Shenton einstellt … Die Leute werden IRRE!

Zee ist noch high vor Begeisterung, weil sie tatsächlich ein Interview mit einem Teilnehmer bekommen hat. Als sie sich heute Morgen nach Carreg Plas schlich, hatte sie auf ein Foto gehofft oder – bestenfalls – eine kurze Antwort auf eine gebrüllte Frage. Aber der Hof war verlassen gewesen, und an der Hintertür des Farmhauses hatte ein hastig gekritzeltes Schild mit der Aufschrift MEDIENZENTRUM geklebt.

Zee war doch Teil der Medien, oder nicht?

Sie blickte sich nach Miles um, der ihr klar gemacht hatte, dass er sie hasst, aber von dem Produktionsteam war nur der

Runner da, der misstrauisch den Ausweis beäugte, den sie ihm hinhielt. »Das ist eine Visitenkarte.«

»Stimmt«, antwortete sie. »Von *Hart Breaks*. Meiner Medienfirma.«

»Du bist YouTuberin, keine …«

»Und woher bekommst du deine neuesten Infos, Caleb? Von den Zehn-Uhr-Fernsehnachrichten, wenn du es dir mit deinem Kakao gemütlich machst? Oder eher auf deinen Social Media wie normale Menschen?« Sie war ziemlich zufrieden mit dieser Antwort, überlegte sogar, sie auf ihre Website zu stellen.

»Zehn Minuten. Und erst wenn die anderen Journalisten fertig sind.«

Die *anderen* Journalisten! Sie ist eine Journalistin! Schon mal gar nicht übel. Zee hat versucht, möglichst lässig auszusehen, als sie neben einem Typen von der *Sun* saß. Und sie hat das Beste aus ihren zehn Minuten gemacht, indem sie mit Jason flirtete, im Tausch gegen einigen Schmutz, den er über die anderen Teilnehmer aufgetan hatte. Dann filmte sie mehrere Clips von Jason beim Interview, die sie über die nächsten Tage posten würde.

Nun sitzt sie in ihrem Zelt, sieht bei Twitter nach, und sobald sie sicher ist, dass #ExposureTVShow trendet, tippt sie bei ihrem Interview mit Jason auf »posten«. Es ist nur wenige Minuten lang, weil Miles sie rausgeworfen hat, aber sie denkt, das abrupte Ende passt zu einer investigativen Reporterin. Sie nimmt einen langen Zug von ihrem Joint, schließt den Mund und hält den bittersüßen Rauch eine Weile fest, ehe sie ihn durch die Nase ausbläst. Dann ruft sie ihren Tweet auf und spielt das Interview immer wieder ab, sieht es mit den Augen der Öffentlichkeit. Die Aufnahme endet abrupt, gleich nachdem Zee gebrüllt hat: *Finger weg von mir!*

»Ich bin nicht mal in deiner Nähe«, hat Miles da ein bisschen verwirrt gesagt. Aber bis dahin war Zees Handy schon wieder in ihrer Tasche mitsamt dem dramatischen Ende ihres Interviews, und alle werden darüber reden. Zum Glück für Zee war Miles von Jason abgelenkt, der sich rasend wütend auf den Produzenten stürzte. Zee nutzte die Gelegenheit, um sich wegzuschleichen, zurück zu ihrem Zelt, um einen Joint zu rauchen und ihr Material zu editieren.

Sie aktualisiert Twitter und freut sich zu sehen, dass schon Dutzende ihren Link geteilt haben.

> Weiß jemand, wer der Typ am Ende ist? Hoffentlich erstattet @ZeeHart Anzeige.
> Klingt wie Miles Young. Die Stimme ist dieselbe wie in diesem Interview.

Unter dem Tweet ist ein Link zum Beweis.

Zees Gewissen regt sich, aber wenn stimmt, was Jason gesagt hat, manipuliert Miles die Wahrheit auch nicht zu knapp. Vielleicht ist es Zeit, dass er mal sieht, wie das ist.

Keine Blutergüsse, twittert sie, was die reine Wahrheit ist. Und es war es wert, Jason selbst zu hören, ergänzt sie, was nicht wahr ist. Tatsächlich ist das kurze Interview ziemlich langweilig. *Ich liebe meine Frau, wollte ihr nie wehtun, bla, bla, bla*. Anscheinend stimmt Twitter ihr zu, denn Jason wird in Zees Antworten und Zitaten kaum erwähnt.

> Totaler Machtmissbrauch vom Produzenten. Teilen und an den Pranger stellen!

Hat der nix von der #MeToo-Bewegung mitgekriegt? Was für ein Arschloch!

Sieht aus, als gäbe es hier vor allem eine Miles-Young-#Exposure ...

Zees Followerzahl geht beständig aufwärts. Sie schaltet ihr iPad ein und nutzt mehr kostbares Datenvolumen, um die heutige Folge von *Exposure* zu streamen, damit sie beim Zuschauen twittern kann. Alle paar Minuten verliert ihr Handy den Empfang, sodass sie herumwandern und ihn wiederfinden muss.

In der Folge heute Abend haben die Teilnehmer einen Lügendetektor bekommen.

»Jeder von euch muss sich mit den drei wahren Fakten vorstellen, die wir euch gegeben haben«, sagt Roxy. »Die dienen als Kontrolle, um dem Polygrafen einen Referenzwert zu geben. Danach dürfen die anderen Teilnehmer mit Fragen an euch versuchen, mehr über euer Geheimnis herauszufinden.«

Aliyah steckt als Erste die Finger in den verdrahteten Handschuh, bevor Roxy einen Monitor um ihre Brust befestigt. *»Ähm, ich heiße Aliyah«*, liest sie von ihrer Karte ab. *»Ich habe schwarzes Haar und braune Augen.«* Sie lächelt gekünstelt, und die Kamera schwenkt zu dem Objekt ihrer Aufmerksamkeit: Henry.

Zee runzelt die Stirn. Sie findet Henry selbst nicht schlecht; immerhin sieht er von allen da am besten aus (Lucas ist auch nicht zu verachten, aber man darf sich nicht in Vikare vergucken, oder?). Jetzt, da Jason weg ist, hat Aliyah eindeutig beschlossen, sich auf Henry zu konzentrieren.

Die Teilnehmer beobachten aufmerksam die Polygrafenaufzeichnungen von Aliyah.

»Hast du schon mal gegen das Gesetz verstoßen?«, fragt Ceri.

Aliyah zögert. »Ja.« Alle Blicke fliegen zur Aufzeichnung.

»Keine Veränderung«, sagt Lucas. »Sie sagt die Wahrheit.«

»Bist du mal einem Partner untreu gewesen?«, fragt Pam, die allerdings von Roxy aufgefordert werden musste.

»Nein.«

Die nächste Frage ist von Henry: »In deinem Lebenslauf gelogen?«

»Nein.«

»Lügnerin!«, sagt Ceri siegesgewiss, weil die Polygrafennadel ausschlägt. Angespornt von ihrem Erfolg, bombardieren die anderen Aliyah mit Fragen, bis sie nicht mehr kann. Sie reißt sich den Herzmonitor runter, und Zee fragt sich, ob sie gleich ausrastet, aber es kommt ein Schnitt zu Henry, der schon an die Maschine angeschlossen ist. Aliyah ist vergessen – es wurde ein neuer Köder ausgelegt.

Vorher hat Henry verkündet, er werde Jasons morgendliche Feuerholzbeschaffung übernehmen, was, wie Zee weiß, bedeutet, dass er auf der Suche nach Holz nah an den Zaun kommen könnte. Wenn sie morgens um das Camp geht, wird sie ihn durch die Bäume sehen, und vielleicht ist er mal nahe genug, dass sie ein anständiges Foto machen kann. Sie könnte sogar wieder ihr Flirten einsetzen und sehen, ob sie ein Interview bekommt – das erste Interview *aus* dem Camp! Das würde definitiv viral gehen. Zee hat versucht, Ceri zum Reden zu bringen – die Postbotin dreht jeden Mittag eine Runde –, aber es war zwecklos. Bei einem Mann hätte sie mehr Glück, da ist sie sich sicher.

»Ich heiße Henry, habe braunes Haar und blaue Augen.« Als Henry seine »Kontrollwahrheiten« aufsagt, beobachten die anderen die Aufzeichnung.

»Das geht jetzt schon so hoch«, sagt Pam besorgt. »Ich hoffe, du hast keine unerkannte Herzschwäche. Bei einer Lüge könnte es kritisch werden.«

»Ich habe nicht vor zu lügen«, sagt Henry schlicht. »Ich

weiß nicht, was *Exposure* gegen mich in der Hand zu haben glaubt, aber ich habe nichts zu verbergen.«

»Jemals das Gesetz gebrochen?«

»Nein.«

»Bei einer Prüfung geschummelt?«

»Nein.«

»Einen Wagen zu Schrott gefahren?«

Henry beantwortet jede Frage in derselben ruhigen Art, und die Polygrafenaufzeichnung folgt derselben steten Linie wie bei seinen Kontrollfragen. Zee verliebt sich noch mehr in ihn. Scharf *und* ehrlich. Solche Typen sind ihrer Erfahrung nach selten. Wenn sie es morgen nicht schafft, ihn zu interviewen, wird sie ihn auf jeden Fall nach dem Camp aufspüren. Er ist Steuerberater, also sollte er leicht bei Google zu finden sein, und weil Zee eine Flut von Werbeangeboten erwartet, da ihr Profil jetzt so aufsteigt, wäre es völlig normal, dass sie einen Termin bei einem Steuerberater macht …

Bei *Exposure* ist es Zeit für das Live-Segment. Das ist Zees Lieblingsteil. Sie findet es klasse, dass sie ganz in der Nähe von dem ist, was sie gerade im Fernsehen sieht. Sie schnippst das Ende ihres Joints ab und schiebt die Füße in ihre Turnschuhe, falls es einen Rauswurf gibt und sie ihr zweites Teilnehmerinterview bekommen kann.

»Es wird mich umbringen«, sagt Aliyah, als die Gruppe wartet, dass Roxy anfängt. »Die vielen Spinnen auf so winzigem Raum.« Ihre Unterlippe bebt.

Pam legt tröstend einen Arm um sie. »Sicher kommt es nicht dazu, Schätzchen.«

Allein in ihrem Zelt, tritt ein Lächeln auf Zees Gesicht. Sie würde gutes Geld dafür bezahlen, Aliyah in einem Raum voller Spinnen zu sehen, und auf einmal weiß sie, wie sie das bewirken kann.

»Heute hatten wir keine Anschuldigungen von Teilnehmern«, sagt Roxy, und es geht ein hörbares Aufatmen durch die dicht zusammengedrängte Gruppe. Da lächelt sie verschlagen in die Kamera. »Aber die Öffentlichkeit hat gesprochen!«

»Oh!« Aliyah schlägt sich eine Hand vor den Mund. Lucas wird blass, und sogar Henry, der sagt, dass er kein Geheimnis hat, sieht nervös aus. Ceris Augen sind fest zugekniffen, und Pams sind auf Roxy fixiert.

»Die Teilnehmerin, die vom Publikum am wenigsten unterstützt wird«, sagt Roxy, »und die jetzt in die Beichtkammer muss, ist …«

Die Pause ist unerträglich.

»Pam!«

Hastig sammelt Zee ihre Ausrüstung zusammen. Sie nimmt ihr iPad mit, als sie zum Camp-Eingang rennt, denn wenn Pam rausgeworfen wird – was sie sicher wird –, will Zee einen Livestream von ihrem Abgang. Sie hat nur ein Auge auf den Weg, das andere auf den Fernsehbildschirm, wo Pam in die Beichtkammer steigt. Es dauert offenbar einen Moment, bis sich ihre Augen an die spärliche Beleuchtung angepasst haben, dann huschen sie in die dunklen Ecken des winzigen Raums. Sie setzt sich zögerlich auf den thronartigen Stuhl und blickt direkt in die Kamera.

»Na, dann los«, sagt sie. Zee hat ein Flashback zu einem eisigen Montagmorgen, an dem sie auf den Hockeyplatz gejagt wurde. »Lasst mal sehen, was ihr für mich habt.«

Zee wird langsamer, gebannt von dem, was sie sieht, und hält ihren Atem zusammen mit Pam an. Letztere packt die Armlehnen des Stuhls so fest, dass ihre Fingerknöchel weiß werden, reckt das Kinn und hat die Augen weit aufgerissen vor Angst und Entschlossenheit. »Ratten«, sagt sie zur Kamera. »Ihr lasst hier Ratten rein, oder?«

Plötzlich gibt es ein Geräusch – ein mechanisches Surren –, und Pam runzelt die Stirn, als sie hinhört. »Ich nehme es zurück«, sagt sie. »Das klingt nicht wie eine Ratte. Was ist es dann? Eine Art Maschine? Ein Gestell, auf dem ich vielleicht gestreckt werde? Ich wollte übrigens schon immer ein paar Zentimeter größer sein.« Pam redet weiter, überspielt ihre Nervosität mit Blödsinn, und Zee starrt entsetzt auf den Bildschirm, denn sie sieht, was Pam noch nicht bemerkt hat.

Das mechanische Surren kam von einer Metallscheibe in der Wand, die eine Öffnung freigab. Zee sieht eine kurze Bewegung, ein Zucken von Schnurrhaaren, dann einen *Hops*, als die Ratte in die Beichtkammer springt. Sie setzt sich auf und blickt sich um, und als könne Pam ihre Anwesenheit spüren, dreht sie sich um. Ihre Atmung wird schneller, als sie die Füße näher an den Stuhl zieht.

»Eine«, sagt sie. »Mit einer kann ich umgehen.«

Zee erträgt es kaum zuzuschauen, denn offensichtlich wird es nicht bei einer Ratte bleiben, und noch während sie es denkt, gibt es ein weiteres Zucken an dem Loch in der Wand, dann noch eines und noch eines, und jetzt strömen sie in einem Schwall von Schwänzen, Füßen und Schnurrhaaren aus dem Rohr.

Pams Schreie hallen bereits über den Berg, bevor sie aus Zees Bildschirm kommen. Sie geht eilig weiter. Jeden Moment wird Pam einknicken, und Zee will keine Sekunde ihres Spießrutenlaufs verpassen.

»Noch zwei Minuten und dreißig Sekunden!«, erklingt Roxys klare Stimme über dem Material. »Wenn du willst, dass es jetzt aufhört, Pam, musst du nichts weiter tun, als dein Geheimnis zu gestehen.«

Pam weint jetzt, umklammert nicht mehr die Armlehnen, sondern schlägt mit beiden Händen die Ratten weg, die ihre Beine hinaufschwärmen. Eine riesige braune springt von der Wand auf Pams Kopf, und sie schreit wieder. Jetzt kann Zee nicht mehr hinsehen, weil sie sich selbst an den Kopf fasst und sicher ist, dort scharfe kleine Krallen im Haar zu fühlen.

»Ich gestehe! Ich gestehe!« Pam springt von dem Stuhl auf und macht einen Schritt auf die Kamera zu, sodass ihr tränenüberströmtes Gesicht den Bildschirm ausfüllt. »Ich habe Geld von Eltern genommen, die ihre Kinder unbedingt auf meiner Schule haben wollten. Jetzt lasst mich bitte raus!«

Zee steckt das iPad in ihre Tasche und rennt. Adrenalin pulsiert in ihren Adern. Die Ratten sind vergessen – eine korrupte Schulleiterin ist *Gold*. Und Pam sieht so anständig aus!

»Nicht so schnell, junge Dame.«

Zee kann es knapp vermeiden, mit hundert Kilo Sicherheitsmann zu kollidieren.

»Wo willst du denn hin?«, fragt Dario.

»Pam Butler interviewen.«

»Ohne Presseausweis ganz sicher nicht.«

Zee zeigt ihm dieselbe Karte wie vorher Caleb. Dario rupft sie ihr aus den Fingern. Langsam, ohne den Blick von Zee abzuwenden, steckt er sie in den Mund. Er kaut, und Zee hört, wie Speichel gegen seine Lippen schwappt.

»Du bist doch nicht ganz richtig im Kopf«, sagt sie, auch wenn ihr bei Darios Blick unwohl ist.

Er fixiert sie immer noch und rotzt eine nasse Papierkugel vor ihre Füße. »Du hast zehn Sekunden, zurück zu deinem Zelt zu laufen, bevor ich Miles rufe.«

Zee zögert nur kurz, bevor sie empört schnaubt und sich in Richtung ihres Zelts wendet. Sie ist sich *ziemlich* sicher, dass sie nicht verhaftet werden kann, weil sie dort steht. Aber Miles traut sie alles zu, und wer weiß, wozu Dario fähig ist? Okay, Zee wäre lieber näher am Geschehen, aber von den Cops verscheucht zu werden, würde alles ruinieren. Sie hat sich schließlich als *Exposure*-Expertin mit exklusivem Zugang etabliert.

Zee bleibt stehen.

Eine *Exposure*-Expertin …

Ihr wird kribbelig. Miles und Dario werden sie nicht in die Nähe des Farmhauses lassen, was bedeutet, dass ihre Chancen auf ein »offizielles« Interview gen null gehen. Aber was, wenn sie es anders probierte? Sie greift in ihre Tasche, um die Visitenkarte des *Sun*-Reporters hervorzuholen, die er ihr morgens gegeben hat.

Miles versucht, die Teilnehmer bloßzustellen.

Vielleicht ist es Zeit, Miles bloßzustellen.

DREIZEHN

FREITAG | FFION

Unten am See sind Ffion und Dave geschützt vor dem Wind, der um das Farmhaus weiter oben am Berg peitscht. Es ist ein warmer, diesiger Morgen, und die Sonne wirft Glitzersprenkel auf die Wasseroberfläche. Boote schippern träge von einem Ufer zum anderen. Im Seichten treibt eine Schaluppe; Angeln ruhen in Ständern, während sich der Angler zurücklehnt, von dem nur die Mütze zu sehen ist.

Es wäre eine idyllische Szene, wären da nicht die Polizeitaucher.

Der See kann so störrisch sein wie das Meer, wenn es ums Festhalten seiner Schätze geht. Er verkantet sie unter Felsen oder in den Wracks aufgegebener Ruderboote. Er dreht sie hin und her, zerbricht sie in lauter Einzelteile. Die spült er in die Zuläufe und Felsspalten, in Buchten, die zu klein und wenig reizvoll für Boote oder Spaziergänger sind. Verlorene Schuhe, fallen gelassene Paddel, Einkaufswagen, die aus einer Laune heraus geklaut und in den See gestoßen wurden. Leichen.

Heute findet die Polizeiarbeit gegenüber der Stelle statt, an der die letzte Leiche in Cwm Coed gefunden wurde. Sie trieb damals beim Neujahrsschwimmen im Morgendunst. Rhys Lloyd war erst seit Stunden im Wasser gewesen, bevor es ihn ausspie. Sogar der See wollte ihn loswerden, denkt Ffion. Sie sieht zu Leo, und ihr wird wärmer, als sie daran denkt, wo sie war – wo sie waren –, als Rhys' Leiche aus dem Wasser gezogen wurde.

»Ein Penny für deine Gedanken«, sagt Leo, der ihren Blick einfängt.

»Ich habe nur gerade an Rhys gedacht.«

»Denkst du oft an ihn?«

»Ich vermeide es tunlichst.«

Leo nickt, dann lächelt er plötzlich, als hätte ihn ein Gedanke überrascht. »Dein Gesicht, als du mich in der Gerichtsmedizin gesehen hast.«

»Und *dein* Gesicht!« Erst Stunden zuvor hatten sie sich getrennt – und war die Arbeit das Letzte gewesen, was sie im Sinn gehabt hatten.

»Na, ich hatte ja nicht erwartet …«

»Ich dachte, dass ich halluziniere …«

Beide sprechen gleichzeitig und brechen ab, um den anderen ausreden zu lassen, worauf eine unangenehme Stille eintritt.

Ffion bückt sich, um einen Stein vom Ufer aufzuheben. »Kommt mir ewig her vor.«

»Länger«, sagt Leo leise. Er wartet, vielleicht weil er hofft, dass sie mehr sagt, aber Ffion rollt den glatten Kiesel zwischen den Fingern und blickt zum Wasser. Eine Minute vergeht, dann hört sie den Kies unter seinen Füßen knirschen, als er weggeht.

Gestern hatten sie gehofft, Ryan zu finden. Nachdem er am See gesehen worden war, wurde der Hubschrauber direkt umdirigiert und tief über dem Llyn Drych geflogen, um zu filmen und es direkt an die Einsatzzentrale zu übertragen. »Ostufer klar« war über dem Schlagen der Rotorblätter zu hören. Unten folgte ein Bergungsteam von zwei Männern in einem orangefarbenen Boot den Anweisungen aus dem Helikopter, überprüfte ein umgekipptes Kajak, eine geplatzte Luftmatratze, Plastiktüten. »Negativ«, lautete jeweils die Antwort.

Deshalb traf heute im Morgengrauen das Unterwassersuchteam der Polizei ein. Froschmänner in schwarzen Tauchanzügen und mit Atemgerät werden durch Seile mit dem Ufer verbunden. Sie suchen den Bereich ab, in dem Ryan gestanden hat, hat der Schiffsführer erklärt, und halten Ausschau nach seiner Kleidung, seinen Schuhen. Seiner Leiche.

Ein kalter Schauer läuft Ffion über den Rücken. Sie stellt sich vor, wie Ryan immer weiter in den See geht, sich verzweifelt wünscht, dass es vorbei ist. Sie malt sich seine Angst aus – nicht bloß vor dem, was in den Tiefen des Llyn Drych lauert, sondern auch vor dem, was ihn dorthin gebracht hat. Ffion weiß genau, wo der Seegrund auf einmal absackt, und stellt sich vor, wie Ryans Füße ins Nichts treten und sein Kopf unter Wasser sinkt. *Ryan kann nicht schwimmen*, hat Jessica ihnen erzählt. Hat er instinktiv Luft geholt, bevor er unterging? Oder sich gezwungen, mit leerer Lunge zu sinken, entschlossen, den Albtraum zu beenden?

Dave zerrt an der Leine. Er begreift nicht, dass plötzlich alle ins Wasser gehen, und ist fest überzeugt, dass er dabei sein sollte. Als Ffion gestern Abend nach einem langen und frustrierenden Tag nach Hause kam, hatte sie Dave und Seren in ihrem Bett vorgefunden und lauter Karteikarten zum Lernen wie Konfetti im Zimmer verstreut.

»Er hat den ganzen Tag nach dir geheult«, sagte Seren. »Ich habe fast nichts geschafft.«

Egal, wie dringend Ffion einen Hundesitter braucht, Serens A-Levels – und das Studium, das sie im September in Bangor beginnen soll – sind wichtiger. Heute ist Seren wieder in der Bibliothek, und Dave muss mit Ffion zur Arbeit kommen, unter striktem Befehl, sie ja nicht zu blamieren.

Ffion geht hinüber zum Wagen des Einsatzteams. Natürlich hat Huw schon entdeckt, wo es Gratiskaffee gibt. Durch die offene Tür sieht sie die Vertrauensbeamtin mit Jessica

Francis drinnen sitzen. Jessicas Gesicht ist streifig von Tränen.

Wenige Meter weiter reden Leo und George mit Jim Morris, einem Hundeführer von North Wales, den Ffion schon kennt, seit sie bei der Polizei ist. Jim ist gut gebaut, hält sich in Pubprügeleien beachtlich und hat sich einen Bart stehen lassen, seit Ffion ihn zuletzt gesehen hat, der ihn erst recht zu einer beeindruckenden Erscheinung macht. Manch ein Einbrecher in North Wales hat schon das Handtuch geworfen, wenn er Jim und seinen Deutschen Schäferhund auf sich zukommen sah. Jetzt gerade sitzt der Hund geduldig neben seinem Halter, solange der mit Leo spricht. An Jims Gürtel hängt eine lange, aufgewickelte Leine.

»*Ti'n iawn*, Jim?« Ffion beugt sich vor, um Foster zu streicheln. »Bist du ein Schöner!«

»Danke«, sagt Jim. »Du siehst auch nicht schlecht aus.«

Foster gibt sich alle Mühe, Daves begeistertes Hinternschnüffeln zu ignorieren.

»Entschuldige.« Ffion reißt ihn weg. »Das hat er nicht von mir gelernt.«

»Tierheimhund?«

»Wie hast du das erraten?« Dave lehnt sich so fest gegen Ffions Beine, dass sie beinahe umkippt. »Er ist ein bisschen … anhänglich. Frisst das Haus auf, wenn ich weggehe, und heult, wenn er mich nicht sieht.«

»Lass ihn arbeiten. Die meisten Verhaltensprobleme lassen sich lösen, wenn man den Hund beschäftigt. Gibt es in deiner Gegend Jagden?«

Ffion stellt sich Dave vor, wie er in einem Schwarm Fasane Amok läuft. »Ich weiß nicht, ob das was für ihn ist.« Neidisch sieht sie zu Foster. »Könnte er ein Spürhund sein?«

»Da wäre er perfekt.« Huw erscheint neben ihnen und hält seinen Kaffee mit beiden Händen umklammert. »Solange

Ffion gesucht wird.« Er hält Ffion die offene Hand hin. »Wenn du willst, nehme ich meine zwanzig Pfund jetzt gleich.«

»Ich bringe Dave nicht zurück.«

»Wirst du noch.« Huw grinst.

»Ich kann mal vorbeikommen, wenn du willst«, bietet Jim an. »Ein bisschen Hundetraining mit euch machen? Wäre nett, mal was außerhalb der Arbeit zu machen.«

»Danke, vielleicht komme ich darauf zurück.«

Leo räuspert sich. »Ich störe eure Pläne ja ungern, aber Ryan wurde vor über vierundzwanzig Stunden gesehen …«

»Ja, tut mir leid – ich war bei einem bewaffneten Überfall in Caernarfon.«

»… also, wenn wir dann das Plaudern lassen und zur Sache kommen können? Eventuell hat die Zeugin Ryan verschreckt und ist er wieder aus dem Wasser gekommen. Verschwenden wir lieber keine Zeit mehr.«

Ffion starrt Leo an. Was soll dieser schnippische Ton? Die Beförderung ist ihm offensichtlich zu Kopf gestiegen, denn so hat sie ihn noch mit niemandem reden gehört.

»Gibt es da noch eine Spur?«, fragt sie Jim.

»Müssen wir abwarten.«

»Eigentlich, Ffion«, sagt Leo angespannt, »haben George und ich das hier im Griff. Willst du dann zum Haus zurück?«

Er *schickt sie weg?* »Ich …«

»Danke.« Leo dreht sich um und sieht Jim zu, der sich mit Foster einige Meter von der Gruppe entfernt hat. Der Hund hat die Ohren gespitzt und den Blick fest auf seinen Halter gerichtet. Jim klickt die lange Leine an Fosters Halsband und stellt sich auf sie, bevor er die kurze Leine abnimmt und sie sich über den Kopf und einen Arm hängt. Jetzt zieht Foster an der Leine, und seine Nase zuckt.

Jim öffnet die Tasche mit Ryans Pullover und hält ihn Foster mehrere Sekunden lang vor die Nase. Dabei neigt er sich zu dem Hund. »Such!«

Sofort schnüffelt Foster am Boden und in der Luft. Er rennt los, und Jim gibt ihm gekonnt mehr Leine, geht mit, lässt sich von dem Hund im Zickzack durch die Bäume und weiter weg führen. Ffion zieht ihre Tabakdose hervor und dreht sich eine Zigarette.

»Wie steht es zwischen dir und dem Galan?«, fragt Huw sie leise. »Eben schien er ein bisschen angefressen.«

Ffion sieht Huw wütend an. »Wovon zur Hölle redest du?« Sie sind nur Meter von Leo entfernt.

»Kein Grund, verschämt zu tun. Jeder weiß, dass ihr miteinander geschlafen habt.« Huw sieht zu Ffions Zigarette und schneidet eine Grimasse. »Machst du das immer noch? Ist dir klar, dass keiner mehr raucht?«

»Deshalb mache ich es ja.« Ffion sucht in ihren Taschen nach einem Feuerzeug. »Und wenn du sagst, jeder …?«

»Deine Mam, Seren, Steffan vom Bootshaus, die Mädchen im Café …«

»Schon gut!« Ffion reißt die Augen weit auf und hebt eine Hand, damit er still ist. »Lass es einfach, klar? Das war einmal, und es ist unwahrscheinlich, dass es wieder vorkommt. Außerdem ist es völlig falsch, mit meinem Ex-Mann über mein Sexualleben zu reden.«

»Falls du dich um mich sorgst, musst du nicht.« Huw trinkt seinen Kaffee aus und zerdrückt den Pappbecher in der Hand. »Wie sagt man so schön? *Meinen Segen hast du.*«

»Du gibst mir …« Ffion ist zu wütend, um den Satz zu beenden.

»Meinen Segen, ja.«

Ffion verengt die Augen. Es kann nur eine Erklärung für Huws plötzlichen Großmut geben, hat er sie doch vor wenigen Monaten erst angefleht, zu ihm zurückzukommen. »Du schläfst mit jemandem, oder?«

»Bist du eifersüchtig?« Huw schlägt einen scherzhaften Ton an, aber die Verletzlichkeit in seinen Augen bewirkt, dass Ffion prompt Schuld und Heimweh zugleich empfindet.

»Nicht im Geringsten. Ich hoffe, sie ist die Richtige«, antwortet sie. »Wenn du mich jetzt entschuldigst. Ich würde gern in Ruhe rauchen.«

Immer noch kochend wegen Leos Verbannung, erreicht Ffion Carreg Plas, wo Miles gerade heftig mit Caleb streitet.

»Dann hättest du dir einen richtigen Pressesprecher besorgen müssen!«, sagt Caleb gerade und klingt so, als sei er den Tränen nahe.

»Ach, *hätte* ich? Für wen hältst du dich, mir zu erzählen, was ich hätte tun müssen? Falls du es vergessen hast, junger Mann, ich bin der Produzent, und du bist bloß ein Laufbursche.«

»Bin ich?«, fragt Caleb verbittert. »Ich schätze, ich habe meinen Jobtitel vergessen, da du ihn ja bisher nicht in den Abspann genommen hast.«

»Geht es immer noch darum? Es ist trotzdem noch ein Eintrag in deinem Lebenslauf, oder nicht?«

»Aber du weißt, dass ich nicht bei IMDb auftauche, wenn ich nicht im Abspann genannt werde, und du hast es versprochen!«

Ffion betritt den Raum, bevor Caleb in Tränen ausbricht und sich noch mehr zum Idioten macht. »Der Spürhund hat eben angefangen«, sagt sie. »Die Taucher haben bisher nichts gefunden, also besteht immer noch eine Chance …«

»Haben Sie das gesehen?« Miles wedelt mit einer Zeitung.

»Nein, ich bin mit der Suche nach Ihrem verschwundenen

Teilnehmer beschäftigt«, antwortet Ffion, auch wenn Miles die Spitze nicht mitbekommt. Er liest den Artikel vor.

»*Miles Young, Produzent der umstrittenen Reality-TV-Serie* Exposure, *sieht sich zunehmender Kritik ausgesetzt, da sich die Teilnehmer und sein eigenes Team gegen ihn wenden.*« Das körnige Foto – eindeutig mit einem Handy aufgenommen – zeigt Owen, der einen wütenden Jason zurückhält, als der versucht, Miles zu schlagen.

Ffion nimmt die Zeitung und liest weiter vor. »*Eine Quelle, die dem Team von* Exposure *nahesteht, berichtet, dass Roxy Wilde, die Frontfrau der Show, getäuscht wurde, damit sie die Rolle der Moderatorin übernahm. ›Sie ist stinksauer, dass Miles sie in diese Lage gebracht hat‹, sagt die Quelle.*«

»Die bin ich nicht«, sagt Caleb hastig.

»Es ist diese verfluchte Vloggerin oder Twitterin oder was auch immer«, sagt Miles. »Die verdammte Zee Hart.«

Unter der Aussage von der »Quelle« ist ein emotionales Interview mit Jessica, die den Kampf ihres Mannes mit seiner psychischen Erkrankung schildert.

> *Er war von Anfang an ehrlich zu Exposure, wird sie zitiert. Er hat gedacht, das wäre so ein Survivalwettbewerb, und wollte sein Bestes geben, aber das war eine Falle. Die Rechercheure kannten die Wahrheit und haben gewusst, dass Ryan gefährdet ist. Wenn er sich etwas angetan hat, sind sie schuld. Dann ist es nur wegen Miles Young.*

»Da ist noch mehr«, speit Miles förmlich aus.

Auf der nächsten Seite ist ein Foto von Pam neben einer aufrichtigen Entschuldigung.

Es stimmt, dass ich Geld von Eltern angenommen habe, die sich so einen Platz an der Schule für ihr Kind sichern wollten. Was jene Eltern nicht wussten, war, dass die Plätze so oder so da waren – es also gar nicht nötig war, mich zu bestechen. Ich habe das Geld genommen, um Essen und Schuluniformen für Schülerinnen aus weniger begüterten Elternhäusern zu bezahlen.

Robin-Hood-Schulleiterin lautet die Schlagzeile.

Ffion gibt Miles wortlos die Zeitung zurück. Anscheinend hat sich für ihn das Blatt gewendet.

»Der Sender wird nervös«, sagt Miles. »Mehrere Zeitungen haben ähnliche Aufmacher, und ein Haufen Organisationen für psychisch Kranke haben Statements veröffentlicht, in denen sie das Konzept der Show ›verurteilen‹.« Miles malt Anführungszeichen um das letzte Wort in die Luft, um seine Verachtung zu betonen. »Ohne Frage war es ein *Aktivist,* der uns sabotieren wollte, indem er die Kameras beschädigt hat. Es kostet mich reichlich Aufschlag, so kurzfristig Ersatz zu bekommen.« Er sieht Caleb an. »Und das ist alles deine Schuld!«

Ffions Handy klingelt, und sie geht nach draußen, um Georges Anruf anzunehmen.

»Du hast Zee Hart ins Medienzentrum gelassen!«, brüllt Miles in voller Lautstärke. »Wenn ich diese Schlampe in die Finger bekomme …«

»Der Hund ist der Spur zu einem Haus im Wald gefolgt«, sagt George. »Es ist direkt am See, anscheinend auf einer Lichtung.«

»Das kenne ich.«

»Du bist raus, gefeuert!«, schreit Miles.

»Wo raus?«, kontert Caleb mit einem Lachen. »Aus einem

unbezahlten Praktikum ohne Nennung oder Beweis, dass ich es überhaupt je gemacht habe?«

»Was gemacht?«, erwidert Miles. »Klopapier gebracht? Vergiss das Fernsehen, Junge. Du hast nicht das Zeug dazu.«

»Willst du uns dort treffen?«, fragt George.

Ffion zögert. »Leo hat ziemlich deutlich gesagt, dass ich …«

»Ich habe gedacht, du würdest ihn ignorieren.«

Für einen Moment ist Ffion sprachlos. Was ist mit George los, dass sie Vermutungen anstellt, was Ffion tun würde und was nicht?

Sie sieht zu Miles und Caleb, die sich weiterhin anschreien, und sagt schließlich: »Richtig gedacht.«

VIERZEHN

FREITAG | LEO

Leo läuft durch den Wald. Er hat nicht vorgehabt, Jim und Foster zu folgen (teils weil kein Spezialist will, dass ein DS ihm in seine Arbeit hineinpfuscht, aber vor allem weil er nicht den Hauch einer Chance hat, mit ihnen mitzuhalten). Also haben George und er sich stattdessen auf die Vorgänge im See konzentriert. Das Tauchteam hatte das Schilf fertig abgesucht und war im Tieferen. Das lange Seil zeigte, wo sie nach unten getaucht waren.

»Er schien nett«, sagte George.

Es war eine harmlose Bemerkung, dennoch sah Leo sie an. Ihm war bewusst, dass er schroff zu dem Hundeführer gewesen ist. Es hatte ihn selbst überrascht, dass er eifersüchtig wurde, als Jim vorschlug, sich mit Ffion zu treffen. Daran muss er arbeiten. Ffion kann sich verabreden, mit wem sie will.

In dem See kam ein Taucher an die Oberfläche und signalisierte seinem Kollegen am Ufer etwas, bevor er die Luft aus seiner Tarierjacke ließ und langsam wieder unter Wasser sank. Leo verspürte ein Kribbeln im Nacken, als er sich die dunklen Tiefen und das Seegras vorstellte, das sich in den Taucherbeinen verfing.

»Möchtest du einen Kaffee?« George nickte zum Einsatzwagen.

Wollte Leo, aber nicht den Instantkram, den er heute Morgen probiert hatte. Miles' teure Kaffeemaschine – und dazu die Platte mit Gebäck – lockte ihn. Hier konnten sie nichts tun, bis – falls – das Tauchteam etwas fand, also gingen sie beide zurück zum Wagen.

»Stellt ihr mich zu DS Brady durch?«, knackste dann Jims Stimme aus dem Funkgerät in Leos Tasche. »Tut mir leid, Einsatzzentrale, ich habe seine Schulternummer nicht.« Er klang abgehackt, im Takt seiner Laufschritte.

Leo griff nach seinem Funkgerät. »DS Brady. Was haben Sie?«

»Sarge, wir haben einen Treffer. Ein Cottage auf einer Lichtung nahe dem See – ungefähr eine Meile von unserem letzten Standort. Kein Zugang von der Straße aus, soweit ich es sagen kann. Sieht aus, als würde hier jemand Tiere halten.«

Leo und George wechselten einen Blick und rannten los.

Während sie jetzt durch den Wald sprinten, schwört Leo sich, wieder ins Fitnesscenter zu gehen. Diese Angewohnheit hat er aufgegeben, seit er seine Arbeitszeiten flexibler hält, um mehr Zeit mit Harris zu verbringen. Der Grund ist uneben, und alle paar Meter verfängt sich sein Fuß an einer Baumwurzel oder in einem Kaninchenloch. George bleibt zurück, um einen Anruf zu machen, holt Leo aber schnell ein und läuft leichtfüßig neben ihm her, als wäre es nichts.

»Du siehst aus, als wüsstest du, wohin wir wollen«, sagt sie.

»Ich glaube, ja. Es gibt nur ein Cottage so nahe am Wasser, und da war ich bei der Rhys-Lloyd-Ermittlung mal mit Ffion. Es müsste gleich hinter dieser Biegung sein …«

Angharad Evans' Cottage ist holzverkleidet. Auf den ersten Blick denkt Leo, dass sie ihr Dach begrünt hat, aber als sie näher kommen, erkennt er, dass die Ziegel von smaragdgrünem Moos überwuchert sind, als hole sich der Wald nach und nach das Haus zurück. Um das Haupthaus herum sind diverse Nebengebäude und Zwinger mit Maschendrahttüren.

»Angharad nimmt verletzte Wildtiere und Streuner auf«,

sagt Leo. Flüchtig sieht er etwas, das ein Dachs sein könnte. Sie verlangsamen ihr Tempo zum Gehen, und Leo zieht sein T-Shirt am Hals ein wenig ab, um frische Luft auf die Haut zu bekommen. Heute Morgen hatte er Wanderhosen anstelle eines Anzugs gewählt, weil er wusste, dass sie den Großteil des Tages mit den Suchteams draußen wären. Allerdings hat er nicht mit einem Geländelauf gerechnet. »Irgendwas?«, fragt er, als sie bei Jim sind. Leo atmet schwer, während der Hundeführer nicht einmal ins Schwitzen gekommen ist.

»Nichts in den Nebengebäuden. Wir haben der Bewohnerin gesagt, dass sie drinnen bleiben und abschließen soll, bis wir draußen alles abgesucht haben.«

»Wir?« Leo fragt sich, ob er Foster meint, doch dann bemerkt er das Quad am Ende des Wegs, der vom Wald nach unten führt, und die Fahrerin, die an ihm lehnt.

»Ging schneller als zu Fuß«, sagt Ffion.

Leo ist sich seines angestrengten Atmens allzu bewusst, und er weiß, dass ihm Schweißperlen auf der Stirn stehen.

»Der Vermisste ist definitiv hier gewesen«, sagt Jim. »So sicher habe ich Foster noch nie gesehen. Jetzt ist er aber ein bisschen abgelenkt.« Er nickt zu den Zwingern.

Leo geht auf das Cottage zu.

Angharad ist eine große Frau mit langem, stahlgrauem Haar. Ihr wettergegerbtes Gesicht ist ein Labyrinth aus winzigen Falten, aber ihre Unterarme sind stark und sehnig. Sie könnte irgendwas zwischen vierzig und siebzig sein, auch wenn Leo weiß, dass sie letzterer Zahl näher ist.

Die winzige Küche hat Steinwände und dunkle Deckenbalken, und Leo duckt sich, um sich nicht den Kopf zu stoßen. Es riecht muffig, wie die Mottenkugeln, die Leos Mum früher in die Kommodenschublade mit seinen Pullis gelegt hatte.

Ffion lehnt an der geölten Kiefernarbeitsplatte. »*Sut mae pethau*, Angharad?«

Jim muss Ffion angerufen haben, schätzt Leo, und ihr erzählt haben, wo die Suche ihn hingeführt hat. Der Gedanke lässt ihn unverhältnismäßig mürrisch werden. Ein Teil von ihm (der kleinliche) will Ffion wieder wegschicken, allerdings weiß er, dass Angharad lieber mit Walisern spricht.

»*Prysur, fel arfer*«, sagt Angharad. Sie sieht Leo an. »Viel zu tun«, übersetzt sie. »Wie immer.«

»Wir suchen einen Mann in den Dreißigern.« Leo beginnt, Ryan zu beschreiben und die Kleidung, von der sie glauben, dass er sie getragen hat, aber Angharad würgt ihn ab.

»Ich habe schon eine Woche oder länger keinen gesehen. Ich arbeite an einem neuen Projekt – als Übersetzerin für einen walisischen Verlag – und bin an meinem Schreibtisch gewesen.« Sie lächelt. »Gesellschaft liegt mir nicht, wie Sie sich wahrscheinlich denken können.«

»Ist etwas verändert worden?«, fragt Ffion – Leo zuliebe auf Englisch, vermutet er.

Angharad überlegt. »Eine Wolldecke ist von meiner Wäscheleine verschwunden.«

Leo holt seinen Notizblock hervor. »Wann war das?«

»Gestern erst. Ich habe gedacht, dass ich sie nicht richtig aufgehängt hatte – es war sehr windig.« Sie öffnet den Mund, als wolle sie fortfahren, sagt jedoch nichts mehr.

Ffion hat es ebenfalls bemerkt. »*Be?*«

»Ach, nichts. Nur …« Angharad seufzt. »Die Hintertür schließe ich nachts nie ab – sieh mich nicht so an, Ffion Morgan; nenn mir einen hier, der das tut –, und heute Morgen ist mir aufgefallen, dass ein bisschen Essen fehlt.«

Leo und Ffion wechseln einen Blick.

»Nicht viel. Ein Brotkanten und ein Stück Käse. Und eine Packung Kekse.«

»Hör zu«, sagt Ffion, »du musst deine Tür abschließen. Nicht nur wenn du weggehst, sondern auch wenn du zu Hause bist. Erst recht nachts.«

»Aber wenn er Essen braucht …«

»Er ist nicht gesund«, sagt Leo und zögert. Sie können nicht sicher sein, dass Ryan Francis einen Nervenzusammenbruch hat, aber sie wissen, dass seine Frau ihn für psychisch labil hält. Und ihnen ist bekannt, dass er mindestens einmal gewalttätig geworden ist. Noch dazu wissen sie, dass *Exposure* ihn bis an seine Grenzen getrieben hat. »Er könnte irrational handeln.«

»Es klingt, als bräuchte er Hilfe.«

»Tut er«, bestätigt Ffion.

»Dann …«

»Von einem Arzt.« Ffion geht auf Angharad zu und berührt deren Arm. »Ich weiß, dass du dich für eine zähe Alte hältst …«

»Weniger alt, *diolch yn fawr …*«

»… aber wenn Ryan herkommt, rufst du uns an, *iawn?*«

Angharad seufzt. »*Iawn.*«

»Möchten Sie, dass wir das Haus überprüfen?«, fragt Leo.

»*Diolch,* aber ist schon gut.« Angharad lächelt. »Der Vorteil bei solch einem kleinen Haus ist, dass man genau weiß, wer drin ist.«

»Schließ die Tür ab«, sagt Ffion, als sie gehen.

»Mach ich.«

»Versprich es mir.«

»Versprochen.«

Sie warten, bis sie das Klicken im Schloss hören.

Leo blickt zu dem Wald um die Lichtung. Ist Ryan da draußen und beobachtet sie? Versteckt sich zwischen den Bäumen, bis es dunkel wird und er wieder zum Angharad Cottage kann, um Essen zu holen? Um Angharads willen hofft Leo, dass er weitergezogen ist. Je länger Ryan ohne Essen und Unterschlupf ist – ohne Jessica und seine Tochter zu sehen –, desto größer wird der Stress für ihn. Er wird verängstigt sein, und Furcht macht Menschen unberechenbar.

Leo sorgt sich um Ryan.

Doch genauso sehr sorgt er sich, wohin Ryan als Nächstes gehen könnte.

FÜNFZEHN

FREITAG | ANGHARAD EVANS | FOLGE FÜNF

Angharad Evans hat keinen Fernseher. Ihre Arbeit als Übersetzerin – die sie nicht aufzugeben beabsichtigt, obwohl sie schon vor einiger Zeit das Rentenalter erreicht hat – erfordert lange Stunden am Schreibtisch, und das Letzte, wonach Angharad abends der Sinn steht, ist, wieder auf einen Bildschirm zu starren. Sie zieht es vor, Radio oder linguistische Podcasts zu hören. Oder sie lauscht den Geräuschen des Waldes, während sie sich um die Tiere kümmert, die sie wie ihre Kinder behandelt.

Doch heute Abend schaut sich Angharad *Exposure* an.

Ihr Laptop steht auf einem Küchenstuhl vor dem Sofa, auf dem Angharad ihr Abendbrot isst. Das ist an sich schon ungewöhnlich, denn sie zieht es vor, am Tisch zu essen, wo sie ihr Buch an die Vase in der Mitte lehnen kann. Andererseits ist es ein ungewöhnlicher Tag gewesen. Der Polizeibesuch hat sie beunruhigt. Sie erinnert sich vom letzten Jahr an DS Brady und mag ihn jetzt kein bisschen mehr als damals. Ffion kennt sie schon immer und kann dennoch das wilde Kind von früher – Ffion *Wyllt* haben alle sie genannt – nicht mit ihrem jetzigen Beruf in Einklang bringen. Und dann dieser Hund, der schöne, starke Deutsche Schäferhund, der die Dreckarbeit für die Polizei übernehmen musste. Angharads Tiere hatten ihn verwirrt, wie sie erfreut feststellte. Er wechselte die Richtung, lief zwischen den Dachs und das Reh, weil er die Kaninchen erschnüffelte. Da hatte er seine Geruchsspur verloren.

Bei *Exposure* nimmt ein Vikar teil. Das weiß Angharad,

weil jedes Mal, wenn Reverend Lucas Taylor spricht, unten eine Laufzeile mit genau dieser Information erscheint. Haben die Leute heutzutage eine derart kurze Aufmerksamkeitsspanne, dass man es ihnen immer wieder sagen muss? Angharad hat erst eine Viertelstunde von diesem geistlosen und zugleich so ungeheuer schädlichen Programm gesehen, da kann sie alle vier Teilnehmer recht klar einschätzen. Die junge Frau, Aliyah Brown, arbeitet in einer Kindertagesstätte. Angharad ist keine Mutter, kann sich aber vorstellen, dass Aliyah gut mit kleinen Kindern umgehen kann, weil sie selbst ziemlich kindisch ist.

Es erstaunt Angharad, dass sich die Postbotin Ceri Jones, die sie stets für besonders vernünftig gehalten hatte, dieser entsetzlichen Situation aussetzt. Allerdings vermutet sie, dass Ceri dasselbe denkt, denn seit Beginn der Sendung hat sie kein einziges Mal gelächelt.

Henry Moore mag Angharad nicht. Mit dieser Ansicht mag sie allein dastehen, denn sogar sie sieht, dass er sich in dem Camp nützlich macht und nicht schlecht über die anderen hinter deren Rücken redet. Aber seine Augen stehen zu eng zusammen, und Angharads Erfahrung nach ist Männern mit zu eng beieinanderstehenden Augen nicht zu trauen.

Womit nur noch Lucas bleibt, den Angharad womöglich unterstützt hätte, wäre seine Besessenheit von allem Kirchlichen nicht. Angharads Glaube ist vielleicht nicht konventionell – seit der Kindheit hat sie keine Kirche mehr betreten –, doch er ist stark, und sie ist von diesem selbst ernannten »modernen Vikar« enttäuscht.

»Es gibt einige Vikare, die wo berühmt sind, nicht?«, fragt Henry.

»Die berühmt sind«, sagt Angharad auf dem Sofa. »Ohne ›wo‹. Steuerberater zu sein ist kein Freibrief für schlechte Grammatik.«

»Ja, man könnte von einem Trend sprechen.« Lucas sucht auf seinem Feldbett nach etwas.

»Bist du darauf aus? Eine Sendung auf Radio 4? Eine Talkshow?«

»Das wäre schön.« Lucas schnalzt mit der Zunge. »Hast du meine Socken gesehen? Die sind neonpink und haben ein kleines Loch an einer Ferse.«

Es erscheint irgendwelcher Unsinn auf dem Bildschirm über das Abstimmen via Textnachricht, begleitet von mehreren Takten der scheußlichen Titelmelodie. Dann fliegt die Grafik weg, und es ist wieder Lucas zu sehen, der seine Socken sucht.

»Zeitschrifteninterviews, Fernsehwerbung, ein Buchvertrag für eine Cosy-Crime-Reihe«, setzt Lucas seine Wunschliste fort, bei der Angharad auffällt, dass sie vollkommen eigennützig ist. »Und ein Podcast natürlich.« Er beendet die Aufzählung, weil er abgelenkt ist. »Jemand hat meine verdammten Socken geklaut!«

Angharad runzelt die Stirn. Wenn Lucas ein »moderner Vikar« ist, hält sie sich lieber an die altmodischen. »Und die beiden sind in Führung!«, ruft sie aus. »Ich wage mir gar nicht auszumalen, wie die anderen gewesen sein mögen.«

»Die waren in Ordnung«, sagt eine Stimme neben ihr.

Angharads Züge werden weicher, als sie sich zu ihrem Gast umdreht. *Exposure* läuft auf sein Drängen hin. Zuerst hat sie sich geweigert und als Grund vorgeschoben, dass sie keinen Fernseher besitzt. Doch Ryan wurde immer fordernder, und Angharad fragte sich schließlich, ob es in gewisser Weise kathartisch für ihn sein könnte.

»Pam war freundlich. Sie hat auf mich aufgepasst, als ich …« Er verstummt. Angharad hakt nicht nach. Er wird reden, wenn – und falls – er so weit ist.

Gestern hatte Angharad die Tiere gefüttert, als sie eine

Unruhe am See bemerkte. Ein lauter Mann, der jedoch eher verzweifelt als wütend klang, und Angharad ging runter zum Wasser, um nachzusehen, was dort los war. Sie fand den Mann – Ryan – bis zur Hüfte im Wasser stehend. Tränen strömten ihm übers Gesicht.

Vor vielen Jahren war Angharad Lehrerin an einer besonders verschrienen Schule gewesen. Wenn Schüler den Unterricht störten (was oft vorkam), wurden die anderen Lehrer laut, schrien über das Chaos hinweg nach Ruhe. Die Schüler wurden noch lauter, die Lehrer brüllten energischer, und so steigerte es sich immer weiter. Wenn Angharads Klasse hingegen wild wurde, wurde sie vollkommen still. Sie stellte Blickkontakt zu jedem Schüler her, wobei sie alle offen fragend anschaute. Langsam, wie verschüttetes Wasser, das über einen Tisch rinnt, wurde es stets wieder ruhig im Raum.

Als Angharad Ryan im See sah, zog sie ihre Schuhe aus und ging zu ihm ins Wasser. Dort blieb sie stehen, fühlte, wie die köstliche Kälte des Sees ihre Füße umhüllte, und wartete.

»Sie können mich nicht aufhalten«, sagte Ryan. Angharad nickte. »Ich habe nichts mehr, wofür es sich zu leben lohnt.«

»Tut mir leid, das zu hören.«

Sie ließ ihn das Gespräch bestimmen, unterbrach ihn nie. So erfuhr sie von der Fernsehsendung und dem, was man nur als einen abscheulichen Vertrauensbruch bezeichnen konnte. Sie erfuhr, dass Ryan an seinem dreiunddreißigsten Geburtstag zum ersten Mal ein Kleid anprobiert hatte und in dem Moment, in dem er den Stoff über die Hüften zog, eine unbeschreibliche Freude empfunden hatte.

»Ich will keine Frau sein«, sagte er. »Mich nicht mal immer wie eine anziehen. Das ergibt keinen Sinn, oder?«

»Wenn es sich richtig anfühlt, ergibt es Sinn.« Angharad wackelte mit den Zehen. »Meine Füße werden taub. Soll ich einen Tee machen?«

»Er wird auch ihre Leben alle zerstören.« Ryan zeigt zum Bildschirm, wo die vier Teilnehmer in einem Kreis versammelt sind. »Ihn kümmert nicht, wem er wehtut, solange er die Einschaltquoten und den Ruhm bekommt. Warum sind sie noch da? Warum gehen sie nicht?« Seine Stimme wird lauter, bis er den Laptop anschreit, und Angharad sitzt reglos und still da. Sie weiß, was die Polizei täte, könnten sie ihn jetzt sehen, wie er schreit und mit den Armen fuchtelt. Sie würden ihn mit Gewalt festhalten und in einen Van sperren; dann würden sie ihre Aussagen tippen und behaupten, es wäre *zu seinem eigenen Schutz* nötig gewesen – und wie sollte das Ryans fragilen Geist schützen?

In der Mitte zwischen den Teilnehmern ist ein Tablett mit Objekten, abgedeckt mit einem dunkelvioletten Tuch.

»Jeder der sieben Gegenstände auf diesem Tablett bezieht sich auf einen Teilnehmer von *Exposure*, frühere oder gegenwärtige«, sagt die Moderatorin. »Aber bringen sie euch näher zu dem, was ihr über die anderen Teilnehmer enthüllen könnt?« Roxy gibt sich Quizmaster-munter, doch über dem schelmischen Grinsen sind ihre Augen matt.

»Frühere oder gegenwärtige«, sagt Ryan. »*Frühere oder gegenwärtige!*«

Angharad bleibt ruhig. »Wir können es ausschalten.«

»Nein, nein, nein, nein, nein!«

Es ist nicht klar, ob er auf ihren Vorschlag antwortet oder auf die Aussicht, was unter dem violetten Tuch ist. Angharad wägt ab, welche Wahl sie hat. Wenn Ryan weiter zusieht, wird er wahrscheinlich noch mehr verzweifeln. Aber wenn sie ohne seine Zustimmung ausschaltet … Sie kann nicht gewinnen.

»Bereit?«, fragt Aliyah. Die anderen Teilnehmer nicken, und Aliyah reißt das Tuch weg. Die Objekte wirken willkürlich zusammengesucht. Ein Schwangerschaftstest, eine einzelne rote Rose, ein Kondom, eine Geburtstagskarte, ein Ehering, ein Zwanzigpfundschein und ein Paar Damenstrümpfe. Unweigerlich ertappt sich Angharad, die jeden Morgen Sudokus löst, um ihr Gehirn fit zu halten, dabei, wie sie sich vorbeugt, um zu sehen, was sich aus diesen alltäglichen, aber angeblich bedeutsamen Gegenständen schließen lässt.

Ryans Stirn glänzt, und sein eines Knie wippt so schnell auf und ab, dass es zu einem Vibrieren wird. Angharad fühlt es durch das Sofa, und zum ersten Mal, seit sie Ryan aufgenommen hat, ist sie ein wenig beunruhigt. Ryan hat überhaupt nichts Böswilliges an sich, dessen ist sie sich ziemlich sicher. Aber jetzt gerade ist er nicht er selbst.

Ceris Blick fällt auf das andere Ende des Tabletts. Das Geld? Die Geburtstagskarte? Es ärgert Angharad, dass sie sich verführen lässt, schon Theorien zu ersinnen, welches Objekt zu wem gehört. Der Schwangerschaftstest wird Aliyahs sein, denkt sie. Vielleicht hat das Mädchen abgetrieben oder ein Kind zur Adoption freigegeben, obgleich man weder für das eine noch für das andere an den Pranger gestellt werden sollte. Angharad fängt an, Ryans unbändige Wut auf Miles zu verstehen.

»Was ist mit der Rose?« Henry schwenkt sie wie ein Schwert, bevor er damit Lucas an der Nase kitzelt. »Haben wir Blumen für eine Geliebte gekauft, Reverend?« Es trägt ihm ein Lachen von Ceri und Aliyah ein, das sogleich verstummt, als sie Lucas' Miene sehen. Er fängt sich rasch und lacht mit, aber der Schaden ist bereits angerichtet.

»Du hast eine Geliebte«, sagt Ceri, die Augen weit aufgerissen.

»Nein, ihr irrt euch«, entgegnet Lucas.

»Hast du wohl!«

»Schluss jetzt!«

Alle schweigen verblüfft.

»Er hetzt sie gegeneinander auf«, sagt Ryan. Sein Knie wippt immer noch – auf und ab, auf und ab –, und jetzt kneift er die Finger zusammen, erst die der linken Hand mit denen der rechten, dann umgekehrt. Immer wieder. Angharad blickt verstohlen zu ihm und überlegt angestrengt. Sie wird nicht die Polizei rufen – eine Arrestzelle ist kein Ort für einen Mann in einer mentalen Krise. Aber könnte sie einen Arzt herbitten? Angharad hat wenig Vertrauen in die moderne Medizin, doch sogar ihr ist klar, dass Ryan mehr braucht als den Kamillentee, der neben ihm kalt wird.

Auf dem Bildschirm hebt Henry die Strümpfe hoch.

»Das sollen meine sein – die?«, sagt Ryan. »Die Strümpfe? Ich bin nicht mal dort, und trotzdem quält Miles mich weiter. Er will mich unbedingt bloßstellen, obwohl ich gegangen bin. *Weil* ich gegangen bin!«

»Bezieht sich der vielleicht auf Jasons Bigamie?«, fragt Henry.

Ceri schüttelt den Kopf. »Zu ihm gehört doch sicher der Ehering, oder?«

»Warum guckst du dauernd zu der Geburtstagskarte?« Aliyah starrt Ceri an.

»Tue ich nicht.«

»Und ob du das tust! Hast du bei deinem Alter gelogen oder so?«

»Sei nicht blöd«, sagt Henry. »Das ist kein richtiges Geheimnis. Nicht wie Jasons Bigamie oder Pam, die Schmiergeld annimmt.«

»Was meint ihr, was Ryans Geheimnis war?«, fragt Aliyah.

In Angharads winzigem Wohnzimmer stößt Ryan einen Laut aus wie ein Tier, das Schmerzen hat. Angharad greift nach ihrem Handy und sieht sehr auffällig nach der Zeit. »Nur noch zehn Minuten. Ich kann ausschalten …«

»Muss schlimm gewesen sein, dass er weggelaufen ist.«

Ceri steigt ein, sichtlich erleichtert, dass sie nicht mehr Gesprächsthema ist.

Angharad beginnt, eine Nachricht an Elen Morgan zu tippen.

Werde nicht panisch. Mir geht es gut, aber kannst du Dr. Alwen bitten herzukommen? Ich erkläre es später. Es ist dringend.

Henry streicht verführerisch mit den Fingern über die Nylonstrumpfhose und blickt lachend auf. »Vielleicht ist das Ryans.« Er zieht einen übertriebenen Schmollmund. Das schallende Gelächter wird von Selbstschutz und Angst befeuert, dennoch klingt es durch und durch grausam.

Ryans Stöhnen wird stärker. »Jessica wird mich verlassen.«

»Sie liebt dich.« Angharad kann es nicht sicher wissen, aber manchmal muss man sagen, was gehört werden muss.

»Sie wird angewidert sein.«

»Daran ist nichts widerlich.«

»*Ich* bin angewidert!«, schreit Ryan, und Angharad sieht zu ihrem Handy. Hat Elen die Nachricht gelesen? Ruft sie Dr. Alwen an? Auf dem Bildschirm sind die *Exposure*-Kandidaten um die Feuergrube im Camp gruppiert; Roxy Wilde spricht in die Kamera.

»Heute Abend hat das Publikum entschieden, dass ein Teilnehmer in die Beichtkammer muss! Und dieser Teilnehmer ist …« Sie macht eine Pause. »Lucas!«

Ryan schaut nicht mehr hin. Er ist auf den Beinen, läuft auf und ab. Auf dem Bildschirm ist Reverend Lucas in einer engen, schlecht beleuchteten Kammer. Er sitzt auf einem Stuhl mit hoher Lehne, die Hände lose auf dem Schoß gefaltet, und hat die Augen geschlossen.

»Bist du bereit?« Die körperlose Stimme der Moderatorin

dringt aus einem Lautsprecher in den winzigen Raum, und Lucas nickt. »Dann beginnen deine drei Minuten … jetzt!«

»Es ist vorbei. Alles ist vorbei!«, ruft Ryan.

»Schhh«, beruhigt Angharad. »Schalten wir aus und …«

»Fass es nicht an!«

Angharad rührt sich nicht. Sie stellt fest, dass sie die Hände genauso hält wie Lucas. Sie versteht nicht – vermutlich, weil sie die ersten Folgen dieser schrecklichen Show nicht gesehen hat –, warum Lucas in dieser engen Kammer sitzt. »Beichtkammer« nennen sie die, und der Raum hat tatsächlich etwas von einem Beichtstuhl. Angharad sieht sich die Wände an, sucht nach einem Gitter oder einem Fenster und fragt sich, ob jemand auf der anderen Seite sitzt und auf Lucas' Beichte wartet.

Bisher keine Antwort von Elen Morgan.

Ryan sieht zu Angharads Hand. »Was hast du da?«

»Bloß mein Telefon.«

Eine runde Metallscheibe in der Wand hinter Lucas öffnet sich, und da ist eine Bewegung, ähnlich Wasser, das zu Boden fällt. Nur ist es kein Wasser. Es sind Schlangen.

»Oh, das ist zu viel!« Angharad kann kaum hinsehen. »Wie können die es wagen?«

»Es ist Folter«, sagt Ryan, der gar nicht hinsieht. Er blickt zu ihrer Hand, die um ihr Telefon geschlossen ist. »Schreibst du jemandem?«

»Diese armen, unschuldigen Geschöpfe.« Tränen brennen in Angharads Augen. »Schlangen sind hochsensibel – sie dürften diesem Missbrauch nicht ausgesetzt werden.« Eine Anakonda wickelt sich träge um Lucas' Hals und streckt ihm die schwarze Zunge ins Ohr.

Ryan starrt Angharad an. »Du verrätst allen mein Geheimnis, oder?«

»Nein, selbstverständlich nicht!«

»Noch eine Minute!«, sagt Roxy. Lucas bewegt die Lippen im stummen Gebet, als eine Schlange an seinem Hosenbein hinaufkriecht.

»Du hast gesagt, ich kann dir vertrauen!«

»Kannst du.« Angharad steht auf, und die plötzliche Bewegung ist zu viel für Ryan. Er rennt zur Tür, doch das Zimmer ist klein, und er reißt den Küchenstuhl um, sodass der Laptop zu Boden kracht.

»Warte!« Angharad will nach ihm greifen, doch er stößt sie weg. Er will es nicht – das weiß sie, als sie nach hinten stürzt und mit dem Kopf auf dem Steinboden aufschlägt.

Der Laptop liegt umgekippt neben ihr.

Angharad sieht noch das Flackern einer Zunge, ein Gleiten, ein Zusammenrollen.

Dann wird alles schwarz.

SECHZEHN

SAMSTAG | FFION

Ffions Klingelton platzt in einen Traum von Dave, in dem er bei der jährlichen Crufts-Hundeshow mitmacht. Er rennt durch einen ausziehbaren Tunnel und springt mühelos über die Hindernisse direkt auf die Ziellinie und die Glocke zu.

Driiiing. Driiiing.

Ffion meldet sich mit schlafschwerer Stimme. »Mam, es ist vier Uhr morgens. *Ti'n okay?* Was ist passiert?«

»Es geht nicht um mich, *Cariad*. Es ist wegen Angharad.«

Ffion stellt auf Lautsprecher, legt das Handy hin und zieht sich die Sachen von gestern an, bevor sie ihr Haar nach hinten zu etwas rafft, das entfernt einem Zopf ähnelt. Da er einen Spaziergang vermutet, springt Dave mit einem Rums vom Bett.

»Sie will keine Polizei«, sagt Mams blecherne Stimme aus dem Handy.

»Tut mir leid, dass du es von mir erfahren musst, aber erinnerst du dich an die lustige schwarz-weiße Mütze, die ich öfter aufhatte …?« Ffion nimmt jeweils zwei Stufen auf einmal die Treppe hinunter.

»Du zählst nicht.«

»Danke.«

»Du weißt, was ich meine.« Elen atmet scharf aus. »Ich könnte mich treten, weil ich gestern Abend nicht auf mein Telefon gesehen habe. Dem Himmel sei Dank für die Menopausenblase, sonst hätte ich vielleicht gar nicht mehr draufgesehen. Man sollte meinen, die Hormontherapie …«

»Mam, bleib bei der Sache.« Ffion ist unten, sucht nach ihren Autoschlüsseln und wirft einen sehnsüchtigen Blick in Richtung Kaffeemaschine. »Ist Angharad bei Bewusstsein? Atmet sie?«

»Ja und ja. Das arme Ding hat unten an der Treppe gelegen, als ich hergekommen bin.«

»Hast du einen Krankenwagen gerufen?«

»Ich bin nicht blöd, Ffion Morgan.«

»Ich bestelle einen Uniformierten hin.«

»Nein, Ffion, sie besteht darauf. Keine Polizei.«

»Mam, sie ist angegriffen worden.«

»Sie sagt, ihr ist schwindlig geworden, und sie ist die Treppe runtergefallen.«

»Und warum besteht sie dann darauf, dass die Polizei nicht gerufen wird?«

Mam antwortet nicht.

»Ich sage jetzt der Einsatzzentrale Bescheid.« Ffion beendet das Gespräch und nimmt ihr Funkgerät auf.

Vor vielen Jahren hat ein umgestürzter Baum die Straße zu Angharads Cottage unpassierbar gemacht. Und da sie selbst nicht fährt und sehr wählerisch ist, was Besucher angeht, ließ sie alles, wie es war. Jetzt parkt Ffion den Triumph neben dem Krankenwagen, duckt sich unter dem Stamm durch und joggt die halbe Meile zum Haus. Erstes Morgenlicht dringt durch die Bäume und wirft tänzelnde Schatten auf den Feldweg. Ffion behält Dave an der Leine, egal, wie sehr er bettelt, Kaninchen jagen zu dürfen.

»So gut wie jeder andere wäre begeistert, zu Hause bleiben zu dürfen«, schilt sie ihn. »Was ist denn so schlimm daran? Du hast das ganze Bett für dich, Radio 4 läuft den Tag über, und Sian kommt mittags rüber, um dich zu verwöhnen … Was willst du noch?«

Dave antwortet nicht. Ffions Plan, sich aus dem Haus zu schleichen, nachdem sie ihm zur Ablenkung eine Handvoll Hundekekse auf den Küchenboden geworfen hat, war gescheitert: Dave stand vier Sekunden lang über den kleinen Kauknochen, dann stürzte er sich auf Ffion, als sie zur Tür rannte.

Weiter vorn sieht Ffion fluoreszierendes Licht durch die Dämmerung blitzen. Als sie das Cottage erreicht, schnallen zwei Sanitäter Angharad auf eine Rolltrage.

»Mir geht es gut«, sagt sie verärgert.

»Standardprozedere bei Kopfverletzungen«, entgegnet der Sanitäter streng. »Zwei Sekunden«, ergänzt er leise an seinen Kollegen gewandt, bevor er Ffion beiseitezieht. »Sie behauptet, dass sie sich gestern Abend ein wenig angeschlagen fühlte«, fährt er immer noch leise fort. »Sie hat einer Freundin eine Textnachricht geschickt, sie möge den Arzt schicken, und ist dann zu Bett. Aber als sie nachts aufgestanden ist, wurde sie ohnmächtig und ist unten an der Treppe wieder zu sich gekommen.«

»Passt das zu ihren Verletzungen?« Ffion bindet Dave an einen kräftigen Ast und hofft, dass er das Hirschkalb in dem Stall ein Stück weiter nicht bemerkt hat. Angharad streitet sich noch mit der Sanitäterin, und Elen Morgan ist eingeschritten, um zu vermitteln.

Der Sanitäter bewegt den Kopf von einer Seite zur anderen, als müsse er raten. »Sie hat eine Platzwunde am Kopf, die schon verheilt, und bei der Prellung in ihrem Gesicht würde ich sagen, dass sie mehrere Stunden alt ist. Sonst nirgends Blutergüsse, was nach einem Treppensturz komisch ist, aber die können sich natürlich noch bilden.«

Sie kehren zu Angharad zurück, die endlich still ist. Elen sieht Ffion an. »Ich fahre mit ihr ins Krankenhaus.«

»Angharad«, sagt Ffion. »*Pwy oedd yma neithiwr?*«

Die Antwort erfolgt schnell und streng. »Hier war keiner.«

»War es Ryan?«

»Wer?« Angharad wendet den Kopf ab.

Ffion schaut sich im Cottage um und gibt acht, nichts zu berühren. Draußen sind zwei örtliche Officers eingetroffen, und ihr Gespräch weht durch die offene Tür herein.

»Unheimlich, oder? Ich könnte hier nicht wohnen, nicht ganz alleine.«

»Mit den vielen Tieren ist sie eigentlich nicht allein.«

»Die machen es ja gerade so gruselig! Und was soll das da sein?«

»Vielleicht ein Iltis?«

»Und das ist mal ein hässlicher Hund!«

Stellvertretend für Dave gibt Ffion einen empörten Laut von sich. Kein Wunder, dass der Hund Probleme hat.

Werde nicht panisch. Mir geht es gut, lautete die Textnachricht von Angharad. Elen hat sie nach dem Anruf morgens an Ffion weitergeleitet. *… aber kannst du Dr. Alwen bitten herzukommen? Ich erkläre es später. Es ist dringend.*

Angharad macht einen großen Bogen um Schulmedizin. Ihre Küchenregale stehen voller Kräuter, von denen sie schwört, dass sie alle Krankheiten heilen, und Ffion ist bekannt, was sie von der Arztpraxis im Ort hält. Sie würde nur nach einem Arzt rufen, wenn sie verzweifelt wäre (was sie garantiert nicht war, wenn sie Elen erzählt hat, ihr ginge es gut). Und sollte das der Fall gewesen sein, warum hatte sie dann nicht selbst Dr. Alwen gerufen?

Ffion sucht auf der Treppe und im Aufgang und der Diele nach Spuren oder verschmiertem Blut von der Platzwunde an Angharads Kopf. Da ist nichts. Aber in dem Moment, in dem Ffion das winzige Wohnzimmer betritt, überkommt sie ein vielsagendes Kribbeln. Da sind zwei Becher zu beiden

Seiten des Sofas. In der Zimmermitte liegt ein umgekippter Küchenstuhl, daneben ein Laptop.

Ffion nimmt den Laptop auf. Er ist in den Ruhezustand gegangen, aber als Ffion mit einem Finger, über den sie ihren Ärmel gezogen hat, eine Taste antippt, erwacht er zum Leben. Das eingefrorene Logo von *Young Productions* erscheint – das letzte Bild der gestrigen Folge von *Exposure*.

Ffion hegt keinerlei Zweifel mehr, dass Ryan Francis gestern Abend hier bei Angharad gewesen ist.

Die Frage ist: Wo steckt er jetzt?

SIEBZEHN

SAMSTAG | LEO

Als Leo bei Angharads Cottage ankommt, packt die Spurensicherung zusammen.

»Wir haben Fingerabdrücke von den beiden Bechern genommen.« Eine Frau mit perlmuttgerahmter Brille zieht sich ihren Papieranzug aus und knüllt ihn in einen Müllsack. »Ihre Kollegin hat Blut an der Tischecke im Wohnzimmer gefunden, also haben wir das auch abgenommen und Fotos gemacht.«

»Wie schnell können Sie alles mit den Werten des Vermissten abgleichen?«

»Ich sehe, was ich tun kann.«

Ffion blickt von Angharads Küchentisch auf, als Leo hereinkommt. »Ich habe fast sieben Stunden nicht mehr gesessen«, verteidigt sie sich.

»Dir auch einen guten Morgen.« Leo zieht sich den Stuhl ihr gegenüber vor und setzt sich. Als er sein Handy auf den Tisch legt, klingelt es, und Gayles Nummer leuchtet auf dem Display auf. Er stellt es stumm und ignoriert Ffions neugierigen Blick.

»Warum bist du hier?«, fragt sie. »Der Angriff auf Angharad ist ein Fall für North Wales.«

»Begangen von einem Verdächtigen, der auf *unserer* Seite vermisst wird«, erwidert Leo ruhig.

»Ich schätze, du denkst, wir wissen nicht, wie man mit einem Tatort umgeht. Denn natürlich kennen wir hier nur Schafe und …«

»Ffion?«

Sie sieht ihn wütend an.

»Was ist los?«

»Eine GefKV, wenn ich es durchkriege, aber wahrscheinlich eher einfache KV, die fast sicher runtergehandelt wird auf KV im minder schweren Fall, sollte es …«

»Mit uns«, unterbricht Leo sie leise. »Was ist mit uns los?«

Die nun eintretende Stille wird vom Heulen eines Tieres in einem von Angharads Ställen unterbrochen. Leo fragt sich, wer die füttern wird, solange Angharad weg ist. Als Ffion schließlich wieder vom Tisch aufsieht, beißt sie sich innen auf die Wange. Sie hat dunkle Schatten unter den Augen. Leo beschließt, dass dies wohl nicht der geeignete Moment ist, sie darauf hinzuweisen, dass sie ihren Pullover linksherum trägt.

»So war es nicht, als wir das letzte Mal zusammengearbeitet haben«, sagt er.

»Und?«

»Und ich frage mich, ob ich etwas falsch gemacht habe …«

»Du hast nichts falsch gemacht«, erwidert sie barsch. Zwei steile Falten bilden sich zwischen ihren Augenbrauen.

»Warum …«

Ffion öffnet den Mund und schließt ihn wieder. Sie sieht ihn an. »Warum ich dann so eine Kuh bin?«, bietet sie ihm an, und ihre Stimme hat ein klein wenig an Schärfe verloren.

Leo gibt vor, ernsthaft darüber nachzudenken. »Hör mal, *ich* hätte das Wort nicht benutzt, aber …«

Der Anflug eines Lächelns umspielt Ffions Lippen. »Tut mir leid.« Sofort hält sie eine Hand in die Höhe, sodass ihm der Blick auf ihr Gesicht versperrt ist. »Nicht!«

»Was?«

»Mach nicht das Gesicht. Dieses *Wunder-über-Wunder*-Gesicht, weil ich mich entschuldige. Das nervt höllisch!«

»Damit wären wir schon zwei.« Leo steht auf und verbirgt sein eigenes Grinsen. »Würde es Angharad etwas ausmachen, wenn wir Kaffee kochen?« Er schraubt den Deckel einer Dose direkt neben dem Kessel auf und schnuppert an dem ockerfarbenen Inhalt.

»Das ist Zichorie – ich habe schon nachgesehen. Wer ist Gayle?«

»Eine Frau.« Leo stellt die Dose wieder zurück. »Wo ist George?«

»Im Krankenhaus. Sie sagt, Angharad bleibt dabei, dass sie die Treppe runtergefallen ist. Eine Kollegin?«

»Nein, eine …«, Leo zögert ein bisschen zu lange, »… eine Bekannte. Wie geht es Angharad?«

»Gut genug, um sich gegen ärztlichen Rat entlassen zu lassen. George bringt sie gerade zurück.« Es entsteht eine Pause. »Ist das zufällig dieselbe Bekannte, die wollte, dass du ›die ganze Nacht durchhältst‹?«

Schlagartig ist es viel zu heiß in Angharads Küche. Leo fragt sich, ob man spontan in Flammen aufgehen kann. »Sie hat nicht … ich meine, ich würde nicht …« Er schluckt. »Ich will nicht darüber reden.«

»Entspann dich!« Ffion lacht. »Ich ziehe dich bloß auf. Und ich freue mich für dich.«

»Es ist kompliziert.«

»Ist es das nicht immer?« Kurz sehen sie sich in die Augen, bevor Ffion den Blick abwendet. »Sie kann jedenfalls nicht schlimmer sein als deine Ex.«

»Vermutlich nicht«, sagt Leo, denkt aber daran, wie er sich das letzte Mal, als sie zum Essen aus waren, fünf Minuten lang vor dem Spiegel gut zureden musste.

»Kommst du inzwischen besser mit ihr klar?« Ffion schaut wieder auf. »Der Ex? Lässt sie dich Harris sehen?«

Leo weiß nicht, ob es Harris' Namen zu verdanken ist,

weshalb er lächeln will, oder der Tatsache, dass Ffion sich an ihn erinnert. Er lehnt sich an die Küchenschränke. »Ja, das läuft gut. Ich denke, sie hat sich auf anderes verlegt. Dominics Dad ist gestorben und hat ihm einiges Geld vererbt. Sie sind in eine Straße mit drei berühmten Fußballern gezogen, also ist Allie ganz in ihrem Element.«

»Ich kann mir dich gar nicht mit so jemandem vorstellen«, sagt Ffion.

»Ich auch nicht.«

Unausgesprochen geschieht etwas zwischen ihnen. Diesmal ist es Ffion, die nicht wegsieht. »Weißt du … es sind noch anderthalb Stunden, bis George mit Angharad hier ist.«

»Schwebt dir etwas Bestimmtes vor?« Leo lässt seinen Blick über ihr Gesicht wandern. Er sieht die winzige Narbe an ihrem Kinn, die Sommersprossen auf ihren Wangen.

»Tut es.«

»Ich bin ganz Ohr.«

»Ich denke, die Zeit reicht, um zur Tankstelle zu laufen und Kaffee zu holen«, sagt sie auf einmal ernster.

Leo schüttelt den Kopf und lacht – über sich selbst genauso wie über sie. »Du bist unmöglich.«

»Ich verstehe nicht, was du meinst.« Ffion grinst.

»Also los jetzt. Ich nehme einen Flat White.«

»Du kannst mich nicht Kaffeeholen schicken, nur weil ich eine Frau bin, wie du weißt.«

»Wie wäre es, wenn ich dich Kaffeeholen schicke, weil du aus Gründen, die anscheinend nicht mal du erklären kannst, sehr unfreundlich zu mir gewesen bist und selbst wissen dürftest, dass du mir mehr als ein simples Sorry schuldest?«

Ffion denkt einen Moment lang nach, dann schiebt sie ihren Stuhl zurück. »Ich besorge auch einen Muffin, okay?«

Das Haar um Angharads Wundnaht ist blutverkrustet. Sie schlingt beide Hände um ihren Becher mit Kräutertee. »Jetzt hört auf, mich anzusehen, als würde ich gleich umfallen! Ich habe mir den Kopf angeschlagen, weiter nichts.«

»Sie haben eine Gehirnerschütterung.« George tippt auf das Faltblatt vor Angharad, auf dem oben *Alles über Kopfverletzungen* steht. »Sie müssen das ernst nehmen.«

»Ich bleibe heute Nacht hier.« Elen ist an der Spüle beschäftigt, wischt die Arbeitsplatte ab und entfernt den Fingerabdruckpuder von dem Geschirr, das im Wohnzimmer gefunden wurde.

»Zwei Becher.« Ffion sieht Angharad bedeutungsschwanger an. »Zwei Teller. Zwei Bestecke.«

Die alte Frau verzieht keine Miene. »Ich bin faul, wenn es ums Abwaschen geht.«

»Du hast dir *Exposure* angesehen.«

»Ich halte mich eben gern auf dem Laufenden.«

Ffion zieht eine Augenbraue hoch. »Dann finden wir keine Fingerabdrücke von Ryan Francis in deinem Haus?«

»Wie ich ja schon gesagt habe, als ihr das letzte Mal hier gewesen seid, ist mir Essen entwendet worden. Er könnte da …«

»Ach, Angharad!« Elen dreht sich mit dem Geschirrtuch in der Hand um. »Jetzt ist mal gut, *blodyn*.«

Es entsteht eine Pause, ehe Angharad sagt: »Es geht ihm nicht gut.«

»Er hat Sie verletzt«, sagt George.

»Das wollte er nicht.«

»Wir sorgen dafür, dass er Hilfe bekommt.« Leo hält Angharads Blick. »Machen Sie eine Aussage?«

»Nein.«

»Wir brauchen Ihre Bestätigung für …«

»Ich erstatte keine Anzeige«, fällt Angharad ihm ins Wort.

»Ryan ist bei dieser Fernsehsendung furchtbar behandelt worden – ist es da ein Wunder, dass er einen Zusammenbruch erleidet? Das einzige Verbrechen, das hier begangen wurde, ist, dass *Exposure* jemals genehmigt wurde. Wollen Sie jemanden jagen? Dann nehmen Sie Miles Young. Er ist der mit Blut an den Händen.«

George zieht ihren Notizblock hervor. »Was hatte Ryan an, als er von hier weg ist?«

»Ich habe nicht gesehen, wie er weg ist, aber ich hatte ihm eine Wanderhose und einen warmen Pullover gegeben, als er hergekommen ist.« Angharad nickt zur Treppe, wohl um zu zeigen, wo die Sachen gelagert gewesen waren.

»Farbe?«

»Mmm? Oh, der Pullover ist dunkelgrün.«

Angharad ist merklich abgelenkt, und Leo folgt ihrem Blick zur Tür. »Was ist?«, fragt er.

Sie zögert. »Mein Rucksack«, sagt sie schließlich. »Den hänge ich da hinter der Tür auf.« Der Haken ist leer.

»Hat Ryan ihn mitgenommen?«, fragt Ffion.

»Ich nehme an, das wollt ihr mit auf seine Vergehensliste setzen.« Angharad schnaubt verächtlich. »Tja, da erstatte ich auch keine Anzeige.«

»Was ist in dem Rucksack?«, fragt George. »Bankkarten?«

»Nein, die sind in meinem Portemonnaie oben. Da war nicht viel drin. Wenige Pfund Bargeld, ein Erste-Hilfe-Set, ein …« Sie bremst sich. »Sonst so gut wie nichts«, sagt sie dann, aber Leo und Ffion wechseln einen Blick.

»Ein was?«, fragt Leo.

Wieder eine Pause. »Ein Angelmesser.«

George verlässt den Raum und hat schon eine Hand an ihrem Funkgerät. Auf der kleinen Lichtung vor Angharads Cottage bleibt sie stehen, und Leo hört ihre ruhige Stimme in seinem Headset, als sie die Einsatzzentrale über die erhöhte

Sorge um Ryans Wohlergehen informiert. Ein Vogel schreit – entweder im Wald oder in einem von Angharads Gehegen –, und das Laub der Bäume hinter George raschelt im Wind.

In dem Moment, in dem George fertig ist, gibt die Einsatzleitung alles auf den Hauptkanal. »An alle Einheiten, es gibt eine Warnung, dass der Verdächtige gewalttätig sein könnte und im Besitz eines Messers.«

Leo ist nicht wohl hierbei. Vielleicht hat Angharad recht, und Ryan hat sie nicht absichtlich angegriffen. Doch sein Handeln hat ihr Schaden zugefügt. Und jetzt ist er bewaffnet. Es ist nur eine Frage der Zeit, bis er zu weit geht.

»Hätte ich deine Nachricht doch nur gesehen, als du sie geschickt hast«, sagt Elen. »Ich wäre gleich gekommen und …«

»Dein Handy«, unterbricht Ffion sie. »Das habe ich nicht gesehen, als wir das Haus durchsucht haben – hast du es mit ins Krankenhaus genommen?«

»Ich habe gar nichts mitgenommen. Ich wollte nach oben gehen und mir ein Buch holen – diese Ärzte lassen einen ja Stunden warten –, aber die haben gesagt …«

»Wo ist es?«, fällt Ffion ihr wieder ins Wort.

Angharad überlegt. »Ich hatte es in der Hand, als Ryan … als ich gestürzt bin. Es müsste im Wohnzimmer sein.« Sie will aufstehen, aber George drückt ihr eine Hand auf die Schulter.

»Ihnen wurde gesagt, dass Sie ausruhen sollen.«

»Da ist es eindeutig nicht«, sagt Ffion und sieht Leo an.

»Wie ist die Nummer?«, fragt er.

»Hier.« Elen hat schon ihre Kontakte aufgerufen und zeigt sie Leo auf ihrem Handy.

Jetzt haben sie eine Spur, der sie folgen können. Wenn Ryan das Handy einschaltet, finden sie ihn.

ACHTZEHN

SAMSTAG | HUW ELLIS | FOLGE SECHS

In der letzten Woche hat Huw Ellis so viel über *Exposure* gehört, dass er gut ein Leben lang darauf verzichten könnte, jemals eine Sekunde davon zu sehen. Und dennoch sitzt er hier und schaut sich die sechste Folge an. Bronwen, seit sechs Monaten Huws feste Freundin, hat vorgeschlagen, dass sie heute Abend zu Hause bleiben und fernsehen, statt auf ein Curry auszugehen. Und da Huw sich Netflix und Chillen vorstellte, war er sofort einverstanden. Jetzt jedoch klebt Bronwen praktisch am Bildschirm und hat bisher all seine Verführungsversuche abgeschmettert. Sicherheitshalber schnuppert Huw verstohlen an seiner linken Achselhöhle, doch da riecht er nur Waschpulver. Er hat gleich das Gefühl gehabt, dass der Abend nicht so würde, wie er dachte, als Bronwen ihm in einer Winnie-Puuh-Pyjamahose die Tür öffnete.

Noch eine halbe Stunde. Warum mögen Frauen diesen Mist? Zugegeben, Huw hat sich nicht konzentriert, aber die vier Teilnehmer (Bronwen sagt ihm immer wieder die Namen, und er hat schon die der drei vergessen, die nicht Ceri sind) scheinen nichts zu tun, als den ganzen Tag herumzusitzen und sich anzugiften. Selbst der Vikar hat eben das junge Mädchen angeblafft, weil sie ihren Teil des Abwaschs nicht erledigt.

»Er hat Angst vor Schlangen«, sagt Bronwen, wobei sie auf den Vikar zeigt, »aber in der Beichtkammer ist er nicht eingeknickt. So verzweifelt will er sein Geheimnis bewahren.« Ihr Haar hat sie mit einem Plastikclip hochgesteckt, sodass der winzige silberne Ring oben an ihrem Ohr zu sehen ist.

»Mmm«, macht Huw und fragt sich, ob er morgen nach der Arbeit mal mit dem Bike losfahren soll.

Bronwen ist besessen von den Geheimnissen der Teilnehmer. Dauernd sagt sie, wie furchtbar es von Miles ist, sie zu »outen«, und dass jeder ein Recht auf Privatsphäre habe. Was blanke Ironie ist, bedenkt man, dass Bronwen seit Wochen von Huw verlangt, allen zu erzählen, dass sie zusammen sind. »Bin ich dir peinlich? Willst du es deswegen keinem sagen?«

»Du deutest da zu viel rein«, antwortet Huw jeweils. Bronwen ist super. Wirklich. Sie ist die erste Frau seit Ffion, mit der er sich eine lange Beziehung vorstellen kann, eventuell sogar eine Heirat, auch wenn er ihr das noch nicht gesagt hat.

Aber es ist kompliziert.

Huw würde ebenso wenig wieder mit Ffion Morgan zusammenleben, wie er mit Pole-Dancing anfinge, trotzdem liebt er sie noch, und ihr zu verraten, dass er und Bronwen ein Paar sind, wäre der endgültige Schlussstrich unter einem Leben, von dem er einst geglaubt hat, es wäre für immer. Und erzählte man jemandem – *irgendjemandem* – in Cwm Coed etwas, konnte man genauso gut landesweit Anzeigen in sämtlichen Zeitungen schalten. Es gäbe kein Zurück mehr. Jeder wüsste es.

»Sie haben ihn noch nicht gefunden.« Bronwen sieht während der Werbepausen auf ihrem Handy nach Nachrichten. Der verschwundene Teilnehmer von *Exposure* hat es mittlerweile in die überregionalen Nachrichten geschafft, und viele Zeitungen bringen kritische Artikel über Miles' Rolle bei Ryans Verschwinden.

»Hmm.« Huw und sein Rettungsteam sind von der Polizei abgelöst worden, die jetzt die Suche übernommen hat. Sie haben *erhöhte Risikofaktoren* als Grund vorgeschoben, verraten jedoch nicht, welche das sein mögen; doch geht das Gerücht, dass Ryan Angharad bewusstlos geschlagen und ausgeraubt haben soll.

»Der arme Mann«, sagt Bronwen.

»Hmm«, macht Huw wieder. Er denkt an Angharad.

»Elen Morgan sagt, er hat einen Nervenzusammenbruch.«

»So heißt es heutzutage doch immer, wenn die nicht zu dem stehen wollen, was sie getan haben.«

Bronwen starrt ihn an.

»Obwohl«, ergänzt Huw schnell. »Er könnte natürlich wirklich krank sein.«

Zufrieden blickt Bronwen wieder zum Fernseher.

Huw ist froh, dass das Bergungsteam endlich von dem Berg runter ist. Mit ihren gekennzeichneten Offroadern und ihren Warnwesten sehen sie zwar aus wie ein normaler Notdienst, aber sie alle sind Freiwillige. Und sie haben die letzten sechs Tage ihre Jobs und ihre Familien verlassen, um Ryan Francis zu suchen.

Bronwen packt seinen Arm. »Oh Gott!«

Huw, der nicht hingesehen hat und nicht weiß, was passiert, sind die Interesse vorgaukelnden Laute ausgegangen. Im Fernsehen steigt die junge Hübsche – Ali irgendwas? – in das Ding, von dem Huw nur weiß, dass es »Beichtkammer« heißt, weil Bronwen immerfort davon redet.

»Was ist, wenn sie Ceri bloßstellt?«

»Das wäre … schlecht.« Hier fühlt Huw sich auf sicherem Terrain, doch Bronwen sieht ihn entsetzt an.

»Schlecht? Es wäre eine Katastrophe!«

»Eine totale Katastrophe.« Huw sollte einen Orden hierfür bekommen. Fester Freund des Jahres oder so. Er wettet, Bronwen wird nächstes Wochenende nicht bei ihm sitzen und Motocross anschauen.

»Oh Gott, ich halte das nicht aus!« Bronwen klingt, als würde sie gleich in Tränen ausbrechen.

Sie übertreibt es ein bisschen, oder? Huw mag Ceri – sie quatschen schon mal bei einem Pint, wenn sie zufällig gleichzeitig im Pub sind –, und er weiß, dass Bronwen Ceris Chefin bei der Royal Mail ist und deshalb quasi ein besonderes Interesse hieran hat, aber … spielt das eine Rolle?

»Es ist die Geburtstagskarte. Die ist der Auslöser gewesen«, sagt Bronwen. »Aliyah hat gesehen, wie Ceri zu der Karte geguckt hat, und ihr Geheimnis erraten.«

Im Fernsehen holt das junge Mädchen in der Beichtkammer tief Luft. »Ich enthülle Ceris Geheimnis.«

»Nein!« Bronwens Fingernägel bohren sich in Huws Arm, als die Werbeunterbrechung kommt.

»Au!«

»Das darf nicht passieren! Wir müssen etwas tun!«

Huw befreit sich von ihrem Klammergriff und geht zur Toilette. »Chill mal, Bron«, ruft er aus der Küche, wo er sich noch ein Bier aufmacht. Er kehrt zum Sofa zurück und versucht, Bronwen in den Arm zu nehmen, aber sie ist steif vor Anspannung. »Ceri ist hart im Nehmen. Was auch immer ihr Geheimnis sein mag, es wird sie nicht kümmern, wenn die Leute es herausfinden.«

»Psst!« Die Musik spielt, und die Teilnehmer sind wieder auf dem Bildschirm. Huw lehnt sich auf dem Sofa zurück. Mit Bronwen ist nicht vernünftig zu reden, ehe das hier nicht vorbei ist.

»Guten Abend vom Drachenberg«, sagt Roxy in die Kamera.

»Pen y Ddraig«, murmelt Huw automatisch.

»Gott, Huw, ist doch egal! Ceri soll bloßgestellt werden!« Bronwen ist beinahe hysterisch.

Sie müssen sich einen zweiten Fernseher anschaffen, beschließt Huw, falls sie zusammenziehen.

»Aliyah«, sagt Roxy. »Du hast versucht, Ceris Geheimnis

zu enthüllen. Finden wir heraus, ob du recht gehabt hast.« Sie hält einen kleinen Schlüssel in die Höhe. »Öffne bitte den Kasten, und hol Ceris Umschlag heraus.«

Aliyahs Hände zittern heftig, aber sie schafft es schließlich, den Kasten zu öffnen, blättert die Umschläge durch und reicht Roxy einen. Kurz sieht Huw Ceri im Hintergrund, stumm und kreidebleich.

»Ich ertrage das nicht.« Bronwen hält sich die gespreizten Finger vor die Augen.

Das Bild wechselt zur Beichtkammer und Aliyahs aufgezeichneter Anschuldigung.

»Ich enthülle Ceris Geheimnis«, sagt Aliyah. »Ceri hat ihren Wagen angezündet, um das Geld von der Versicherung zu kassieren.«

Am Lagerfeuer richten sich alle Blicke auf Ceri, die mit offenem Mund dasitzt.

»Sie irrt sich«, sagt Bronwen schluchzend. »Gott sei Dank!«

»Aliyah, bleibst du bei deiner Anschuldigung?« Roxy hat den Umschlag geöffnet und hält ein Stück Papier in der Hand.

»Ja«, antwortet Aliyah.

»Ich fürchte, Aliyah …« Roxy macht eine Pause, »du liegst falsch.«

»Dein Enthüllungsversuch ist fehlgeschlagen – du hast eine falsche Anschuldigung erhoben. Und du weißt, was das bedeutet, oder?«, fragt Roxy.

»Du Bitch!« Aliyah sieht sich panisch um. Huw ist nicht sicher, ob sie Ceri oder Roxy meint, denn sie sieht weder die eine noch die andere an, sondern blickt zu dem bewaldeten Berghang jenseits des Camps.

»Zurück in die Beichtkammer, Aliyah.« Roxy lächelt strahlend in die Kamera. »Vielleicht bekommen wir heute Abend doch noch eine Enthüllung!«

»Oh Gott«, sagt Bronwen wieder. Sie sackt auf dem Sofa nach hinten, und Tränen laufen ihr übers Gesicht.

»Bron.« Huw nimmt die Fernbedienung auf und schaltet den Ton aus. Dann dreht er Bronwen sanft zu sich. »Was ist denn nur los?«

Sie blinzelt ihn unglücklich an.

Auf dem Bildschirm schreit Aliyah tonlos. Spinnen strömen in die Beichtkammer, krabbeln ihre Beine hinauf und über ihr verzerrtes Gesicht.

»Ich kenne Ceris Geheimnis«, sagt Bronwen leise.

Aliyah ist auf den Sitz gestiegen, aber die Spinnen sind wendiger als sie, und so schnell, wie Aliyah sie wegschlägt, sind sie wieder da. Ihre Augen sind weit aufgerissen vor Entsetzen, und sie kratzt sich am Rücken. Dann reißt sie an ihrem Shirt, dass die Knöpfe auf die Kamera zu fliegen.

»Ist es schlimm?«, fragt Huw. Er hat keine Ahnung, wie lange Aliyah in der Beichtkammer ist – dreißig Sekunden? Vierzig? –, aber es ist offensichtlich, dass sie genug hat. Sie ist von dem Stuhl gesprungen und hämmert an die Tür. Huw muss den Ton nicht einschalten, um zu wissen, was sie schreit.

Ich gestehe. Ich gestehe!

»Sie wird ihren Job verlieren.« Bronwen bricht wieder in Tränen aus.

»Ceri?« Huw löst den Blick von Aliyah. Genervt stellt er fest, dass er sich von der Sendung bannen ließ. »Du hast doch noch andere Angestellte, oder? Und wenn du mehr Leute brauchst, kannst du jederzeit …«

»Meinen verliere ich auch«, unterbricht Bronwen ihn. »Wir könnten sogar ins Gefängnis gehen.«

»Gefängnis?« Huw begreift nicht, was vor sich geht.

»Hilf mir, bitte.«

»Selbstverständlich, aber, Bronwen …«

»Keiner darf erfahren, was in dem Umschlag steht – versprichst du, mir zu helfen?«

»Versprochen.« Huw nimmt Bronwen in die Arme und beruhigt sie, als sie bebend schluchzt. Ihm schwirrt der Kopf. Ceri hat etwas Illegales getan, das irgendwie Bronwen schaden kann, und Huw muss verhindern, dass es jemand herausfindet.

Wie in aller Welt soll er das anstellen?

NEUNZEHN

SONNTAG | FFION

Ehemalige Sexarbeiterin« hat nicht auf Ffions Bingokarte zu *Exposure* gestanden. Zusammen mit zwölf Millionen anderen Zuschauern saß sie mit offenem Mund da, als Aliyah am vorigen Abend an die Tür der Beichtkammer hämmerte und ihr Geheimnis in die Welt hinausschrie.

»Damit habe ich nicht gerechnet, du?«, sagte Ffion. Dave, der gerade mit der wichtigen Aufgabe befasst war, seine Eier zu lecken, beachtete sie nicht weiter. Im Fernsehen ging Aliyah aus dem *Exposure*-Camp und den Berg hinunter. Tränen strömten über ihr schönes Gesicht. Ffion schaltete aus. Sie wollte nicht mehr zusehen, nicht zu den Einschaltquoten beitragen, die Miles' Ego aufblähten, da sie wusste, dass das Ganze ein Schwindel war. Sieben Tage hinter den Kulissen von *Exposure* haben ihr gezeigt, dass am Reality-TV nichts real ist.

»Es muss möglich sein, die Aufnahmen zu stoppen«, sagt sie jetzt. Sie ist vom Farmhaus weggegangen, um DI Malik anzurufen, ohne vom Produktionsteam gehört zu werden. »Miles Young ist moralisch bankrott.«

»Die halbe Regierung ist moralisch bankrott«, entgegnet Malik. »Aber solange sie keine Verbrechen begehen, haben wir sie am Hals.«

Ffion bleibt stehen. Sie ist außer Atem von dem Marsch nach oben und schaut hinunter nach Carreg Plas. Es sieht idyllisch aus. Kreuz und quer über den Hof gespannte Lichterketten warten auf die nächste Hochzeitsgesellschaft, und

Ffion stellt sich vor, wie das Kopfsteinpflaster voller aufgebockter Tische steht und alles mit hängendem Efeu geschmückt ist. Huw und sie haben in der Kapelle in Cwm Coed geheiratet; der Empfang hinterher fand in einem Festzelt hinter Y Llew Coch statt. Weißes Kleid, Schleier, das volle Programm.

»Was für eine Geldverschwendung«, sagte Mam seufzend, als Ffion achtzehn Monate später wieder zu Hause einzog.

»Die nächste bezahle ich selbst«, antwortete Ffion.

DI Malik redet noch. »Wir können Young Productions nicht zwingen, die Dreharbeiten einzustellen. Wir können ihnen lediglich die Risiken schildern.«

»Miles hört auf nichts als Einschaltquoten«, sagt Ffion. Die öffentliche Meinung ist in den letzten zwei Tagen merklich in Mitgefühl mit Ryan umgeschlagen, und mehrere namhafte Experten haben die Show verdammt, aber die Einschaltquoten gehen weiter in die Höhe. Anscheinend lieben es alle, sich Katastrophen anzusehen. »Ihn kümmert nicht mal, dass seine Crew Morddrohungen erhalten und jemand die Koordinaten der Farm bei Twitter gepostet hat. Es ist nur eine Frage der Zeit, bis die ersten Protestler aufkreuzen.«

»Ich rede mit dem Superintendent – und schicke Uniformierte auf Stand-by.«

»Ich habe ein mieses Gefühl, Chef.« Ffion geht wieder den Berg hinunter. »#FindRyan trendet seit gestern, und alle geben *Exposure* die Schuld.«

Vollkommen zu Recht, denkt sie. Angharads Handy ist seit Freitagabend nicht mehr eingewählt, als Angharad an Elen schrieb, und Ryan selbst ist spurlos verschwunden. Entweder hat ihn gestern Abend jemand anders aufgenommen, oder Ryan hat noch eine Nacht auf dem Berg verbracht. An die Alternative will Ffion nicht denken. Die, in der Ryan Angharads Messer benutzt, um alles zu beenden.

»Es ist eine heikle Situation«, sagt Malik. »Die Medien haben die Lage polarisiert – woke Linke schreien, dass alle *freundlich* sein sollen, und rechte Kolumnisten rühmen Miles und verhöhnen die Teilnehmer als *Weicheier*. Der Chief möchte nicht als jemand wahrgenommen werden, der sich auf eine Seite schlägt.«

Ffion platzt der Kragen. »Was ist denn verdammt noch mal *woke* daran, einen geistig ungesunden Mann davon abhalten zu wollen, dass er sich oder anderen etwas antut?«

»Ffion, hatten wir nicht vereinbart, uns bei der Arbeit professioneller Sprache zu bedienen?«

Ffion seufzt. »Hatten wir.«

»Es wäre nett, wenn Sie wenigstens so tun könnten, als würden Sie daran arbeiten. Vergessen Sie es, die Dreharbeiten stoppen zu wollen«, sagt Malik. »Finden Sie einfach Ryan Francis.«

Wäre es doch so einfach, denkt Ffion, als sie zurück nach unten zum Farmhaus geht. Hätte Ryan verschwinden wollen, wäre er direkt nach seinem Ausbruch aus dem Camp weg vom Berg. Sollte die Forensik bestätigen, dass die Fingerabdrücke auf den Steinen, mit denen die Kameras zerstört wurden, von Ryan sind, ergäbe es einen Sinn, dass er bis dahin geblieben ist, aber warum danach? Hofft er auf eine neue Gelegenheit, den Kasten mit den Geheimnissen aufzubrechen? Oder hat er etwas anderes vor?

Ffion blickt durch das Fenster von Ryans Stallraum, als sie über den Hof geht. Drinnen ist Jessica am Telefon, geht in dem winzigen Raum auf und ab und hat eine Hand in ihrem Haar vergraben. Keiner von Ryans Freunden und Angehörigen hat seit seiner Flucht von *Exposure* von ihm gehört. Und sie alle sind sich einig, dass sein Verschwinden untypisch für ihn ist.

Es ist gegen zehn, als Ffion das Haus erreicht. Sie ist fast bei der Hintertür, als sie hört, wie eine Tür abgeschlossen wird. Sie dreht sich um und sieht Miles in seiner neongelben Laufjacke und mit seiner Wollmütze. Er bückt sich, um den Schlüssel zu seinem Studio unter die Fußmatte zu schieben.

»Miles!«, ruft Ffion. Wenn schon das Wohlergehen der Teilnehmer nicht ausreicht, damit er *Exposure* abbläst, kann es vielleicht die Sicherheit seiner Mitarbeiter. In dem Onlinebombardement von Beschimpfungen sind mehrere bildhafte Drohungen gegen Roxy, die als das öffentliche Gesicht von Miles' toxischer Schöpfung den meisten Hass abbekommt.

Doch Miles blickt nicht einmal in Ffions Richtung. Er sprintet den Berg hinauf zu seinem täglichen Training, auf das er besteht und das er nicht einmal jetzt auslässt, wo all dieser Mist los ist. So viel zu komischen Prioritäten, denkt Ffion. Es geschähe ihm recht, sollte Ryan ihn mit dem Messer einholen …

Direkt vor der Einfahrt nach Carreg Plas spricht eine Fernsehcrew mit Aliyah. Da die Medien nicht mehr nach seiner Pfeife tanzen, hat Miles die Küche für tabu erklärt und verweigert alle Interviews. Was einige der Teilnehmer nicht davon abhält, sie zu ihren eigenen Bedingungen zu geben, und Ffion bleibt an der Hausecke, um Aliyah beim Gespräch mit einer Journalistin in einem langen Kamelhaarmantel zu beobachten.

»Es geht nicht darum, ob Frauen Sexarbeit leisten dürfen«, sagt Aliyah. »Sondern wie wir dabei für ihre Sicherheit sorgen.«

»Sie ist klasse, oder?«

Ffion bemerkt jetzt erst, dass Pam neben ihr aufgetaucht ist und alles stolz beobachtet.

»Ich habe ihr gestern Abend gut zugeredet. Wir dürfen den anderen nicht die Hoheit über unsere Geschichte überlassen, habe ich gesagt. Dieses Schwein Miles darf nicht gewinnen.«

Ffion schaut zu der nickenden Journalistin und Aliyah, die eine selbstbewusste Haltung eingenommen hat. »Eindrucksvoll.«

»ITV macht eine Doku darüber, wie die exorbitanten Lebenshaltungskosten Studentinnen in die Sexarbeit treiben, und die BBC will sie zum Thema ›Männer, die Frauen an den Pranger stellen‹ interviewen.« Pam sieht zu einer Notiz auf ihrem Handy. »Danach sprechen Aliyah und ich mit Sky News über das ausbeuterische System des Reality-TV. Oh, und ich werde morgen bei *Woman's Hour* sein.«

»Was ist mit Ihrem Job?«

»Heute Vormittag habe ich einen Telefontermin mit dem Vorsitzenden des Schulbeirats.«

»Viel Glück.«

»Danke, das kann ich gebrauchen.« Pam lächelt reumütig, bevor sie sich wieder mit einem beinahe mütterlichen Stolz Aliyah zuwendet. Ffion versteht, warum Eltern ihre Töchter an Pams Schule unterbringen wollen.

Roxy ist in der Küche. Ihr Gesicht ist blass und fleckig, als hätte sie geweint. »Ich will gerade einen Spaziergang machen«, sagt sie, als Ffion hineinkommt. Ffion möchte ihr sagen, dass es keine gute Idee ist, bedenkt man das Gift, das online gegen sie versprüht wird, und die Tatsache, dass der Drehort nun öffentlich gemacht wurde. Aber dann denkt sie an Pam, die Aliyah Mut gemacht hat, die Hoheit über ihre Geschichte zu behalten. Ist es nicht schlimm genug, dass sich Miles' Teilnehmer vor Angst verstecken, ohne dass es der Crew genauso geht?

»Seien Sie vorsichtig«, sagt Ffion nur. »Und gehen Sie nicht zu weit.«

»Ich habe versucht zu kündigen.« Tränen schwappen über

Roxys dunkle Wimpern. »Aber Miles hat gesagt, er verklagt mich wegen Vertragsbruch. Und er sorgt dafür, dass ich nie wieder im Fernsehen arbeite.«

»Das kann er doch nicht machen, oder?«

»Ich hasse ihn«, sagt Roxy verbittert. Sie lässt die Tür hinter sich zuknallen.

»Willkommen im Club«, murmelt Ffion in den leeren Raum. »Das ist eine ziemlich lange Mitgliederliste.« Sie sucht im Wohnzimmer nach Caleb, bis ihr einfällt, dass Miles ihn gefeuert hat. Es sind zwei Nachrichten von Seren auf Ffions Mailbox, die zweifellos bettelt, dass Ffion sich bei Miles für Caleb einsetzt. Ffion hat sie nicht abgehört. Und Miles würde sich von ihr sowieso nichts sagen lassen.

Sie dreht sich eine Zigarette, als Jessica in die Küche gestürmt kommt.

»Ryan hat mich eben angerufen!« Seine Frau wischt über ihr Display und zeigt Ffion die Nummer. »Er hat nichts gesagt, aber ich weiß, dass er es war. Er hat …« Sie stockt. »Er hat geweint.« Jessica verzieht das Gesicht und packt die Tischkante, als könnte sie sich nur so aufrecht halten.

Ffion vergleicht die Nummer mit der in ihrem Notizblock, um sich zu vergewissern, dass es Angharads ist. Dann ruft sie Leos Nummer auf und tippt sie an.

»Ryan ist schlau«, sagt Jessica. »Er ist ein guter Vorgesetzter, leitet ein Team bei der Arbeit. Er ist witzig, gesellig …« Sie schaut durchs Fenster zu Miles' Studio. »Der Mistkerl hat ihn gebrochen.«

Leo meldet sich. »Was gibt's?«

»Ryan hat Angharads Handy benutzt.«

»Was Miles getan hat, ist kriminell«, sagt Jessica. »Aber er ist es nicht allein.«

Leo reagiert prompt. »Ich lasse mir eine Ortung genehmigen.«

»All diese Leute«, sagt Jessica, »kleben vor den Realityshows, gieren nach Tratsch.«

»Setzen Sie sich«, sagt Ffion. »Ich hole Ihnen Wasser …«

»Haben Sie es gesehen?«

»Wie bitte?«

»Haben Sie *Exposure* gesehen?«, fragt Jessica streng.

Ffion zögert. »Ja, aber …«

»Dann sind Sie genauso schuldig!« Jessica zeigt vorwurfsvoll mit dem Finger auf Ffion. »Sie und jeder, der es sich ansieht. Tratschen über Leute, die Sie nicht kennen, und warten darauf, dass das nächste Opfer in Stücke gerissen wird.«

»Ich habe es mir nur …« *Für die Arbeit angesehen,* wollte Ffion sagen, aber das stimmte nicht, oder? Sie denkt an die erste Folge, die sie gemütlich auf Mams Sofa mit Dave und einem Teller Pastete angeschaut hatte. Sie erinnert sich, wie sie die Teilnehmer zerpflückt haben, wie sie die Leute behandelte wie Ausstellungsobjekte in einem Zoo, keine echten Menschen. Und sie denkt an gestern Abend, als sie den Fernseher erst nach Aliyahs Geständnis ausgeschaltet hat.

»Wenn Leute wie Sie kein Reality-Fernsehen gucken würden, würden es Leute wie *er*«, Jessica zeigt zu Miles' Studio, »nicht machen. Sie alle sind Teil davon. Sie alle haben Blut an den Händen!« Sie stürmt aus der Küche und knallt die Tür hinter sich zu.

Ffion sinkt auf einen Stuhl und stellt entsetzt fest, dass sie zittert.

ZWANZIG

SONNTAG | LEO

Leo weiß um die Grenzen der Handyortung – vor allem in einem Gebiet wie Cwm Coed, wo weniger Mobilfunkmasten stehen als in den Großstädten. Dennoch ist er enttäuscht, wie wenig ihm der Analyst über Ryans mögliche Bewegungen sagen kann.

»Westlich vom nächsten Mast«, erzählt Leo George und Ffion.

»Ist das alles?« Ffion bläst die Wangen auf.

George zuckt mit den Schultern. »Wenigstens wissen wir, dass er die Gegend nicht verlassen hat.«

»Laut Angharad war Geld in ihrem Portemonnaie«, sagt Leo. »Ryan könnte einen Bus genommen, sogar ein Taxi gerufen haben. Stattdessen ist er nahe dem Drachenberg …« Er bemerkt Ffions Blick. »Nahe Pen y Ddraig geblieben«, korrigiert er sich unsicher. »Warum tut er das?«

»Weil seine Frau hier ist«, sagt George.

»Nein.« Ffion sieht durch die offene Küchentür zum Hof. »Weil Miles hier ist.«

Es sind ungefähr sechzig Meter von der Küche zum Studio, aber sie können gedämpfte Geräusche hören, die darauf hindeuten, dass Miles vom Laufen zurück ist und die Aufzeichnungen bearbeitet. Leo kann die Worte nicht verstehen, nur das Heben und Senken männlicher und weiblicher Stimmen, die Miles wie immer sehr laut abspielt.

»Wir sollten ihn warnen«, sagt Leo.

»Habe ich vorhin versucht, als er zum Laufen aufgebrochen ist«, antwortet Ffion. »Er hat mich komplett ignoriert.«

Leo überlegt, welche Optionen sie haben. Ihre Informationen reichen nicht aus, um Miles offiziell eine sogenannte Osman-Warnung zukommen zu lassen – eine Warnung vor einer bekannten und unmittelbaren Gefahr für sein Leben. Obwohl nach dem, was Angharad ihnen erzählt hat, Ryan einen tiefen Hass auf jeden hegt, der mit *Exposure* zu tun hat, und ganz besonders auf Miles.

Auf Leos Display ist ein Screenshot von einem Messer wie dem, das Angharad in ihrem Rucksack hatte.

»Ich trage es nicht dauernd mit mir herum«, erklärte sie, als sie Leos Reaktion sah. »Aber ich war angeln, und da war es noch in dem Rucksack.«

Das Filetiermesser hat eine lange, sich verjüngende Klinge wie ein Stiletto-Absatz. *Ideal zum Tranchieren,* heißt es in der Beschreibung auf der Website, und Leo läuft ein kalter Schauer über den Rücken. Das Messer auf dem Foto hat einen Holzgriff, aber Angharads ist aus Elfenbein – *es hat meinem Vater gehört,* und Leo stellt es sich in Ryans unruhiger Hand vor.

Miles spielt das *Exposure*-Material lauter, und jetzt kann Leo die Wörter verstehen. Ein Mann ruft: »Was machst du denn?«

»Der macht sich sein Gehör kaputt, wenn er mit dieser Lautstärke arbeitet«, sagt George.

»Drohst du mir?«, ertönt die Stimme, laut, aber immer noch gedämpft von Türen und der Entfernung. »Weg von mir!« Die einzigen Männer, die noch im Camp sind, sind Lucas und Henry, doch noch während Leo sich fragt, wer von ihnen gebrüllt hat, erkennt er, dass es keiner war, denn es folgt ein schauriger Schrei und ein ängstlicher Ruf. »Hilfe. Hilfe!«

Dann nichts mehr.

Leo, Ffion und George starren einander an.

Ffion bewegt sich als Erste, aber George läuft schneller, erreicht Miles' Studio und hämmert gegen die Tür. Die Vorhänge sind geschlossen, und sie schlägt gegen das Glas, ehe sie am Türknauf rüttelt. »Aufmachen!«

»Was ist los?« Jason erscheint hinter ihnen. »Haben Sie den Schrei gehört? War das Miles?«

»Bleiben Sie zurück!« Leo macht einen Schritt rückwärts, zielt und tritt gegen das Schloss. Es ist ein Splittern zu hören, doch die Tür hält stand. Nun wirft Leo sich mit der Schulter voran dagegen, rammt sein gesamtes Gewicht gegen das Holz. Die Tür kracht auf, und Leo schafft es knapp, nicht in den Raum zu kippen, der, wie er sofort sieht, ein Tatort ist.

Miles ist zusammengesunken an seinem Schreibtisch. Über seinem Kopf reden und lachen die *Exposure*-Teilnehmer; ein grotesker Kontrast, bei dem Leo übel wird. Er fühlt nach einem Puls, doch sie kommen zu spät.

Miles Young ist tot.

PRESSEERKLÄRUNG

Angesichts der tragischen Ereignisse heute verzichten wir auf die Ausstrahlung der aktuellen Folge von Exposure. Die Filmaufnahmen sind bis auf Weiteres unterbrochen, und die verbliebenen Teilnehmer wie auch die Crew werden von Fachleuten betreut. Der Vorfall liegt nun in den Händen der Polizei, und wir möchten zu diesem Zeitpunkt keinen Kommentar abgeben.

Young Productions

TEIL ZWEI

EINUNDZWANZIG

SONNTAG | FFION

George verständigt bereits die Zentrale und gibt die Einzelheiten zum Mord an Miles in demselben unbeteiligten Tonfall durch, in dem sie ein Sandwich bestellt. *Zentrale, wir brauchen uniformierte Unterstützung und einen Spürhund bitte. Spurensicherung, Gerichtsmedizin, leitenden Ermittler …*

Während George alles herunterrattert, hält Leo die Leute weiter auf Abstand. Inzwischen sind alle im Hof, angelockt von Miles' Rufen oder dem darauffolgenden Chaos. Roxy hat beide Hände auf den Mund gepresst; hinter ihr starrt Owen ungläubig zum Studio. Ffion sieht Pam, Jason und Aliyah. Und Caleb ist ebenfalls aufgekreuzt, wie sie bemerkt.

Nur Jessica fehlt.

»Alle gehen in ihre Räume.« Leos Ton duldet keine Widerrede.

»Ist er …« Jason sieht an Leo vorbei zu Miles' Studio. »Ist er tot?«

»Sofort«, sagt Leo streng. Die beiden Männer blicken einander sekundenlang in die Augen, bevor Jason widerwillig geht. Die anderen tun es ihm gleich und ziehen sich in ihre Räume zurück.

Ffions Brustkorb fühlt sich eng an. Die Stimmen im Hof hallen, als kämen sie aus einem Tunnel.

Miles Young ist tot.

Ffion hat schon unzählige Leichen gesehen. Sie war bei Dutzenden Überfällen und Verkehrsunfällen als Erste vor Ort und bei mehr Vorfällen von Selbstverletzung, als sie sich erinnern möchte.

Aber noch nie hat sie *gehört,* wie ein Mord stattfand.

Ffion spielt die Geräusche im Kopf erneut durch. Sie alle haben Miles' Rufe *Was machst du denn?* und *Drohst du mir?* ignoriert, während sie sich um die Folgen der Lautstärke für sein Gehör unterhielten … verdammt. Und die ganze Zeit …

Ffion denkt an den kehligen Schrei nach dem Hilferuf und stellt sich vor, wie verzweifelt Miles gewesen sein muss und wie sehr er gehofft haben muss, jemand würde ihn hören.

Hilfe, Hilfe!

Hat es sich wie eine Ewigkeit angefühlt?

In weniger als einer Minute war es vorbei.

Weniger als eine Minute, wiederholt Ffion in Gedanken, und sogar in ihrem eigenen Kopf hört es sich defensiv an. Sie hätten nichts tun können. Sie hätten es nicht verhindern können.

Weniger als eine Minute.

Es dauert weniger als eine Minute, den Hof zu überqueren, sagt die Stimme in ihrem Kopf. Sie ist froh, als ihr Telefon klingelt, und meldet sich mit einem kurzen »DC Ffion Morgan«.

»Detective Chief Inspector Christine Boccacci«, erklingt es vom anderen Ende. »Habe ich es richtig verstanden, dass Sie bei dem Mordopfer sind?«

»Ja, Ma'am.« Ffion konzentriert sich wieder, dankbar für die Ablenkung. »Der Tatort ist gesichert, und die Zeugen sind …«

»Wer ist der leitende Officer vor Ort?«

Die Unterbrechung macht Ffion vorübergehend sprachlos. »Hier ist …« Ihr fällt Leo wieder ein. »Wir haben hier DS Brady vom Cheshire CID.«

»Ah, hervorragend.« Boccacci klingt erleichtert. »Holen Sie ihn ans Telefon, bitte – ich möchte ein detailliertes Update.«

Ffion will widersprechen – genau das wollte sie ihr eben geben. Doch sie weiß, dass es zwecklos ist. Sie ist nie scharf auf eine Beförderung gewesen. Ffion will Verbrechen aufklären, sich nicht mit Personalproblemen herumplagen, und an der Frontlinie ist die Arbeit am interessantesten, nicht im Büro. Aber als sie Leo das Handy mit den Worten »Die leitende Ermittlerin will dich sprechen« gibt, regt sich ein Anflug von Reue in ihr.

Auf dem Teppich in Miles' Raum liegt sein Schlüssel mit einem schmalen Lederanhänger, in den eine Acht eingeprägt ist. Er wird auf den Boden gefallen sein, als Leo die Tür eingetreten hat, schließt Ffion. Sie lässt ihn, wo er ist.

Miles' Leiche liegt vorgebeugt auf einem großen Schreibtisch, den die Produktionsfirma hergebracht hat – Ffion hat die anderen Stallräume gesehen, in denen jeweils ein kleines Sofa anstelle dieses großen Bildschirmarbeitsplatzes steht. Es gibt zwei Monitore, die an einen Laptop und eine externe Festplatte angeschlossen sind. Der eine Bildschirm ist schwarz. Ffion erinnert sich an Calebs Beschwerde, dass Miles die Arbeit leicht hätte delegieren können, wäre der Produzent nicht solch ein Kontrollfreak.

»Er hat zwei Schneideplätze«, hat Caleb gesagt. »Aber der große Miles Young lässt keinen neben sich sitzen, oh nein.«

Der zweite Monitor zeigt den Livestream aus dem Camp, wo Ceri und Lucas an der Feuergrube sitzen.

»... habe sie mit der Frau mit der Kamera reden gesehen«, sagt Lucas.

Der Sound ist unangenehm laut. Wie hat Miles das ausgehalten? Oben auf dem Bildschirm laden rote Etiketten den User ein, unterschiedliche Kameras anzuklicken: CAMP1, CAMP2, CAMP3, JUNGSZELT, MÄDCHENZELT und BEICHTKAMMER. Die Versuchung ist riesig, damit herumzuspielen – Henry ist nicht bei Ceri und Lucas am Feuer, und Ffion wüsste gern, wo er ist. Doch sie beschränkt sich darauf, mit der Spitze ihres Kulis auf stumm zu schalten. Die Stille, die sich nun einstellt, macht sie sofort ruhiger.

Der umgebaute Stall hat etwas von Arbeitsräumen an besseren Universitäten, die mit einem kompakten Schrank und einem kleinen Doppelbett ausgestattet sind. Hinten steht das Flügelfenster weit offen. Es ist groß genug, um hindurchzuklettern, und das Stallgebäude geht an dieser Seite zum Wald, also konnte der Mörder problemlos ungesehen entkommen. Ffion steckt die Hände in die Taschen, als sie herumgeht. Es ist eine Angewohnheit, von der sie weiß, dass sie schockierend lässig aussehen kann (sie wurde deshalb schon häufiger von DI Malik gerügt), doch es ist die beste Methode, um nicht gedankenverloren etwas zu berühren.

Mit der Schuhspitze schiebt sie die Badezimmertür auf. Die Duschkabine ist knochentrocken, und Ffion fragt sich, ob Miles nach seinem Morgenlauf geduscht hat oder sich nur umgezogen und direkt wieder an die Arbeit gemacht hat. Bei dem Gedanken rümpft sie die Nase. Nun, da sie daran denkt, nimmt sie tatsächlich Schweißgeruch wahr, wie in einer Umkleide nach dem Rugby.

Sie geht zurück zur Leiche.

Miles' Arme hängen seitlich herunter, sein Brustkorb liegt auf dem Schreibtisch, und sein Kopf ist zur Seite gedreht. Er könnte ein Nickerchen machen, sah man davon ab, dass seine Augen offen waren. Sie wölben sich verstörend in Ffions Richtung. Er trägt ein weites T-Shirt, das die leuchtend roten Abdrücke um seinen Hals freigibt.

»Stranguliert«, sagt Leo von der Tür aus.

»Sieht so aus.« Ffion zeigt auf den Computerbildschirm, wo sich nun Henry zu den stumm geschalteten Lucas und Ceri gesellt. »Wir holen sie lieber nach unten.«

Leo schüttelt den Kopf. »Alle bleiben, wo sie sind, bis der Spürhund hier ist.«

»Aber …«

»DCI Boccacci hat mich gebeten, vorerst das Kommando zu übernehmen.«

Der Subtext ist klar – *Ich bin hier der Boss* –, und Ffion denkt, umso besser, dass sie die Beziehung vermasselt hat, denn wie kann man auf eine gleichberechtigte Partnerschaft hoffen, wenn eine Hälfte ranghöher ist als die andere?

»George hat erste Aussagen von allen aufgenommen, die in dem umgebauten Stall wohnen«, sagt Leo. »Das sind Jason, Pam und Aliyah.«

»Keine Jessica«, sagt Ffion.

Leo notiert sich etwas. »Kannst du mit den dreien im Farmhaus reden? Roxy, Owen und Caleb. Es dürfte sonst niemand im Haus sein – die Uniformierten haben das Tor abgesperrt.«

Leo tut sich sehr viel leichter damit, Befehle zu erteilen, als Ffion, sie entgegenzunehmen. Was für Ffion bestätigt, dass das, was zwischen ihnen war – oder beinahe gewesen war –, endgültig Vergangenheit ist. Leo sieht Ffion als Kollegin, mehr nicht.

»Klar«, antwortet sie mit einer Leichtigkeit, die sie nicht fühlt. »Sarge.«

Es scheint surreal, dass Ffion vor nicht einmal einer Stunde an der Küchenarbeitsplatte lehnte und sich fragte, ob sie eine Zigarette wollte oder noch einen Kaffee … oder beides. Das unvermeidlich langsame Voranschreiten der Vermisstensuche hatte sie frustriert. Und jetzt sind sie mit einem Tempo in eine Mordermittlung gerauscht, dass man davon ein Schleudertrauma bekommen kann.

Sie findet Owen im Wohnzimmer, wo er aus dem Erkerfenster zum blau-weißen Absperrband blickt, das über die Einfahrt gespannt ist.

»Ich habe dem Büro Bescheid gegeben«, sagt er.

»Ihnen wurde ausdrücklich gesagt, keine Telefonate zu führen.«

»Jemand muss die Redaktion übernehmen, sonst …«

»Redaktion?«

»Der Show.« Er spricht mit ihr, als hätte sie nicht alle Latten am Zaun.

Ffion starrt ihn entgeistert an. »Miles ist ermordet worden.«

»Eben. Also muss jemand einspringen.« Er knackt mit den Fingergelenken. »Ich habe das Büro gebeten, einen freiberuflichen Kameramann zu schicken, der mich ersetzt. Ich übernehme für Miles.«

Fast hat Ffion Mitleid mit ihm.

»Keine Angst, ich weiß, was ich tue. Ich habe mit Low-Budget-Kurzfilmen angefangen, bei denen ist man Produzent, Regisseur, Kameramann … alles. Ich springe als Cutter und Produzent ein; die Zuschauer werden nicht mal einen Unterschied bemerken.«

»Nein, es ist vorbei.«

»Was meinen Sie?«

»*Finito*. Kein *Exposure* mehr. Dies ist eine Mordermittlung.«

»Nein!« Er schreit es fast. »Sie können nicht einfach die Show abblasen.«

»Kann ich und habe ich«, erwidert Ffion. »Von jetzt an werden die einzigen Kameras hier die von der Spurensicherung sein.«

»Gott sei Dank.« Roxy wird rot. »Wie furchtbar, Entschuldigung. Ich meine nicht, dass ich froh über Miles' Tod bin, natürlich nicht. Aber ich glaube nicht, dass ich noch eine Woche *Exposure* machen könnte.«

»Es hätte doch keine Woche mehr gedauert, oder? Sie haben nur noch drei Teilnehmer übrig.«

Ffion hockt auf der Fensterbank in Roxys Zimmer, das neben Miles hinten im Haus ist und dessen Fenster zum Hof geht. Roxy sitzt auf dem cremeweißen Überwurf, der über dem Fußende des Betts drapiert ist. Die Wände sind halbhoch mit graugrün lackiertem Holz vertäfelt. Im Farmhaus gibt es vier Schlafzimmer, alle so groß wie dieses hier, in dem Ffion vermutlich das ganze Erdgeschoss ihres gemieteten Cottage unterbringen könnte. Auf einem Kleiderschrank an der Tür hängen mehrere identische Sets von Roxys Moderatorinnenuniform.

»Miles hat alles durchgeplant.« Roxy bemerkt Ffions neugierigen Blick. »Sie haben doch nicht gedacht, dass die Rauswürfe willkürlich sind, oder?«

»Heißt das, die Publikumsabstimmung ist irrelevant?«

»Miles nutzt …« Sie bricht ab. »Er hat sie als Maßstab genutzt, wen die Leute mögen, aber das Sagen hatte letztlich er. Jason sollte zum Beispiel von Anfang an der Erste sein, der rausfliegt.«

»Warum Jason?«

»Bigamie.« Roxy zuckt mit den Schultern, als wäre es offensichtlich. »Saftig genug, dass die Leute weitergucken und die Medien anbeißen. Hätte keiner der anderen Teilnehmer ihn bloßgestellt, wäre er von Miles in die Beichtkammer geschickt worden. Er hatte alle möglichen Tricks auf Lager. Mich würde nicht wundern, wenn er den Teilnehmern durch den Sicherheitsmann Tipps zustecken ließ. Er hat sie manipuliert, verstehen Sie?«

Armer Jason, denkt Ffion, die sich an seine verzweifelten Versuche erinnert, mit seiner Frau zu sprechen. Kein Wunder, dass er Miles in der Küche eine verpassen wollte.

»Haben Sie Miles' Hilferuf gehört?«, fragt sie Roxy, aber die Moderatorin schüttelt den Kopf.

»Ich war hier, habe mich umgezogen, und ich hatte Musik an.«

»Was haben Sie gehört?«

Roxy überlegt. »ABBA, glaube ich.« Sie lacht verlegen. »Tragisch, ich weiß, doch es hilft mir, in die richtige Stimmung zu kommen.«

Caleb hat offiziell kein Zimmer in Carreg Plas. Er wohnt in The Shore, der Ferienanlage am Seeufer, und kommt jeden Tag mit dem Rad her – Ffion hat ihn gesehen, wie er sein Rad an den steilen Stellen geschoben hat. Aber sie weiß von Seren, dass Caleb sich in dem leeren Schlafzimmer neben Owen eingenistet hat, gegenüber von Roxys. Sie klopft an die Tür.

Ffion hat festgestellt, dass Achtzehnjährige die unheimliche Fähigkeit besitzen, ganz unterschiedlich alt zu wirken. Seren sieht kaum aus wie zwölf, wenn sie Milch von ihren Cornflakes auf ihren Pyjama kleckert, während sie die morgendlichen Zeichentrickfilme schaut, verwandelt sich aber mit ein wenig Mascara und den teuren Klamotten von Shein in eine Frau in den Zwanzigern.

Heute sieht Caleb wie ein Kind aus. Wie ein verängstigtes Kind. Sein Fenster geht zum Tal, wo die Mittagssonne dem Llyn Drych einen silbrigen Schimmer verleiht. Auf der anderen Seite des Sees ist die Wohnanlage The Shore mit dem Haus von Calebs Mum, und Ffion nimmt an, dass Caleb gerade gern dort wäre.

»Was passiert jetzt?«, fragt er. Er hat geweint, auch wenn Ffion weiß, dass er es leugnen würde.

»Eine Mordermittlung«, antwortet sie.

Caleb nagt an seiner Unterlippe.

»Wie lange bist du schon in deinem Zimmer?«

»Seit der andere Detective gesagt hat, ich soll hier warten.«

»Und wo bist du vorher gewesen?«

»Mit den Tagesrationen auf dem Weg zum Camp.«

»Bist du nicht gefeuert?«

»War ich, bis er gemerkt hat, dass es hier keinen sonst für die beschissenen Jobs gibt.« Caleb atmet ein scharfes *Haha* aus. »Natürlich hat er sich nicht entschuldigt, bloß gesagt: ›Geh rauf zum Camp‹, als wäre er der Anführer des beschissenen Universums.« Er verstummt, und auf einmal wirkt er misstrauisch, als würde ihm bewusst, dass richtig schlecht über den kürzlich ermordeten Chef zu reden vielleicht nicht die klügste Idee ist.

»Hat dich morgens jemand zum Camp gehen sehen?«

»Ist das ein Verhör?«

Es folgt eine lange Pause. »Nein«, sagt Ffion schließlich. Caleb ist erwachsen, wenn auch knapp. Und er ist sicher kein Verdächtiger, oder? Denn das würde Serens A-Level-Vorbereitungen richtig torpedieren.

Sie geht den langen Weg zurück zum Hof, verlässt das Farmhaus und geht um das Haus und den Stall herum. Sie will dem Tatort nicht zu nahe kommen – mit ein wenig Glück können Jim und Foster am offenen Fenster eine Spur aufnehmen –, trotzdem hofft sie, eine Vorstellung zu bekommen, wohin der Mörder sein könnte.

Auf ihren Ex-Mann zu treffen, hat sie nicht erwartet. »Was machst du hier?«

»Dasselbe könnte ich dich fragen«, kontert Huw.

»Könntest du, aber ich bin Police Officer, und du lungerst am Schauplatz eines Mords herum.«

»Eines was?« Ihm steht der Mund offen.

»Du hast mich verstanden. Was machst du hier?« Es gibt keinen Fußweg auf diesem schmalen Streifen zwischen der Rückseite des Stalls und dem bewaldeten Berghang, also keinen Grund für Huw, hier zu sein.

»Ich suche nach Ryan.«

»Nein, tust du nicht. Die zivile Suche wurde abgebrochen, als bekannt wurde, dass Ryan im Besitz einer Waffe ist.« Es ist kalt im Schatten der Bäume, und Ffion spürt, wie sich die Härchen an ihren Unterarmen aufrichten.

»Ich habe hier irgendwo eine Gürtelaufhängung für mein Funkgerät verloren, und nach der suche ich.«

»Willst du gar nicht wissen, wer ermordet wurde?«

»Was?«

»Du hast nicht gefragt.« Ffion sieht ihn prüfend an. »Es ist das Erste, was ich fragen würde.«

»Na ja, ich habe wohl einfach angenommen, dass es Miles ist.« Huw blinzelt schnell. »Ist er's?«

Ffion antwortet nicht. Sie denkt an etwas weit Nützlicheres als die Frage, warum ihr Ex-Mann im Wald herumschleicht. Das Einzige, was Huw ermordet, ist »Sweet Caroline« an Karaokeabenden im Y Llew Coch. »Diese Software, mit der du Leute ortest, wie funktioniert die?«

»Was?« Huw überfordert der plötzliche Themenwechsel ein wenig.

»Kannst du Ryan damit orten?« Als Ffion mit Huw zusammenlebte, beobachtete sie fasziniert, wie Huw am aufgeklappten Laptop saß und sein Team zu einem verwundeten Bergsteiger oder einem verirrten Wanderer dirigierte. Wie viel leichter war es doch, dachte sie damals, jemanden zu finden, der gefunden werden wollte.

»Das würde nicht funktionieren«, sagt Huw.

»Warum nicht?«

»Weil wir als Erstes einen Text aufs Handy schicken: *Hier ist die Bergrettung, bitte klicken Sie auf diesen Link, damit wir sehen, wo Sie sind*. Wenn er auf der Flucht ist, wird er wohl kaum …«

»Muss das der Text sein?« Irgendwo im Wald bellt ein Hund, dass es über den ganzen Hang hallt.

Huw zögert. »Ich könnte den vermutlich ändern …«

Ffion fühlt einen richtigen Energieschub. »Dann könnte da so was erscheinen wie … *Hi, hier ist Jessica. Ich mache mir solche Sorgen, und ich liebe dich so sehr, bla, bla. Triff mich … hier.*«

»Das wird nicht klappen.«

»Einen Versuch ist es wert.«

»Es ist ein ernster Verstoß gegen das Protokoll, die Nachricht zu verändern – und ist das nicht irgendwie Täuschung?« Huw wirkt unsicher. »Im Ernst, Ffi, damit könnte ich in Schwierigkeiten kommen.«

»Verrate mir noch mal, warum du am Schauplatz eines Mordes herumwanderst.«

Es entsteht eine lange Pause. »Okay, ich mach's.«

»Super. Und verschwinde verdammt noch mal von hier, ehe dich jemand sieht.«

Ffion denkt an Huws Worte. *Ich habe wohl einfach angenommen, dass es Miles ist.*

Natürlich würde es Miles sein, der umgebracht wurde. Wer sonst? Wer sonst hat eine Granate in sieben durchschnittliche Leben geschmissen? Wer sonst hat die Zuschauer glauben lassen, sie spielten eine Rolle, während das Drehbuch die ganze Zeit feststand?

Ffion hat sechs Folgen von *Exposure* gesehen, hätte sie sich aber genauso gut sparen können, nachdem sie erfahren hat, was sie jetzt weiß. Sechs Tage mit vierundzwanzig Stunden Material, zerhackt, manipuliert und auf sechs fünfzigminütige Folgen gebracht, die exakt die Geschichte erzählen, die Miles wollte. Nichts an den Folgen verrät Ffion, was die Teilnehmer von Miles oder der Situation halten, in die er sie gebracht hat. Die Wahrheit liegt irgendwo auf dem Boden des Schneideraums.

Drei Teilnehmer sind noch in dem Camp eingesperrt, aber vier sind draußen, und alle vier haben Gründe, Miles für das zu hassen, was er mit ihrem Leben gemacht hat.

Miles, der Marionettenspieler.

Hat eine der Marionetten die Schnüre durchtrennt?

ZWEIUNDZWANZIG

RYAN | TAG EINS VON *EXPOSURE*

In den Wochen vor seinem Auftritt bei *Exposure* wurde Ryan beständig übler. Gestern, als er in Carreg Plas ankam und vor dem ersten Drehtag mit seinem Rucksack voller Kleidung mit dem Label der Show ausgestattet wurde, wurde er beinahe ohnmächtig vor Angst. Er bereute seine Bewerbung bitterlich, war sie doch nur ein unbedachter Versuch gewesen, Jessica seine Männlichkeit zu beweisen. Sie hatte angefangen, Zeitschriften mit verweiblichten Männern im Haus herumliegen zu lassen, daher wusste Ryan, dass sie misstrauisch wurde. Ihn verspottete.

Bist du hart genug, um zwei Wochen in den Bergen von Snowdonia zu überleben? Die Anzeige in einem neonorangen Banner war zwischen *Gogglebox* und *Jimmy Carr* aufgetaucht. *Schaffst du es, dich* Exposure *zu stellen?*

»Ich könnte das«, sagte Ryan waghalsig.

Jessica kicherte. »Das möchte ich sehen!« Liebevoll drückte sie seinen Oberschenkel, doch es war zu spät. Jetzt musste Ryan es beweisen. Er konnte sich dem stellen, oder nicht? Wildes Campen, Bergsteigen, Abseilen. Er könnte Feuer machen und Fische fangen; Fässer zu einem Floß zusammentäuen. Er könnte der echte Mann sein, den Jessica sich wünscht.

Als die E-Mail kam – *Glückwunsch! Mach dich bereit für* Exposure*!* –, musste Ryan kotzen. Er erwog, sie zu ignorieren, aber erst an dem Morgen hatte Jessica gesagt: *Hast du gesehen, dass sie bei* Strictly *wieder ein gleichgeschlechtliches Paar haben?* Ryan hat Jess immer für ziemlich liberal gehalten, aber in letzter Zeit fing sie an, auf jeden Transgender-

und schwulen Mann hinzuweisen, den sie sah, als wäre deren Existenz ein Affront. Also beantwortete er die E-Mail von Young Productions mit einem enthusiastischen *Ja!* und war die nächsten acht Wochen krank vor Angst.

Als Ryan und die anderen Teilnehmer am nächsten Morgen ihr erstes gemeinsames Frühstück einnehmen, ebbt Ryans Angst langsam ab. Die anderen sind nicht alle Muskelprotze mit kahl rasierten Köpfen und Bizepsen von der Größe Frankreichs. Sie quellen auch nicht über vor Selbstbewusstsein, prahlen nicht mit ihrem Wissen übers Feuermachen und Wasserfiltern. Er sieht sich am Frühstückstisch in der Farmhausküche um und beschließt, dass seine Konkurrenten ziemlich normal wirken. Vielleicht kann er das hier doch. Er spießt noch ein Würstchen auf und tunkt es in Ketchup.

Vielleicht hat er sogar eine Chance, die Hunderttausend zu gewinnen.

Während sich die anderen Teilnehmer kennenlernen, verliert Ryan sich in einem Tagtraum, in dem er mit einem gigantischen Scheck auf dem Gipfel des Pen y Ddraig steht und Jessica mit neuer Hochachtung zu ihm aufschaut.

Später, als sie hinauf zu dem Camp wandern, lächelt Ryan der Postbotin Ceri neben ihm zu. »Umwerfend, nicht?« Über ihnen glüht der Gipfel in der Morgensonne, und wenn Ryan nach unten sieht, erstreckt sich das ganze Tal vor ihnen. Er war gestern Abend zu abgelenkt, um den See richtig wahrzunehmen, aber jetzt raubt er ihm den Atem.

»Ja, nicht schlecht.« Ceri bemerkt seinen Gesichtsausdruck und lacht. »Das ist mein Garten.«

»Was meinst du?«

»Na, ich bin hier aufgewachsen.« Sie zwinkert ihm zu. »Ein unfairer Vorteil, oder?«

Ryan tritt mit einem Fuß in ein Kaninchenloch. Er kippt

nach vorn, landet auf einem Knie und kommt sich vor wie ein Idiot.

Ceri hilft ihm auf. »Ein echter Albtraum, diese verdammten Kaninchen. Ich war neulich hier oben und bin richtig auf den Hintern gefallen.« Sie macht es ihm übertrieben vor und lacht. »Glaub mir, ich bin trottelig.«

Ryans Augen leuchten. Er hat noch nie zu einer Gruppe gehört. Hat es nicht mal versucht, weil er nie reinpasst, also wozu die Mühe? Aber alle sieben Teilnehmer von *Exposure* haben etwas gemein: Sie haben sich für die Show beworben. Ryan hakt sich bei Ceri ein, als sie ihm ihren Arm anbietet.

Manchmal stellt Ryan sich vor, wie er Jessica erzählt, dass er gern Frauenkleider trägt. Er ist nicht schwul oder trans, und er ist glücklich verheiratet, also würde es nichts ändern … jedenfalls nicht in seiner Fantasie. Nur dass Ryan abends mal einen Rock oder eine figurbetonte Hose und Schuhe mit hohen Absätzen anziehen möchte. Vielleicht könnten sie freitagabends mal in Seidenkleidern ausgehen, die ihnen hauchfein um die Schienbeine streichen.

Das ist der Traum.

Die Wahrheit ist natürlich, dass es alles ändern würde.

Vor einigen Jahren hat Ryan das Fitnesscenter ohne seine Sporttasche verlassen, in der unten ein Seidenslip lag. Sollten die anrufen, würde er sagen, der wäre von Jess, beschloss er, nur schrieb ihm dann Jess, dass sie beim Pilates war, und schickte ihm ein Bild seiner Tasche. Ist das deine?

Ryan erinnert sich nicht mehr genau, was in den anderthalb Stunden danach war, aber bis Jessica nach Hause kam – sie hatte nicht mal den Reißverschluss der Tasche geöffnet –, hatte er ein Loch in die Küchenwand geschlagen und einen ganzen Satz Teller zertrümmert. Der Druck, ihr nicht erklären zu können, warum er eine Art Zusammenbruch hatte, machte es noch schlimmer, und Ryan merkte, dass er abstürzte. Jessica stand zu ihm, bis es ihm besser ging, aber auch wenn sie es nie erwähnt, weiß er, dass sie die ganze Zeit daran denkt.

»Willst du das wirklich machen?«, fragte sie, als Ryan das Formular ausfüllte. »Bist du sicher, dass du …« Sie unterbrach sich, wählte ihre Worte mit Sorgfalt. »Ich meine, ist das okay für dich?«

»Mir geht es gut«, antwortete Ryan. Und das tat es. Es war schon lange her, seit ihm die Welt weggeflogen war.

Als die Teilnehmer das Camp erreichen, lernen sie Roxy kennen. Genau genommen haben sie die schon beim Frühstück getroffen, wurden aber angewiesen, nun so zu tun, als würden sie sie zum ersten Mal sehen. Und Ryan ist unsicher, als er ihr die Hand schüttelt und sagt: »Hi, ich bin Ryan.« Die anderen spielen es besser. Ryan hätte geschworen, dass Henry und Pam Roxy noch nie zuvor gesehen haben, und sogar der Vikar Lucas umfängt ihre Hand glaubwürdig ernst.

»Freut ihr euch schon?«, fragt Roxy, damit alle jubeln.

»Los geht's!«, ruft Jason.

»Ich bin so was von bereit hierfür!«, sagt Aliyah.

Ryan steuert sein *Wuuhuu!* bei.

»Meine Damen und Herren«, sagt Roxy, »ihr denkt, dass ihr hier ein Survivaltraining macht, nicht?«

»Ja, klar!«, ruft Henry.

Ryan bekommt Angst. Da ist etwas in Roxys Augen, hinter dem Blinzeln und Leuchten.

»Falsch.«

Als Roxy Wilde ihnen erzählt, was das wahre Ziel von *Exposure* ist, löst Ryan sich von seinem Körper. Er schwebt über dem Camp, beobachtet, wie er schrumpft, sieht die entsetzten Gesichter der anderen. Jason läuft auf Roxy zu, und einen Moment lang sieht es aus, als würde es eine Schlägerei geben, bis Henry ihn zurückreißt und sagt: »Das muss ein Irrtum sein – lassen wir sie ausreden.« Aber es ist kein Irrtum, oder? Sie haben wirklich vor, die dunkelsten Geheimnisse von jedem hier zu enthüllen.

Ryan denkt an seinen Job in der Softwarefirma und wie es sein wird, wenn seine Kollegen alles erfahren. Er denkt an seine Eltern, denen erlaubt sein sollte, friedlich zu sterben, ohne verzweifelt verstehen zu wollen, was Ryan selbst kaum versteht. Er denkt an seine Tochter und was die Kinder in der Schule zu ihr sagen werden.

Pam marschiert auf Roxy und Owen zu. »Schaltet sofort die Kamera ab.«

»Das könnt ihr nicht machen«, schluchzt Aliyah. »Dem haben wir nicht zugestimmt.«

»Tatsächlich«, sagt Owen, »findet ihr alles im Kleingedruckten abgesichert. *Young Productions behält sich das Recht vor, Änderungen, Ergänzungen, Bearbeitungen vorzunehmen,* und so weiter und so fort.«

Ryan ist schwindlig. Seine Brust fühlt sich zu eng an, und er hat dasselbe außerkörperliche Erlebnis wie an dem Abend, als er wartete, dass Jessica vom Pilates zurückkam. Er will weg, kann sich aber nicht rühren, und wenn er geht, muss er es erklären.

Es ist vorbei. Sein Leben ist vorbei.

Und daran ist allein Miles Young schuld.

DREIUNDZWANZIG

SONNTAG | FFION

Bis Ffion Huw weggeschickt hat und zurück zum Eingang von Carreg Plas gegangen ist, parkt schon ein Fahrzeug der Spurensicherung am Tor neben Jims Hundevan. Lautes Bellen aus dem Hof legt nahe, dass Foster bereits losgelegt hat, und Ffion ist froh, dass Dave nicht hier ist, der zweifellos spielen wollen würde.

Um sechs Uhr morgens hat Ffion den sich sträubenden Dave um Mams Haus herumgelockt und durch die Hintertür geschoben. »Leise!«, sagte sie, als er zu heulen begann. »Du weckst noch …«

»Ffion Morgan!« Mam erschien in ihrem Morgenmantel in der Küchentür. »Du hast Glück, dass ich kein Gewehr besitze.«

»Ich habe meinen Schlüssel benutzt, Mam. Einbrecher haben keinen …«

Angewidert sah Mam zu Dave. »Für Einbrecher würde ich das auch nicht brauchen.«

»Bitte, Mam. Dieser Vermisstenfall zieht sich hin, und ich habe keine Zeit, eine dauerhafte Lösung zu finden. Nur heute, bitte. *Caru ti* … Hab dich lieb.« Ffion floh, wobei sie halb damit rechnete,, dass Dave sie auf dem Weg einholte und von hinten zu Boden warf.

So ungern sie es zugibt, Huw hat recht, was Dave angeht. Ffion muss das Tierheim anrufen und sie bitten, ihn zurückzunehmen. Sie hat schon sämtliche Dogwalker in der Gegend durch, alle haben sich geweigert, es ein zweites Mal mit Dave zu versuchen. Sein Ruf ist so schlecht, dass ein Hundesitter in einem zehn Meilen entfernten Dorf direkt absagte, ohne ihn überhaupt gesehen zu haben. Sobald dieser Fall abgeschlossen ist, wird Ffion vor den Tierheimleuten auf die Knie gehen und ihre Niederlage eingestehen.

Als sie den Hof erreicht, sind Jim und Foster nirgends zu sehen. Vor Miles' Studio hat die Spurensicherung ein Zelt aufgestellt, vor dem ein uniformierter Officer wacht. Es hat angefangen zu nieseln. Glitzernde Tropfen haften auf der Zeltplane, und der Officer hat seinen Kragen hochgeklappt.

Ffion hört aufgeregtes Bellen. Sekunden später kommt Foster hinter dem Stallblock vor, und Jim lässt ihm mehr Leine. Der Hund hat eine Geruchsfährte aufgenommen. Sie gehen in Richtung Bergpfad, und Ffion blickt ihnen nach, bis sie im Wald verschwunden sind. Dort geht es direkt zum Camp.

»Der Gerichtsmediziner hat den Tod bestätigt und die Spusi die Leiche gefilmt«, sagt Leo. »DCI Boccacci hat den Transport in die Gerichtsmedizin genehmigt.«

Sie warten in dem Zelt, während Miles von dem Stuhl gehoben und in einen Leichensack gelegt wird. Es ist ein aufwendiger Prozess, bei dem jeder Schritt mit der Kamera aufgenommen wird. Miles' Hände sind in Plastik gehüllt, um mögliche Beweise unter seinen Fingernägeln zu sichern, und auf einem großen Stück Papier neben dem Leichensack hat die Spurensicherung Miles' Tascheninhalt ausgelegt: eine Brieftasche, eine Armbanduhr und ein iPhone. Ffion steckt alles einzeln in Beweismittelbeutel und beginnt, sie zu beschriften.

»Er muss seinen Angreifer gekannt haben«, sagt Leo. »Es gibt keine Spuren von einem Kampf, also muss Miles ihm die Tür geöffnet und sich wieder hingesetzt haben, um weiterzuarbeiten. Er war besessen davon, dass ja keine Informationen nach draußen dringen, also hat er auf keinen Fall jemanden bei seiner Arbeit zuschauen lassen, es sei denn, er kannte ihn.«

»Der Mörder hat gewartet, bis Miles wieder saß, und ihn dann von hinten angegriffen, als er sich weniger gut wehren konnte.« Auch wenn Ffion ihrem Chef immer wieder versichert, dass sie lieber allein arbeitet, empfindet sie ein wohliges Kribbeln. Dies ist ihr Lieblingsteil bei jeder Ermittlung – sogar noch besser, als jemandem Handschellen anzulegen. Wenn sie Ideen austauschen. Ffion wird bewusst, dass sie lächelt, doch zum Glück ist Leos Blick noch auf die Stelle gerichtet, an der Miles gesessen hat, als er ermordet wurde.

»Ja, obwohl es vielleicht nicht so berechnend war.« Leo hat eine Hand zum Stuhl ausgestreckt, als wolle er einen Verdächtigen heraufbeschwören. »Miles könnte etwas gesagt haben, das seinen Besucher durchdrehen ließ.«

»Oder etwas bearbeitet haben, das diesen Effekt hatte?«

Der Monitor ist immer noch stummgeschaltet, und Ffion sieht Ceri, Henry und Lucas an der Feuergrube des Camps reden. Für sie hat sich nichts geändert. Ffion fragt sich, ob Owen – mit seinem großen Plan, von Miles zu übernehmen – den drei verbliebenen Teilnehmern gleich von dem Mord erzählt hätte oder erst wenn sie aus dem Camp kamen. In der realen Welt könnte alles Mögliche passieren, und diese drei erfuhren es nur, wenn es ihnen jemand verriet. War es das, was Miles an seinem Job gemocht hatte? Die Chance, Gott zu spielen?

»Wir können nicht auf die technische Analyse warten«, sagt Ffion. »Wir müssen wissen, woran Miles gearbeitet hat, als er gestorben ist.«

Leo nickt. »Stimmt. Owen kennt sich hiermit aus, oder?«

Und der Kameramann ist sehr scharf darauf, als Produzent zu übernehmen. »Ich bin mir nicht sicher, ob wir ihm trauen können«, antwortet sie und zieht ihr Handy hervor.

»Ich sage George, dass sie uns Caleb schicken soll.« *Er kennt schon die ganze Software,* hat Seren gesagt.

»DCI Boccacci ist unterwegs«, sagt Leo. »Bis sie hier ist, müssen wir wissen, wo wer zur Tatzeit gewesen ist – die drei Teilnehmer im Camp eingeschlossen. Sie sind eher nicht verdächtig, weil sie dort eingesperrt sind, aber Ryan hat bereits bewiesen, dass man aus dem Camp rauskommt, wenn man es unbedingt will.«

»Heißt das, du denkst nicht, dass es Ryan war?« Ffion tippt eine Nachricht an George.

»Ich bleibe für alles offen. In diesem Sinne sollten wir die Ermittlungen noch nicht einengen, auch wenn alles darauf hindeutet, dass Miles seinen Mörder gekannt hat. Miles hat gesagt, dass die Teilnehmerauswahl für *Exposure* streng war und er von einigen der abgelehnten Bewerber Drohungen erhalten hat.«

Ffion weiß, worauf er hinauswill. »Ich lasse mir eine Liste aller Bewerber geben.«

Durch den offenen Zelteingang sieht sie, dass die Tür zum Farmhaus geöffnet wird. Caleb und George kommen heraus, zögern aber kurz vor dem jetzt strömenden Regen, bevor sie loslaufen.

»Wir können prüfen, ob jemand von ihnen polizeibekannt ist oder wegen Gewalttätigkeit aufgefallen«, fährt Ffion fort. »Wollen wir mit denen im Umkreis von fünfzig Meilen anfangen?«

»Sehr gut. Und ich möchte, dass alle Teilnehmer und die Crew in der landesweiten Polizeidatenbank überprüft werden«, antwortet Leo. »Lucas' Verurteilung – wann war die und weshalb? Hat er seitdem wieder Probleme gehabt? Vikar hin oder her, wir sehen ihn uns genauso gründlich an wie die anderen, klar?«

»Bin dran.«

»Boccacci lässt die Analysten auf den sozialen Medien nachsehen, ob irgendwelche der Onlinedrohungen gegen Miles glaubwürdig sind«, sagt Leo, als Caleb bei ihnen ist. Er hat ein wenig mehr Farbe im Gesicht als vorhin. »Fassen Sie nichts an«, warnt Leo ihn. »Sie müssen Ffion nur das Computersystem erklären. Ich will wissen, wann genau Miles zuletzt geschnitten hat und was zu der Zeit aus dem Camp gestreamt wurde.«

Ffion zieht sich Schuhschützer über. Als sie den Tatort betritt, berührt sie Miles' Stuhl nicht, sondern beugt sich unbequem vor und benutzt ihre Kulispitze, um die Anweisungen auszuführen, die Caleb ihr von der Tür aus gibt.

»Jetzt doppelklick auf den Pfeil nach oben«, sagt Caleb. »Hätte er nicht darauf bestanden, dass ihm keiner hilft, wäre er nicht alleine gewesen, als sein Mörder gekommen ist. Ich habe ihm gesagt, dass ich mich mit der Software auskenne und den ganzen simplen Kram machen kann, damit er mehr Zeit hat, aber das hat er ja nicht erlaubt.« Er schlingt sich die langen, dünnen Arme um den Oberkörper. »Wäre ich an dem zweiten Arbeitsplatz gewesen, würde er vielleicht noch leben.«

»Oder wir würden dich in einen zweiten Leichensack stecken«, erwidert Ffion. »Also, hier ist es.« Sie ruft die anderen. »Das letzte Mal wurde um kurz vor zehn geschnitten.« Sie sieht zu Caleb. »Wann war Miles normalerweise vom Laufen zurück?«

»Zwischen halb und Viertel vor elf. Er ist so ziemlich immer dieselbe Strecke gelaufen.«

»Sagen wir, es ist elf, bis er sich umgezogen hat und wieder am Schreibtisch sitzt«, sagt Leo.

Ffion nickt. »Das passt. Es war vielleicht Viertel nach, als ich die Audioclips gehört habe – ich erinnere mich, dass ich dachte, er ist von seinem Lauf zurück.«

»Und kurz vor Viertel vor zwölf hat er gerufen«, sagt George. »Ich habe die Zeit notiert, als Leo die Tür eingetreten hat.«

»Wir müssen wissen, wo alle zwischen Viertel nach elf und Viertel vor zwölf gewesen sind«, sagt Leo.

»Was hat er vor dem Laufen geschnitten?«, fragt George.

Ffion dreht sich um. »Caleb? Das hier ist der Computer, an dem er gearbeitet hat, oder?«

»Ja, auf dem anderen hat er bloß gestreamt. Totale Vergeudung, wenn ich da ...«

»Wie finde ich das?«, fragt Ffion, bevor Caleb wieder loslegt.

Der Teenager tippt mit den Fingern in der Luft wie ein Pianist, der auf sein Muskelgedächtnis zugreift. »Rechter Mausklick, dann Control sieben – nein, acht. So. Das ist jeder Schnitt mit der Zeit, wann er gemacht wurde.«

Ffion wählt den obersten Eintrag – von neun Uhr zweiundfünfzig –, und der Bildschirm füllt sich mit einer Nahaufnahme von einem Feuer.

»Von denen hatte er tonnenweise«, sagt Caleb. »Das hat Owen mir erzählt. Das Feuer, der blubbernde Jacuzzi, eine Axt, die Holz spaltet ... Die sind alle gemacht worden, bevor die Teilnehmer hier waren, damit es beim Zusammenstellen schneller geht. Er hat sie eingefügt, wenn er von der Hauptaction wegblenden wollte.«

Ffion runzelt die Stirn. »Ich kann mir nicht vorstellen, dass Miles Ryan hereingelassen hat, nachdem wir ihn zum potenziellen Risiko erklärt hatten. Es gibt keine Hinweise auf einen Kampf, also was ... Die beiden haben sich zusammen den Feed ein bisschen angesehen, und dann hat Ryan Miles erwürgt? Das ergibt keinen Sinn.«

In diesem Augenblick hört Ffion ihren Namen. George öffnet den Eingang des Zelts, und Ffion sieht Huw nahen. Er schwenkt ein Tablet in einer dicken Plastikschutzhülle, und seine Miene verrät, dass er Neuigkeiten hat.

»Es hat funktioniert«, sagt er, als er beim Zelt ist.

»Was?«, fragt Leo.

Rasch erzählt Ffion ihm und George von der GPS-Software, die das Bergungsteam nutzt, und ihrer Idee, Ryan zu ködern. Der Regen trommelt auf das Zelt, sodass sie laut sprechen muss, damit die anderen sie verstehen.

»Womit haben Sie die Nachricht ersetzt?«, fragt Leo.

»Hi, hier ist Jessica«, liest Huw vom Tablet ab. *»Ich benutze ein Prepaidhandy, damit sie unsere Nachrichten nicht nachverfolgen können. Ich liebe dich. Ist alles okay mit dir? Triff mich so schnell wie möglich. Ich verspreche, dass alles gut wird.* Dann den Link.«

»Und er hat ihn angeklickt?«, fragt George. »Was hat er da gesehen?«

»Eine Standardnachricht der Bergungseinheit, dass er bleiben soll, wo er ist, und wir jetzt seinen Standort haben.« Huw zuckt bedauernd mit den Schultern. »Sorry, den Teil konnte ich nicht ändern.«

»Super«, sagt Leo angespannt. »Jetzt weiß er, dass wir von Angharads Handy wissen.«

»Blaff ihn nicht an.« Ffion sieht erst Leo, dann Huw an, deren mürrische Züge bemerkenswert ähnlich sind. »Es war meine Idee.«

»*Diolch,* Ffi«, murmelt Huw. »Tausend Dank auch.«

»Das ist Stoff aus dem Grundkurs Verhaftungsstrategie«, sagt Leo. »Du hättest es mit der leitenden Ermittlerin besprechen müssen oder zumindest mit mir.«

»Es hat aber doch funktioniert, oder nicht?« Ffion streckt die Hand nach Huws Tablet aus. »Wo ist er?«

Huw zeigt hin. »An diesem roten Punkt war das Telefon vor wenigen Minuten, als er den Link angeklickt hat.«

Auf dem Bildschirm ist eine Satellitenaufnahme des Pen y Ddraig zu sehen. Ffion erkennt das Farmhaus mit dem Hof und den parallelen Stallgebäuden und die Lichtung weiter oben, wo das Camp ist.

In der Mitte zwischen Carreg Plas und dem Camp ist ein dicker roter Punkt.

VIERUNDZWANZIG

SONNTAG | LEO

George, du kommst mit mir.« Der Adrenalinschub dämpft die Verärgerung über den verschwörerischen Blick zwischen Ffion und Huw. Ffion hat recht, es hat funktioniert – und nur darauf kommt es an. »Sag der Einsatzzentrale, dass wir Uniformierte mit Tasern brauchen. Es müssten schon welche bei der Suche nach Ryan sein.«

Ffion fühlt nach ihren Handschellen. Es ist eine instinktive Bewegung, aber überflüssig, wie Leo weiß. Sie hasst es, eine stichfeste Weste zu tragen, und sie lässt ihre Schutzkleidung und ihr Funkgerät grundsätzlich im Kofferraum ihres Wagens.

»Du bleibst hier«, sagt er, bevor sie auf dumme Ideen kommt.

»Auf keinen Fall! Der GPS-Tracker ist meine Idee gewesen.«

»Du bist am Tatort gewesen. Bleib hier, und geh die Bänder weiter durch, ob irgendetwas passiert, das mit dem Mord in Verbindung stehen könnte.«

Ffion verstummt. Mehr muss nicht erklärt werden. Selbst ein wasserdichter Fall kann zerbröseln, wenn die Verteidigung auch nur den kleinsten Bruch in der Beweiskette findet, und eine Kreuzkontamination wäre ein leichter Sieg für sie. Wenn sie Ryans Hände auf DNA-Spuren von Miles untersuchen, muss ausgeschlossen sein, dass sie von einem Officer auf ihn übertragen wurden.

Minuten später kommen zwei Uniformierte mit leuchtend gelben Tasern an ihren Gürteln über den Hof. Leo hat ein Foto von der Karte auf Huws Tablet gemacht, und zu fünft –

Leo, George, Huw und die Uniformierten – ziehen sie los. Leo klappt seinen Jackenkragen hoch und wünscht, er hätte einen Regenmantel mitgebracht. Zwanzig Minuten sind seit Ryans Ortung vergangen, und Leo betet, dass er es seitdem nicht weit geschafft hat.

Er hat keinen Muskel gerührt.

Exakt da, wo der rote Punkt auf Huws Tablet blinkt, finden sie Ryan im Unterholz kauernd. Sein Haar ist schmutzig und verklebt, sein Gesicht eingefallen und angespannt. Er blickt zu den vier nahenden Polizisten auf, doch seine Augen fokussieren nicht. Den Regen, der ihm ins Gesicht peitscht, scheint er nicht wahrzunehmen. Mit zitternden Händen hält er Angharads Angelmesser.

»Lassen Sie das Messer fallen«, sagt Leo. Hinter ihm hört er George leise die Einsatzzentrale verständigen.

Ryan umfängt das Messer fester.

»Lassen Sie das Messer fallen«, wiederholt Leo lauter.

Plötzlich rührt Ryan sich, rappelt sich auf und stürzt auf Leo zu, wobei er die Klinge durch die Luft schwingt. »Geht weg von mir!«

Die Uniformierten bewegen sich, einer in Ryans Sichtfeld, der andere seitlich. Es macht Ryan desorientiert, sodass er sich zwischen den beiden hin und her dreht, immer noch das Messer auf Leo gerichtet, und ruft: »Geht weg, weg!«

»Lassen Sie das Messer fallen, oder ich taser Sie«, ruft einer der Officers.

»Nein«, sagt George auf einmal und tritt vor. »Nicht.«

Leo öffnet den Mund. Er ist erstaunt, dass sie tatsächlich anderen Officers widerspricht; doch etwas an Georges Gesichtsausdruck bewirkt, dass er den Mund wieder schließt.

»Lasst es mich versuchen«, sagt sie.

Leo zögert erst, dann nickt er.

George geht weiter, bis sie etwa sechs Schritte von Ryan entfernt ist, und bleibt stehen.

»Ryan, ich bin George Kent. Ich bin Detective Constable bei der North Wales Police.«

Auf einen unbeteiligten Beobachter mag ihre Haltung entspannt wirken, aber Leo bemerkt, dass ihre Knie ganz leicht gebeugt sind und ein Fuß ein wenig vor dem anderen steht. Die Hände hält sie lose an ihrem Gürtel. Sie ist auf jede nötige Reaktion vorbereitet, sei es, die Arme zu heben oder nach ihrem Schlagstock zu greifen.

»Ryan, sind Sie verletzt?« Im Gegensatz zu Leo hat George einen Regenmantel, die Kapuze jedoch abgenommen, als sie zu reden begann, und ihr dunkles Haar klebt bereits am Kopf.

Ryans Atmung ist angestrengt und kehlig. Beide Uniformierte haben die Hand an ihren Tasern.

»Ich habe mit Jessica gesprochen«, sagt George.

Ryan sieht sie an, und Leo denkt, sie hat ihn falsch eingeschätzt, doch er gibt bloß ein tiefes Stöhnen von sich.

»Sie macht sich große Sorgen um Sie. Sie liebt Sie sehr und möchte Sie sehen.«

»Will sie nicht.« Ryan lacht scharf. »Nicht, wenn sie es weiß.« Er dreht den Messergriff in der Hand, und die Klinge blitzt im schwachen Licht.

»Sie weiß es.«

Ryan ringt nach Luft. Leo hofft, dass George weiß, was sie tut.

»Es macht ihr nichts aus. Sie steht voll und ganz hinter Ihnen, Ryan. Das tut jeder. Aber Sie müssen jetzt das Messer fallen lassen.«

»Es tut mir so leid. Ich wollte das nicht!«

Sofort blickt Leo zu den Bodycams an den Westen der Uniformierten, ob das rote Licht blinkt.

»Darüber können wir später reden«, sagt George. »Jetzt

möchte ich, dass Sie sich auf mich konzentrieren. Auf das, was ich sage, okay?«

Ryan bewegt sich nicht.

»Sie sehen aus, als könnten Sie etwas zu essen vertragen, vielleicht auch ein heißes Getränk, stimmt's? Und Sie haben da eine üble Platzwunde am Kopf, die wir uns ansehen sollten.«

»Sie bringen mich nicht in ein Krankenhaus, oder?«

George weicht der Frage aus. »Wie es aussieht, muss sie nur ein bisschen gereinigt werden.«

»Ich bin so müde.«

»Lassen Sie das Messer fallen, Ryan, und wir kümmern uns um Sie.«

»Kann ich nicht.«

»Sie können.«

»Ich habe alles verloren.« Er fängt leise zu weinen an.

»Sie haben alles, worauf es ankommt, Ryan, versprochen. Jessica liebt Sie.«

Mehrere Sekunden verstreichen.

Sehr langsam senkt Ryan die Hand zu seiner Seite. Leo behält das Messer im Blick und atmet kaum, als sich Ryans Finger lockern.

»Sie machen das großartig, Ryan«, sagt George.

Das Messer fällt zu Boden.

»Sehr gut. Jetzt möchte ich, dass Sie sechs Schritte vorwärtsgehen – können Sie das? Eins, zwei, drei …« Während Ryan vorwärtsgeht, geht George rückwärts, sodass der Abstand zwischen ihnen unverändert bleibt. »Das ist super, gut gemacht. Können Sie sich jetzt hinknien? So ist es gut. Jetzt nehmen Sie bitte die Hände über den Kopf, die Finger so verschränkt wie meine – können Sie es sehen? Perfekt.«

George hebt eine Hand, um die Uniformierten zu stoppen, die wie Greyhounds in einer Falle zucken.

»Ryan, gleich wird Ihnen ein Police Officer Handschellen

anlegen, okay? Die sind genauso zu Ihrer Sicherheit wie zu unserer. Er wird seine Hand auf Ihre legen und mit der anderen die Handschellen einrasten. Und ich möchte, dass Sie ganz ruhig bleiben und einfach weiter mich ansehen, in Ordnung?« Sie hockt nun, auf Augenhöhe mit Ryan, und lächelt ihm aufmunternd zu. »Bereit? Okay.« Sie nimmt ihre Hand herunter. »Jetzt.«

»Du warst richtig gut mit ihm«, sagt Leo, als sie den Berg hinuntergehen. Sie kommen nur langsam voran. Überwältigt von Erschöpfung und Stress, stolpert Ryan alle paar Schritte und muss von den Officers zu beiden Seiten von ihm aufrecht gehalten werden.

»Ich wollte nicht, dass er getasert wird«, antwortet George. »Es ist schlimm genug, dass wir ihn verhaftet haben.« Sie hat die Kapuze wieder aufgesetzt, aber der Regen kommt beinahe frontal auf sie zu, sodass es nutzlos ist. Leos graue Hose ist schwarz vor Nässe, und seine Muskeln verspannen sich in der unerwarteten Kälte.

»Ryan ist unser Hauptverdächtiger für den Mord an Miles«, sagt Leo. »Seinetwegen war Angharad im Krankenhaus. Wir mussten ihn festnehmen.«

»Trotzdem. Es wird ihm nicht helfen, wieder auf die Füße zu kommen, oder?«

Sie gehen schweigend weiter. Hin und wieder blickt Leo zu George. Sie ist mitgenommen von dem, was eben geschehen ist, und runzelt sorgenvoll die Stirn. Allerdings scheint sie mit den Gedanken woanders zu sein, und als Leo sie fragt, wie sie es findet, mit Ffion zusammenzuarbeiten, muss sie ihn bitten, die Frage zu wiederholen.

»Es ist … eine Erfahrung«, antwortet sie. »Du hast bei dem Rhys-Lloyd-Fall mit ihr gearbeitet, oder? Ich habe gehört, dass der es in sich gehabt hat.«

»Der Fall hatte seine Momente.«

»Ihr beide müsst euch ziemlich gut kennengelernt haben.«

Leo sieht sie streng an, aber George schaut nach vorn, und ihre Miene ist neutral. Er antwortet nicht, weil er unsicher ist, ob er es kann. Kennt irgendjemand Ffion Morgan richtig?

Ryan wird in einem Streifenwagen nach Bryndare in Untersuchungshaft gebracht, wo sie einen Arzt anfordern werden, der prüft, ob er vernehmungsfähig ist. Jessica fährt hinter ihnen her, obwohl Leo sie gewarnt hat, dass man ihr vermutlich nicht erlauben wird, ihren Mann zu sehen.

Als Leo und George in die Küche des Farmhauses kommen, sitzt dort Ffion mit einer älteren Frau, die einen bordeauxroten Hosenanzug trägt.

»DCI Christine Boccacci.« Die Frau schüttelt Leo die Hand. »Haben Ihre Ohren geklingelt? Ffion hat mir alles über Sie erzählt.«

»Es sind nichts als Lügen, Ma'am«, antwortet Leo ernst, bevor er grinst. »Es sei denn, es ist gut.«

»Gut genug für mich, dass ich Sie bitte, hierzubleiben und die Ermittlung vor Ort zu leiten, falls es Ihnen recht ist. Ich kläre es mit Ihrem DI, wenn ich wieder in der Zentrale bin.«

»Kein Problem.«

»Sind Sie bereit, mich auf den aktuellen Stand zu bringen?«

Leo hätte gern ein wenig Zeit gehabt, um seine Gedanken zu ordnen, aber es war ohnehin bloß eine rhetorische Frage.

»Miles Young wurde ungefähr um elf Uhr vierzig heute Vormittag im Stall Nummer acht ermordet, den er als Produktionsstudio für *Exposure* genutzt hat.«

»Das weiß ich schon. Und mir ist bekannt, dass Sie Ryan Francis festgenommen haben, nachdem ihn eine ausgedehnte Vermisstenermittlung vor diesem Vorfall nicht orten konnte.« Leo ist klar, dass sie ihm implizit sagt, hätten sie ihren Job anständig gemacht und den Vermissten gefunden, gäbe es keine Mordermittlung.

»Ist er unser Mann?«

»Wir halten uns für alles offen«, antwortet er. »Francis ist ein starker Verdächtiger, aber mehrere andere haben ebenfalls ein Motiv, einschließlich der Crew und der herausgeflogenen Teilnehmer, deren Geheimnisse enthüllt wurden.«

»Haben sie Alibis?«

»Roxy Wilde und Owen Havard waren hier im Haus«, sagt Ffion. »Der Produktionsassistent, Caleb Northcote, hat Sachen zum Camp gebracht, und der Sicherheitsmann Dario Kimber ist oben den Zaun abgewandert. Jason Shenton, Pam Butler und Aliyah Brown behaupten, in ihren Räumen gewesen zu sein.«

»Können wir die drei Teilnehmer ausschließen, die noch im Spiel sind?«, fragt Boccacci. »Wie ich höre, hat einer von ihnen eine Vorstrafe wegen Gewalttätigkeit.«

»Lucas Taylor«, antwortet Ffion. »Wir haben genauere Informationen angefordert. Aber er ist zur Tatzeit live auf Kamera, genauso wie Henry Moore. Lucas war am Feuer, Henry in der Beichtkammer.« Ffion zögert. »Von den drei Teilnehmern im Camp ist nur Ceri Jones zur Tatzeit nicht auf Film.«

»Die Frau des Vermissten, Jessica Francis, sagt, sie war draußen und hat nach ihrem Mann gesucht«, sagt Leo. »Das müssen wir noch verifizieren. Miles hat auch eine Menge Morddrohungen auf Twitter bekommen, die Ihr Team sich vornimmt, richtig?«

»Was ist mit der automatischen Kennzeichenerkennung?«, schlägt Boccacci vor. »Irgendwelche Wagen, die nicht in der Gegend zugelassen sind?«

»Habe ich schon dran gedacht, Ma'am, aber von der nächsten Strecke mit Kennzeichenscanner kann man einen großen Bereich anfahren, und Nordwales ist solch ein beliebtes Touristenziel, dass dort viel Verkehr herrscht und wir es unmöglich auf die Fahrzeuge eingrenzen können, die bis nach Cwm Coed gefahren sind. Es ist ressourcenintensiv, weshalb ich es für besser halte, das aufzuschieben, bis wir die näherliegenden Ermittlungsansätze erschöpft haben. Bisher deutet viel darauf hin, dass der Täter den Tagesablauf des Opfers kannte, also eher jemand ist, den wir bereits identifiziert haben.«

Boccacci wirkt beeindruckt. »Einverstanden. Sonst noch etwas?«

»Der Tatort ist weiträumig abgesperrt und gesichert, keine Sicherheitskameras, keine Befragung von Tür zu Tür«, zählt Leo auf. »Es fehlt ein Schlüssel, der vermutlich in der Tasche des Opfers war, also wurde die Spusi gebeten, nach ihm zu suchen.«

»Was ist wichtig an dem Schlüssel?«

»Er gehört zu dem Kasten mit den Geheimnissen der Teilnehmer«, erklärt Leo. »Es ist der einzige Schlüssel, und uns wurde gesagt, dass Miles sehr gut auf ihn aufgepasst hat. Die Geheimnisse von drei Teilnehmern sind noch unbekannt. Der Mörder könnte zu Miles gegangen sein, um diesen Schlüssel zu bekommen und zu verhindern, dass eines der Geheimnisse enthüllt wird.«

»Interessant.« Boccacci überlegt einen Moment lang. »Wurde ein Spürhund angefordert?«

»Ja, und der Hundeführer war innerhalb von fünfzehn Minuten hier, aber leider hat er die Spur verloren.« Jims Update war reingekommen, als sie mit Ryan auf dem Weg nach unten waren. Dass das Wetter den Frust des Hundeführers noch verstärkte, war sogar über Funk hörbar. Das negative Ergebnis bestätigte Leo in seinem Entschluss, in puncto Verdächtiger für alles offenzubleiben. Da Ryan sich sichtbar und unweit des Tatorts versteckt hatte, hätte Leo erwartet, dass Foster ihn schnell findet. Also war der Geruch an Miles' offenem Fenster vielleicht nicht Ryans.

»Wie es sich anhört, haben Sie alles im Griff«, sagt Boccacci mit einem kleinen Lächeln. »Möchten Sie noch etwas von mir wissen?«

»Meines Wissens wurden Miles' Eltern informiert ... Ich nehme an, es wurde eine Vertrauensbeamtin zugeteilt? Und gibt es eine Pressestrategie?«

»DC Jules Monroe, und wir geben innerhalb der nächsten Stunde eine Presseerklärung heraus«, antwortet Boccacci prompt.

»Wahrscheinlich wird die Presse auch hier aufkreuzen. Vorn können wir den Zugang zum Haus leicht absperren, aber nach hinten ist das Grundstück offen – könnten wir noch mehr Uniformierte bekommen?«

»Ich sehe, was ich tun kann.«

»Eine schnelle Analyse der Telefondaten und der Smartwatch des Opfers wäre gut – würden Sie die anfordern?«

»Ja, noch etwas?«

»Im Moment nicht, Ma'am.« Das Briefing hat geholfen, auch für Leo einiges zu ordnen, und jetzt will er dringend weitermachen. Als Erstes müssen die drei Teilnehmer im Camp erfahren, was passiert ist, da Jim und Foster jetzt abgezogen wurden.

»Denken Sie an unsere Prioritäten«, sagt Boccacci, die nun auch Ffion und George einbezieht. »Aufspüren, befragen, eliminieren. Überprüfen Sie schnellstens die Alibis, und ich möchte eine Bestätigung, dass der Zeitcode der Livekameras korrekt ist, ehe wir Lucas Taylor und Henry Moore definitiv ausschließen.«

»Ja, Ma'am«, antwortet George.

»Ich würde gern einen DC mit nach Bryndare nehmen, um das erweiterte Team auf den aktuellen Stand zu bringen.« Boccacci sieht erst Ffion, dann George an. »Entscheiden Sie – ich gehe mir inzwischen den Tatort anschauen.« An der Tür bleibt sie stehen und blickt sich zu Leo um. »Das war übrigens ein hervorragendes Briefing.«

Sobald sie außer Hörweite ist, atmet Leo auf. »Es hat sich wie ein Bewerbungsgespräch angefühlt.«

»War es auch.« George holt eine Münze aus ihrer Tasche. »Kopf oder Zahl?«, fragt sie Ffion. »Die Verliererin darf die Gepäckträgerin des DCI sein.«

»Kopf.«

»Wie meinst du das, es *war* ein Bewerbungsgespräch?«, fragt Leo.

George wirft die Münze. »Es ist eine DI-Stelle bei Major Crime frei. Die ist seit Monaten unbesetzt, weil Boccacci eine gnadenlose Vorgesetzte ist und noch niemanden gefunden hat, den sie mag.« Sie hebt die Hand, um nach der Münze zu sehen. »Kopf, Mist. Wünscht mir Glück.« Sie geht hinaus auf den Hof, um den DCI zu suchen, sodass Ffion und Leo allein in der Küche zurückbleiben.

»Du und ich also«, sagt Ffion.

»Sieht so aus.« Leo dreht sich zur Kaffeemaschine um, weil er plötzlich unsicher ist. Er hat die Münze landen sehen und hätte schwören können, dass es Zahl war.

FÜNFUNDZWANZIG

ALIYAH | TAG ZWEI VON *EXPOSURE*

»Klopf, klopf.«

Die Eingangsplane des Frauenzelts wird geöffnet, und Aliyah sieht Jason. Die Sonne steht hinter ihm, sodass sein Gesicht im Schatten liegt und seine Züge verschwommen sind.

Aliyah schirmt ihre Augen im grellen Licht ab. »Wie spät ist es?« Sie hat Kopfschmerzen vom Weinen, und ihr Gesicht fühlt sich aufgedunsen an. Dann fallen ihr die Kameras ein, und sie zieht sich stöhnend die Bettdecke über den Kopf.

»Keine Ahnung. Ist Ryan hier?«

»Wir sind nicht bei *Love Island*.« Ceris Kissen dämpft ihre Stimme. »Und außerdem ist er nicht mein Typ.«

»Vielleicht ist er duschen gegangen.« Pams Feldbett knarzt. Aliyah linst hinter den Decken vor und sieht, wie die Schulleiterin ihren orangefarbenen *Exposure*-Fleecepulli über ihren Pyjama zieht. Sie sieht hellwach aus.

»Ich habe überall nachgesehen.«

»Könnte das zum Spiel gehören?«, fragt Aliyah. »Wie ein Test oder so?«

»Seine Sachen sind auf der Pritsche verteilt, aber er ist verschwunden.« Jason klingt ehrlich besorgt.

Ob Spiel oder nicht, Aliyah wirft ihre Decken beiseite und verdrängt den Gedanken, ohne auch nur ihr Haar gekämmt zu haben, im Fernsehen zu sein. Ihr Aussehen ist angesichts der geplatzten Bombe gestern Abend ihr geringstes Problem. Ihre schlimmsten Geheimnisse sollen vor aller Welt enthüllt werden. Aliyah kommt der Gedanke, dass sie es vielleicht nur geträumt hat, doch obwohl Pam sehr wach wirkt, hat sie dunkle Ringe unter den Augen, und Ceri blickt mit einem Ausdruck von Verzweiflung ins Leere. Aliyah wird flau. Dies hier passiert wirklich.

»Ich helfe suchen.« Aliyah tut es Pam gleich und zieht ihre Sachen über ihren Pyjama.

Roxy und der Kameramann sind nach dem letzten Live-Segment gestern sofort abgehauen. Was wenig überraschend ist, wenn man bedenkt, was nach Roxys Bekanntmachung passierte. Jason verpasste Owen eine, zertrümmerte fast dessen Kamera, und Ceri belegte Roxy mit den übelsten Kraftausdrücken. Hinterher erzählte sie Aliyah, sie habe es absichtlich getan. »Die senden vor neun Uhr abends«, sagte sie. »Also je mehr man flucht, desto weniger Material können sie benutzen.« Aliyah lobte sie für ihre Schlauheit, hat seitdem aber ein bisschen Angst vor Ceri. Die Postbotin war total ausgerastet, und als sie die Crew wüst beschimpfte, waren Speicheltropfen aus ihrem Mund geflogen.

Aliyah war zu geschockt gewesen, um wütend zu werden. Sie wusste sofort, welches Geheimnis die Rechercheure von *Exposure* ausgegraben hatten. Auch wenn sie sich gern einredet, sie hätte ihre Spuren verwischt – bei dem Escortservice hat sie ausnahmslos unter einem anderen Namen gearbeitet –, vermutet sie, dass es immer noch Bilder online gibt. Eine digitale Spur. Gestern Abend sah sie Ryan an, den einzigen Teilnehmer, der sitzen geblieben war, während die anderen auf Roxy und Owen losgingen. »Das wird meinen Dad umbringen«, erzählte sie ihm unter Tränen.

Ryan reagierte nicht. Seine Augen waren weit aufgerissen, starrten auf einen Punkt auf der Erde vor ihm, und er hatte die Hände fest zusammengelegt. Aliyah konnte durch den Baumstamm zwischen ihnen Bewegung fühlen, als Ryan sich vor- und zurückwiegte.

»Bist du okay?«, fragte Aliyah. Ryans Lippen bewegten sich, obwohl er nicht antwortete. Er sprach mit sich selbst – oder mit jemandem in seinem Kopf – und hörte nicht auf, nicht einmal, als Aliyah näher zu ihm rückte und sagte: »Es wird schon.« Es war natürlich eine glatte Lüge, denn alles war ein einziges Desaster.

Nachdem Roxy und Owen gegangen waren, verschwand Henry ebenfalls. Er stopfte seine Sachen in seinen Rucksack und sagte: *Diesen Mist nehme ich nicht hin.* Dann war er weg, ohne sich von jemandem zu verabschieden. Es wäre so oder so Zeitverschwendung gewesen, denn zehn Minuten später kam er zurück.

»Der Sicherheitsmann wollte das Tor nicht aufmachen!« Henry war außer sich. »Dieser aufgeblasene Dario meint, das kann nur Miles genehmigen. Die sperren uns hier ein wie Tiere!«

»Das dürfen sie nicht«, sagte Pam streng. »In unserem Vertrag steht ausdrücklich, dass wir die Show jederzeit verlassen können.«

»Wenn wir bereit sind, auf das Teilnahmehonorar zu verzichten«, erinnerte Lucas die Gruppe.

»Und unsere Geheimnisse eh enthüllt werden.« Jason schüttelte den Kopf. »Der einzige Ausweg ist, sich Immunität zu sichern und zu gewinnen.«

Stille trat ein, als alle es verdauten. Sich Immunität zu sichern hieß, das Geheimnis von jemand anderem zu lüften. Nahe genug an die anderen heranzukommen, dass sie unvorsichtig werden und einen Hinweis fallen lassen.

Gestern bei der Ankunft im Camp hatte sich *Exposure* wie ein freundschaftlicher Wettbewerb angefühlt, doch heute war das Spiel vorbei. Der Einsatz hatte sich erhöht.

Die sechs Teilnehmer haben gefühlte Stunden nach Ryan gesucht, als eine aufgezeichnete Bekanntmachung über das Camp schallt.

»Teilnehmer, Ryan hat *Exposure* aus privaten Gründen verlassen. Ihm geht es gut, und er kehrt nicht wieder zurück ins Camp. Deshalb wird es heute Abend keine Publikumsabstimmung geben.«

»Oh, dem Himmel sei Dank!« Pam umarmt Henry, der ihr am nächsten ist. Er verkrampft sich ein bisschen und klopft ihr linkisch auf den Rücken.

»Bin ich froh, dass es ihm gut geht«, sagt Lucas, und Aliyah denkt, dass Reverend Lucas Taylors Erleichterung echt wirkt; hingegen sind alle anderen – sie eingeschlossen – bloß unheimlich froh, dass in dem Live-Teil heute Abend niemand bloßgestellt wird. Ob absichtlich oder nicht, Ryan hat ihnen allen vierundzwanzig Stunden Immunität geschenkt.

Jason und Henry beschließen zu feiern, indem sie den Jacuzzi einweihen. Er ist groß genug für sechs Personen, aber Pam lehnt ab *(Niemand will mich im Badeanzug sehen)* und Ceri ebenfalls *(Ihr wisst, dass Whirlpools im Grunde Schuppensuppen sind, oder?)*. Also bleiben nur Jason, Lucas, Henry und Aliyah. Sie hat sich eigens für *Exposure* einen neuen Bikini gekauft. Er ist blendend weiß mit strategischer Brustabdeckung, einem komplizierten Schnurgewirr über ihrem straffen Bauch und einem Band hinten. Aliyah weiß, dass es nichts zu sagen hat, aber die anerkennenden Blicke der Männer werden das Gefühl ein bisschen lindern, dass ihr jeden Tag ihr Leben vor die Füße krachen kann.

Und dann würdigt sie keiner eines zweiten Blicks. Sie sind höflich, ja, beziehen sie ins Gespräch mit ein, und Lucas fragt sie lächelnd, ob es ihr gut geht und sie genug Platz hat, aber man weiß doch, wenn ein Kerl einen abcheckt, oder nicht? Und die hier tun es nicht.

»Er ist pervers«, sagt Henry. Die Rede ist von Miles, der seit gestern Abend das Thema von neunzig Prozent der Unterhaltungen im Camp ist. Es ist ein schwacher Trost, doch Aliyah denkt, dass zumindest die Zuschauer zu Hause vor ihren Fernsehern erfahren werden, was sie und die anderen über den Produzenten der Show denken – sie haben sich ja nicht direkt zurückgehalten.

»Er bekommt seine Strafe«, sagt Lucas grimmig. »In der Hölle gibt es einen besonderen Platz für Menschen wie Miles Young.«

Aliyah staunt. Sie hat den Vikar als eher sanftmütig wahrgenommen, doch jetzt umgibt ihn definitiv eine Aura von Höllenfeuer und Verdammnis. Kurz danach verlässt er den Jacuzzi, und Jason und Henry fangen an, über Fußball zu reden, danach Ehefrauen, und Aliyah findet, sie sollte auch lieber gehen. Offensichtlich ist sie aus der Übung. Oder vielleicht ist offensichtlich, dass sie befleckt ist, wie es ihr Ex-Freund so charmant umschrieb, als sie ihm erzählte, dass sie als Studentin bei einem Escortservice gearbeitet hat. Aliyah hatte gehofft, er würde sie unterstützen – ihr vielleicht sogar helfen, mit der Scham zurechtzukommen, die sie deswegen empfindet. Doch er machte es tausendfach schlimmer. Aliyah wünscht sich fast, sie wäre eine von den Frauen, die sich durch Sexarbeit mächtig fühlen, aber so ist es nicht. Ihr Traum ist, Moderatorin im Kinderfernsehen zu werden. Deshalb hat sie sich überhaupt bei *Exposure* beworben. Schließlich enden viele Reality-TV-Teilnehmer in Fernsehjobs. Und es ist grausam nach hinten losgegangen. Wie viele ehemalige Prostituierte sieht man schon im KiKA?

Als Aliyah sich abtrocknet, spricht Jason über seine Frau Kat, die er bei der Arbeit kennengelernt und in die er sich »hoffnungslos verliebt hat«. Aliyah wird noch trauriger. Wird jemals ein Mann so von ihr sprechen? Die Typen, die sie von jetzt an kennenlernen wird, werden sich in zwei Gruppen aufteilen lassen: die, die denken, sie wäre garantiert ins Bett zu bekommen, und die, die sie nicht mal mit der ganz langen Kneifzange anfassen würden. Aliyah will weder noch.

»Sie ist so klasse.« Jason lehnt sich zurück und lächelt, als er an seine Frau denkt. »Perfekte Titten, super Arsch. Das ganze Paket. Und der Sex ist phänomenal.«

»Zu viele Informationen, Alter!« Henry lacht.

»Ich liebe sie wie verrückt.« Jason schaut sich um, entdeckt die Kamera und ruft ihr zu: »Hörst du das, KitKat? Du und die Mädchen, ihr seid meine Welt.«

Die Männer bei *Exposure* sind alle cool, denkt Aliyah, aber Jason ist definitiv der netteste.

»Bist du schon lange mit deiner Frau zusammen?«, fragt sie, als Jason und Henry wieder im Camp sind.

»Ungefähr zwölf Jahre?« Er sagt es, als könne er es selbst kaum glauben.

»Die Glückliche.«

»Erinnere sie bitte daran, wenn das hier vorbei ist, ja?«, antwortet Jason finster.

Aliyah runzelt die Stirn. »Hat dein Geheimnis mit deiner Ehe zu tun?«

Sofort macht Jason dicht und steht auf. »Ich sehe lieber mal nach, ob Pam Hilfe beim Kochen braucht.«

Aliyah speichert die Information ab. Sie wünscht, sie hätte Papier und Stift oder ein großes Whiteboard, auf dem sie sich Notizen machen kann. Ist Jason untreu? Er betet Kat eindeutig an, also ist sein Geheimnis vielleicht eine andere Art von Verrat. Ein älteres Kind, von dem Kat nichts weiß? Eine zweite Familie?

Nachmittags geht Aliyah immer noch die Möglichkeiten durch, während sie einen Spaziergang durch den Wald um die Lichtung mit dem Camp herum macht. Es tut gut, von den Kameras weg zu sein, und sie fragt sich, wie lange sie den Spaziergang ausdehnen kann, ehe jemand losgeschickt wird, um sie ins Camp zurückzuscheuchen. Der Zaun ist nur wenige hundert Meter von den Zelten entfernt, aber hier stehen die Bäume so dicht, dass es sich anfühlt, als wäre sie allein. Sie hat jedes Zeitgefühl verloren. Es ist erst der zweite Tag, aber jetzt schon kommt es ihr vor, als wäre sie seit einer Ewigkeit hier gefangen. Aliyah folgt dem Zaun und gleitet mit einer Hand über den Maschendraht. Henry hat recht, dass sie wie Tiere in einem Käfig gefangen sind. Als sie zurück zum Camp will, hört sie jemanden ihren Namen rufen. Sie bleibt stehen und dreht sich um.

»Aliyah!« Ein Mann in einer Sicherheitsjacke steht am Zaun – der von der Security, der sie gestern ins Camp gelassen hat. Dario, erinnert Aliyah sich.

»Alles okay?«, fragt sie.

»Ich habe was für dich.«

»Und was?«

»Komm näher, dann stecke ich es durch den Zaun.«

Für einen Moment steht ihr der Mund offen. Gott, Männer sind *so* widerlich! Sogar nachdem sie den Schokoriegel sieht und begreift, dass Darios Bemerkung zweideutig war, ist sie noch genervt. Aber Schokolade ist Schokolade, also setzt Aliyah ein gekünsteltes Lächeln auf. »Schokolade! Für mich?«

»Für dich.«

Sie nimmt einen Bissen und überlegt schnell. »Das hat mir so gefehlt!«, sagt sie und weiß, dass sie ihn hat – er sabbert förmlich. »Ich weiß nicht, wie lange ich es noch aushalte.«

»Ich helfe dir«, sagt Dario, wie sie sich schon gedacht hat. Männer sind so berechenbar.

Aliyah trägt richtig dick auf: die Beichtkammer, die Spinnen, von denen sie weiß, dass sie ihr drohen (um fair zu sein, muss sie bei diesem Teil nicht lügen, denn sie hat furchtbare Angst vor ihnen). Dann kommt ihre Bitte: »Kannst du herausfinden, was die Geheimnisse der anderen sind?« Sie streckt eine Hand durch den Maschendraht und berührt seine Brust; wobei ihr von seinem Aftershave, gemischt mit seinem Körpergeruch, ein bisschen schlecht wird. »Ich sorge dafür, dass es sich für dich lohnt«, verspricht sie.

»Ich tue, was ich kann«, sagt Dario mit einem eifrigen Nicken. Er greift nach ihr, doch Aliyah tritt zurück, bevor er diesem kranken Gedanken folgt, etwas durch den Zaun zu stecken. Da ist eine unheimliche Wölbung in seiner Hose, und er atmet schwer.

»Wie ist die Publikumsmeinung?«, fragt Aliyah, nun ganz auf das Geschäftliche konzentriert.

»Was?« Dario wirkt benommen.

»Was denken sie über uns?«

»Ähm … sie mögen den Vikar. Und sie finden Pam herrisch.«

»Aber Pam ist wunderbar! Was ist mit mir?«

»Sie finden, du …«, Dario zögert, »… flirtest ein bisschen.«

»Was?« Aliyah fasst es nicht.

Dario schluckt. »Sie hoffen, dass du was mit Jason anfängst.«

So eklig es auch ist, erkennt Aliyah, dass es günstig für sie sein könnte. Das Publikum wählt ja nicht, um irgendwas zu enthüllen und jemanden rauszuwerfen, sondern weil es auf Bumsszenen hofft. »Was ist mit Ceri?«

»Erbärmlich.«

»Jason?«

»Pfeife.«

»Henry?«

»Langweilig.«

»Stimmt«, gibt Aliyah zu. Sie sieht Dario an. »Morgen um dieselbe Zeit?«

»Ich werde hier sein.«

Mit dem Rest des Schokoriegels und der Sicherheit, einen Verbündeten zu haben, wandert Aliyah entschlossen zurück zum Camp. Sie kann ihre Entlarvung nur verhindern, indem sie die anderen Teilnehmer bloßstellt, und genau das hat sie vor.

SECHSUNDZWANZIG

SONNTAG | FFION

Miles ist tot?« Dario starrt sie an. »Aber ich habe ihn heute Morgen laufen sehen.«

»Wann war das?«, fragt Ffion. Sie stehen am Eingang des Camps, und Leo und sie sind ein bisschen außer Atem, weil sie zügig von Carreg Plas raufmarschiert sind.

»Vielleicht Viertel nach zehn? Dieselbe Zeit wie immer.«

»Hat er mit Ihnen geredet?«

Dario schnaubt verächtlich. »Miles redet bloß mit mir, wenn ich was falsch gemacht habe.«

»Und haben Sie was falsch gemacht?«, fragt Ffion, weil da eben ein Ausdruck über Darios Gesicht gehuscht ist. Er verheimlicht etwas. Sie hört ein Geräusch im Unterholz neben ihnen und sieht hin, aber da ist nichts.

»Nee, wieso? Hat wer Ihnen was erzählt?«

Leo ignoriert die Frage. »Haben Sie jemanden hier herumlungern sehen?«

»Moment mal …« Dario verengt die Augen. »Sie versuchen doch nicht, mir das anzuhängen? Ich bin angeheuert worden, um für die Sicherheit hier zu sorgen, aber ich kann ja nicht überall gleichzeitig sein. Wenn Miles umgebracht worden ist, ist das nicht meine Schuld.«

Ffion runzelt die Stirn. »Wir haben nicht gesagt, dass er ermordet wurde. Ich habe Ihnen erzählt, dass er tot ist, mehr nicht.«

»Na, Sie würden ja wohl nicht herumstochern, wenn er einfach so tot umgefallen wäre, oder?« Dario verschränkt die Arme vor der Brust. »Aber das kann ich Ihnen sagen: Ich bin nicht mal in der Nähe von Miles Young gewesen. Er muss heute Morgen so vierzig Meter weit weg von mir gewesen sein – hat nicht mal gewinkt, geschweige denn Hallo gerufen. Und seitdem habe ich mich nicht von der Stelle gerührt.«

»Miles hat uns erzählt, dass Sie stündlich den Zaun abwandern«, sagt Leo.

Dario hüstelt. »Ich meine, abgesehen von meinen Rundgängen, habe ich mich hier nicht wegbewegt.«

»Hätten Sie es gesehen, wenn einer der Teilnehmer ins oder aus dem Camp gegangen wäre?«, fragt Leo.

Wieder hört Ffion das komische Geräusch. Ein blechernes Klacken, wie von Metall auf Metall. Und dann sieht sie blondes Haar. Nicht *etwas*, denkt sie – *jemand*. Sie greift ins Gebüsch und bekommt eine Handvoll Latzhose zu packen.

»Aua, Sie tun mir weh!« Zees Armreifen klimpern, als sie sich ihr Handy vor die Brust drückt.

»Wie lange sind Sie da schon?«, fragt Ffion.

»Hat wirklich jemand Miles gekillt? Wissen Sie, wer das war?« Sie hebt ihr Handy an. »Kann ich ein Interview kriegen für mein …«

»Nein!« Ffion hält eine Hand über die Kameralinse. »Stecken Sie das weg, oder ich finde einen Grund, es zu beschlagnahmen.« Sie sieht zu Leo, und es ist offensichtlich, dass er, wie sie, überlegt, ob man die YouTuberin mit auf die Liste der potenziellen Verdächtigen setzen sollte. Wie viele andere hatte sie die Gelegenheit, aber hat sie auch ein Motiv?

»War es Roxy Wilde?«, fragt Zee. »Die ist neulich total wütend auf Miles gewesen – ich habe gehört, wie sie beim Kameramann über ihn gezetert hat. Sie hat gesagt, dass er ihr den Ruf versaut.« Sie reißt die Augen weiter auf, als ihr ein Gedanke kommt. »Oder ist es einer von den Teilnehmern?« Sie senkt die Stimme und sieht zum Maschendrahtzaun. »Ich wollte mir das für Twitter aufsparen, aber wo es jetzt eine

Polizeiermittlung gibt, ist es wohl meine Pflicht, Ihnen das zu erzählen.« Sie holt dramatisch Luft. »Ich habe Ceri vorhin im Wald mit jemandem reden sehen.«

»Außerhalb des Camps?«, fragt Ffion.

»Nein, durch den Zaun. Ich konnte nicht erkennen, wer das war, aber eindeutig ein Mann.« Nun legt sie sich eine Hand aufs Herz. »Glauben Sie, das war Miles? Dass die vielleicht eine Affäre haben?«

»Um welche Zeit war das?«, fragt Ffion.

Zee rümpft die Nase. »So … gegen Mittag? Irgendwann zwischen zwölf und eins?«

Also nicht Miles, denkt Ffion. »Wie hat er ausgesehen?«

»Er war ein IC1.« Zee bricht ab, scheint plötzlich unsicher, was den Polizeicode für Personenbeschreibung betrifft. »Das ist weiß, oder?«

»Sie können ihn einfach normal beschreiben.«

»Oh, okay. Ähm, er war weiß. Ziemlich alt … so in den Dreißigern?«

»Sonst noch etwas?«

»Nein, tut mir leid, aber ich habe keine freie Sicht auf ihn gehabt.« Zee blickt zu Dario, der neben Leo ins Camp geht, um die *Exposure*-Teilnehmer zu holen. »Diesem Dario würde ich nicht trauen«, sagt sie. »Ich habe seine Rundgänge gestoppt, und einige dauern viel länger als die anderen.« Auf einmal strahlt sie. »Hey, soll ich vielleicht in Ihre Ermittlungszentrale kommen? Ich könnte Ihre Updates auf den Social Media machen.«

»Ich überlege es mir«, antwortet Ffion.

Die drei verbliebenen Teilnehmer sind so ungläubig wie Dario.

»Das ist ein Witz, oder?« Lucas blickt sich nach Kameras um. »Eine Art Test, um zu sehen, wie wir reagieren?«

»Sind Sie überhaupt echte Detectives?«, fragt Henry.

»Sind sie.« Ceri sieht Ffion an. »Ist das euer Ernst?«

»Todernst. Miles ist heute Vormittag um Viertel vor zwölf ermordet worden.«

»Scheiße«, sagt Henry.

Lucas ist aschfahl geworden und lehnt sich an den Zaun, um sich abzustützen.

»Und was passiert jetzt?«, fragt Zee.

»Wir finden den Mörder und sperren ihn – oder sie – ein«, antwortet Leo.

»Ich meine hiermit. *Exposure*. Wer gewinnt?«

Die anderen starren sie an.

»Es ist nur …« Zee schaut sich in der Gruppe um. »Meine Zahlen gehen richtig hoch, und jetzt wird *Exposure* sogar noch mehr Aufmerksamkeit bekommen, und ich dachte …« Sie verstummt.

»Die Show ist vorbei«, sagt Leo. Er wendet sich zu Henry, Lucas und Ceri. »Sie alle werden in den Stallräumen untergebracht, bis Sie Ihre Aussagen gemacht haben und die vorläufige Untersuchung abgeschlossen ist.«

»Unsere Sachen sind noch im Camp«, entgegnet Henry. »Darf ich kurz zurück und …«

»Nein«, unterbricht Ffion ihn streng. »Sie kommen mit mir.« Leo bleibt im Camp, damit sie die Kameras testen können, und sie führt die anderen vom Berg. Ceri, Lucas und Henry folgen ihr, Dario bildet das Schlusslicht.

»Ich auch?«, ruft Zee ihnen hoffnungsvoll nach.

Ffion schüttelt den Kopf. »Aber gehen Sie nicht zu weit weg. Ich brauche noch eine Aussage von Ihnen.«

»Wie ist er ermordet worden?«, fragt Ceri auf dem Weg nach unten.

»Wurde er erschossen?«, fragt Lucas. »Denn ich habe heute Morgen einen Schuss gehört … oder war das gestern Morgen?«

»Da wird jemand Kaninchen geschossen haben«, sagt Ceri. »Das hört man dauernd.«

»Es wird nicht geredet!« Ffion bleibt abrupt stehen, sodass sie beinahe in sie hineinlaufen.

»Ist ja gut!«, sagt Henry verärgert. »Sie behandeln uns ja, als würden Sie einen von uns verdächtigen …« Er bricht ab, denn bei Ffions Blick gerät seine Entschlossenheit ins Wanken.

»Und?«, fragt sie frostig.

Stumm gehen sie weiter zum Hof.

Das Zelt vor Miles' Studio verbirgt die Arbeit der Spurensicherung, von der Ffion weiß, dass sie drinnen stattfindet. Henry und Ceri sehen gebannt hin, als sie vorbeigehen. Lucas schaut weg, und Ffion sieht, wie sich seine Lippen im stummen Gebet bewegen. Einen nach dem anderen bringt Ffion sie zu den ihnen zugeteilten Räumen und fragt sich, ob sie einen Mörder eskortiert.

»Was ist Ihr Geheimnis?«, fragt sie Lucas, als sie ihm seinen Schlüssel reicht.

Er blinzelt. »Ist das ein Verhör?«

»Sollte es eines sein?«

Der Vikar hält ihren Blick. Da ist ein Ausdruck von Verzweiflung in seinen Augen, und er lässt die Schultern hängen. »Einzig Gott darf über uns urteilen« ist alles, was er sagt.

Nebenan wischt sich Henry die klammen Hände an seiner Hose ab, als Ffion ihm dieselbe Frage stellt. »Ach, na ja …« Er hüstelt. »Sie verraten es doch keinem, oder? Ich weiß, es ist furchtbar, das zu sagen, aber dass Miles so gestorben ist, ist ein Segen für uns alle. Mir ist wirklich lieber, wenn es niemand erfährt.«

»Falls es etwas Illegales ist«, sagt Ffion, »bin ich verpflichtet …«

»Mann, so etwas doch nicht!« Henry wirkt entsetzt. Er

wird rot. »Ich bin Alkoholiker. In der Firma habe ich meine letzte Abmahnung bekommen – ich war einige Male betrunken bei der Arbeit. Und ich habe ihnen versprochen, dass ich aufhöre, aber …«

Ffion folgt Henrys Blick zum Bett, wo er dabei war, die Tasche auszupacken, die hier auf ihn gewartet hat, seit er mit den anderen zum Camp aufgebrochen war. Ffion sieht ein gebügeltes Hemd und eine cremeweiße Hose und stellt ihn sich zu Hause vor, wie er ein Outfit für die Presseinterviews ausgesucht hat, nicht ahnend, welcher Horror ihn und die anderen Kandidaten erwartete. Neben dem ordentlichen Kleiderstapel ist eine Whiskyflasche. Ffion blickt wieder zu Henry. »So sehen Sie nicht aus.«

»Dicke rote Nase und mit einem Stella-Pils auf der Parkbank?« Henry lacht verbittert. »Ich bin das, was man einen funktionierenden Alkoholiker nennt. Das ist der Fachterminus für einen Mittelschichtsäufer, der Merlot statt No-Name-Wodka trinkt und noch einen Job hat.«

Die Definition geht Ffion ein wenig zu nahe, und als sie von Henrys Stall weggeht, überlegt sie, im nächsten Jahr mal einen trockenen Januar einzulegen. Nur zum Beweis, dass sie es kann.

Sie geht über den Hof und ins Zelt der Spurensicherung. »Ist es okay, wenn ich etwas auf den Kameras überprüfe?«

»Nur zu«, antwortet ein Mitarbeiter. »Um den Schreibtisch herum sind alle Abdrücke genommen.«

Ffion zieht einen Papieroverall und Latexhandschuhe an. Der Monitor ist noch eingeschaltet und die Kamera auf die Campansicht gerichtet, die Miles angeschaut hat, als er ermordet wurde. Ffion beobachtet, wie Leo langsam um das Feuer herumgeht.

Sie kontaktiert ihn über Funk. »Heb mal die Hand an den Kopf.«

Leo tut es.

»Du verlierst – ich habe nicht *Simon sagt* gesagt.«

»Das nehme ich mal als Ja, dass wir live sind.«

»Scheint so.« Sie testen die Verbindung mit Zahlen; Ffion ruft »Eins, zwei, drei, vier, fünf«, und Leo hebt entsprechend viele Finger im selben Takt.

»Es gibt keine Zeitverzögerung«, sagt Ffion. »Lucas war definitiv live zum Zeitpunkt des Mords. Er kann Miles nicht umgebracht haben.«

Sie wiederholen die Übung von der Beichtkammer aus, wo Leo auf dem thronartigen Stuhl sitzt. »Immer noch keine Verzögerung?«, fragt er in die Kamera.

Ffion funkt ihre Antwort. »Keine.« Henrys Alibi ist so wasserdicht wie Lucas'.

Womit Ceri bleibt, die behauptet, zur Tatzeit Feuerholz gesammelt zu haben. Und da ihre beiden Mitbewohner anderweitig beschäftigt waren, kann niemand ihre Bewegungen bestätigen.

»Ihr denkt doch nicht im Ernst, dass ich ihn umgebracht habe?« Ceri lehnt sich in den Türrahmen ihres Stallraums.

»Aber du verstehst unser Problem.« Ffion kickt mit den Stiefeln in den Kies vor der Tür, dann sieht sie Ceri an. »Welches Geheimnis hatte Miles gegen dich in der Hand?«

Ceri zuckt mit den Schultern. *»Dim symiad.«*

»Du musst doch eine ungefähre Ahnung haben.«

»Nein, habe ich nicht. Vielleicht hat er herausgefunden, dass ich lesbisch bin.«

»Dies ist das einundzwanzigste Jahrhundert, Ceri – da ist das wohl kaum Schlagzeilenstoff.« Ffion kann Ceri nicht dazu bringen, ihr in die Augen zu sehen. »Was verschweigst du mir?«

»Nichts.« Ceri legt eine Hand an die Tür. »Sind wir dann fertig?«

Ffion sieht die Frau an, mit der sie trinken geht; die Frau, die sich schlappgelacht hat, als sie beim Pferderennen in Chester waren und ihre Hose geplatzt ist, und die immer den Kessel aufstellt, wenn Ffion einen *Paned* braucht und sich über die Arbeit beschweren muss. Plötzlich hat sie das Gefühl, sie gar nicht zu kennen.

»Sind wir«, antwortet sie. »Fürs Erste.«

Ein Arzt ist bei Ryan Francis gewesen und hat ihn für nicht vernehmungsfähig erklärt. Er ist in die Psychiatrie gebracht worden, wo er am nächsten Morgen untersucht werden soll. Wenn es ihm gut genug geht, werden ihm Detectives aus DCI Boccaccis Team den Mord anlasten, zusammen mit Körperverletzung und Sachbeschädigung.

Aber Ryan hat Miles nicht ermordet.

Je länger Ffion darüber nachdenkt, desto überzeugter ist sie: Der Mord an Miles war geplant. Er war methodisch und sauber, ausgeführt in einem hochriskanten Umfeld und außerordentlich kontrolliert. Der Tatort ist das exakte Gegenteil von Angharads Cottage, in dem das Chaos, das Ryan hinterließ, seinen Geisteszustand klarer zu spiegeln scheint.

Natürlich könnte er den vortäuschen – er wäre nicht der erste Verdächtige, der einer Anklage entgehen will, indem er auf Unzurechnungsfähigkeit plädiert. Aber das glaubt Ffion nicht. Nach dem, was sie von Ryan gehört und gesehen hat, wurde der Mann wirklich an den Rand des Wahnsinns getrieben.

Und wenn Ryan Miles nicht getötet hat, ist der Mörder noch da draußen.

Ffion schaut zu dem dichten Wald um Carreg Plas und dem gewaltigen Berg, der gen Himmel ragt. Sie denkt an die Tastaturkrieger, die dem Team von *Exposure* Morddrohungen geschickt haben, und fragt sich, ob einer von ihnen den

Mut hatte, weiter zu gehen. Das Zelt der Spurensicherung knallt laut im Wind, und Ffion richtet ihre Aufmerksamkeit zurück auf den Hof, die sieben geschlossenen Stalltüren und die verriegelten Räume in dem imposanten Farmhaus.

Ist der Mörder da?

Oder hier drinnen?

Auf einmal wird Ffion kalt. Sie zieht sich in die warme Küche zurück, ist aber angespannt. Im Stehen trinkt sie einen Kaffee, und erst als sie Leo durch das Tor vom Berghang kommen sieht, wird ihr bewusst, dass sie auf ihn gewartet hat.

Sie öffnet die Küchentür, doch bevor Leo das Haus erreicht, hört Ffion ein zweites Paar Schritte auf dem Kies. Eine Frau in einer blauen Jeansschürze kommt um die Ecke.

»*Ti'n iawn*, Ffi? Dachte ich mir, dass ich dich hier treffe.«

»Wie geht's, Ceinwen?« Ffion runzelt die Stirn. »Wie bist du hergekommen? Vorne soll alles abgesperrt sein.«

»Ist es, aber da steht Rhodis Junge. Ich habe ihm gesagt, dass ich nur für zwei Minuten reinmuss, und er hat mich durchgelassen, aber Sergeant – Brody? – soll mich nicht sehen.«

»Brady«, korrigiert Leo hinter ihr.

Ceinwen sieht weiter Ffion an und macht ein *Ups*-Gesicht.

»Be ti'n da yma?«, fragt Ffion sie.

»Ich mache das Catering. Ich will nur mein Geld holen, dann seid ihr mich los.«

Ffion geht unten an die Treppe, um nach Roxy zu rufen, die in einer alten Jogginghose und einem weiten Sweatshirt oben erscheint. Ffion richtet ihr aus, dass Ceinwen da ist. Als sie zurück in die Küche kommt, fragt die Cateringfrau Leo nach der besten Würzung für ein Beef-Sandwich aus.

»Französisch oder englisch?«

Leo sieht aus, als hielte er es für eine Fangfrage. »Französisch«, tippt er.

»Also ohne Meerrettich?«

»DC Morgan?«, ruft Roxy.

Ffion findet sie am Fuß der Treppe vor. »Ja, was ist?«

»Ich kann die Cateringfrau nicht bezahlen.«

»Wollen Sie sich Geld von mir leihen? Denn ich will nicht unhöflich sein, aber wenn die Produktionsfirma ein Liquiditätsproblem hat, ist das wirklich nicht mein …«

»Nein, die Handkasse war in einer Dose in Miles' Zimmer.« Roxy zeigt die Treppe hinauf. »Das letzte Mal, als ich hineingesehen habe, waren da an die hundert Pfund drin.« Sie blickt wieder zu Ffion. »Das ist alles weg.«

SIEBENUNDZWANZIG

SONNTAG | LEO

Auf der kleinen Dose mit dem Klappdeckel prangt noch das Etikett aus der Zeit, als sie Earl-Grey-Teebeutel enthielt. Leo hat sie in eine Beweismitteltüte gesteckt, zusammen mit einer Handvoll Quittungen, die in der Dose waren – die meisten von *Ceinwen's Catering*.

»Wer benutzt die Handkasse?«, fragt Leo.

»Wir alle.« Roxy zuckt mit den Schultern. »Owen und ich haben neulich Abend nach Drehschluss eine Pizza geholt. Miles hat manchmal einen Zehner zum Betanken des Quads rausgenommen.« Sie sieht zu Owen, der zustimmend nickt.

»Und Sie legen die Quittungen in die Dose und füllen dieses Blatt aus?« Leo faltet mit verhüllten Händen das Ausgabenformular auf.

»Stimmt. Ich bin vor dem Live-Segment am Samstag zur Tankstelle gefahren und habe Hustenbonbons gekauft. Da habe ich die Dose zum letzten Mal angefasst.«

Die Tinte des schwarzen Füllers, mit dem Roxy das Formular unterschrieben hatte, hat das Papier durchtränkt. Leo legt es zurück in die Beweismitteltüte. »Das heißt, das Geld ist irgendwann in den letzten vierundzwanzig Stunden verschwunden.« Er blickt erst Roxy, dann Owen an. »Ich muss Sie das fragen: Hat einer von Ihnen es genommen?«

Owen schüttelt den Kopf. »Nein.«

»Natürlich nicht«, sagt Roxy.

»Abgesehen von Ihnen vieren«, sagt Ffion, »wer wusste noch von dieser Dose?«

»Keiner.« Roxy stockt. »Oh … Caleb war Milch holen, als

die Teilnehmer hier am Tag des Drehbeginns gefrühstückt haben.«

»Wurde da die Dose erwähnt?«

»Weiß ich nicht. Kann sein.«

Leo nimmt die Beweismitteltüte auf. »Bleiben Sie hier«, sagt er. Roxy und Owen bejahen stumm. Leo bedeutet Ffion, ihm nach draußen zu folgen.

»Denkst du, dass es Roxy war?«, fragt Ffion, als sie den Hof überqueren. »Dass sie gedacht hat, sie kommt damit durch, aber als Ceinwen auftaucht und bezahlt werden will, bekommt sie Panik und ›entdeckt‹ den Diebstahl?«

»Solche Schwingungen bekomme ich nicht von ihr, du?« Leo gibt die beschriftete Tüte einem weiß gekleideten Mitarbeiter der Spurensicherung, der vor dem Zelt steht. »Könnt ihr die zur Untersuchung auf Fingerabdrücke mitnehmen?«

»Derselbe Täter?« Der Mann hat seinen Papieroverall bis zur Hüfte heruntergezogen, sodass die Ärmel auf den Boden baumeln. Ein Schlüsselband von der North Wales Police mit einem Dienstausweis an seinem Hals weist ihn als Alistair Langham aus.

»Vielleicht.«

»Wenn es nichts mit dem Mord zu tun hat, brauche ich einen neuen Budgetcode.«

»In dem Fall hat es definitiv mit dem Mord zu tun.« Leo blickt durch den offenen Zelteingang. »Apropos, habt ihr Hinweise auf gewaltsames Eindringen gefunden?«

»Gar keine.«

»Dann hat Miles seinen Angreifer eindeutig gekannt«, sagt Leo. »Er ist an die Tür gekommen, hat ihn reingelassen und sich wieder an seinen Schreibtisch gesetzt, und dann ist etwas passiert, das …«

»Nicht ganz«, bremst Alistair ihn. »Wir können ziemlich sicher sein, dass der Verdächtige den Raum durch das Fenster verlassen hat, oder? Ihr wart innerhalb von Minuten hier, und wäre jemand durch den Hof weggelaufen, hättet ihr den gesehen.«

»Stimmt«, sagt Ffion.

»Eben. Es wird euch freuen zu hören, dass die Forensik es bestätigt. Wir haben einen Abdruck draußen an dem Fensterrahmen gesehen, genau an der Stelle, an der man sich festhalten würde, um sich durch den Rahmen zu ziehen.«

»Fingerabdruck?«, fragt Leo optimistisch.

Alistair schüttelt den Kopf. »Nein, ein Stoffmuster – höchstwahrscheinlich Wolle oder Wollgemisch. Oft weist es darauf hin, dass der Verdächtige Handschuhe getragen hat, aber hier sind es keine einzelnen Fingerspuren. Und von einem Einbrecher, der Fausthandschuhe trägt, habe ich noch nicht gehört. Also würde ich tippen, dass es ein Paar Socken waren.«

Was logisch klang. Als Leo in Liverpool arbeitete, hatte die Hälfte der Jugendlichen, die er bei Autoaufbrüchen schnappte, Socken über die Hände gezogen. An die gelangte man leichter als an Handschuhe, und die gerisseneren Jungen benutzten die, die sie trugen, anstatt bei einer Durchsuchung ein zusätzliches Paar erklären zu müssen.

»Aber das Entscheidende ist«, sagt Alistair, »dass wir den gleichen Abdruck *innen* am Rahmen gefunden haben.«

»Aber kein gewaltsames Eindringen.« Leo folgt dem Gedankengang des Spurensicherers. »Was bedeutet, dass Miles seinen Angreifer durchs Fenster reingelassen hat, vermutlich, damit sie nicht gesehen werden.« Er blickt zu Ffion. »Könnte er eine Affäre gehabt haben?«

»Ich glaube, es bezieht sich eher auf die Arbeit«, sagt sie. »Wir haben gesehen, welches Geheimnis er aus allem gemacht hat – er hat weder Roxy noch Owen vor dem ersten Drehtag verraten, worum es bei *Exposure* wirklich geht. Vielleicht hatte er noch eine unerwartete Wendung geplant.«

»Er könnte arrangiert haben, dass einer der hinausgeworfenen Teilnehmer zurück ins Camp kommt.«

Allmählich teilt Leo Ffions Zweifel, was Ryan Francis betrifft. Warum sollte Miles einem Vermissten das Fenster öffnen, von dem bekannt ist, dass er nicht nur einen Groll gegen ihn hegt, sondern zudem ein gestohlenes Messer bei sich hat? Sie müssen wissen, wer sonst noch ein Alibi hat – und wer nicht.

Aliyah blinzelt hektisch, als Leo fragt, wo sie zur Tatzeit gewesen ist. »Ich war h-hier«, stammelt sie. »A-aber das kann ich nicht beweisen.«

»Was haben Sie gemacht?«, fragt Ffion sie.

»Nichts.« Aliyah sitzt auf ihrem Bett. »Sie hatten gesagt, dass wir in unseren Zimmern bleiben sollen, solange Sie nach Ryan suchen, und das habe ich gemacht. Kann sein, dass ich an meinem Handy war – ich erinnere mich nicht. Ich bin erst rausgegangen, als alle geschrien haben.«

»Ich habe gesehen, dass Sie heute Morgen interviewt wurden«, sagt Ffion. »Wie ist es gelaufen?«

Aliyah lächelt matt. »Gut. Ich hatte schreckliche Angst, aber die waren wirklich nett. Die Journalistin hat gemeint, ich müsse mich für gar nichts schämen, und sie hat sogar angeboten, mit meiner Chefin zu reden, falls ich moralische Unterstützung brauche.«

»Sie arbeiten in …« Leo schaut in seine Notizen, »einer Kindertagesstätte?«

Sie nickt. »Die sind sogar richtig klasse gewesen. Meine Chefin hat nur gesagt, das ist alles Schnee von gestern, aber ich müsste versprechen, dass ich keine Sexarbeit mache, solange ich für die arbeite.« Aliyah lacht kurz. »Als würde ich das wollen!«

»Was ist mit Ihren Eltern?«, fragt Ffion.

Frische Tränen rinnen Aliyah über die Wangen. »Wir haben viel geredet. Ich habe gedacht, sie würden sich schämen, aber sie sind eher traurig, weil ich ihnen nicht erzählt habe, wie viel mich alles kostete, und sie nicht um Hilfe gebeten habe.« Sie atmet zittrig aus. »Und Dad musste ich schwören, dass mir in der Zeit nichts Schlimmes passiert ist.« Ihre Augen werden dunkler, und Leo fragt sich, wie viel sie ihren Eltern verheimlicht. »Aber sie haben mich nicht verstoßen.«

»Also … geht es Ihnen gut?«

»Verstehen Sie mich nicht falsch, die letzte Woche ist ein ziemlicher Horror gewesen, aber jetzt, wo es raus ist, bin ich irgendwie erleichtert. Es ist ja immer da gewesen, hat im Hintergrund gelauert, verstehen Sie? Ich hatte ständig Angst, dass ein neuer Dad sein Kind zu uns bringt und es jemand ist, der …« Sie schluckt. »Dass es ein früherer Kunde ist.« Wieder atmet sie lange aus. »Aber das spielt keine Rolle mehr. Jeder weiß es. Das Schlimmste ist schon passiert.«

»Als Sie in dem Camp waren, haben Sie mit den anderen Teilnehmern geredet, nicht wahr?«, fragt Leo.

»Sonst gab es ja nicht viel zu tun.«

»Hatten Sie das Gefühl, dass einer von ihnen …«, Leo sucht nach der richtigen Formulierung, »… gewalttätige Gedanken über Miles hegte?«

»Nein.« Aliyah schüttelt den Kopf. »Ich weiß, worauf Sie hinauswollen, und, okay, Miles war nicht gerade beliebt, aber keiner hätte tatsächlich …« Sie bricht ab und schüttelt wieder den Kopf.

»Demnach haben Sie denen allen vertraut?«, fragt Ffion.

Aliyah wird rot. »Na ja, ich meine, natürlich ist es schwierig, Leuten zu vertrauen, wenn die buchstäblich da sind, um einen zu verraten, also …«

»Haben Sie Jason vertraut?«, übernimmt Leo.

»Hundertprozentig.«

»Pam?«

»Die Frau mag ich sehr.«

»Lucas?«

»Selbstverständlich«, antwortet Aliyah weniger überzeugt.

»Was?« Ffion hat es auch bemerkt.

»Nichts. Es ist nur …« Aliyah seufzt. »Ich habe Roxy etwas über einen #MeToo-Teilnehmer sagen gehört, und das hat mich wohl irgendwie getriggert. Die Vorstellung, in dem Camp mit einem Sexualstraftäter eingesperrt zu sein.« Sie schlingt die Arme um ihren Oberkörper und erschaudert.

»Wie sind Sie darauf gekommen, dass Roxy von Lucas gesprochen hat?«, fragt Leo.

»Ausschlussverfahren. Jason ist ein aufrechter Typ, und bei Henry habe ich nur gute Vibes gespürt. Ryan war – ach, der Gute hat nichts Lüsternes an sich. Also bleibt nur Lucas.« Sie blickt in den Hof und senkt die Stimme. »Wissen Sie, dass er vorbestraft ist?«

»Ist er?«, antwortet Leo, der mittlerweile auf dem Laufenden hinsichtlich Reverend Lucas Taylors Haftstrafe ist – und über sein vorbildliches Verhalten seither.

»Er hat es mir selbst erzählt.«

»Das war sehr ehrlich von ihm«, sagt Ffion.

»Ja, war es wohl.« Aliyah seufzt. »Es ist schwer zu wissen, wem man vertrauen kann, nicht?«

»Sie hat nicht unrecht«, sagt Ffion, nachdem Aliyah ihre Tür geschlossen hat. »Ich würde denen allen nicht über den Weg trauen. Lucas' Vorstrafe hatte keine sexuelle Komponente, oder?«

»Nein, und teils frage ich mich, ob sie uns mit dieser #MeToo-Sache ablenken will.«

»Du meinst, damit wir sie nicht mehr als Mörderin in Betracht ziehen? Sie ist winzig. Unmöglich kann sie Miles erwürgt haben, es sei denn, er hat einfach dagesessen und es hingenommen.«

»Ich bin geneigt, dir zuzustimmen«, sagt Leo. »Aber mir wäre wohler, wenn sie ein Alibi hätte.« Sein Handy klingelt, doch da er sieht, dass es abermals Gayle ist, steckt er es zurück in die Tasche.

»Deine Freundin ruft oft an«, sagt Ffion, als sie zu Pams Stallraum gehen.

»Sie ist nicht meine Freundin.«

Leo hat inzwischen mehrfach versucht, die Sache mit Gayle zu beenden, doch anscheinend hat sie ein verdammt dickes Fell, denn sie interpretiert sein *Ich habe momentan keine Zeit für eine Beziehung* als *Ruf mich bitte mehrmals täglich an, und schlag vor, was wir zusammen machen können.*

»Bumsbeziehung?«, fragt Ffion scherzhaft. »Bettgeschichte? Stalkerin?«

»Du liegst gar nicht mal weit daneben«, sagt er finster.

»Im Ernst?«

»Nein, eigentlich nicht. Sie ist nur ...« Leo überlegt. »Hartnäckig.«

»Dann erzähl ihr, wohin sie gehen kann.« Sie erreichen Pams Tür, und Ffion wirft ihm einen Seitenblick zu. »Schaff dir ein Rückgrat an.«

Die hingeworfene Beleidigung schmerzt, und Leo öffnet den Mund, um etwas zu erwidern, aber es ist zu spät: Ffion klopft bereits an die Tür.

Als Ffion fragt, wen Pam auf dem Hof gesehen hat, als Miles' Leiche entdeckt wurde, schließt die Schulleiterin die Augen, um nachzudenken. »Ich habe Sie beide gesehen«, antwortet sie. »Und Ihre Kollegin, Georgina, stimmt's? Und den Runner, Caleb.« Mit einer Hand schiebt sie unsichtbare Objekte durch den Raum, immer noch mit geschlossenen Augen.

»Jason war *dort,* dann kamen Roxy und Owen aus dem Haus und standen *dort,* und dann war Aliyah *hier.*«

»Aliyah?« Ffion sieht Leo an.

Pam öffnet die Augen. »Ich habe sie gefragt, wie das Interview war.«

»Sind Sie sicher?«, fragt Leo.

»DS Brady, in meinem Jahrgang sechs sind einhundertvierundsiebzig Mädchen, und wenn eine von ihnen die Morgenversammlung schwänzt, könnte ich Ihnen binnen Sekunden den Namen sagen. Ich denke, ich kann mich erinnern, wer vor wenigen Stunden auf dem Hof gestanden hat.«

Leo bezweifelt es nicht. Pam Butler ist eine bemerkenswerte Frau. »Was haben Sie unmittelbar vor dem Mord gemacht?«

»Mich suspendieren lassen«, sagt Pam leise. Ihre Augen glänzen. »Der Vorsitzende des Schulbeirats hat mich angerufen. Anscheinend fiel die Entscheidung einstimmig.«

»Wir werden mit jemandem sprechen müssen, der es bestätigen kann«, sagt Ffion.

Pam greift nach einem spiralgebundenen Notizbuch und blättert darin. »Hier ist seine Nummer.« Unter den Zahlen hat Pam das Telefonat ordentlich zusammengefasst. *Volles Gehalt,* liest Leo. *Einspruch?* Er macht ein Foto von der Seite.

»Das muss sehr schwierig für Sie sein«, sagt Ffion.

»Meine Mädchen sind es, um die ich mich sorge.« Pam seufzt. »Ich hasse die Vorstellung, was ihnen erzählt wird. Die Konrektorin springt ein, aber, nun ja … man sorgt sich, wenn man nicht da ist, nicht wahr?«

Das tut Leo tatsächlich. Er war froh, als DCI Boccacci ihn bat, das Kommando vor Ort zu übernehmen, doch jetzt, nachdem die erste Begeisterung verflogen ist, möchte er unbedingt wissen, was in der Einsatzzentrale vor sich geht.

»Wir machen so schnell, wie wir können«, sagt er zu Pam.

»In der Zwischenzeit bleiben Sie bitte in Ihrem Zimmer und reden nicht mit den anderen Teilnehmern.«

»Natürlich. Ich muss sagen, für Police Officers sind Sie beide furchtbar nett. Sehr beruhigend.« Sie sieht Ffion anerkennend an. »Haben Sie je darüber nachgedacht zu unterrichten?«

Ffion wartet, bis Leo und sie außer Hörweite sind. »Kannst du dir etwas Übleres vorstellen, als Lehrer zu sein?«

Auf jeden Fall kann Leo sich nichts Übleres vorstellen als *Ffion* als Lehrerin, beschließt aber, das für sich zu behalten. »Jason als Nächstes?«, fragt er stattdessen.

»Ich habe Miles gehasst.« Der Feuerwehrmann hat die Arme fest vor der Brust verschränkt. »Doch ich habe ihn verdammt noch mal nicht umgebracht.«

»Wir müssen wissen, wo wer zum Zeitpunkt des Mordes gewesen ist«, sagt Leo.

»Ich habe per Video mit meinem Anwalt telefoniert.«

Leo schlägt seinen Notizblock auf, der sich rasch füllt. »Da hätte ich gern die Kontaktdaten, bitte.«

»Nennen Sie mich einen Lügner?«

»Dies ist eine Mordermittlung«, sagt Ffion. »Und wie es aussieht, haben Sie kein Alibi. Also würde ich an Ihrer Stelle die Kontaktdaten herausrücken, bevor ich mir ein schickes Paar Armreifen verpassen lasse.«

Als sie über den Hof zurück zur Küche gehen, klingelt Leos Handy.

»Sarge? Hier ist George.«

»Wie ist es in der Einsatzzentrale?«

»Viel los.«

»Wann ist die Obduktion?«

»Morgen.« Georges Stimme ist gedämpft, als hätte sie das Telefon zwischen Schulter und Ohr eingeklemmt. »Izzy Weaver übernimmt sie.« Leo erkennt den Namen wieder – es ist dieselbe Gerichtsmedizinerin, die Rhys Lloyds Autopsie vorgenommen hatte. »Wir haben übrigens das Ergebnis zu den Steinen, mit denen die Kameras eingeschlagen wurden. Da war DNA drauf.«

»Und?«

»Sie ist nicht von Ryan.«

Leo lässt es erst mal sacken. Ryan hat die Kameras nicht zerschmettert. In gewisser Weise überrascht es nicht – Leo hat zunehmend das Gefühl, dass Ryan nicht in der Verfassung war, sorgfältig ausgefeilte Pläne umzusetzen. Leider wirft das mehr Fragen auf. Wenn Ryan die Kameras nicht eingeschlagen hat, wer dann? Dieselbe Person, die Miles umgebracht hat?

»Ist sie durch die Datenbank gelaufen?«, fragt er.

»Ja, kein Treffer.«

Was bedeutet, dass der Täter nicht polizeibekannt ist. Leo denkt an die Liste mit allen Bewerbern für *Exposure*, die er von Miles' Produktionsbüro angefordert hat. Könnte einer von ihnen verantwortlich sein?

»Der DCI sagt, alle bis auf die Tatortbewachung sollen abgezogen werden«, sagt George. »Weiteres morgen um acht Uhr, wenn ich wieder bei dir und Ffion bin.«

Leo beendet das Gespräch. »George kann gleich morgen früh mit Caleb Northcote und Jessica Francis sprechen«, sagt er zu Ffion. »Ich befrage Roxy Wilde und Owen Havard.«

»Und was soll ich machen?«, fragt Ffion.

Eine Sekunde lang sehen sie sich an, und Leo wird heiß. Er kämpft gegen den Impuls, extrem unprofessionell auf ihre Frage zu antworten. »Prüf nach, ob Pam Butlers und Jason Shentons Alibis stimmen«, sagt er stattdessen. »Und öffne diesen Kasten mit den Geheimnissen – mal sehen, wer am meisten zu verlieren hat.«

Von den sieben Leuten mit unbestätigtem Alibi ist Ceri Jones die Einzige, die noch ein Geheimnis in dem Kasten hat.

Ist es groß genug, um dafür zu morden?

ACHTUNDZWANZIG

JASON | TAG DREI VON *EXPOSURE*

Man muss gut in Form sein, um Feuerwehrmann zu sein, und Jason Shenton ist der sportlichste auf seiner Wache. Er ist täglich im Fitnesscenter, wechselt zwischen Armen, Beinen und Ausdauertraining. Als die Werbung für *Exposure* erschien, hatten ihm so viele Kumpel den Link geschickt, dass er am Ende bei Facebook postete: *Ja, ich habe mich beworben!* Er war nicht mal erstaunt, als er ausgesucht wurde; es fühlte sich an, als sollte es so sein. Jason war fit und stark, und er würde diese Survivalshow anführen.

Folglich war seine erste Reaktion auf Roxys Ansage am ersten Abend Enttäuschung. Er war am Boden zerstört, um ehrlich zu sein. All das Extratraining, all die Eiweißomeletts und Proteinshakes. Diese blöde Kunstbräune, die Kat ihm aufgeschmiert hatte, damit er für die Kameras scharf aussah.

»Soll das heißen, ich bin noch nicht scharf genug?«

»Sogar noch schärfer.« Kat hatte gegrinst und ihn weiter eingeschmiert. Dann wurden sie abgelenkt, und am Ende hatte Kat einiges an Kunstbräune auf sich …

Eine Sekunde nach Roxys Ankündigung schaltete er.

»Verdammt – *was?*«, hatte er gefragt. Dabei war ihm nicht klar, was es bedeutete. Er wusste lediglich, dass sie alle belogen worden waren, und nichts hasst Jason mehr als Lügner. Der Kameramann grinste wie ein Affe, und Jason stürmte auf ihn zu, dachte an nichts anderes als daran, Owen das dämliche Grinsen aus dem Gesicht zu wischen.

Die nächsten Tage haben seinen Zorn nur befeuert. Natürlich weiß Jason, welches Geheimnis von ihm sie enthüllen wollen. Er hatte eine Weile gebraucht, bis er es herausbekommen hatte, was lächerlich klingen mag, nur dass Addison zu heiraten sich anfühlt als etwas, was jemand anderer getan hat. Es ist so lange her; er ist ein anderer Mensch gewesen. *Kat* ist seine Frau. Nicht seine zweite Frau, nicht seine Zweitfrau, nur seine Frau. Und er betet sie mit einer Inbrunst an, die ihn selbst verblüfft.

Ein Bigamist. Verfluchter Mist. Es lässt ihn wie einen totalen Drecksack klingen – einen fiesen Schwindler. Das Dumme ist, dass Jason buchstäblich nur drei feste Freundinnen im Leben gehabt hat. Und zwei von ihnen hat er geheiratet. Wenn sein Geheimnis rauskommt, könnte er ins Gefängnis wandern. Schlimmer noch, er wird Kat und vielleicht sogar die Mädchen verlieren. Das kann er nicht zulassen.

Am dritten Tag von *Exposure* denkt Jason sich einen Plan aus. Die Teilnehmer sind gegeneinander aufgehetzt worden, müssen die Geheimnisse der anderen ergründen. Die Fragen häufen sich, und jede Unterhaltung ist eine potenzielle Falle.

»Ich schätze, Lucas' Geheimnis hat mit einer Frau zu tun«, flüstert Aliyah ihm beim Frühstück zu. »Er wird ganz nervös, wenn man ihn nach Beziehungen fragt.«

In der Folge machen alle die Schotten dicht, weil sie fürchten, etwas verraten zu können. Keinem außer Jason scheint eingefallen zu sein, dass man dieses Lügenspiel auch anders spielen kann …

»Ich muss sagen, Alter, dieser Stress setzt mir echt zu«, sagt Jason zu Henry bei ihrem schnell zur Tradition gewordenen Gespräch im Jacuzzi. »Ich überlege, zu gestehen und es hinter mich zu bringen. Das Pflaster abreißen, verstehst du?«

Henry denkt nach. »Es kommt wohl darauf an, was einem als Konsequenz blüht.«

Jason schweigt längere Zeit. Als er wieder spricht, tut er es absichtlich gelassen, als wäre ihm eben etwas eingefallen. »Schicken Sie Leute für alte Verbrechen ins Gefängnis?«

»Wie bitte?«

»Wie …« Jason tut, als würde er sich etwas aus den Fingern saugen. »Einbruch zum Beispiel. Würde die das kümmern? Wenn es Jahre her ist? Wenn die Person zu der Zeit ein Teenager war und das Haus dessen Großvater gehört hat oder so …«

»Was redest du denn, Jase?« Plötzlich sieht Henry ernst aus und blickt zu den Kameras.

»Nichts, vergiss es.« Jason hält sich die Nase zu und taucht unter Wasser, sodass sein Grinsen nicht zu sehen ist. Henry hat es geschluckt.

»Was würdest du mit dem Preisgeld machen?«, fragt Henry, als Jason wieder auftaucht.

Er zögert nicht. »Ich würde es Kat geben. Sie kann damit kaufen, was sie will. Was immer sie glücklich macht. Auf jeden Fall würde ich einen Urlaub irgendwo buchen. Sonne, Meer und … Seit zehn Jahren sind wir verheiratet, und wir haben immer noch nicht genug für richtige Flitterwochen gespart. Ja, das würde ich als Erstes machen.«

Hinterher sieht er Henry mit Aliyah flüstern, die verstohlen in Jasons Richtung schaut. Es stört ihn nicht, dass über ihn getratscht wird, zumal er es ausgelöst hat, und er winkt den beiden munter zu. Aliyah sieht schnell zurück zu Henry.

Als Roxy und Owen die Teilnehmer im Camp für das abendliche Live-Segment versammeln, liegt eine merkliche Anspannung in der Luft. Roxy geht am Waldrand auf und ab, übt ihren Text, während Owen gebellte Befehle von Miles ausführt. *Pam muss zehn Zentimeter weiter nach links. Lucas soll stehen. Nein, versuch's damit, dass er am Tisch lehnt.*

»*Exposure*-Teilnehmer!« Roxy macht eine lange Pause. »Henry hat versucht, einen von euch bloßzustellen. Habt ihr eine Ahnung, wer das sein könnte?« Jason setzt dieselbe ahnungslose Miene auf wie die anderen und gibt acht, Henry nicht anzusehen. Falscher Mistkerl.

Roxy blickt einen Teilnehmer nach dem anderen an. Pam, Henry, Lucas, Ceri … Ihr Blick hält inne. »Vorhin hat Henry angeboten, Jason bloßzustellen. Sehen wir mal, ob er recht hatte.«

Die Kamera wird jetzt auf ihn zoomen. Jason zieht eine enttäuschte Miene, dann sagt er stumm: *Ich liebe dich, Kat,* und hofft, dass sie es sieht.

»Denkt dran«, sagt Roxy, »wenn Henry falschliegt, muss er in die Beichtkammer.«

Roxy gibt Henry einen Schlüssel. »Der Moment der Wahrheit. Öffne den Kasten, und gib mir Jasons Geheimnis.«

Henry braucht ewig, um Jasons Umschlag zu finden, doch schließlich reicht er ihn Roxy und wirft Jason einen entschuldigenden Blick zu, den Jason ignoriert.

Roxy dreht sich zur Kamera und hält den Umschlag in die Höhe. »Erinnern wir uns an Henrys Anschuldigung vorhin in der Beichtkammer.« Sie hält ihr Lächeln für eine Sekunde, dann sacken ihre Schultern ein, und sie lockert ihren Nacken.

»Alles okay?«, fragt Aliyah Jason.

»Mir geht es gut«, antwortet er knapp, weil er daran denkt, wie sie mit Henry getuschelt hatte. Ebenso gut hätte es Aliyah sein können, die zur Beichtkammer rennt und Jason beschuldigt, seinen Großvater ausgeraubt zu haben.

»Zwanzig Sekunden«, sagt Owen, der einen Finger gegen seinen Ohrhörer drückt. Jason weiß, dass die Zuschauer zu Hause jetzt Henrys Enthüllungsversuch sehen. *Ich beschuldi-*

ge Jason, ins Haus seines Großvaters eingebrochen zu sein. Jason versucht, nicht zu lachen. Kat wird so verwirrt sein – beide Großväter von Jason waren tot, bevor er zehn wurde.

»Zehn Sekunden«, sagt Owen. »Fünf, vier.« Den Rest des Countdowns zählt er stumm mit den Fingern ab. Jasons Herz rast. Sein wahres Geheimnis ist dadrin – was, wenn Roxy es versehentlich vorliest oder es fallen lässt oder …

»Gratuliere, Henry.« Roxy dreht die Karte so, dass die Teilnehmer lesen können, was draufsteht. »Deine Anschuldigung war richtig – Jason ist wirklich ein Bigamist.«

Das Camp dreht sich um ihn. Das kann nicht sein.

»Verabschiede dich, Jason.« Roxys übertrieben trauriger Gesichtsausdruck weicht schnell Schadenfreude. »Du wurdest … bloßgestellt!«

Dies hier kann nicht geschehen. Was hat Henry mit Aliyah geflüstert, wenn nicht die Information, die Jason ihm im Jacuzzi untergejubelt hatte? Jason hat kein einziges Wort gesagt, aus dem Henry – oder irgendjemand anders – auf sein Geheimnis schließen könnte … Es sei denn … Er denkt daran, wie Aliyah ihn gestern ausgehorcht hat. *Hat dein Geheimnis mit deiner Ehe zu tun?* Vielleicht hat nicht Henry sie mit Informationen versorgt, sondern umgekehrt.

»Oh Gott.« Aliyah greift nach Jason, als er sich von der Gruppe verabschiedet, doch er schiebt sie weg. Er denkt an Kat, von der er weiß, dass sie zusieht. Daran, wie verzweifelt sie sein wird, wahrscheinlich jetzt schon seine Sachen packt und sie auf die Straße wirft. Rasende Wut baut sich in ihm auf, als Roxy ihn aus dem Camp führt. Nichts hiervon wäre passiert, hätte Miles Young nicht diese Hölle von einer Show erfunden. Miles hat sich dem *Exposure*-Camp nicht mehr genähert, seit der Dreh losging, aber jetzt kann er sich nicht mehr verstecken.

Er wird kriegen, was er verdient.

NEUNUNDZWANZIG

MONTAG | FFION

Als Ffion nach Carreg Plas fährt, sieht sie mehrere Fahrzeuge auf der schmalen Straße parken, einschließlich eines großen Vans mit einer Satellitenschüssel auf dem Dach. Sie lässt den Triumph hundert Meter entfernt stehen und geht zum Tor, wo ein Uniformierter offensichtlich die ganze Nacht gestanden hat.

»Wann werden Sie abgelöst?«, fragt sie.

»In einer halben Stunde.«

»Medien?« Ffion nickt zu der Wagenreihe und sieht, dass die Seitentür des Satellitenvans aufgleitet.

»Die sind in den letzten Stunden gekommen. Ich habe ihnen gesagt, dass DCI Boccacci eine Pressekonferenz in Bryndare abhält, aber sie wollen mit jemandem von …« Er bricht ab, als eine Frau in einem beigefarbenen, in der Taille gegürteten Regenmantel näher kommt, und spricht sie an: »Dürfte ich Sie bitten, in Ihrem Fahrzeug zu warten, Madam?«

»Sind Sie ein Detective?«, fragt die Frau Ffion. »Können Sie mir einige Worte sagen?«

»Die würden Ihnen nicht gefallen«, antwortet Ffion.

»Wie ich höre, ist der Fernsehproduzent Miles Young ermordet worden. Haben Sie einen Kommentar zu der Ermittlung?«

»Wo haben Sie das gehört?« Ffion öffnet das Tor zur Einfahrt ein kleines Stück und schlüpft hindurch.

»Es ist überall in den Social Media. Ich glaube, ursprünglich kommt die Story von einer YouTuberin namens …« Die Frau verstummt, weil ihr der Name nicht einfällt.

»Verfluchte Zee Hart«, murmelt Ffion, als sie seitlich um das Farmhaus herum in den Hof geht. Von den Stallräumen kommt kein Lebenszeichen, und im Haupthaus brennt kein Licht. Hinter dem Hof klammert sich der Berg an die pinkfarbenen Streifen des Sonnenaufgangs. Als Dave und sie den Hang hinauf weg von Carreg Plas gehen, springt Dave begeistert über einen Bach und landet mit der Nase voran in dem moorigen Grund drum herum.

»Halb Hund, halb Elefant«, raunt Ffion. Sie sieht auf ihre Uhr. Noch zwanzig Minuten bis zu ihrem Treffen mit Huw am Camp.

»Ich brauche die Bolzenschneider«, hat sie gesagt, als sie ihn gestern Abend anrief.

»Du brauchst was?«

»Für die hast du bei der Scheidung das Sorgerecht bekommen.« Ffion saß zu Hause und stach auf die Plastikabdeckung eines Mikrowellen-Currys ein.

»Habe ich«, sagte Huw, »weil es meine sind.«

Ffion stach sicherheitshalber noch einige Male zu. »Kann ich sie dann leihen?«

»Wofür brauchst du die?«

»Ich muss den Kasten mit den Geheimnissen im *Exposure*-Camp öffnen. Das habe ich heute mit einem Schraubenzieher versucht, und da ist der beknackte Griff abgebrochen.«

»Ich erledige das für dich.«

»Nein, schon gut, leg sie mir einfach an die Hintertür, dann komme ich vorbei und …«

»Es macht mir nichts aus. Gleich morgen früh? Treffen wir uns da oben.«

Ffion hielt inne, die Curry-Form auf halbem Weg in die Mikrowelle. »Warum bist du so nett?«

»Weil ich das letzte Mal, als du Werkzeug von mir geliehen hast, meinen Lieblingsschraubenschlüssel eingebüßt habe.«

»Nur du kannst einen Lieblingsschraubenschlüssel haben.« Ffion wählte *hoch* und drückte auf *Start.* »Bis morgen im Camp.«

Ffion sieht den Zaun vor sich, und das aufblitzende Neon verrät ihr, dass Dario Kimber dort ist. Ihr fällt Zee Harts Andeutung ein, dass der Sicherheitsmann nicht ganz sauber sei – *Ich habe seine Rundgänge gestoppt, und einige dauern viel länger als andere.* Ffion beschließt, ihre zusätzlichen zwanzig Minuten zu nutzen. Sie ruft nach Dave, der etwas beschnüffelt, das gruselig nach einem verwesenden Tier aussieht, und folgt dem Zaun zu der Stelle, an der Zees dunkelblaues Zelt steht.

Vorn ist das Zelt halboffen, und aus dem Innern ist leises Schnarchen zu hören. Ffion überlegt noch, wie sie sich bemerkbar machen soll, da übernimmt Dave für sie, indem er sich mitsamt seinen morastigen Pfoten und der stinkenden Schnauze ins Zelt wälzt.

Es ist schwer zu schreien, wenn einem die Luft wegbleibt, doch Zee gelingt es auf Bewunderung abnötigende Weise. Der Lärm katapultiert Dave zurück nach draußen, wo er versucht, an Ffions Beinen nach oben zu klettern.

Zee robbt noch in ihrem Schlafsack nach draußen. »Was war das eben?«

»Betrachten Sie es als Weckruf.«

»Was wollen Sie?« Zee greift nach ihrem Handy.

»Denken Sie nicht mal dran, mich zu filmen«, sagt Ffion. »Sie haben schon genug Schaden angerichtet – die Nachrichtenagenturen des halben Lands kampieren vor Carreg Plas.«

»Echt?« Zees Augen leuchten auf.

Ffion tritt einen Schritt vor und stemmt die Hände auf die Knie, sodass ihr Gesicht nur Zentimeter von Zees trennen. »Dies ist Ihre letzte Warnung. Wenn Sie auch nur einen Fitzel über die Ermittlung bei Twitter, Facebook, Snapchat, in

Ihren Blog oder bei YouTube einstellen, verhafte ich Sie wegen Behinderung der Justiz.«

»Was ist mit TikTok?« Zee sieht Ffions wütende Miene. »Okay, kein TikTok. Oder die anderen. Verstanden.«

»Gestern haben Sie angedeutet, dass der Sicherheitsmann zu lange für seine Rundgänge braucht. Was haben Sie damit gemeint?«

»Nur das. Er wandert den Zaun dreimal am Tag ab, aber die zweite Runde dauert länger als die erste. Ich schätze, er hat mit einem der Teilnehmer geredet.«

»Haben Sie einen Tipp, mit wem?«

»Leider nein. Aber einmal ist er nachts auch ins Camp. Ich konnte nicht schlafen, deshalb bin ich spazieren gegangen. Da war es so … zwei Uhr nachts? Ich bin an Darios Wohnwagen vorbeigekommen. Da war Licht an, deshalb habe ich durchs Fenster gesehen, aber es war keiner drin. Ich dachte, *was hat er denn vor?*, also bin ich nachsehen gegangen.«

»Und?«

»Ich habe gesehen, wie er das Tor zum Camp aufgemacht hat und rein ist. Ich habe gewartet, aber er war ewig weg, und ich war am Erfrieren, deshalb bin ich zurück ins Bett.«

»Welche Nacht war das?«

Zees Kopf wippt, als sie nachdenkt. »Die Nacht, als Jason rausgeflogen ist. Oh Gott, ich war so geschockt! Stellen Sie sich vor, Sie heiraten jemanden, und dann entdecken Sie …«

»Mittwoch«, sagt Ffion. Was bedeutet, dass Dario sich in den frühen Stunden des Donnerstags ins Camp geschlichen hat. Um zwei Uhr am Donnerstag, um genau zu sein; exakt zu der Zeit, als die Kameras zertrümmert wurden.

»Ist das wichtig?« Wieder leuchten Zees Augen. »Wenn Sie eine Erklärung rausgeben, erwähnen Sie dann meinen YouTube-Kanal?«

»Nein.«

»Wie wäre es, wenn ich sage, dass ich mich an den Mann erinnere, den ich gestern mit Ceri reden gesehen habe?« Zee grinst verschlagen.

»Wie wäre es, wenn Sie es mir einfach erzählen und ich Sie nicht wegen Zurückhaltung von Beweisen verknacke?«

Eine Sekunde lang starrt Zee sie an, entscheidet dann aber offenbar, dass Ffion keine Witze macht. »Er hat eine dunkelgrüne Wollmütze aufgehabt.«

»Dunkelgrün? Sind Sie sicher?«

Zee nickt.

»Sonst noch was?«

»Nein, ich erinnere mich bloß an die Mütze.«

Ffion pfeift nach Dave.

»Wollen Sie mehr wissen?«, fragt Zee. »Denn ich habe eine Theorie zu Pam Butler. Ich glaube, sie ist stärker, als sie …«

»Danke.« Ffion geht bereits weg. Sie überlegt angestrengt. Es muss haufenweise Leute mit dunkelgrünen Wollmützen geben, denkt sie. Das heißt nichts.

Huw wartet an der Feuergrube auf sie und hat eine Auswahl von Werkzeugen neben seinem Rucksack ausgelegt. »Ich dachte, du willst, dass ich auf dich warte.« Er zeigt zu dem Metallkasten, der mit dem Vorhängeschloss an dem Baumstumpf beim Feuer gesichert ist. Er hat seine Bergungsweste an und eine dunkelgrüne Wollmütze auf.

»Danke.« Ffion mustert ihn, wohl wissend, dass es Huw beunruhigt. »Bist du schon vorher im Camp gewesen?«

»Nur bei der Suche«, antwortet Huw gelassen.

»Dann hast du nicht am Zaun rumgelungert und versucht, mit einem der Teilnehmer zu reden?«

»Bitte, was?« Huw lacht.

»Mit Ceri zum Beispiel.« Ffion lässt zu, dass sich das Schweigen zwischen ihnen ausdehnt.

»Wer hat dir das erzählt?«, fragt Huw schließlich.

»Es wurde bezeugt.«

»Bezeugt? Heißt das, dies gehört zu der Mordermittlung?«

»Was für ein Spiel treibst du hier, Huw?«

»Wir haben bloß geredet.«

»Klar.«

»Es hatte nichts mit dem zu tun, was Miles passiert ist, Ffi, das schwöre ich.«

»Das bestimmst du nicht, sondern ich.« Sie starren einander an.

Huw wendet den Blick ab. »Ich habe sie gebeten, Bronwen nicht mit reinzuziehen.«

»Bronwen von der *Post?* Ceris Chefin? Was hat sie damit zu tun?«

»Ceris Geheimnis. Es könnte Bronwen auch in Schwierigkeiten bringen.«

»Okay, und was hat das mit dir zu tun?« Ffion sieht Huw an, und als Röte von seinem Kragen nach oben kriecht, empfindet sie plötzlich etwas, das sie nicht erklären kann. »Oh …«, sagt sie leise. »Bronwen ist die Frau, mit der du zusammen bist.«

»Ich wollte es dir erzählen.«

»Es geht mich nichts an.« Ffion redet zu schnell. Zu laut. Es geht sie wirklich nichts an. Sie sind geschieden, und, bei Gott, dieses Kapitel ihres Lebens will Ffion wahrlich hinter sich lassen. Dennoch …

»Ich habe gesehen, dass du dich neu orientiert hast, und …«, sagt Huw.

»Neu orientiert?«

»Dieser englische Detective.«

»Oh Gott, das ist …« Ffion lacht, aber es klingt sogar in ihren eigenen Ohren falsch. Fast hätte sie sich umorientiert, denkt sie. Hätte sie, wäre sie nicht solch eine Idiotin.

»Und da ist mir klar geworden, dass ich es auch muss.« Huw kickt mit dem Fuß in die Erde.

»Das ist gut«, sagt Ffion, und sie meint es ernst.

»Ich will nicht, dass sie Probleme bekommt, Ffi.«

»Was ist Ceris Geheimnis?«

Er antwortet nicht.

Frustriert atmet Ffion aus. »Was hat sie getan, Huw?«

»Ich kann nicht … ich hätte mich da nicht mal einmischen dürfen.«

»Nein, hättest du verdammt noch mal nicht!« Ffion verliert die Geduld, doch ihr fällt ein, dass Huws idiotisches Einmischen Ceri ein Alibi liefern könnte. »Wann hast du mit ihr geredet?« Zee hatte gesagt, dass es nach zwölf war, aber falls es früher gewesen ist – beispielsweise gegen zehn vor –, konnte Ceri Miles unmöglich um Viertel vor zwölf ermordet haben und es zurück geschafft haben …

»Ungefähr um zwanzig nach zwölf«, sagt Huw. »Ich bin hinterher den Berg runter, und da habe ich dich bei dem Stall gesehen.«

Also könnte Ceri es doch noch gewesen sein. Oder *Huw,* sagt die Stimme in Ffions Kopf, ehe Ffion sie bremsen kann. Aber das ist absurd. Huw hat seine Fehler, aber er ist hundertprozentig ehrlich.

Oder?

Ffion nimmt die Bolzenschneider auf und hält sie ihm hin. »Möchtest du übernehmen, oder soll ich?«

Es sind sieben Geheimnisse in dem Kasten, einschließlich der bereits enthüllten. Falls Ceri ihrer Chefin schaden kann, muss es mit der Arbeit zu tun haben. Und das Risiko muss enorm sein, dass Huw sich so sehr bemüht, Bronwen da rauszuhalten.

Aber groß genug für einen Mord?

Ffion stellt sich Ceri in ihrer Postbotinnenkluft vor. Shorts, egal bei welchem Wetter, und braune Stiefel, die im Sommer Sandalen weichen. Ceri kennt jeden in Cwm Coed, und jeder kennt sie. Zumindest denken sie, sie tun es.

»Versprichst du mir, dass du Bronwen da nicht mit reinziehst?« Huw zögert, als er den Bolzenschneider an dem Vorhängeschloss ansetzt.

»Du weißt, dass ich das nicht kann.«

»Ich mag sie wirklich, Ffi«, sagt Huw leise.

Ffion stellt sich ihren Ex-Mann mit seiner neuen Frau vor, und der Traurigkeit, die sie empfindet, gesellt sich Erleichterung hinzu. Sie hat keine Schuldgefühle mehr, weil sie sein Leben ruiniert hat. Er hat es hinter sich gelassen. Sie denkt an Ceri, die so fest zu Cwm Coed gehört wie der See und der Berg. An Miles, der nach Luft rang, als sich Hände um seinen Hals schlossen.

Energisch richtet sie den Fokus auf den Kasten mit den Geheimnissen zurück. »Mach einfach auf.«

DREISSIG

MONTAG | LEO

Es ist eine Playlist, die ich zusammengestellt habe.« Roxy sitzt auf ihrem Bett, während Leo steht. »Die höre ich mir immer an, wenn ich mich auf einen Dreh vorbereite.« Sie zeigt Leo die Liste der Songs, und er sieht »Don't Stop Me Now«, »Eye of the Tiger«, »Ain't No Mountain High Enough«, »Dancing Queen« …

»Sehr motivierend.«

Roxy wird rot. »›Dancing Queen‹ hatte gerade angefangen, als Owens Tür zugeknallt ist. Ich habe ihn nach unten rennen gehört, da bin ich hinterher, um nachzusehen, was los ist.«

»Den Aufruhr selbst haben Sie nicht gehört?«

»Ich hatte die Musik laut gestellt und mein Make-up gemacht. Da drüben.« Sie zeigt zu einer Frisierkommode gegenüber dem Fenster, auf der lauter Kosmetika stehen. »Wenn Sie auf ›zuletzt gehört‹ tippen, sehen Sie die Uhrzeit.«

Roxy gibt Leo ihr Handy, anscheinend unbesorgt, dass er auch eine ihrer Nachrichten-Apps antippen könnte. Ist es ein Zeichen, dass sie nichts zu verbergen hat? Er scrollt zurück, bis er »Dancing Queen« findet, und der Zeitstempel sagt 11:44 Uhr. Bisher bestätigt es ihre Aussage.

»Natürlich sagt uns das nur, dass Ihr Handy Musik gespielt hat«, sagt Leo. »Nicht, wo Sie zu der Zeit gewesen sind.«

»Ich bin hier gewesen, in meinem Zimmer.« Roxys Ton ist nicht defensiv. Muss er auch nicht sein, denkt Leo – er spielt den Advocatus Diaboli. Owen hat schon bestätigt, dass Roxy ihm nach unten gefolgt ist und nur Sekunden nach ihm durch die Küchentür hinaus. Da die zwei sich offensichtlich nicht grün sind, ist unwahrscheinlich, dass sie einander decken würden. Was bedeutet, dass keiner von ihnen Miles umgebracht haben kann.

Leo will schon gehen, da kommt ihm Aliyahs Sorge wegen eines Sexualstraftäters im Camp in den Sinn. »Erinnern Sie sich, dass Sie in der Sendung etwas über einen #MeToo-Teilnehmer gesagt haben?«

Zunächst runzelt sie die Stirn, dann merkt Roxy auf. »Ja! Das war nach den Aufnahmen am ersten Abend. Ich hatte mich zu Owen umgedreht und gesagt: *Ich frage mich, wer der #MeToo-Typ ist.* Miles hatte etwas angedeutet, bevor wir rauf zum Camp sind.«

»Ich dachte, er wäre der Einzige, der die Geheimnisse der Teilnehmer gekannt hat.«

»Oh, ich denke nicht, dass es eines der Geheimnisse war – er wollte nur sichergehen, dass ich aufpasse, verstehen Sie? Damit ich nicht irgendwann alleine mit dem Perversling bin. Dasselbe war es mit Lucas' Gefängnisstrafe. Wie eine Art Risikoeinschätzung, denke ich.«

»Das war sehr rücksichtsvoll von ihm.«

Roxy schnaubt verächtlich. »Daran ist nichts rücksichtsvoll. Heutzutage kann man eine Produktionsfirma ins Nirwana verklagen, wenn die ihre Mitarbeiter nicht vor sexueller Belästigung schützt. Miles hat an seine Bilanz gedacht, wie immer.«

»Roxys und Owens Alibis halten stand«, sagt Leo. Sie haben ihre Befragungen beendet und sich zum Kaffee in der Küche getroffen.

»Jessica Francis' auch«, ergänzt George. »Sie hat eine Lauf-App benutzt, um ihre Suchrouten nach Ryan auszuwählen, damit sie nicht zweimal denselben Bereich abwandert. Und sie war zum Zeitpunkt des Mords über eine Meile weit weg.«

Leo macht eine Notiz neben Jessicas Namen.

»Und das ist noch nicht alles.« George trinkt einen Schluck Kaffee. »Jessica hat mit Caleb Northcote gesprochen, der auch draußen auf dem Berg war. Sie kannte seinen Namen nicht, wusste nicht mal, dass er Produktionsassistent ist, aber sie hat ihn wiedererkannt und kurz mit ihm geredet.«

»Wann war das?«

»Sie denkt, zehn Minuten oder so vor dem Mord. Er hätte keine Zeit gehabt, vom Berg runterzukommen.«

Leo nickt bedächtig, während er alle platziert wie Figuren auf einem Schachbrett. Roxy Wilde und Owen Havard waren im Farmhaus; Caleb Northcote und Jessica Francis waren auf dem Berg. Henry Moore saß in der Beichtkammer, und Lucas Taylor kümmerte sich um das Feuer – beide live aufgenommen. »Damit bleiben Pam Butler, Jason Shenton, Aliyah Brown, Ryan Francis, Ceri Jones, Dario Kimber und Zee Hart ohne bestätigte Alibis«, folgert er.

»Pam können wir ausschließen«, sagt George. »Der Vorsitzende des Schulbeirats hat gleich heute Morgen zurückgerufen. Er hatte Pam von seinem Handy aus angerufen und mir einen Screenshot von seiner Anrufliste geschickt – das Telefonat ging von 11:25 Uhr bis 11:47 Uhr.«

Leo sieht auf seine Liste und streicht Pams Namen mit einer dicken, schwarzen Linie aus. »Was ist mit Jason?«

»Sein Anwalt ist ein Paragrafenreiter.« George verdreht die Augen. »Er verlangt eine Datenschutzerklärung, ehe er auch nur mit uns spricht, und redet immerzu vom Anwaltsgeheimnis.«

»Kann Jason ihm nicht einfach erlauben, mit uns zu reden?«, fragt Leo.

»Kann er, aber er sagt, sein Anwalt verlangt hundert Pfund für jedes Mal, dass er einen Anruf annimmt oder eine E-Mail beantwortet, und er will, dass wir das bezahlen.«

»Auf welchem Planeten lebt der?« Leo lacht. »Mir wurde letzte Woche eine Büromaterialbestellung abgelehnt, weil ich mehr Kulis angefordert hatte, als wir Leute im Büro sind. Bearbeite ihn weiter.«

»Ist er pleite?«, fragt George plötzlich.

Leo zuckt mit den Schultern. »Er bekommt Zehntausend als Teilnahmehonorar, also …«

»Aber die Teilnehmer haben die noch nicht erhalten, oder? Also ist er pleite, und er muss einen teuren Anwalt bezahlen. Noch dazu weiß er, dass es im Farmhaus irgendwo eine Dose mit Geld gibt …« Das lässt George im Raum stehen.

Leo denkt laut nach. »Er könnte sich hier reingeschlichen haben, als alle auf Miles' Studio konzentriert waren.«

George schüttelt den Kopf. »Ich erinnere mich, dass ich ihn gesehen habe. Es wäre mir aufgefallen, wäre er verschwunden.«

Leo tippt mit seinem Kuli gegen seine Zähne. Die Dose mit dem Handgeld wurde der Forensik übergeben, aber dort haben die Beweismittel – zu Recht – Priorität, da es sich um einen Mordfall handelt. Es könnte noch ein paar Tage dauern, bevor sie einen Abgleich mit den zu eliminierenden Abdrücken bekommen. Leo wendet sich dem nächsten Punkt auf seiner Liste zu. »Was haben die Analysten zu den Online-Morddrohungen herausgefunden?«

»Eine Menge heiße Luft und ein paar besorgniserregendere Tweets, die sich DCI Boccaccis Team näher ansieht«, antwortet George. »Sie will vor allem klarstellen, ob die von Leuten stammen, die sich beworben hatten und nicht ausgewählt wurden.«

»Ich verstehe ja, dass sie zu der Zeit richtig sauer waren, aber doch sicher nicht mehr, als sie gesehen haben, worum es bei *Exposure* wirklich geht, oder?« In Leos E-Mail-Eingang ist eine Liste mit den Kontaktdaten aller Bewerber, von Analysten nach jenen gefiltert, die vorbestraft sind oder als gewaltbereit gelten. »Ich kann mir eher vorstellen, dass die abgelehnten Bewerber froh sind, dass sie nicht ausgesucht wurden. Ich wäre es.«

Die Hintertür geht auf, und Ffion steuert geradewegs die Kaffeemaschine an. Seit Miles' Tod gibt es keine Gebäck- und Sandwichlieferungen mehr. Leo vermutet, dass jemand aus dem Büro in Cheshire sie storniert hat. Detectives aus Leos Team haben einige der Mitarbeiter dort befragt und berichtet, dass Miles allgemein beliebt war, die Leute jedoch fanden, seine Projekte hätten sich vom Ausgefallenen zum Widerwärtigen gewandelt. Alle waren sich einig, dass *Exposure* eine Grenze überschritt, doch keiner war gegangen. Niemand hatte Miles infrage gestellt, denn sie alle wollten in einer Rezession ihren Job behalten.

»Heute kein Hund?« Leo sieht weiter zur Tür und rechnet halb damit, eine nasse Fellbombe hereinkrachen zu sehen.

»Huw passt auf ihn auf.« Ffions Stimme hört sich seltsam an, und Leo fragt sich, ob es heißt, dass sie wieder zusammen sind. Sofort erinnert er sich daran, dass es ihm egal ist.

»Nett von ihm.«

»Er schuldet mir einen Gefallen«, sagt sie nur, dreht sich mit einem Kaffee in der Hand um und gibt sich ganz geschäftsmäßig. »Wir können Dario Kimber wegen der zerstörten Kameras festnageln.« Sie erzählt Leo und George, was sie gestern von Zee Hart erfahren hat.

»Sollen wir ihn auch wegen Mordes festnehmen?«, fragt George. »Wenn er die Kameras zertrümmert hat, muss er hinter dem Kasten mit den Geheimnissen her gewesen sein. Als er den nicht aufbekommen hat, war der nächste logische Schritt, sich Miles' Schlüssel zu besorgen. Vielleicht hat er gedacht, Miles wäre nicht im Studio, es kam zu einer Auseinandersetzung, und die Dinge liefen aus dem Ruder.«

»Wir haben ihn gesehen«, sagt Ffion plötzlich und sieht George an. »Wann war das? Am Mittwoch? Der Tag, an dem Jessica Francis aufgekreuzt ist. Miles war mit uns in der Küche, und Dario hat sich mit seinem Schlüssel Zugang zum Studio verschafft. Miles hat getobt.«

»Denkst du, er hat nach dem Schlüssel gesucht?«, fragt Leo.

»Und gestern, als wir am Eingang des Camps waren.« Ffion blickt zu Leo. »Da hat Dario gesagt, dass Miles laufen sei, *zur selben Zeit wie immer*. Als hätte er Miles beobachtet und seinen Tagesablauf verinnerlicht.«

»Okay.« Leo nickt. »Ich bespreche es mit dem DCI. Hast du den Kasten aufbekommen?«

Ffion knallt ihren Rucksack auf den Küchentisch und nimmt eine Beweismitteltüte mit dem Metallkasten aus dem Camp heraus. Die Scharniere sind aufgebrochen.

»Hast du reingesehen?«, fragt Leo.

»Ich dachte, das willst du.« Ffion kippt den Rest ihres Kaffees aus und dreht den Wasserhahn auf.

George zieht sich Latexhandschuhe an und nimmt den Kasten aus der Tüte, um ihn vorsichtig auf ein Blatt Papier zu stellen, bevor sie den kaputten Deckel abhebt. Dann holt sie den Stapel Umschläge heraus, die jeder mit dem Namen eines Teilnehmers beschriftet sind. Vier sind geöffnet. In den Umschlägen steckt jeweils eine bedruckte Karte.

Jason ist ein Bigamist.
Pam nimmt Bestechungsgeld von Eltern.
Ryan trägt Frauenkleidung.
Aliyah ist eine frühere Sexarbeiterin.

»Das wissen wir alles«, sagt Leo, der ungeduldig auf die anderen Geheimnisse wartet. Henry hat seinen Alkoholismus gestanden, aber Lucas bleibt dabei, dass er nur Gott beichten müsse. Da das Alibi des Vikars bedeutet, dass er nicht als Miles' Mörder in Betracht kommt, ist sein potenzielles Motiv nur von Interesse, weil bei einer Mordermittlung das ganze Bild wichtig ist.

Lucas hat eine Affäre mit einer verheirateten Frau aus seiner Gemeinde.

George blickt mit großen Augen von der Karte auf. »Dieser geile alte Sack!«

»Vielleicht hat Aliyah recht, was ihn betrifft«, sagt Leo und neigt sich vor, um die nächste Karte zu nehmen. »Ist das Henrys?«

Henry hat drei Jahre lang die Unterhaltszahlungen für sein Kind verweigert.

Anscheinend hat Henry mehr als ein Geheimnis.

»Was für ein Arschloch«, sagt Ffion.

»Da könnte mehr dran sein.« Leo versucht, fair zu sein, obwohl er ihr insgeheim zustimmen möchte. »Immerhin war keine der anderen Geschichten so klar, wie es dargestellt wurde. Und bedenkt man, was er dir über sein Suchtproblem erzählt hat, ging es ihm eindeutig nicht gut.«

George blättert stirnrunzelnd die Umschläge durch.

»Was ist?«

»Hier fehlt ein Umschlag. Es ist keiner für Ceri da.«

Leo sieht Ffion an. »Könnte der rausgefallen sein? Wo hast du den Kasten eingetütet?«

»Im Camp, und von dort bin ich direkt hergekommen.« Ffion zuckt mit den Schultern. »Komisch.«

»Nicht komisch«, sagt Leo langsam. »Verdächtig.«

»Sicher ist der …«, beginnt Ffion.

»Es gibt keinen Grund, weshalb Miles Dario durchs Fenster einsteigen lassen sollte«, sagt Leo. »Das ergibt nur einen Sinn, wenn Miles' Besucher jemand war, der nicht hier sein durfte – jemand, von dem Miles nicht wollte, dass er oder sie auf dem Hof gesehen wird.« Leo schaut die anderen an. »Wie zum Beispiel ein Teilnehmer, der im Camp sein sollte.«

George legt die Umschläge auf den Tisch. »Ceri hat Miles umgebracht und den Schlüssel gestohlen, damit sie ihren Umschlag aus dem Kasten nehmen und ihr Geheimnis schützen kann.«

Leo schiebt seinen Stuhl nach hinten.

»Was hast du vor?«, fragt Ffion.

»Was denkst du?« Er nimmt sein Handy und ruft DCI Boccaccis Nummer auf. »Ich lasse mir das Okay für Ceris Festnahme geben.«

EINUNDDREISSIG

PAM | TAG VIER VON *EXPOSURE*

Es war Pams zupackende Art, die ihr die Stelle der Schulleiterin an der Heath Hill School for Girls gesichert hatte.

»Offensichtlich lassen Sie sich nicht leicht einschüchtern«, sagte Mr Wolfson, Vorsitzender des Schulbeirats, als er sie anrief, um ihr den Job anzubieten. »Wir sind zuversichtlich, dass Sie mit allem umgehen können, was Ihnen die Heath Hill abverlangt.«

Pam sagt ihren Mädchen gern, dass es nur weniges gibt, was sich nicht mit einem heiteren Lächeln und einer positiven Einstellung richten lässt, doch am vierten Drehtag von *Exposure* wäre Pams Reaktion auf den Rat, sie müsse positiv bleiben, ein Grund zum Nachsitzen. Pams zupackende Haltung hat sie im Stich gelassen, und ihr heiteres Lächeln ist zu einer vagen Erinnerung verblasst.

Henry räumt die Reste des Mittagessens weg. Er wirft die Blechteller mit einem Scheppern in die Spüle, das Pam durch und durch geht.

»Um Himmels willen, Henry!«

Heath Hill ist eine staatliche Schule, aber zugleich ein Internat für Mädchen, die zu weit weg wohnen, um täglich zu pendeln. Oft plaudert Pam mit denen, die sich mit der Eingewöhnung schwertun.

»Es ist wegen Camilla«, sagen die Mädchen (oder India, Verity oder Lily). »Sie nervt schrecklich.« Dann beschreiben sie, dass die arme Camilla (oder India, Verity oder Lily) falsch atmet oder auf ärgerliche Weise ins Bett geht; und Pam erklärt ihnen, dass sie alle friedlich zusammenleben müssen.

Pam war selbst nicht auf einem Internat, und auch wenn sie auf dem Schulgelände wohnt, schläft sie natürlich nicht in einem Schlafsaal. Sie zieht sich abends in ihr hübsches Vierzimmerhäuschen mit privatem Garten zurück, wo sie einzig E-Mails und Telefon sowie das gelegentliche Bimmeln der Eisenglocke über der Tür stören.

Mit den anderen Teilnehmern von *Exposure* zusammenzuleben, hat Pam neuen Respekt vor ihren Internatsschülerinnen eingeflößt. Aliyah schluchzt nachts leise und drückt ihre Tränen ins Kopfkissen. In der ersten Nacht war es verständlich. Als es in der zweiten Nacht wieder geschah, war Pam pflichtbewusst ans Bett der jüngeren Frau, um ihr übers Haar zu streichen und ihr zu sagen, dass alles gut werde, obwohl Pam gerade selbst beinahe eingeschlafen wäre. Als sie das erstickte Schluchzen letzte Nacht hörte, hat sie sich umgedreht und sich das Kissen über die Ohren gezogen. Sollte Aliyah heute Nacht wieder flennen, erwägt Pam, sie zu ersticken. Weinen hilft niemandem, und der Rest von ihnen würde gern ein wenig Schlaf bekommen, wenn es nicht zu viel verlangt ist.

Je mehr Zeit Pam mit den anderen Teilnehmern verbringt, desto weniger mag sie die Leute, und das trotz – oder vielleicht wegen – ihrer Bemühungen, sich beliebt zu machen. Vorhin hat Aliyah ihr einen halben Schokoriegel zugesteckt und sich dabei einen Finger an die Lippen gehalten, damit es geheim blieb.

»Wo hast du den her?«, hat Pam geflüstert. Keiner hat ihnen verraten, wie viele Kameras und Mikrofone es gibt, und alle sind paranoid. Aber Schokolade! Den Teilnehmern war untersagt worden, Snacks mitzubringen, und auch wenn ihre Aufgaben ihnen Süßigkeiten eingebracht hatten, gab es bisher keine Schokolade.

»Mach dir darum keine Gedanken.« Aliyah zwinkerte. »Genieß einfach.«

Es war Schmuggelware, das war Pam klar. Aliyah schummelte, und das hieß Pam gar nicht gut. Dennoch aß sie das Beweisstück. Man soll ja nichts verkommen lassen.

Henry scheppert immer noch mit den Tellern in der Metallspüle.

»Geht es nicht noch lauter?«, fährt Pam ihn an. »Ich glaube, in der Äußeren Mongolei hören sie dich nicht.«

»Wäre es dir lieber, ich würde es dir überlassen?«, fragt Henry verschmitzt.

»Aber, aber!« Lucas setzt sich neben Pam. »Du scheinst heute sehr angespannt, Pam. Liegt dir etwas auf dem Herzen?«

Bloß der bevorstehende Kollaps meiner Karriere und der beschmutzte Ruf der Schule, die ich liebe, denkt Pam. Sie sagt es nicht, weil sie weiß, dass es den anderen Futter für ihre Bloßstellungsversuche geben würde. Es ist beängstigend, wie leicht einem Dinge herausrutschen und wie viel man allein aus beiläufigen Bemerkungen erfährt. Bei Aliyahs Geheimnis beispielsweise geht es um Sex, was Pam schnell aus ihrem Gejammer über *Scham*, *Ich hatte keine andere Wahl* und *Ich habe deswegen schon eine Beziehung verloren* geschlossen hat. Pam sorgt sich, dass Aliyah zu viel verrät – sie hat die Blicke einiger anderer gesehen, wenn Aliyah noch ein Häppchen von ihrem Geheimnis fallen lässt.

»Ich bin nicht angespannt«, sagt Pam zu Lucas, was irgendwie angespannt klingt.

»Möchtest du, dass ich mit dir bete?« Lucas hat ein freundliches, offenes Gesicht, eher weich an den Rändern. Auf einmal will Pam ihn ohrfeigen.

»Nein, möchte ich verdammt noch mal nicht.« Sie steht auf. »Und wo du schon beim Thema bist, ist es wirklich nötig, vor jeder bescheuerten Mahlzeit zu beten?« Pam ist ohne ein einziges Symptom durch ihre Wechseljahre gekommen (an einer Schule voller pubertierender Mädchen ist kein Raum für Stimmungsschwankungen von Frauen mittleren Alters); jetzt hingegen bewegt sie sich ständig am Kipppunkt und geht an die Decke, wenn jemand sie auch nur schief ansieht.

»Es ist ein kurzes Dankgebet, um …«

»Dankgebet?« Pam schnaubt. »Bedanken wir uns dafür, dass wir diesem fiesen Sozialexperiment ausgesetzt sind?«

»Ich glaube, du verwechselst Gott mit Miles«, sagt Ceri. Sie überlegt kurz. »Um fair zu sein, das scheint Miles auch zu tun.«

»Gebete geben mir sehr viel Trost, seit wir in dieser schrecklichen Situation sind.« Lucas steht auf. »Wenn jemand mit mir den Allmächtigen um Vergebung bitten möchte, ich bin im Chill-Zelt.«

Aliyah geht mit ihm. Pam nicht. Selbst wenn sie gläubig wäre, würde sie nicht um Vergebung bitten. Den superreichen Eltern, die sie mit Geld bewerfen, um ihren Töchtern Plätze an der Schule zu sichern, tut es nicht weh, und die Mädchen aus einfachen Verhältnissen, denen Pam damit helfen kann, sind dankbar und erleichtert. Natürlich denkt Miles nicht an jene Kinder. Er wird überhaupt nicht bedacht haben, dass er mit der Enthüllung von Pams Geheimnis kluge, ehrgeizige Mädchen um die Chance bringt, ihr Potenzial auszuschöpfen. Eigentlich ist es pure Ironie, bedenkt man, dass Miles außergewöhnlich klug und ehrgeizig ist – das muss er sein, wenn er sich *Exposure* ausgedacht hat. Eine Show mit dem Ziel, Leben zu ruinieren. Jemand muss Miles' ruinieren, nur um es ihm zu zeigen.

Den Gedanken findet Pam tröstlich. Sie malt sich einen gebrochenen Miles aus, der vor den Trümmern seiner Karriere steht. Mit den Details moderner Fernsehproduktion kennt sie sich nicht aus, weshalb ihr Fantasie-Miles von Tausenden Meter abgespulten Films umgeben ist.

Ceri ist weggegangen – entweder mit Lucas und Aliyah Gott um Vergebung bitten, oder sie ist zum Klo. Henry wäscht so langsam ab, dass es Absicht sein muss, und Pam hält das Geklapper nicht mehr aus. Sie geht zur Spüle und nimmt ein Geschirrtuch auf. Hauptsache, es ist schneller vorbei.

Henry dreht sich zu ihr. »Was machst du denn?«, ruft er. »Leg das hin!«

»Ich helfe«, antwortet Pam empört.

Henrys wütendes Gesicht entspannt sich. »Entschuldige. Oh Mensch, ich weiß nicht, was mit mir los ist. Ich habe das Gefühl, meine Nerven liegen total blank.«

»Das will er ja.« Pam schaut mit verengten Augen zu den Kameras hoch oben in den Bäumen. »Es ist, als würde man Geiseln weißes Rauschen vorspielen oder sie am Schlafen hindern. Er will uns schwach.«

»Tja, es funktioniert.« Henry lehnt sich an die Spüle.

»Ach, komm schon.« Pam bekommt einen Schub Schulleiterinnenstoizismus. »Lass ihn nicht gewinnen.« Sie stellt fest, dass es leichter ist, die Moral von anderen zu heben als die eigene.

Henry dreht sich zu ihr, als hätte sie etwas Tiefschürfendes von sich gegeben. »Du hast recht. Wir müssen ihn in seinem eigenen Spiel schlagen.« Seine Augen blitzen. »Wie wäre es, wenn wir zusammenarbeiten?«

»Ich weiß nicht …«

»Die Geheimnisse der anderen enthüllen, uns Immunität sichern und beide das Geld gewinnen!«

Pam zögert. »Wie sollen wir … rein hypothetisch … falls wir das machen … wie würde es gehen?« Das Geld ist ihr nicht wichtig, aber sie will ihren Job behalten.

»Wir müssen unser Wissen kombinieren«, antwortet Henry. »Du erzählst mir, was du über Aliyah, Ceri oder

Lucas weißt. Ich erzähle dir, was ich herausgefunden habe. Wir stellen ein Bild zusammen, und dann BINGO!« Henry knallt die Hand auf die Spülenkante. »Bist du dabei?«

Pam denkt nach. Könnte sie vermeiden, bloßgestellt zu werden, bräuchte sie das Geld nicht. Doch das eine lässt sich nicht vom anderen trennen. Und ohnehin weiß sie, dass der Schulbeirat von Heath Hill bereits nervös ist. Wahrscheinlich graben sie schon nach der Wahrheit. Sie werden mit Lehrkräften und Eltern sprechen, und die Leute haben ein loses Mundwerk. Pams Geheimnis wird ans Licht kommen, und wenn das geschieht, verliert sie ihre Arbeit, bekommt vielleicht sogar Berufsverbot. Hunderttausend reichen, um sie über Wasser zu halten, bis sie umgeschult hat; vielleicht bleibt sogar genug übrig, um Gutes zu tun. Spenden, ein Stipendium …

»Zum Beispiel Ceri.« Henry beugt sich näher und flüstert, damit er nicht gehört wird. »Ihr Geheimnis ist etwas, das sie bei der Arbeit getan hat. Was hat sie zu dir gesagt?«

»Sie … Nein. Das ist falsch.« Pam hat sich geschworen, fair zu spielen. Sie will das Camp erhobenen Hauptes verlassen können, wenn sie rausfliegt. Sie geht weg.

»Falsch?« Henry folgt ihr. »Das ist ein Spiel, Pam. Wir müssen es spielen.«

»Nicht so. Nicht hinterhältig.« Mittlerweile stehen sie zwischen den Bäumen, außerhalb der Kamerabereiche.

»Aber begreifst du denn nicht? Alles hieran ist hinterhältig. Sogar Miles – nein, ganz besonders Miles.« Henry packt Pams Schultern. »Weißt du noch, wie er beim Frühstück zu uns gekommen ist, bevor der Dreh anfing? Wir fanden es alle super, dass er sich die Zeit genommen hat, persönlich mit uns zu reden.«

»Ja, ich erinnere mich.« Pam schluckt. Sie bildet sich ein, über eine gute Menschenkenntnis zu verfügen, doch Miles hat sie alle getäuscht. Er hat die ganze Zeit gelächelt und ihnen erzählt, er würde sie alle zu Stars machen.

»Er hat etwas über dich erwähnt«, sagt Henry.

Pam steht der Mund offen. »Was?«, haucht sie.

»Er sagte: *schmierige Hände.*« Henry wird rot. »Ich habe nicht begriffen, wovon er gesprochen hat, weil sie uns ja noch nicht verraten hatten, worum es in der Show wirklich geht. Erst hinterher wurde mir klar, dass er versucht hat, mir einen Tipp zu geben – mich zu manipulieren, damit ich dich bloßstelle.«

Pam bemerkt, dass sie zittert.

»Alles gut.« Henry lacht verlegen. »Ich kapiere es immer noch nicht. Ich meine, *schmierig?*« Er hält die eigenen Hände in die Höhe und schüttelt den Kopf. »Aber vielleicht hat Miles auch etwas zu den anderen gesagt. Die Saat gestreut, damit wir Allianzen bilden und unser Wissen bündeln.«

»Zu mir hat er nichts gesagt.« Doch Pam sieht Henry an, dass er ihr nicht glaubt.

»Denk drüber nach, okay? Und falls du ein Team bilden willst, ich bin dabei.«

Pam nickt, und als Henry zu den Zelten geht, lehnt sie sich an einen Baumstamm, weil ihre Knie einzuknicken drohen. Sie kann nicht über Henrys Angebot nachdenken, denn sie denkt daran, dass Miles sie schon den Löwen zum Fraß vorgeworfen hatte, ehe auch nur die Kameras liefen. Sie hat geglaubt, sie könne Miles Young nicht noch mehr hassen, als sie es schon tut. Wie es aussieht, hat sie sich geirrt.

ZWEIUNDDREISSIG

MONTAG | FFION

»Ceri ist keine Mörderin.« In der Küche ist es plötzlich zu heiß, zu eng, zu voll. Ffion nimmt ihren umgedrehten Kaffeebecher vom Abtropfgestell und spült ihn wieder aus. Dann füllt sie ihn mit kaltem Wasser und leert ihn in einem Zug zur Hälfte. Obwohl sie im selben Dorf leben, hat sie den Eindruck, Ceri erst in letzter Zeit richtig kennengelernt zu haben. Die Postbotin gibt nicht viel von sich preis – ist beinahe wachsam –, und das hat Ffion immer gefallen. Doch hat sie eine dunkle Seite?

»Wie gut kennst du sie?«, fragt George.

»Sie ist die Postbotin im Dorf.«

»Und das heißt? Du kennst sie gut oder gar nicht?« George klingt ein wenig gereizt.

»Es ist ein kleiner Ort. Jeder kennt jeden.« Ffion hingegen hört sich schrill und angestrengt an. »Wir sollten warten, bis Ryan befragt wurde. Vielleicht gesteht er gleich.«

»Es könnte Tage dauern, bis er für vernehmungsfähig erklärt wird«, sagt Leo. »Außerdem hast du selbst gesagt, dass der Modus Operandi nicht zu ihm passt.«

»Und da ist noch Dario Kimber. Er hat kein Alibi, und wir haben eine Zeugin, die ihn in der Nacht im Camp gesehen hat, als die Kameras zertrümmert wurden.« Ffion spricht schnell, um das Summen in ihrem Kopf zu übertönen. »Und ich traue Zee Hart nicht. Was ist, wenn sie Miles umgebracht hat, um ein bisschen Drama in ihre Reportage zu bringen? Oder Jessica Francis – sie hat genauso sehr ein Motiv wie Ceri …«

»Ihr Alibi ist bestätigt«, antwortet George. »Sie hat Caleb über eine Meile von hier entfernt getroffen, zehn Minuten bevor Miles ermordet wurde. Er war mit frischen Vorräten zum Camp unterwegs. Ihre Lauf-App zeigt, dass sie nicht mal in der Nähe des Tatorts war, und Caleb könnte es auch nicht rechtzeitig zurück geschafft haben.«

Ffion erinnert sich an das Quad, das sie sich von Caleb geliehen hat, um zu Angharads Cottage zu fahren. Mit dem wäre die Entfernung kein Problem gewesen. Caleb mochte zu Fuß unterwegs gewesen sein, als er Jessica gesehen hat, aber parkte das Quad in der Nähe? Ffion schiebt den Gedanken beiseite. Das Summen in ihrem Kopf ist schon laut genug.

»Ceri muss direkt zurück zum Camp gegangen sein, nachdem sie Miles umgebracht hat«, sagt George. »Und vier Stunden später habt ihr alle Teilnehmer aus dem Camp geholt, also hat sie Zeit gehabt, den Umschlag verschwinden zu lassen.«

Leo sieht Ffion an. »Kannst du das Filmmaterial sichten? Ich schätze, sie hat gedacht, da Miles tot ist, schaut sich keiner den Livestream an, und sie kann ungesehen den Kasten öffnen.«

Ffion nickt stumm. Sie ist froh, weggeschickt zu werden. Als sie an der Küchentür ist, telefoniert Leo schon mit dem DCI. *Teamarbeit, Chef,* hört sie. *Das ist sehr freundlich von Ihnen … Warten wir ab, wie es läuft …*

In der kühlen Luft auf dem Hof atmet Ffion tief ein.

»Hast du einen Asthmaanfall?«

Sie öffnet die Augen und sieht Seren an der Mauer des Farmhauses lehnen. »Was machst du hier?«

»Ich warte auf dich. Hat Ceri echt Miles gekillt?«

»Du hättest nicht lauschen dürfen.«

»Ist nicht meine Schuld. Erzähl deinem Freund, er soll leiser reden.«

»Nenn ihn nicht so.«

»Magst du ihn nicht mehr? Findest du ihn neuerdings eklig?«

»Nein, aber …«

»Ah, findet er *dich* eklig?« Seren schiebt mitleidig die Unterlippe vor.

Langsam atmet Ffion aus. »Warum bist du hier, Ser?«

»Ich will mit dir über die Uni reden.« Seren scharrt mit dem Fuß im Kies. »Kann sein, dass ich meine Pläne ein bisschen geändert habe.«

Verdammter Mist, damit kann sie jetzt nicht umgehen … »Nein. Ich weiß, dass du glaubst, ich wäre nachgiebiger mit dir als Mam, aber nein. Du gehst an die Uni, und das ist endgültig.«

»Ja, aber Caleb …«

»… muss warten.« Ffion sieht sie wütend an. »Bangor ist zwei Stunden entfernt, Ser, und an manchen Tagen wirst du nicht mal Vorlesungen oder Seminare haben. Dir bleibt reichlich Zeit mit ihm.«

»Nie hörst du mir zu!«, schreit Seren fast, und Ffion geht weg vom Haus, schreitet über den Hof, sodass Seren ihr hinterherlaufen muss. »Ich versuche zu erklären, was …«

»Hör zu.« Ffion bleibt stehen und dreht sich zu Seren um. »Ich weiß, dass es sich momentan anfühlt, als wäre Caleb die Welt für dich – und vielleicht wird er das immer sein. Aber ein Uniabschluss …« Sie hält inne und denkt an Jessica, die ihm auf dem Berg begegnet ist. Wieder fragt sie sich, wie lange er mit dem Quad zu Miles' Studio gebraucht hätte. Sie sieht es jetzt hinten am Hoftor parken und versucht sich zu erinnern, ob es gestern Vormittag dort war. »Wie geht es Caleb überhaupt?«

Seren verengt die Augen. »Gut, warum?«

»Er war ziemlich sauer auf Miles.«

»Der Typ hat ihm eine Nennung im Abspann versprochen. Das ist anscheinend ein großes Ding.« Seren zuckt mit den Schultern. »Ehrlich gesagt verstehe ich es nicht, aber er ist deswegen völlig ausgetickt.«

Ffion blickt zu dem Fenster oben im Farmhaus. »Lass ihn das lieber nicht hören.«

»Sein Zimmer geht nach vorne … Er müsste eine Fledermaus sein, um mich zu hören.«

»Wenn du sagst ›ausgetickt‹, hat er etwas gesagt, dass er sich an Miles rächen will?«

»Oh Gott.« Kopfschüttelnd tritt Seren einen Schritt zurück. »Ich glaub das nicht.«

»Was?«

»Du denkst, er hat Miles umgebracht.«

»Tue ich nicht. Ich kläre bloß alles ab.«

»Indem du meinen Freund wie einen Verdächtigen behandelst?«

»Ich mache meinen Job, Seren.«

»Nein, du kackst vor deine eigene Haustür.«

Seren dreht sich um und läuft weg, und Ffion folgt ihr nicht. Sie presst sich die Finger gegen die Schläfen und denkt an Caleb und Ceri.

Seren hat recht. Bei der Polizei heißt es, man schätze Officers mit »Ortskenntnis«, aber die hat ihren Preis. Wieder einmal hat Ffion es mit Verdächtigen zu tun, die ihr so vertraut sind wie ihre Familie, und der Stress sorgt für ein Gewitter in ihrem Schädel. Sie ist zu nah an diesem Fall, doch wie kann sie sich von ihm abwenden?

Die Spurensicherung ist mit Miles' Studio fertig, und Ffion setzt sich vorsichtig hin. Es fühlt sich bizarr an, auf dem Stuhl zu sitzen, auf dem er gestorben ist, und auf den Monitor zu blicken, den er angesehen hatte, als sein Mörder kam.

War es Ceri?

Oder Ryan?

Oder jemand anders?

Ffion geht das Material durch, auch wenn sie schon weiß, was sie findet. Die Dateien von der Festplatte sind heruntergeladen und als Beweismittel gespeichert worden, trotzdem passt Ffion mit der Steuerung auf, weil sie nichts versehentlich löschen will. Das System ist erstaunlich unkompliziert, und mit dem Tracker kann man direkt zu einer bestimmten Zeit springen. Ffion spielt herum, wechselt zwischen Tagen, schaut sich einige Minuten an und zieht zu einem anderen Tag und einer anderen Unterhaltung. Es fühlt sich sogar noch voyeuristischer an, als die Fernsehshow anzusehen.

Ffion bewegt den Tracker auf wenige Minuten vor dem Mord. Sie beobachtet Lucas, der gedankenverloren am Feuer sitzt, wandert dann weiter zurück und klickt auf BEICHTKAMMER. Henry ist schon richtig in Schwung, obwohl er – wie viele Männer, die Ffion kennt – eine Menge Worte macht, um nichts Bedeutsames zu sagen.

»Ich habe mir das Hirn zermartert«, sagt er in die Kamera. »Und ich weiß ehrlich nicht, welches ›Geheimnis‹ *Exposure* lüften will. Deshalb wollte ich schnell hier reinspringen und mich entschuldigen.« Sein Blick schweift nach links.

Schnell? Ffion schnaubt. Henrys selbstgefällige Entschuldigung – *Mir tut leid, sollte ich jemanden unabsichtlich verletzt haben. Ich entschuldige mich bei meinen Eltern, meinen Freunden, meinen Kollegen* – ist beinahe fünfundvierzig Minuten lang, und kein einziges Mal erwähnt er die Mutter seines Kinds, die er angeblich verlassen hat, oder den Alkoholismus, den er Ffion widerwillig gestanden hatte. Stattdessen faselt er davon, *bessere Lebensentscheidungen* treffen zu wollen. Henry hat gehofft, mit seinem Geheimnis davonzukommen, geht Ffion auf. Er hat gehofft, dass er gewinnt.

Sie klickt in der Zeit zurück und sieht Henry die Beichtkammer betreten; als sie abermals zurückspult, ist wieder Henry da, der abermals in die Beichtkammer steigt, nur Minuten vor seinem großen, Shakespeare'schen Geständnis. Der Mann hebt die Nabelschau auf ein ganz neues Level.

Ffion wechselt zu der Kamera, die ihr die beste Sicht auf den Kasten mit den Geheimnissen bietet, und spielt in vierfacher Geschwindigkeit von der Tatzeit bis zu der Szene, in der Dario auf Leos und Ffions Befehl hin erscheint, um die Teilnehmer zu holen.

Niemand nähert sich dem Kasten.

Ffion geht den Berg hinauf zum *Exposure*-Camp. Sie hat kein besonderes Ziel, will nur den Moment aufschieben, in dem sie nach Carreg Plas zurückkehrt und tut, was sie in dem Moment hätte machen müssen, in dem sie den Geheimniskasten öffnete. Sie bemerkt einen schmutzig weißen Umriss durch die Bäume und wird gewahr, dass sie um das Camp herum zu Darios Wohnwagen gegangen ist.

Könnte er Miles ermordet haben? Ffion würde es um Ceris willen gern glauben, aber Leos Argument mit dem Fenster leuchtet ein. Dario, der durch die Tür in Miles' Studio geht, wäre für keinen verdächtig, also warum sollte Miles ihn durchs Fenster hereinlassen?

Ffion späht durch das Wohnwagenfenster. Niemand drinnen. Die Sitzbänke sind zu einem Bett ausgeklappt, und auf einer Seite liegen zwei Kissen übereinander. Es gibt kein Laken, nur eine Bettdecke in einem gestreiften Bezug. In der Küchennische steht ein Becher neben einem Topf und einer offenen Dose Baked Beans.

Ffion geht um den Wohnwagen herum und versucht, die Tür zu öffnen, doch es ist abgeschlossen. Beinahe ist Ffion froh – sie kann sich vorstellen, wie es drinnen riecht. Unter dem Wohnwagen stehen Gummistiefel, ansonsten ist nichts draußen bis auf ein Ölfass einige Meter weiter, das von außen geschwärzt und rissig ist. Ffion geht hin. Ihr ist bewusst, dass sie zurückmuss und Leo sich schon fragt, wo sie bleibt.

In dem Fass liegen nur einige verkohlte Papierfetzen. Ffion betrachtet sie. Hier ist kein Holzstapel, kein Hinweis, dass Dario ein Feuer brennen ließ, um sich zu wärmen. Hat er etwas verbrannt? Ffion beugt sich in das Fass und angelt das verkohlte Papier heraus. Es sind nur Schnipsel, aber auf dem, was noch leserlich ist, taucht immer wieder dasselbe Wort auf.

Exposure.

»Hast du irgendwas gefunden?«, fragt Leo, als Ffion zurückkommt.

Sie antwortet nicht, sondern sieht zu DC Alum Whitaker, der im CID-Büro in Bryndare sitzen müsste, stattdessen aber hier am Küchentisch hockt. »Was macht er hier?«

»Der DI hat mich gebeten vorbeizusehen. Nachschauen, wie es euch geht.«

»Wohl eher, um mich zu überprüfen.« Ffion beäugt ihn misstrauisch.

»Ich habe deine Schwester kennengelernt«, sagt Alun. »Sie ist gerade gegangen, als ich gekommen bin.«

»Okay, ich melde sie für eine Therapie an.«

»Sie hatte einige saftige Worte über dich zu sagen.«

Ffion beißt nicht an.

»Boccacci hat Ceris Verhaftung abgenickt«, sagt Leo. »Willst du sie mit mir zusammen befragen? George und Alun nehmen Dario wegen Sachbeschädigung fest.«

»Dann braucht ihr die hier.« Ffion lässt eine Handvoll verkohlter Papierschnipsel auf den Tisch rieseln. Dabei fällt ihr etwas ein, was Seren gesagt hat, und sie richtet den Blick gen Zimmerdecke, um alle Personen richtig zu platzieren.

»Was ist das?« Alun hebt einen Schnipsel mit Daumen und Zeigefinger an.

»Die habe ich bei Darios Wohnwagen gefunden. Das sind Verträge oder Verzichtserklärungen oder so. Sieh mal, auf dem hier ist Pams Unterschrift, und hier steht *Schadenersatz.*« Sie sieht George an. »Owens Zimmer geht nach vorn, oder? Neben dem, das Caleb benutzt.«

»Ähm … ja.« George ist abgelenkt von den Papierfetzen. »Dario muss die Papiere aus Miles' Studio mitgenommen haben, als wir ihn gesehen haben. Nicht schlecht, Ffi.«

»Also, wenn Owen Blick auf den See hat, wie konnte er dann wissen, was auf dem Hof los war, als Miles ermordet wurde?«, fragt Ffion.

Es vergeht ein Moment, als alle überlegen.

Dann steht Leo auf. »Ich hole ihn, dann können wir ihn fragen.«

»Bevor du das tust …« Ffion sieht ihn an, und ihr Bauch verkrampft sich. »Kann ich dich kurz sprechen?«

»Klar.«

»Nicht hier.«

Sie gehen den Berg hinauf, weg von Carreg Plas und in die entgegengesetzte Richtung vom *Exposure*-Camp. Etwas nagt an Ffion; es hat mit dem Material zu tun, das sie vorhin angesehen hat, aber ihr Kopf ist zu voll, um zu begreifen, was und ob es wichtig ist. Sie weiß nur, dass sie reinen Tisch machen muss.

»Was ist los?«, fragt Leo, als Ffion langsamer wird und sie stehen bleibt, die Hände tief in den Taschen vergraben. Unter ihnen liegt der Llyn Drych wie eine blaue Scheibe. Ffion kann Mams Haus am Rand von Cwm Coed sehen und Steffans Bootshaus. Drüben auf der englischen Seeseite erstrecken sich die Holzhütten von The Shore vom Ufer bis nach hinten in den Wald.

Ffion zieht Ceris Umschlag aus ihrer Jackentasche und reicht ihn Leo.

Verwundert sieht er ihn an. »Hast du ihn gefunden?«

Sie antwortet nicht, versucht, seinen Blick zu halten, schämt sich aber zu sehr. Ehe sie sich abwendet, sieht sie noch, wie sein Gesichtsausdruck von Verwirrung zu Verständnis und schließlich Fassungslosigkeit wechselt. Ffion schaut zum See, ehe Ekel kommt. »Es ist kompliziert«, sagt sie leise.

Ffion hört das Schnalzen von Latexhandschuhen – nur Leo hat natürlich immer ein Paar in der Tasche, für alle Fälle –, gefolgt von dem Geräusch, als die Karte aus dem Umschlag gezogen wird.

Leo liest laut vor.

Ceri hat Tausende Pfund von ihrer Postrunde gestoh-
len.

Eine Krähe hüpft von einem Stein zum anderen, neigt ruckend den Kopf zur Seite. Ffion beobachtet, wie der Vogel nach etwas am Boden pickt.

»Sie wurde erwischt«, sagt Ffion, als klar wird, dass Leo nichts sagen will. »Sie hat versprochen aufzuhören und ihre Chefin, Bronwen, angefleht, es nicht der Polizei zu melden. Letztlich hatte Bronwen Mitleid mit ihr, aber als *Exposure* anfing, wurde Bronwen klar, dass sie riskiert, in Ceris Lügen mit reingezogen zu werden.«

»Aber …« Leo hat merklich Mühe zu sprechen. »Warum?«

»Bronwen ist mit Huw zusammen.«

»Und?«

»Er hat mich darum gebeten.« Ffion rupft ein Blatt von dem Baum neben ihnen und reißt es in Fetzen. Die plötzliche Bewegung erschrickt die Krähe, sodass sie nach unten gen See flattert. »Ich glaube, er mag sie richtig, und ich denke, sie tut ihm gut, nachdem ich …« Sie beendet den Satz nicht.

»Eine Menge Leute trennen sich, Ffion, und sehr viele von ihnen haben deswegen Schuldgefühle.« Er klingt angespannt. Sie kann fühlen, dass er sie ansieht, als er fortfährt: »Beweise zu verstecken, ist keine Wiedergutmachung. Das ist verrückt.«

»Dann bin ich also verrückt?«, kontert Ffion und sieht ihn endlich an.

»Ja! Liebst du ihn noch? Ist es das?«

»Was? Nein! Oh Gott!«

»Hast du eine Vorstellung, wie blöd mich das dastehen lässt?«, fragt Leo. »DCI Boccacci hat gesagt, dass ich Eindruck auf sie gemacht habe und Cheshire sich glücklich schätzen kann, mich zu haben. Sie hat mich sogar gebeten, eine Versetzung in Betracht zu ziehen.«

Einen winzigen Moment lang quält Ffion sich mit dem Gedanken, Leo jeden Tag bei der Arbeit zu sehen, mit ihm mittags beim Kantinenkaffee zu reden.

»Sie hat gesagt, dass sie meinem Urteil vertraut, was Ceri Jones' Verhaftung betrifft«, sagt er verbittert. »Ein Urteil, das ich einzig damit begründet habe, dass Ceris Umschlag verschwunden war!«

»Ich …«

»Weil du ihn genommen hast!«

»Ich habe Mist gebaut, okay?« Ffion ist bewusst, dass sie gebrochen klingt, weil ihre Kehle eng von drohenden Tränen ist.

»Aber du baust *immer* Mist, weil du Dinge nicht zu Ende denkst und dann alles um dich herum einkracht, ob es die Arbeit ist oder … oder …« Leo blinzelt, und da ist ein Anflug von Schmerz in seinen Augen, ehe sein Blick wieder hart wird.

»Oder was?«, fragt Ffion. Falls er ihre Beziehung meint, wird sie es einfach machen. Sie wird ihm erzählen, wie sie wirklich empfindet, und …

»Versau dir ruhig deine berufliche Laufbahn, wenn dir danach ist.« Leo geht zurück zum Haus. »Aber mach meine nicht mit zunichte. Mir reicht's.«

»Was? Man kann nicht einfach aus einer Mordermittlung aussteigen.«

»Nein, Ffion«, sagt Leo, ohne sich zu ihr umzusehen. »Mir reicht's mit dir.«

DREIUNDDREISSIG

DIENSTAG | LEO

Die Gerichtsmedizin in Bryndare ist ein wenig einladender eingeschossiger Bau hinter dem Krankenhaus. Leo klingelt, und eine Sekunde später geht die Tür mit einem Klicken auf.

»Bist du schon mal hier gewesen?«, fragt George, die ihm nach drinnen und durch einen langen Korridor folgt. Der Geruch nach Desinfektionsmitteln überdeckt den Gestank des Todes nicht ganz, der beständig intensiver wird, als sie sich der fensterlosen Leichenhalle nähern.

»Einmal.« Leo erinnert sich gut an Ffions Gesichtsausdruck, als ihr klar wurde, mit wem sie bei der Mordermittlung zu Rhys Lloyd zusammenarbeiten sollte. Sein eigener muss ziemlich ähnlich gewesen sein, schätzt er und muss trotz allem grinsen. Es kommt ja nicht täglich vor, dass man dem One-Night-Stand von letzter Nacht in einer Leichenhalle wiederbegegnet.

Miles Young liegt schon auf dem Tisch, wo sein nackter Körper von einem grünen Tuch abgedeckt ist. Izzy Weaver, die Gerichtsmedizinerin, reißt es mit einem Schwung weg wie eine Zauberin auf der Bühne. »Die ultimative Bloßstellung«, sagt sie anstelle einer Begrüßung. Sie nickt George zu, während Leo einen Blick auf die Leiche wirft. Miles ist eher mager als durchtrainiert mit sichtbaren Hüftknochen und hagerer Brust. Seine Hände stecken in Papiertüten.

»Wie ist Ihr erster Eindruck?«, fragt Leo.

»Ich würde sagen, dass er tot ist«, antwortet Izzy trocken, »Sie nicht auch?« Sie nimmt ein Aufnahmegerät und hält einen Finger über der Taste. »Gut genährter kaukasischer Mann, kein sichtbares Schädeltrauma. Heute gibt es für alles eine Realityshow, oder?«

Es entsteht eine Pause, ehe Leo begreift, dass Izzy mit ihm spricht.

»Kochen, Tanzen, Eislaufen. Und nach sechs Folgen ist jeder ein Experte.«

»Ja, stimmt wohl.«

»Externer Gehörgang offen und frei von Blut. Die sollten mal eine über Gerichtsmediziner machen.«

»Wie bitte?«

»Eine Realityshow. Sechs Amateurschnüffler, ein Kühlschrank voller Leichen …«

George verzieht das Gesicht. »Ein bisschen makaber.«

»Sind sie das nicht alle?« Izzy drückt auf Aufnahme. »Haben Sie mal *Wer ist dein Vater* gesehen? Da gewinnt man tausend Dollar, wenn man unter fünfundzwanzig Männern den eigenen biologischen Vater errät. Linkes unteres Augenlid am inneren Bindehautsack: ein Millimeter Petechien.«

»Das ist furchtbar«, sagt George.

»Sehr normal bei Strangulation.« Izzy untersucht Miles' Gesicht. »Nein, Realityshows sind die Geißel der modernen Gesellschaft.« Wieder drückt sie auf Aufnahme. »Ähnliche Petechien sind auf der Haut der oberen Augenlider sichtbar.«

»Dann haben Sie *Exposure* nicht gesehen?«, fragt George.

»Lieber würde ich mir die Augäpfel mit einem Durham-Wundhaken raushebeln.« Izzy setzt ihre Untersuchung fort und verharrt bei den roten Abdrücken an Miles' Hals. »Strangulationsmal, circa drei Millimeter breit. Horizontal mit einer Aufwärtsneigung.« Sie stoppt.

»Hat er gesessen?«

»Ja«, antwortet George.

»Dachte ich mir.« Izzy sieht zufrieden mit sich aus. »Strangulationsfurche überquert die vordere Mittellinie unterhalb der Prominentia laryngea auf Höhe des Ringknorpels.«

Leo schaltet ab, als säße er in einem Café im Ausland, umgeben von Leuten, deren Sprache er nicht versteht. Seit er Ffion gestern am Berg stehen ließ, hat er sie nicht mehr gesehen. Er hatte die Fehlzündung des Triumphs und das Auffliegen von Kies gehört, als sie aus der Einfahrt preschte, und Georges fragenden Blick mit einem Schulterzucken beantwortet, von dem er hoffte, dass es genauso ratlos wirkte. »Ich fahre nach Bryndare«, hat er zu ihr gesagt. »Ich muss mit dem DCI sprechen.«

»Wolltest du nicht mit Owen reden?«

»Leg den auf Eis«, erklärte Leo angespannt. »Es sind neue Informationen aufgetaucht.«

Zwei Stunden später zieht Izzy ihre Handschuhe aus. »Mein ganz und gar nicht überraschendes Update lautet, dass euer Mann stranguliert wurde.«

»Mit?«, fragt George.

»Einer flachen, engfaserigen Schnur. Ich würde auf einen Schnürsenkel oder Ähnliches tippen. Keine Fasern, aber wir sollten das Muster vergleichen können, wenn Sie die Schnur finden.« Sie nimmt einen Ring von einem Schälchen neben dem Waschbecken auf und steckt ihn sich an der linken Hand an. Kurz bewundert sie den quadratisch geschnittenen Diamanten.

»Könnte er seinen Angreifer irgendwie verletzt haben?«, fragt Leo. Miles' Fingernägel wurden abgeschabt und sorgfältig in beschriftete Tüten geschnitten.

»Unter zwei Nägeln der rechten Hand war Gewebe«, sagt Izzy. »Aber wenn Sie sich dies hier ansehen …«, sie zeigt zu zwei sichelförmigen Wunden oberhalb des Strangulationsmals und hebt die Hände an ihren Hals, als würde sie an einer unsichtbaren Schnur zerren, »würde ich sagen, dass wir es eher ihm zuordnen werden. Ich nehme an, dass es sehr schnell ging und ihm keine Zeit blieb zu reagieren.«

Sie fasst noch die Ergebnisse ihrer inneren Untersuchung zusammen und weist auf geplatzte Blutgefäße in der Hirnrinde hin, die zu einer Strangulation passen. »Keine Anzeichen von Drogenkonsum, obwohl wir natürlich noch Proben an die Toxikologie schicken.« Izzy sieht zu Miles, dessen Organe – sorgfältig gewogen und fotografiert – jetzt auf einem Rollwagen neben ihm liegen. »Haben Sie einen Verdächtigen?«

»Zwei«, antwortet Leo. »Einer wird momentan von einem psychiatrischen Team betreut, und wir konnten ihn noch nicht befragen. Der andere wird in diesem Moment vernommen.«

Boccacci bat Alun Whitaker, Dario zu befragen. »Am besten halten wir das intern«, sagte sie zu Leo und überspielte die kleine Spitze mit einem sanften Lächeln. »Berichten Sie mir morgen, wie die Autopsie gelaufen ist.« Der Subtext war klar: Leo saß auf der Ersatzbank.

»Sind die Verdächtigen Links- oder Rechtshänder?«, fragt Izzy.

»Keine Ahnung«, sagt Leo. Er denkt, dass er wieder Boccacci anrufen muss, und bei der Aussicht wird ihm ein bisschen schlecht. Whitaker befragt Dario jetzt, angefangen mit der Beschädigung der Kameras bis hin zum Mord. Der Sicherheitsmann könnte sogar umkippen. Bis Leo und George hier fertig sind, hat Whitaker womöglich schon eine Anklage und heimst den ganzen Ruhm ein.

»Dario ist Linkshänder«, sagt George. »Er hat die Unterschrift bei der Aussage verschmiert. Es ist mir nur aufgefallen, weil mir dasselbe passiert.« Sie wedelt mit der Hand. »Linkshänderin.«

»Dann ist er nicht euer Mörder«, folgert Izzy. »Die Abschürfungen von der Strangulation sind auf der rechten Seite tiefer und der Winkel dort deutlicher.« Sie macht es vor, wobei sie den Hals ihres imaginären Opfers knapp über ihre Taille platziert. Leo stellt sich Miles an seinem Schneidetisch vor. Ihm war wohl genug mit seinem Besucher gewesen, dass er weitergearbeitet hat. Vielleicht sah sein Gast ihm dabei über die Schulter. »Die dominante Hand zieht natürlich fester.« Wieder macht Izzy es vor.

Leo malt sich die plötzliche Panik auf Miles' Gesicht aus, als er den Druck auf der Luftröhre fühlte; der Schnürsenkel wurde ihm zu schnell umgelegt, als dass er die Finger darunterbekommen konnte, weshalb er an seiner Haut kratzte, als er nach Luft rang …

Izzy ist mit ihrer Demonstration fertig, doch anstatt ihren imaginären Schnürsenkel fallen zu lassen, wickelt sie ihn auf und legt ihn auf den Edelstahlwagen neben sich. Leo und George wechseln einen Blick. Gerichtsmediziner, denkt Leo – nicht zum ersten Mal –, sind nicht ganz normal.

Auf der Rückfahrt nach Carreg Plas ruft George Jessica an. Leo hört zu, als sie sich nach Ryan erkundigt, und widersteht dem Impuls, ihr stumm zu sagen: *Komm zur Sache!* Schließlich tut sie es.

»Es ist eine komische Frage, ich weiß, aber ist Ryan Rechts- oder Linkshänder?« Es folgt eine Pause. »Danke. Nein, es ist nicht wichtig. Okay, passen Sie auf sich auf, ja? Bye.«

»Er ist Linkshänder, stimmt's?«, fragt Leo, sobald George das Gespräch beendet hat.

»Ja. Er kann Miles nicht erdrosselt haben.« Sie sieht ihn an. »Ich bin froh, du nicht auch?«

»Dass es nicht Ryan war?« Leo überlegt. »Ja, vermutlich. Aber wer zur Hölle ist es gewesen? Ryan und Dario fallen aus, weil sie Linkshänder sind. Lucas und Henry waren zur Tatzeit live auf Kamera. Pams und Jasons Alibis sind bestätigt, genauso wie die von Caleb und Jessica. Und Aliyah wäre schlicht nicht stark genug …« Leo rattert die Namen herunter und wird immer verzweifelter, als jede der Möglichkeiten verpufft. »Was machen wir jetzt?«

»Wir reden mit Owen«, antwortet George. »Roxy hat gesagt, sie hätte bemerkt, dass etwas los ist, als sie Owens Zimmertür zuknallen hörte, aber vielleicht hat sie sich geirrt. Er könnte Miles ermordet haben, durchs Fenster rausgeklettert und um das Farmhaus herum nach vorn gerannt sein. Eventuell war es keine Zimmertür, die Roxy gehört hat, sondern die Haustür.«

»Aber die Haustür lässt sich nicht öffnen«, sagt Roxy, als sie ihr von der Theorie erzählen. »Deshalb kommen wir alle durch die Küche.« Sie stehen zu dritt oben auf dem Flur nahe Roxys Tür.

»Könnte es dann die Küchentür gewesen sein?«, fragt Leo, auch wenn es ihm weit hergeholt erscheint.

Roxy schüttelt den Kopf. »Es war definitiv hier oben – sonst hätte ich es bei der lauten Musik gar nicht gehört. Und als ich meine Tür aufgemacht habe, sah ich Owen die Treppe runterrennen, als stünde das Haus in Flammen. Ich war buchstäblich Sekunden hinter ihm.«

»Danke.« Leo dreht sich um. »Entschuldigen Sie die Störung.« Als er weggeht, hört er, wie Roxy die Stimme senkt und George etwas zuflüstert.

»Denkt er, dass Owen Miles umgebracht hat?«

»Wir versuchen lediglich, uns ein Bild von den Abläufen an dem Tag zu machen, weiter nichts.«

»Er will übrigens dringend als Produzent übernehmen«, sagt Roxy.

Leo hat abgeschaltet. Er sieht weiter hinten auf dem Flur durch die offene Tür in das Zimmer, in dem Miles geschlafen hat. »Owen war nicht in seinem Zimmer«, sagt Leo. Er tritt auf die Tür zu, und George folgt ihm.

»Aber wenn ich es Ihnen doch sage!« Roxy klingt ein wenig verärgert. »Ich habe ihn oben an der Treppe gesehen.«

In Miles' Zimmer sieht Leo zu dem Fenster mit Blick auf den Hof und zur Kommode, in der die Handkasse verwahrt wurde.

»Ah, natürlich!«, sagt George. »Er war hier drinnen.«

VIERUNDDREISSIG

LUCAS | TAG FÜNF VON *EXPOSURE*

Reverend Lucas Taylor redet mit Gott. Was nicht ungewöhnlich ist – das bringt der Job mit sich –, doch gäbe es eine Ligatabelle fürs Beten, wäre Lucas die letzten Tage in die erste Liga aufgestiegen.

Hat er rein theoretisch eine Affäre? Das hat Lucas sich selbst gefragt (nicht Gott, denn dem Allmächtigen stellt man solche Fragen nicht). Lucas ist unverheiratet, und die Kirche verlangt nicht, dass er es bleibt, also hat er eigentlich keine Affäre, oder?

Aber er hat Sex gehabt. Und Helena Barnsby, die Frau, mit der Lucas jeden Mittwochabend in der Sakristei geschlafen hat, ist schon verheiratet. Mit Lucas' Organisten.

»Wollen wir sehen, wer am besten orgelt?«, hatte Helena gefragt, als sie auf die Knie ging und Lucas' Chorhemd anhob. Bei der Erinnerung stöhnt Lucas (und nicht so wie in jenem Moment). Selbstverständlich ist es eine Affäre. Gott schert sich nicht um Semantik. Die Frage ist, was Er dabei tun wird. Und was wird der Bischof sagen?

Lucas wühlt in seinem Rucksack. Jemand hat seine Socken gestohlen. Normalerweise würde Lucas für den armen Unglücklichen beten, der Socken brauchte, aber dies sind keine normalen Zeiten, und die anderen fünf Teilnehmer sind nicht unglücklicher als er. Würde Lucas den Dieb jetzt finden, er würde ihm die Socken herunterreißen und sie ihm …

Lucas atmet aus. Es ist furchterregend, wie schnell er wieder in alte Muster verfällt. Lucas hat im Gefängnis zu Gott gefunden, was ungewöhnlich für einen Vikar ist. Oder vielmehr hat Gott ihn gefunden, als er über einen Mithäftling gebeugt und im Begriff gewesen war, ihm die Faust ins Gesicht zu rammen. Da fühlte Lucas es so klar, wie es klarer nicht ging: eine Hand, die seine umschloss und sie zurückhielt. Als Lucas sich umdrehte, war niemand da, und dennoch hatte Lucas das überwältigende Gefühl, nicht allein zu sein. An jenem Sonntag ging er in die Kapelle und betete zum ersten Mal seit der Grundschule wieder.

Es wäre eine Erleichterung, denkt Lucas jetzt, wäre seine kriminelle Vergangenheit das »Geheimnis«, das Miles Young enthüllen wollte. Aber Lucas ist von Anfang an ehrlich gewesen. Beim Vorsprechen hat er geschildert, wie holprig sein Start ins Leben gewesen war und welche Ereignisse zur Freiheitsstrafe geführt hatten. Er hat klargestellt, dass er es nicht als Geheimnis betrachtet – tatsächlich spricht er in seinen Predigten oft darüber, hat er Miles erzählt, um seiner Gemeinde zu illustrieren, dass jeder erlöst werden kann.

Die Kirche hat strenge Ansichten in puncto Sünden, und Lucas ist lange genug dabei, um zu wissen, dass es richtige und falsche Sünden gibt. Die richtige Art ist, Autos zu klauen, ins Gefängnis zu gehen, Buße zu tun und zu Gott zu finden; dann Theologie zu studieren und danach als Vikar in der Gemeinde Lower Deansford zu dienen. Die falsche Art ist, Mrs Barnsby über die Erntedankdekoration zu beugen.

»Es gibt einige Vikare, die wo berühmt sind, nicht?«, fragt Henry.

Lucas hat nicht zugehört. »Ja, man könnte von einem Trend sprechen«, antwortet er vage. Wo sind seine verfluchten Socken?

»Bist du darauf aus? Eine Sendung auf Radio 4? Eine Talkshow?«

»Ganz sicher nicht.« Lucas will nicht berühmt sein. Mit seiner Bewerbung bei *Exposure* wollte er lediglich zeigen, dass Geistliche nicht anders sind als die Menschen in ihrer Gemeinde.

»Neulich habe ich einen auf einem Zeitschriftencover gesehen«, sagt Henry. »Mit Priesterkragen und allem.«

»Zeitschrifteninterviews, Fernsehwerbung, ein Buchvertrag für eine Cosy-Crime-Reihe. Und ein Podcast natürlich.« Lucas seufzt. »Ich finde das ein bisschen geschmacklos, wenn ich ehrlich bin. Der Job eines Vikars ist, Gott und der Gemeinde zu dienen, kein Pin-up zu sein.« Frustriert knirscht er mit den Zähnen. »Jemand hat meine verdammten Socken geklaut!«

»Dann willst du nur ein ruhiges Leben?«

»Das wäre schön«, sagt Lucas wehmütig. »Hast du meine Socken gesehen? Die sind neonpink und haben ein kleines Loch an einer Ferse.«

»Nee, bedaure, Alter.«

»Bist du sicher? Ich habe sie auf meinem Bett liegen gelassen.«

»Dein Ton gefällt mir irgendwie nicht.« Henry steht auf, und ehe Lucas recht begreift, was er tut, hat er sich gleichfalls aufgerichtet und steht Henry gegenüber.

»Tja, ich mag es nicht, wenn Leute meine Socken nehmen«, sagt er unheimlich ruhig, »also solltest du lieber …«

»Drohst du mir?« Henry sieht Lucas wütend an, doch eine Sekunde später kräuseln sich Henrys Augenwinkel bei seinem Lachen. Er klopft Lucas auf den Rücken. »Chill mal! Ich habe deine Socken nicht, Alter, aber ich helfe dir suchen.«

An dem Abend sieht Lucas ein Funkeln in Roxy Wildes Augen. Schon bevor sie es ausspricht, weiß er, dass er in die Beichtkammer muss. Sein Leben lang hasst Lucas Schlangen, und als er die aufmunternden Rufe der anderen hinter sich lässt (die ihn nicht täuschen: Sie sind alle bloß heilfroh, dass sie nicht in der Schusslinie stehen), wappnet er sich. Er wird sein Geheimnis nicht preisgeben.

Er wird Helena Barnsby nicht verraten.

Lucas liebt sie, wird ihm klar, als etwas durch die Dunkelheit auf ihn zugekrochen kommt. Und er glaubt, dass sie ihn liebt. Eine Schlange gleitet über seinen linken Fuß; eine andere bewegt sich die Stuhllehne hinauf und windet sich um seinen Hals. Lucas kämpft gegen den Drang zu schreien. Er denkt an Helena und dass er sie – wenn er diese entsetzliche Tortur hinter sich hat – bitten wird, ihren Mann zu verlassen. (Organisten sind schwer zu finden, doch seine Gefühle für Helena überwiegen alle Bedenken.) Und irgendwie wird er seinen Frieden mit Gott machen.

Während er um Vergebung für seinen Anteil am Barnsby-Ehebruch bittet, kann er auch um die für schwere Körperverletzung beten. Noch hat er keine begangen, aber das hat er vor. Denn wenn Lucas das Camp verlässt, wird er Miles aufspüren und ihn windelweich prügeln.

FÜNFUNDDREISSIG

DIENSTAG | FFION

Ffion ist auf dem Weg nach Carreg Plas, als DI Malik anruft. Im Triumph gibt es keine Freisprechanlage, also stellt sie auf Lautsprecher und legt das Handy aufs Armaturenbrett, von dem es sofort in den Fußraum rutscht. »Oh, Scheiße«, flucht Ffion.

»Ffion?«

»Sorry, Chef. Guten Morgen.«

»Fahren Sie?« Maliks blecherne Stimme kommt von irgendwo unter dem Beifahrersitz.

»Ja«, ruft Ffion zurück. »Aber ich habe eine Freisprechanlage.«

»Fahren Sie links ran.«

Ffion lenkt den Triumph dicht an die Hecke und schaltet den Motor aus. »Okay, ich gehöre ganz Ihnen.«

»Sie sind von der Ermittlung zu *Exposure* abgezogen.«

»Was? Warum?«, fragt Ffion, obwohl sie den Grund kennt. Ceris Umschlag. Wie konnte sie so blöd sein? Huw ist ihr richtig was schuldig.

»Ich hätte von Anfang an meinem Gefühl trauen sollen«, antwortet Malik. »Sie sind zu nahe an diesem Fall, Ffion – es ist ein Interessenkonflikt.«

Es ist keine Preisfrage, wer mit Malik geredet hat, denkt Ffion. Was ist Leo doch für ein Arsch. Er hätte sie wenigstens warnen können, dass er sie reinreiten will.

»Bekomme ich jetzt einen Anruf von der Internen?« Sie sagt es lässig, als wäre es ihr gleich, doch sie fragt sich, wie viel Ärger sie bekommt. Eine Ermittlung zu manipulieren, kann ihr eine Anklage einbringen, von einem Disziplinarverfahren ganz zu schweigen.

Ein Schaf trottet die Straße entlang, bleibt stehen und starrt Ffion an. Sie sieht wütend zu ihm. Sogar das verdammte Schaf blickt vorwurfsvoll drein.

»Ich denke, wir können das unter uns regeln«, sagt Malik nach einer kurzen Pause. Ffion atmet aus. »Ich habe DCI Boccacci gesagt, dass ich Sie wieder im CID brauche. Sie darf Alun behalten.«

»Was hat sie getan, das zu verdienen?«, fragt Ffion unwillkürlich, ist aber nicht mit dem Herzen dabei. Jetzt wird Alun unerträglich sein. Sie wundert, dass er sie nicht unter irgendeinem Vorwand angerufen hat, nur um es ihr unter die Nase zu reiben. Doch vielleicht setzt ihm noch zu, dass er gestern Abend kein Geständnis von Dario Kimber bekommen hat.

Ffion hat sich die Vernehmungsaufnahme am Morgen angehört.

»Ich dachte, ich kann den Kasten mit meinem Messer aufstemmen«, hat Dario gesagt, nachdem er die Zerstörung der Kameras zugegeben hatte. »Aber da tat sich nichts. Dann hat jemand aus einem der Zelte gerufen, und ich habe mich aus dem Staub gemacht. Ich wollte ja bloß Aliyah helfen«, ergänzte er hörbar verlegen. Der Typ hat sich in eine Frau verknallt, die halb so alt ist wie er, und sich vorgemacht, sie würde auf ihn stehen. Die Frage war: Hat er auch für sie gemordet?

»Nein!«, antwortete Dario sehr prompt, als Alun ihn genau das fragte. »Miles war ein Arsch, aber ich habe ihn nicht umgebracht.«

»Sie haben vertrauliche Unterlagen aus seinem Büro gestohlen«, sagte Alun.

Was Dario nicht leugnete. »Ich habe keine Zeit gehabt, die zu lesen, sie nur aus der Schublade geholt und in meine Tasche gestopft. Ich habe gedacht, da könnten irgendwo die Geheimnisse stehen, aber die waren nicht zu gebrauchen.«

Miles' Produktionsteam in Cheshire hat bestätigt, dass es sich bei den verbrannten Dokumenten um Gesundheits- und Sicherheitsformulare handelte, die alle Teilnehmer vor Drehstart unterschrieben hatten.

Das Schaf geht weiter die Straße entlang. Ffion presst die Stirn gegen das Lenkrad. Sie kann verstehen, warum Leo bedient von ihr ist, und er ist jetzt DS, okay, aber sie beim DI melden? Wie kann er es wagen?

Ffion lässt die Wut anschwellen. Befeuert sie. Wut ist besser als ein gebrochenes Herz.

»Arbeiten Sie heute von zu Hause«, sagt Malik. »Bringen Sie sich nicht in Schwierigkeiten. Holen Sie Papierkram auf. Und wenn Sie dabei sind …« Er bricht ab, und Ffion hört sein Zögern.

»Ja?«

»Das ist Ihre letzte Chance, Ffion. Finden Sie heraus, wem Ihre Loyalität gilt.«

Ffion geht zu Mams Haus. Elen Morgan packt Einkäufe aus, und wortlos nimmt Ffion eine Tüte und beginnt, Dinge wegzuräumen. Dave hilft, indem er eine Großpackung Chips aufreißt.

»Oh, verdammt, Dave!« Ffion nimmt sie ihm weg. »Dich kann ich nirgends mit hinnehmen.«

»Was ist los?« Mam sieht ihre Tochter prüfend an.

»Die sind mit würzigem Fleischgeschmack. Da wird er furzen wie ein Rennpferd.«

»Ich meinte mit dir.«

»Ich weiß, was du gemeint hast.« Ffion stellt eine Packung Spaghetti in den Vorratsschrank.

»Also willst du nicht darüber reden?«

»Du hast hier vier Nudelsorten, Mam. Machst du ein italienisches Restaurant auf?«

»Das nehme ich mal als Nein.«

»Kann ich ein bisschen hier arbeiten?«

»Was stimmt mit deinem Zuhause nicht?«

»Nichts.« Ausnahmsweise wünscht Ffion sich Gesellschaft. Sie will von Mams pausenlosem Tratschen genervt und von Bitten unterbrochen werden, ein Maßband zu halten oder Kram vom Dachboden zu holen. Alles, um nicht über die Tatsache nachzugrübeln, dass sie de facto freigestellt worden ist, als sie kurz davor sind, den prestigeträchtigsten Mordfall aufzuklären, den North Wales Police je gehabt hat.

Ffions Handy klingelt.

»Spreche ich mit DC Morgan?« Es ist ein Datenanalyst aus Bryndare.

»Am Apparat.«

»Ich habe Ihren Namen von den Beweismitteln, die im Mordfall Miles Young sichergestellt wurden. Wir arbeiten noch daran, die Daten von Youngs Handy zu sichern, aber ich habe die Ergebnisse von seiner Uhr, falls Sie die wollen.«

Ffion sollte sagen, dass sie nicht mehr an dem Fall ist – den Analysten bitten, Leo oder DCI Boccacci anzurufen –, aber dann wäre es auf der ganzen Wache bekannt, also antwortet sie schlicht: »Legen Sie los.« Sie wird George eine E-Mail schicken, wenn etwas Brauchbares dabei ist.

»Es ist eine ziemlich billige Uhr. Keine Text- oder E-Mail-Funktion. Wie es aussieht, hat er sie hauptsächlich als Schrittzähler genutzt. Offenbar war er ein leidenschaftlicher Läufer.«

»Er ist täglich gelaufen«, sagt Ffion.

»Außer Sonntag.«

Ffion runzelt die Stirn. »Wie bitte?«

»Ich habe gesagt, dass er an seinem Todestag nicht gelaufen ist. Die Uhr zeichnet Dauer und Entfernung auf, und den Daten zufolge ist er jeden Morgen annähernd gleich lange gelaufen, aber nicht am Sonntag. Ruhetag, nehme ich an.« Der Analyst lacht.

»Das kann nicht sein«, sagt Ffion. »Er ist eindeutig laufen gewesen.«

Eine Sekunde lang zweifelt sie selbst und versucht, sich zu erinnern. Miles hatte sich gebückt, um den Schlüssel unter die Matte zu legen; er hat sie absichtlich ignoriert, als sie ihm über den Hof zurief, und ist von ihr weg den Berg hinaufgesprintet.

»Vielleicht hat er nur vergessen, die Uhr einzustellen«, sagt sie, was indes nicht zu ihrem bisherigen Wissen über Miles passt. Er war obsessiv. Ein Gewohnheitstier.

»Packst du das noch weg?«, fragt Mam, als Ffion das Gespräch beendet hat und ihr bewusst wird, dass sie ein großes Honigglas im Arm hält, als wäre es ein Baby. Sie stellt es in den Schrank, immer noch abgelenkt von dem Anruf. Miles *war* am Sonntagvormittag laufen. Sie hat ihn *gesehen.*

Plötzlich kommt ihr ein Gedanke, und sie reißt die Augen weit auf.

Sie hat einen Läufer gesehen.

Aber war der Miles?

SECHSUNDDREISSIG

CERI | TAG SECHS VON *EXPOSURE*

Vor einem Jahr war Ceri Jones' Leben perfekt. Sie hatte eine Beziehung mit einer Frau namens Lou angefangen, die in derselben Woche Urlaub in Nordwales machte, in der Ceri beschloss, Tinder auszuprobieren. Aus einer Wochenendliebelei wurde eine Fernbeziehung, und sie wechselten zwischen Ceris Haus in Cwm Coed und Lous schicker Wohnung in Londons Canary Wharf.

»Das Tolle an Dates in unserem Alter ist«, sagte Lou, als Ceri sie das erste Mal in London besuchte, »dass wir beide erwachsen sind.« Lou hatte ein atemberaubendes Restaurant mit ebensolchen Preisen ausgesucht, sodass Ceri das billigste Gericht von der Karte wählte, obwohl sie fand, dass Aubergine wie Schwamm schmeckte. »Wir arbeiten beide, haben Immobilien … wir sind gleichgestellt.« Lou lächelte, als die Rechnung kam. »Wollen wir getrennte Kasse machen?«

Ceri holte ihre Bankkarte hervor und achtete nicht auf die Alarmglocken, die in ihrem Kopf schrillten. Ja, sie arbeiteten beide, doch Ceri war Postbotin und Lou Rentenfondsmanagerin. Ja, sie besaßen beide Immobilien, allerdings war Ceris Hypothek noch bei fünfundachtzig Prozent, sodass sie bisher lediglich die Zinsen abzahlte, während Lou beiläufig bemerkt hatte, dass sie ihr Apartment auf einen Schlag bezahlt hatte.

In den nächsten Monaten besuchten sie Museen und Galerien, gingen ins Theater und unternahmen spontane Städtereisen, auf denen Lou die besten Restaurants aussuchte und Ceri Picknicks im Park vorschlug. Ceris Kreditkarte war bald ausgereizt, also nahm sie ein Darlehen auf.

Es war eine Befreiung, als die Beziehung endete. Lou hatte eine Textnachricht geschickt (Schatz, ich habe sehr viel Spaß gehabt, aber alles Gute hat mal ein Ende! Liebste Grüße, Lou x), und Ceri hatte tief durchgeatmet und ihre Schulden addiert.

Die hielten sie nachts wach. Jeden Morgen auf ihrer Runde durch die Seitenstraßen von Cwm Coed überlegte sie, wie sie zu Geld kommen könnte, aber allein die Zinsen waren mehr, als sie sich leisten konnte.

Der Zehnpfundschein war beinahe ein Unfall.

Sie fand ihn am Ende ihrer Runde unten in einem Postsack. Er musste aus einer Geburtstagskarte gefallen sein; das kam hin und wieder vor. Die Vorschrift lautete, das Geld ins Buch einzutragen und in den Safe zu packen, wo es blieb, bis jemand es als vermisst meldete.

Klopfenden Herzens steckte Ceri es in ihre Tasche und benutzte es, um ihr Auto zu betanken.

Keiner meldete das fehlende Geld, aber Ceri war schlecht vor Schuldgefühlen. Es war das Geburtstagsgeld von jemandem gewesen; hart erarbeitet von einer lieben Tante, mit Liebe und dem Hinweis geschickt *Kauf dir etwas Schönes.*

»Ist kein Päckchen für mich dabei, Ceri?«, fragte Dee Huxley wenige Tage später. Ceri brachte die Post zu The Shore, der Ferienhausanlage am anderen Seeufer.

»Ich habe keines im Van«, antwortete Ceri.

»Mein neuer Wasserkocher ist anscheinend auf eine Odyssee gegangen.« Dee schüttelt tadelnd den Kopf. »Egal. Ich lasse mir Ersatz schicken.«

Etwas klickte in Ceris Kopf. Wenn sie das richtige Päckchen fand, könnte sie den Inhalt online verkaufen. Große Firmen verkrafteten es, die Kunden bekamen Ersatz, und Ceri konnte ihre Schulden bezahlen und ihr Leben zurückbekommen.

Die nächsten sechs Monate nahm Ceri jeden Morgen ein Paket auf ihrer Runde. Und abends bot sie ihre Beute zum Verkauf an. Einmal die Woche fuhr sie nach Cheshire, um die Pakete von einer Post zu verschicken, in der sie niemand kannte. Langsam schrumpfte ihr Schuldenberg.

Natürlich meldeten die Bewohner die Verluste. Es gab sogar Gerüchte über eine befristete Mitarbeiterin, die eine Mutterschutzvertretung machte. Aber keiner zeigte mit dem Finger auf Ceri. Sie ist in Cwm Coed aufgewachsen und würde doch ihre eigenen Leute nicht bestehlen.

Dann kam Bronwen eines Tages in den Pausenraum, als Ceri gerade ein Paket aus ihrem Spind in ihren Rucksack lud, und alles war vorbei.

»Ich muss das melden«, sagte Bronwen, nachdem Ceri ihr unter Tränen alles gestanden hatte.

»Es kommt nie wieder vor, versprochen. Ich darf meinen Job nicht verlieren, Bron, dann kann ich meine Hypothek nicht bezahlen.«

»Wie viel hast du gestohlen?«, fragte Bronwen.

»Weiß ich nicht genau. Ich habe eine Liste.« Ceri hatte säuberlich notiert, was jeder Gegenstand wert war und für wie viel sie ihn verkauft hatte; wie viel von ihren Schulden sie damit abtrug.

»Die will ich sehen.«

Ceri schickte Bronwen die Liste an dem Abend als Anhang einer E-Mail, in der sie inständig um Verzeihung bat. Sie einigten sich darauf, dass Ceri nichts mehr stehlen und Bronwen ihr Geheimnis für sich behalten würde.

Aber hatte sie das?

In dem Moment, in dem Roxy Wilde die furchtbare Ankündigung machte, wusste Ceri, welches Geheimnis von ihr in dem Metallkasten steckte.

Es ist der sechste Drehtag, und Ceri weiß, dass ihre Tage gezählt sind. Jason und Pam sind bloßgestellt und rausgeworfen worden, und die Atmosphäre im Camp ist aufgeladen von Misstrauen. Sie liegt auf ihrem Feldbett und blickt benommen an die Zeltwand. Ihr ist speiübel vor Angst, und gleichzeitig ist sie zu Tode gelangweilt. Wie eine Gefangene in Untersuchungshaft, die auf ihren Prozess wartet, denkt sie.

Und die Zuschauer fungieren als Geschworene.

Wird sie eine Chance bekommen, es zu erklären? Ihr Handeln kann sie nicht rechtfertigen, das weiß sie, und die Schuld erdrückt sie. Sie hat das Gefühl, nicht mehr atmen zu können, als wäre sie nie wieder frei von ihr.

Draußen ist einer der Männer wild am Herumtanzen wegen irgendetwas. Zuerst ignoriert Ceri es, aber sie sind nur noch so wenige, und es gibt nichts anderes zu tun – niemanden sonst, mit dem man reden kann. Sie stemmt sich hoch und tritt aus dem Zelt.

Henry führt am Feuer etwas auf, was wie ein Stammestanz aussieht, schlägt sich immer wieder auf den Rücken und schwenkt seine Baseballkappe wild um den Kopf. »Weg von mir!«

»Was ist los?«, fragt Ceri.

Lucas krümmt sich vor Lachen. »Er hat unter dem Baum da drüben gesessen, und da ist ihm eine Spinne auf den Kopf gefallen. Ich weiß, dass es unchristlich ist, sich darüber lustig zu machen, aber …« Er prustet wieder los und zeigt auf Henry, der jetzt wie Rumpelstilzchen von einem Bein aufs andere hüpft.

»Wo ist Aliyah?« Ceri ist nicht in der Stimmung für eine Pantomime.

»Sie hat gesagt, dass sie spazieren gehen will.«

Ceri misstraut Aliyah inzwischen, weil sie oft allein verschwindet. Gestern hat sie behauptet, sie hätte wegen Bauchproblemen auf dem Klo festgesessen, was gelogen war, denn Ceri war zwischendurch selbst dort gewesen.

Sie geht weg von den Männern – Henry hat sich endlich von der Spinne befreit, dem Himmel sei Dank – und sucht nach Bewegungen zwischen den Bäumen. Sie folgt dem Zaun klopfenden Herzens, als würde sie etwas Verbotenes tun. Warum sollte sie nicht spazieren gehen? Das macht Aliyah schließlich auch nur.

Doch Aliyah geht nicht spazieren, sondern redet – mit jemandem auf der anderen Seite des Zauns. Wer ist das? Ceri schleicht sich näher heran, tritt jedoch versehentlich auf einen Zweig, und das Knacken hallt durch die Luft. Aliyah dreht sich ruckartig um, und Ceri erstarrt. Wenn sie näher heranzukommen versucht, sehen die sie, aber Aliyah steht direkt vor der Person auf der anderen Seite, und Ceri kann lediglich eine dunkle Hose und ein wenig helles Haar ausmachen, als Aliyah sich bewegt. Redet sie mit einer Frau?

Es kommt ein Schrei aus dem Camp, gefolgt von dem Scheppern eines Holzlöffels auf einem Metalltopf. Lucas oder Henry kochen. Ceri sieht zurück, und obwohl es nur einen Sekundenbruchteil dauert, ist es zu lange. Als sie wieder hinsieht, geht die Frau – ja, eindeutig eine Frau – schon weg und kommt Aliyah zurück zu Ceri.

»Was machst du hier?«

»Feuerholz sammeln.« Ceri hält einen Zweig in die Höhe.

»Viel hast du nicht.«

»Ich fange gerade erst an. Wer war das?«

»Wer?« Aliyah macht sich auf den Weg zurück ins Camp.

Ceri holt sie ein. »Die Frau, mit der du geredet hast.«

»Weiß nicht. Irgendeine Wanderin. Sie hat sich verlaufen, glaube ich.«

Ceri sieht verstohlen zu der jüngeren Frau. Aliyah lügt. Aber warum?

Als das abendliche Live-Segment naht, ist nichts von der fieberhaften Aufregung zu spüren, an die sich Ceri vom ersten Mal erinnert, als die Teilnehmer ums Feuer versammelt waren. Da gab es Lachen und Kameradschaft, wurden neue Freunde in den Arm genommen.

Jetzt sitzt Ceri am einen Ende des langen Stamms, der als Bank dient, Aliyah am anderen. Henry ist in der Mitte, auf Abstand zu beiden Frauen.

Lucas ist stehen geblieben und bewegt nervös die Hände in den Hosentaschen. »Und da waren es nur noch vier«, murmelt er.

»Nach heute Abend könnten es drei sein«, sagt Henry. »Nicht, dass ich jemanden angeklagt hätte«, fügt er schnell hinzu.

»Ich auch nicht«, sagt Ceri.

»Richtet nicht, auf dass ihr nicht gerichtet werdet.« Lucas seufzt. »Es muss keine Anschuldigung sein. Die Zuschauerabstimmung kann jeden von uns in die Beichtkammer bringen.« Er sieht die anderen erschrocken an. »Die lassen mich das nicht zweimal machen, oder?«

»Ich traue Miles Young alles zu«, antwortet Henry finster.

Aliyah ist still. Ceri sieht den gesenkten Blick der jüngeren Frau, die an ihren Fingernägeln nestelt. Das ist mehr als Nervosität, denkt sie. Es ist Schuldbewusstsein.

»Hast du angekündigt, jemanden bloßzustellen, Aliyah?«, fragt Ceri.

Was auch immer Aliyah antworten will, wird durch Roxys und Owens Ankunft abgewürgt, die sofort die Teilnehmer herumkommandieren.

»Lucas, auf die Bank zu den anderen, bitte«, sagt Roxy. »Rückt zusammen, ja, so ist es gut. Henry, kannst du den Arm um Lucas legen?«

»Nein, kann ich nicht.«

»Wir haben keine Zeit für Spielchen.« Owen ist schroffer als Roxy. »Es sei denn, du willst, dass wir vom Skript abweichen.« Er hält einen kleinen Schlüssel hoch. »Momentan ist Miles der einzige Hüter eurer Geheimnisse, aber wir könnten jederzeit den Kasten öffnen und …«

»Nein!«, kommt von allen vier Teilnehmern im Chor. Die Chancen stehen jetzt schlechter, doch noch hat jeder von ihnen eine Chance. Morgen in einer Woche wird derjenige mit seinem nach wie vor unenthüllten Geheimnis und hundert Riesen das Camp verlassen.

»Dann spielt eure Rollen«, befiehlt Owen. »Und seht fröhlich dabei aus.«

Ceri setzt etwas auf, das einem Lächeln nahekommt. Sie denkt, je heiterer sie wirkt, desto uninteressanter finden die Zuschauer sie und sind weniger geneigt, sie bloßstellen zu wollen. Es ist klar, dass die anderen dasselbe denken, denn Henry legt einen Arm um Lucas, und Aliyah klatscht in die Hände wie eine dressierte Robbe.

»Fünf, vier«, beginnt Owen und zählt den restlichen Countdown wieder mit den Fingern runter. *Zwei, eins.*

»Guten Abend vom Drachenberg«, sagt Roxy in die Kamera. »Aliyah, du hast vorhin versucht, Ceri bloßzustellen. Finden wir heraus, ob du recht hast.«

»Du hast was?« Ceri sieht zu Aliyah, die ihre Robbenimitation aufgegeben hat und Ceris Blick trotzig erwidert.

»Du hättest dasselbe getan.«

Ceri antwortet nicht, und das nur teils, weil Aliyah recht hat. Natürlich würde sie Aliyahs Geheimnis enthüllen, hätte sie den blassesten Schimmer, was es ist. Sie reagiert nicht, weil sie es nicht kann. Weil jeder Muskel in ihrem Körper zittert, ihre Zähne klappern und ihr zu heiß und zugleich eisig kalt ist. Sie weiß, dass in dem kurzen Intervall, in dem Owen an seiner Kamera herumstellt und Roxy ihr Make-up kontrolliert, im Fernsehen Aliyahs Anschuldigung läuft. Jetzt gerade hört jeder Ceris Geheimnis. Alle Kunden von ihr – all ihre *Freunde* – wissen, dass sie sie bestohlen hat.

»Zurück in zehn Sekunden«, sagt Owen. »Auf Position!«

Und wie die abgerichteten Hunde, die sie sind, rücken Henry, Lucas, Ceri und Aliyah auf ihre Plätze. Eine heiße Schamträne läuft Ceri über die Wange.

»Öffne den Kasten, Aliyah.« Roxy reicht ihr den Schlüssel. »Und gib mir den Umschlag mit Ceris Namen drauf.«

Aliyah fällt das lange Haar vors Gesicht, als sie sich mit dem Schloss abmüht und den Kasten öffnet. Ceri hört Lucas beim Anblick der Umschläge ein Stöhnen unterdrücken, kann jedoch kein Mitgefühl aufbringen oder gar seine Schulter drücken, wie es Henry tut. *Ihre* Geheimnisse sind noch sicher; die werden Roxy nicht gebracht, nicht zur Prüfung in die Kamera gehalten.

»Finden wir heraus, ob Aliyah recht hat.« Roxy reißt den Umschlag auf. »Aliyah, bleibst du bei deiner Anschuldigung? Hat Ceri wirklich ihren eigenen Wagen angezündet und damit Versicherungsbetrug begangen?« Sie zieht die Karte aus dem Umschlag.

Ceri kann nicht atmen. Sie denkt, dass sie möglicherweise den Verstand verloren hat, anfängt, Dinge zu hören. Roxy hat die Augen weit aufgerissen. Sie blickt zu Ceri, bevor sie sich der Kamera zuwendet und ihren Mund für einen Moment zu einem »O« formt. Ceri beginnt zu weinen, nicht bloß wegen der heutigen Beinahe-Bloßstellung. Der Stress der letzten Woche und die Schuldgefühle der letzten Monate holen sie ein.

»Ich fürchte, Aliyah …« Roxy steckt die Karte zurück in den Umschlag. »Du liegst falsch.«

Zunächst herrscht verblüfftes Schweigen.

»Was?« Aliyah starrt Roxy an. »Das kann nicht sein!«

»Dein Enthüllungsversuch ist fehlgeschlagen – du hast eine falsche Anschuldigung erhoben. Und du weißt, was das bedeutet, oder?«, fragt Roxy.

Aliyah sieht zu den Bäumen um das Camp, blickt hektisch nach links und rechts, als suchte sie nach etwas. »Du Bitch!«, schreit sie.

»Zurück in die Beichtkammer, Aliyah.« Roxy strahlt in die Kamera. »Vielleicht bekommen wir heute Abend doch noch eine Enthüllung!«

Als Aliyah weggeführt wird, sinkt Ceri auf die feuchte Erde vor dem Baumstamm und lehnt sich immer noch zitternd gegen den Stamm. Sie hat keine Ahnung, warum oder wie, aber noch ist sie sicher.

Vorerst.

SIEBENUNDDREISSIG

DIENSTAG | LEO

Owen hat einen wenig herzerwärmenden Versuch unternommen, seine Unschuld zu beteuern.

»Ich weiß nicht, was ich sonst noch sagen soll, um Sie zu überzeugen«, hat er am gestrigen Abend gesagt, wobei er über den Küchentisch hinweg Leo und George ansah. »Sie dürfen mein Zimmer durchsuchen, wenn Sie wollen. Durchsuchen Sie mich.« Er breitete die Arme aus, lud sie ein, ihn abzuklopfen.

»Wenn die Spurensicherung mit dem Kasten fertig ist«, sagte Leo, »werden wir alle Fingerabdrücke mit denen abgleichen, die Sie uns nach dem Mord an Miles gegeben haben.«

Owen schreckte es nicht. »Na, da finden die meine. Es ist eine Handkasse. Die haben wir alle benutzt.«

»Wann waren Sie zuletzt in Miles' Zimmer?«, fragte George.

»Keine Ahnung … Samstag? Oder Freitag? Auf jeden Fall ein paar Tage vor seinem Tod.«

»Also nicht am Tag seiner Ermordung?«, hakte Leo nach.

»Nein.« Owen blinzelte nicht einmal.

»Es ist nämlich so«, erklärte Leo. »Meiner Meinung nach gibt es nur zwei Szenarien, in denen Sie gesehen oder gehört haben können, was im Hof los war. Das eine …«, er zählte sie an den Fingern ab, »ist das, dass Sie in Miles' Zimmer waren. Oder, Nummer zwei, dass Sie auf dem Hof waren. Beide bedeuten, dass Sie uns belogen haben, was mich auf den Gedanken bringt, Sie könnten mit Miles' Tod zu tun haben. Daher ist meine Frage, haben Sie Miles ermordet – oder haben

Sie hundert Pfund aus der Handkasse gestohlen?« Leo neigte sich vor. »Denn falls es Ihnen noch nicht aufgefallen ist, ist das eine von beiden ernster als das andere.«

Zunächst schwieg Owen länger.

»Ich habe das Geld genommen«, sagte er schließlich.

Als Leo jetzt die Unterlagen für Owens Anklage vorbereitet, entgeht ihm die Ironie nicht, dass Owen sein eigenes Alibi zementiert, indem er eine andere Straftat gesteht.

Leo ist noch kein Fall untergekommen, in dem so viele potenzielle Verdächtige so viele Alibis haben. Allmählich bekommt er das Gefühl, dass sie nie ergründen werden, wer Miles umgebracht hat, und ewig in dieser Schleife von Verdächtigen und Alibis festhängen werden.

Jason Shenton hat weiter gemurrt, was es ihn koste, wenn sein Anwalt sein Alibi bestätigen soll, bis Leo ihn darauf hinwies, dass er, sollte er wegen Behinderung der Justiz angeklagt werden, neben einem Familienanwalt auch noch einen Strafverteidiger brauche. Innerhalb einer Stunde war die Aufnahme von Jasons Videoanruf da.

Sie kann mir nicht verweigern, sie zu sehen, oder?, fragt Jason links auf dem Bildschirm. Auf der anderen Seite macht sich ein Mann in einem dunkelblauen Anzug Notizen.

»Da ist kein Zeitstempel«, sagt George.

Leo dreht den Ton lauter. »Ich glaube nicht, dass wir den brauchen.« Im Hintergrund ist Unruhe zu hören. Jason blickt zur Seite, weg von der Webcam, und runzelt die Stirn. Schwach, aber unmissverständlich ist *Zurückbleiben!* zu hören, gefolgt von einem Knall.

»Ich trete die Tür ein«, murmelt Leo vor sich hin.

Draußen ist irgendwas los, sagt Jason auf dem Video. *Kann ich Sie zurückrufen?*

Ich lasse meine Sekretärin einen Termin machen. Leider muss ich Ihnen die volle …

Der Bildschirm wird dunkel. Leo sieht George an. »Das war es dann. Noch einer, der es nicht gewesen sein kann. Wir müssen das Netz weiter auswerfen.« Er schließt die Aufnahme und öffnet die Liste, über der er schon Stunden gesessen hat. Sie enthält die Namen aller, die sich für *Exposure* beworben haben – aller fünfundvierzigtausend Leute. Der Analyst hat einige Filter ergänzt, sodass Leo sie geografisch, nach Geschlecht oder Geburtsdatum sortieren kann – oder danach, wer es durch die ersten Auswahlrunden geschafft hatte. Doch selbst mit diesen Filtern ist es noch eine überwältigend lange Liste. Leo würde interessieren, wer von diesen Bewerbern vorbestraft ist, aber die Mannstunden (*Personenstunden,* korrigiert Leo sich im Geiste), die nötig wären, um jeden Namen in der Polizeidatenbank zu überprüfen, machen es unmöglich. Stattdessen haben die Analysten alle Namen mit den Leuten abgeglichen, die Drohungen gegen Miles und dessen Crew geäußert haben. Es gibt keine Übereinstimmung. Keinen aufgebrachten Bewerber, der ein Hühnchen rupfen will.

»Oder einen Schnürsenkel«, sagt Leo laut.

»Hmm?« George blickt auf. Sie sind in der Farmhausküche, die mittlerweile zu ihrer ausgelagerten Einsatzzentrale geworden ist; Leo fällt auf, dass es hier erheblich sauberer war, als noch das Produktionsteam allein hier waltete. Vor Carreg Plas wurden zusätzliche Uniformierte postiert, um des steten Zustroms von »Mordtouristen« Herr zu werden, die sich die enge Straße hinaufmühen – noch enger durch die Reihe an Pressewagen, die nach wie vor nahe dem Tor parken –, um auf das zu gaffen, was sie sich hinter dem blau-weißen Flatterband vorstellen. Vorhin musste Leo einschreiten, als Zee Hart einem Reporter des *Evening Standard* ein angeblich »offizielles Statement« geben wollte.

»Aber ich habe eine Eilmeldung«, hat sie behauptet, als

Leo sie vom Grundstück eskortierte. »Ich kann Ceri Jones als Verdächtige ausschließen.«

Leo sah sie an. »Das ist keine Eilmeldung, sondern ein Beweis, und Beweise gehen an die Polizei, nicht die Medien.«

»Ich *bin* die Medien«, konterte Zee beleidigt.

»Was auch immer Sie wissen, Sie müssen es mir sagen. Jetzt.«

Zee hatte einen Moment gewartet, ehe sie widerwillig eine Speicherkarte aus ihrer Tasche zog. »Zur Tatzeit«, sagte sie, »war Ceri noch im Camp.« Sie öffnete den Fotoordner in ihrem Handy, scrollte zu einem Video und spielte es ab. Das Bild war körnig – eindeutig aus einiger Entfernung gezoomt –, aber Leo konnte Ceri auf einem umgekippten Baumstamm sehen, ungefähr zwanzig Meter vom Zaun entfernt.

»Sie hat geweint«, sagte Zee. »Was aber auch nicht ungewöhnlich war. Einige von denen sind zwischendurch mal zum Flennen näher an den Zaun gekommen.«

»Haben Sie mit ihnen geredet?«, fragte Leo.

»Manchmal. Ist ja kein Verbrechen, oder?«

»Soweit ich weiß, nicht. Worüber haben Sie gesprochen?«

»Meistens darüber, wie es dadrinnen ist. Sie wissen schon, für meinen Content. Und …«, Zee grinste verschlagen, »… ich habe ein paar Spiele gemacht.«

»Zum Beispiel?« Leo überprüfte Datum und Zeit des Videos. Sie passten.

»Ich habe Aliyah erzählt, dass ich Ceris Geheimnis kenne, und sie ist total drauf reingefallen.«

»Warum?«

»Weil ich eine echt gute Schauspielerin bin. Mein Theaterlehrer hat gesagt …«

»Nein, ich meine, warum haben Sie Aliyah belogen?«

»Für die Klicks!« Zee seufzte. »Wenn ich weiß, wann jemand rausfliegt, kann ich zur richtigen Zeit am richtigen Ort sein. Und sowieso hatte sie es verdient«, murmelte sie. »So wie sie rumgemacht hat.« Sie bemerkte Leos Gesichtsausdruck. »Was denn? Ich habe nur das Spiel mitgemacht, wie die alle.«

»Ein Spiel, bei dem am Ende jemand ermordet wurde«, sagte Leo. »Warum haben Sie uns das Video nicht eher gezeigt?«

»Ich habe eine Menge Material. Also *einen ganzen Haufen*. Im Grunde filme ich einfach alles, weil man nie wissen kann, was man später braucht. Jedenfalls meint Caleb, seine Freundin hat gehört, wie ihr gesagt habt, dass Ceri die Mörderin ist, deshalb dachte ich, dass ich ein paar Aufnahmen von ihr zusammensuchen muss, die ich bringen kann, wenn sie verhaftet wird – so Zeug von hinter den Kulissen, klar? Und da ist mir das hier wieder eingefallen. Das ist ein Alibi, oder?« Zee grinste.

»Und Sie haben das selbst aufgenommen?«, fragte Leo.

»Logisch.«

»Dann ist es auch Ihr Alibi.«

»Klar, aber …« Zee stand der Mund offen. »Ich war doch nicht … Oh Gott, war ich auf der Liste Ihrer Verdächtigen?«

»Jeder ist auf meiner Liste«, antwortete Leo. »Gut, Sie kommen mit mir. Ich will jede Sekunde Filmmaterial, das Sie vom Tag des Mords haben.«

Die nächste Stunde ging Leo alles durch, was sie aus Zees Fotoalbum heruntergeladen hatten, um sich zu vergewissern, dass sie sonst nichts Interessantes aufgenommen hatte. Danach informierte er Boccacci, dass sie sowohl Ceri Jones als auch Zee Hart ausschließen konnten.

»Wer bleibt noch?«, fragte sie. Was müßig war.

Keiner blieb übrig. Kein einziger Verdächtiger mit den Mitteln, dem Motiv und der Gelegenheit, Miles Young zu ermorden.

In der letzten Spalte der Tabelle vor Leo steht, wie sich Young Productions zu jedem Bewerber entschieden hat. Eine Reihe roter »Nein« verschwimmt vor Leos Augen, als er gedankenverloren die alphabetische Liste abwandert. Fast hätte er das erste grüne »Ja« überlesen, scrollt aber gleich wieder zurück. Aliyah Brown. Leo klickt die Urteilsspalte an und filtert nach den erfolgreichen Bewerbern. Sechs Zeilen erscheinen auf dem Bildschirm.

Leo zählt sie nach. »George, wie viele Teilnehmer gibt es bei *Exposure?*«

»Sieben.«

Leo liest sich die Namen vor. »Das ist merkwürdig.«

»Was?«

»Wahrscheinlich ist es nichts«, sagt er, obwohl er ein Kribbeln spürt. Die Erfahrung hat ihn gelehrt: Wenn etwas aussieht wie eine Ente und quakt wie eine Ente, ist es auch beinahe sicher eine Ente.

»Was?« George ist aufgestanden und liest die Namen über Leos Schulter. »Oh, da fehlt jemand.«

»Miles hat sieben Teilnehmer ins Camp gesteckt.« Leo blickt zu George auf. »Aber nur sechs von ihnen hatten sich beworben.«

ACHTUNDDREISSIG

DIENSTAG | FFION

Ffion klopft an die Tür von Nummer vier in The Shore. Es gibt dreißig holzverkleidete Ferienhäuser in der mittlerweile vergrößerten Anlage, aber nur wenige mit solch einer beneidenswerten Aussicht wie die Nummern eins bis fünf. Die Flaggschiff-Hütten, die fast ein Jahr als einzige hier standen, haben Veranden auf den See hinaus, sodass es sich auf dem Schlafzimmerbalkon im ersten Stock anfühlt, als würde man am Bug eines Schiffs stehen.

Inzwischen bietet The Shore ein Restaurant – das Shore Shack – und ein Luxus-Spa namens *Shh!,* dessen ekstatische Gäste in Bademänteln hinaus zu einem überdachten, leicht erhöhten Jacuzzi geschickt werden. Die neuen Hüttenreihen sind terrassenartig angelegt, sodass man aus den oberen Schlafzimmern überall Blick auf den See hat. Ffion fühlt das Gewicht von ihnen über sich, als würde sie von dort beobachtet.

Calebs Mutter, Clemmie Northcote, öffnet die Tür. Sie ist eine kleine, kurvenreiche Frau mit kurzem, blau und pink gesträhntem Haar. Sie lächelt Ffion strahlend an. *»Bore da, Ffion, sut wyt ti?«*

»*Da iawn, diolch.* Ist Caleb da?« Ffion hat keine Zeit, sich mit Clemmies stockendem Walisisch über das obligatorische »Wie geht's?« hinaus abzuplagen. »Ich muss ihn dringend sprechen.«

»Ich rufe ihn. Möchten Sie reinkommen?«

»Lieber nicht.« Ffion blickt hinunter zu Dave, von dessen Lefze ein dünner, aber beeindruckend langer Sabberfaden baumelt.

Caleb ist in Boxerhorts und T-Shirt, und der Abdruck einer Kissenfalte verläuft quer über seine Wange. Als er gähnt, hat Ffion freie Sicht auf seine Backenzähne. »Zee hat nach dir gesucht.«

»Was will sie?«

»Sie braucht einen guten Steuerberater, glaube ich. Ich habe nicht zugehört.«

»Für wen hält sie mich, Google?« Ffion schüttelt den Kopf. »Hör mal, hierfür habe ich keine Zeit. Wo hat Miles seine Laufsachen aufbewahrt?«

Caleb kneift die Augen zu, macht sie weit auf und blinzelt schnell. Wieder gähnt er.

Ffion möchte ihn schütteln. »Seine Laufsachen, Caleb. Diese gelbe Jacke, die er anhatte. Und die Mütze.«

»Ähm, im Studio.«

»Bist du dir sicher?«

»Ja. Er hat im Haus geschlafen, aber sonst ist er am Schneidetisch gewesen von, ich weiß nicht, sechs Uhr morgens? Und er ist erst wieder weg, wenn die Sendung vorbei war.« Calebs Züge werden härter. »Er hat mir nur getextet, wenn er Kaffee wollte oder Sandwiches oder den Hintern abgewischt …«

»Um welche Zeit ist er gelaufen?«

»Zehn.«

»Jeden Morgen?« Ffion weiß es bereits von Miles' Smartwatch, aber die Puzzleteile passen nicht zusammen, und sie kommt nicht darauf, warum.

»Ja. Danach hat er geduscht. Manchmal wollte er dann einen Smoothie.«

Um zehn sah Ffion, wie Miles das Studio verließ und den Schlüssel unter die Matte schob. Also … ist der echte Miles woanders hingegangen als zum Laufen? Oder ist er noch im Studio gewesen und hat sie jemand anderen gesehen? War es eine Art Verschwörung, die schiefgegangen ist? Nichts hiervon ergibt einen Sinn.

»Du musst für mich auf Dave aufpassen«, sagt sie.

»Ich bin allergisch.«

»Blödsinn.« Ffion drückt ihm die Leine in die Hand.

»Seren will dich sprechen.«

»Weiß ich. Sobald dieser Fall aufgeklärt ist.«

»Es ist wichtig. Es geht um die Uni.«

Ffion sieht Caleb direkt an. »Sie geht an die Uni, Freundchen. Und sollte ich spitzkriegen, dass du es ihr ausgeredet hast …«

»Das würde ich niemals tun!«

»Ich muss los.« Ffion geht zu ihrem Auto zurück und ignoriert Daves Winseln.

Ihren Wagen lässt sie hundert Meter weiter auf der Straße nach Carreg Plas stehen und wandert außen um das Gebäude herum. Sie muss in Miles' Studio, aber Leos Auto parkt in der Einfahrt. Wenn er und George in der Küche sind, kann Ffion nicht riskieren, über den Hof zu gehen. Nicht, nachdem sie von dem Fall abgezogen wurde.

Ihr Plan war, sich von der Bergseite zu nähern, doch als sie an den Bäumen hinter dem Stalltrakt entlangläuft, sieht sie, dass das Fenster von Nummer acht – Miles' Studio – leicht offen steht. Wenn sie da durchklettert, wird sie erst recht nicht gesehen. Sie kann die Tür von innen abschließen und ungestört arbeiten.

In Nummer sechs, dem Ceri zugeteilten Raum, bewegt sich etwas. Ffion sprintet vorbei und presst sich an die Rückwand von Miles' Studio, bis sie sicher ist, dass sie nicht gesehen wurde. Dann steckt sie eine Hand durch den Fensterspalt, löst den Riegel und öffnet es ganz, bevor sie sich auf den Sims stemmt und die Beine nach drinnen schwingt.

Miles' Laufschuhe stehen noch neben dem Bett, doch die leuchtend gelbe Jacke, die derjenige getragen hatte, den Ffion beobachtete, wie er das Studio verließ, ist nirgends zu entdecken, ebenso wenig wie die Mütze oder die Sonnenbrille, die Miles immer aufgehabt hat. Ffion verriegelt die Tür, zieht den Schlüssel ab und bückt sich, um einen Teil ihrer Theorie zu prüfen. Der Spalt unter der Tür ist hoch genug, dass man den Schlüssel leicht hindurchschieben kann. Als Leo die Tür eintrat und Ffion den Schlüssel auf dem Boden bemerkte, nahm sie an, dass er aus dem Schloss gefallen war, aber so war es nicht. Die Tür war von *außen* abgeschlossen worden. Die Person, die Ffion am Sonntagmorgen für Miles gehalten hatte, schob den Schlüssel nicht unter die Fußmatte, sondern unter der Tür hindurch nach drinnen.

Ffion setzt sich an den Schneidetisch und schaltet den Computer ein. Die Dateien sind kopiert, doch die Originale sind noch hier. Etwas nagt an ihr, seit sie sich einiges Rohmaterial vom sechsten Tag von *Exposure* angesehen hat. Sie hat es als irrelevant abgetan, aber jetzt ist alles anders. Wenn die Person, die sich als Miles gezeigt hatte, der Mörder war, könnte es sein, dass Miles schon tot war, als sie das Studio verließ? Die Gerichtsmedizinerin konnte den Todeszeitpunkt nur auf einen Zeitrahmen von ein paar Stunden eingrenzen, und weil der Mord von Police Officers gehört wurde, war das kein Problem.

Doch was, wenn Miles bereits tot war, als der Mörder die gelbe Jacke anzog und vom Tatort floh? Falls Ffions Theorie stimmt, haben sie für die falsche Zeit – zwischen Viertel nach elf und Viertel vor zwölf – Alibis abgefragt und überprüft. Sie müssten jeden, der auf dem Hof oder im Farmhaus war, erneut befragen. Jason, Pam, Aliyah, Roxy, Owen, Caleb. Und abermals prüfen, wo Ceri, Lucas und Henry fast zwei Stunden früher gewesen sind.

Ffion zieht den Cursor über den Bildschirm und versucht, dasselbe Gefühl zu aktivieren, das sie letztes Mal hier gehabt hatte – was war es an diesem Material, das nicht richtig schien? Sie reibt sich mit den Fingerspitzen über die Stirn. Es ist, als hätte man ein Puzzle fast fertig, da kommt jemand, wirft es in die Luft und gibt hundert weitere Teile hinzu. Wenn Miles schon tot war, als Ffion den Mann in der Jacke gesehen hat, wie können sie, Leo und George dann um kurz vor Viertel vor zwölf den Mord gehört haben? Es ergibt keinen Sinn …

Auf dem Bildschirm redet Ceri mit Lucas. Er hört nur halb zu und lächelt spöttisch, als er etwas gleich außerhalb des Kamerawinkels beobachtet. Ffion klickt eine andere Kamera an. Sie zeigt Henry, der wild mit den Armen fuchtelt, und Ffion begreift, warum sich das falsch anfühlte, als sie es das erste Mal gesehen hat.

Eine Spinne war auf Henrys Kopf gelandet.

Ffion denkt an die erste Folge von *Exposure*. Als sie in Mams vollgestelltem Wohnzimmer saß, zusammen mit Mam, Seren und Caleb, und sah, wie Aliyah kreischend aus dem Zelt gelaufen kam. Sie erinnert sich an ihre Kommentare, als die Teilnehmer vorgestellt wurden. *Stellt euch vor, mit einem Steuerberater in einem Camp festzusitzen.*

Warum sollte Henry, der am ersten Tag von *Exposure* so ritterlich Aliyahs Bett nach Spinnen abgesucht hatte, wenige Tage später so extrem auf eine reagieren?

Ffion stellt den Ton an.

»Weg von mir!«, schreit Henry.

Ffion stockt der Atem.

Deswegen.

Er hat es inszeniert, um etwas rufen zu können, das er für später auf Band haben wollte.

Weg von mir.

Ffion spult schnell vor und stoppt erst wieder, als sie sieht, dass sich Henrys Lippen bewegen. Hier fällt nichts auf, also springt sie zum vorherigen Tag und lässt den Film wieder schnell vorlaufen. Währenddessen zieht sie ihren Notizblock aus der Tasche und schlägt die Seite mit den Kontaktdaten auf, die sie sich nach dem Mord aufgeschrieben hat. Sie wählt Zee Harts Nummer.

»Hallo?«

»Hier ist DC Morgan. Caleb sagt, Sie wollten mich nach einem Steuerberater fragen?«

»Nicht fragen, Ihnen was erzählen!« Zees Stimme klingt sehr aufgeregt. »Ich wollte alle Teilnehmer interviewen, weil sie jetzt nicht mehr in der Show sind, und jedes Mal, wenn ich mich dem Haus nähere, bekomme ich Ärger mit Ihnen, deshalb …«

»Kommen Sie zur Sache, Zee.« Ffion scrollt noch in Warpgeschwindigkeit durch die Folgen und hält jedes Mal an, wenn Henry auftaucht. Henry laut singend in der Dusche. Henry beim Frühstück mit Ceri plaudernd.

»Ich dachte, ich versuche es mal anders. Also, für Jason zum Beispiel habe ich eine Nachricht auf der Feuerwache hinterlassen, und ich weiß, dass Henry Steuerberater ist, und die müssen doch amtlich eingetragen sein oder so, nicht? Also habe ich ihn gegoogelt …«

»Und Sie haben keinen Steuerberater namens Henry Moore gefunden.« Ffion drückt bei einem anderen Clip von Henry auf »Play«, in dem er beobachtet, wie Lucas im Männerzelt etwas sucht.

»Oh doch, ich habe einen gefunden. Er ist auf LinkedIn. Aber sein Foto sieht dem Typen bei *Exposure* kein bisschen ähnlich.«

»Danke, Zee. Das ist wirklich hilfreich.«

»Gerne! Ich finde es klasse, wenn die Medien und die Polizei zusammenarbeiten. Wenn Sie also noch …«

Ffion drückt das Gespräch weg.

»Dann willst du nur ein ruhiges Leben?«, fragt Henry auf dem Bildschirm.

»Das wäre schön«, sagt Lucas. »Hast du meine Socken gesehen? Die sind neonpink und haben ein kleines Loch an einer Ferse.«

»Nee, bedaure, Alter.«

Ffion spult schneller vor, als sich Henrys Ton verändert. Er wird defensiv, obwohl Lucas kaum die Stimme erhebt.

»Drohst du mir?«, fragt Henry, bevor er aufhört, den Wütenden zu mimen, und lacht. »Chill mal! Ich habe deine Socken nicht, Alter.«

Drohst du mir? Weg von mir!

Ffion überkommt eine schwindelerregende Euphorie, wie oft bei einem Durchbruch. Jetzt könnte sie aufhören – sie hat genug; beinahe genug –, aber Henry soll wissen, dass er nicht so schlau ist, wie er denkt. Sie will das fehlende Teil des Skripts.

Und sie findet es am vierten Drehtag, als Pam ein Geschirrtuch aufnimmt, um Henry beim Abwasch zu helfen, worauf er sie anherrscht: »Was machst du denn? Leg das hin!«

Was machst du denn? Drohst du mir? Weg von mir!

Ffion spielt den dritten Clip wieder und dreht die Lautstärke auf. Als Henry nach seiner imaginierten Spinne schlägt, klingt sein Ruf in dem kleinen Raum ohrenbetäubend. »Weg von mir!«

Ffion ist erschöpft und aufgekratzt zugleich, als wäre sie einen Marathon gelaufen. Sie haben nicht gehört, wie Miles ermordet wurde. Was sie hörten, war eine Rekonstruktion. Miles war schon tot und sein Angreifer längst weg, um seinem Alibi den letzten Feinschliff zu geben.

Sie navigiert zu Material, das sie bereits angesehen hat,

von Henry in der Beichtkammer; die Szene, die sie alle für die Tatzeit gehalten hatten. Kein Wunder, dass er da so lange dringeblieben ist, denkt sie und ist angewidert von seinem selbstironischen Gesichtsausdruck. Alle paar Sekunden huscht sein Blick zur Seite. Weil er lügt? Sie hält den Film an. Ffion entsinnt sich, ihn bei einem früheren Besuch in der Beichtkammer gesehen zu haben, klickt zurück auf elf Uhr und dann Minute für Minute vorwärts, bis sie sieht, wie die Tür zur Kammer geöffnet wird. Beim ersten Anschauen nahm sie an, dass Henry wieder in einen seiner introspektiven Monologe verfallen würde, doch jetzt erkennt sie, dass er sich gar nicht hinsetzt. Er betritt die Kammer nur kurz, und sein Blick wandert zu einer Stelle an der Wand.

Ffion hat das Gefühl, genau zu wissen, wohin er schaut, und sobald sie das bestätigt hat, kann sie den anderen das letzte Teil zu dem Rätsel liefern, von dem sie schon zu glauben begannen, es sei unlösbar. Sie macht sich auf den Weg hinauf zum Pen y Ddraig. Die Studiotür lässt sie weit offen.

NEUNUNDDREISSIG

HENRY | TAG SIEBEN VON *EXPOSURE*

Das Geheimnis eines Undercover-Einsatzes, hat Henry festgestellt, besteht darin, so langweilig wie möglich zu sein. Nichts gegen Steuerberater, aber mit denen sucht man auf Partys nicht sofort das Gespräch, oder? Es sei denn, man braucht Tipps für die Steuererklärung. In seinen fünfzehn Jahren als investigativer Journalist hat Henry (dessen tatsächlicher Name Clive ist) seine Steuerberatertarnung häufiger als jede der anderen benutzt. Er ist kreuz und quer durch die Welt gereist, um die Wahrheit aufzuspüren, manchmal für anonyme Enthüllungsberichte in den Sonntagszeitungen; manchmal im Auftrag großer Firmen, um Whistleblower-Informationen nachzugehen.

Das Witzige an Geheimnissen ist, dass eines unweigerlich zum anderen führt. Einmal wurde er losgeschickt, um dem Vorwurf mutmaßlicher moderner Sklaverei in einer Zigarettenfabrik nachzugehen, und stolperte über einen Drogenring. Wenige Monate später, als er an einem Exposé über gefälschte Uhren schrieb, entdeckte er, dass der CEO ein Faible fürs Dogging hatte. Für seinen Artikel spielte es keine Rolle, doch es war ein Gewinn für Henrys lukrative Nebenbeschäftigung als Gelegenheitserpresser. Ihn überrascht nicht mehr, wenn er zufällig auf schmutzige kleine Doppelleben stößt. Jeder hat ein Geheimnis. Jeder veranstaltet sein eigenes Spiel.

Miles hat er bei einer Preisverleihung kennengelernt, bei der ein Dokumentarfilm nominiert war, an dem Henry mitgewirkt hatte. Henry, der gewöhnlich diskret war, was seine

Beteiligung angeht, hatte ein bisschen zu viel getrunken und vor Miles mit seinen unübertroffenen Recherchefähigkeiten geprahlt. »Ich kann alles über jeden herausfinden.«

»Ach ja?« Ein träges Lächeln trat auf Miles' Gesicht. »Wie wäre es, wenn du bei einem Konzept mit einsteigst, an dem ich gerade arbeite?«

In den nächsten zwölf Monaten entwickelten sie *Exposure,* bevor Miles die Anzeige für die Teilnahmebewerbungen online stellte. Er gab Henry eine Auswahl von Bewerbern und den Auftrag, Schmutz über sie zu finden. »Hoffentlich haben wenigstens sechs von ihnen etwas zu verbergen.«

»Jeder hat etwas zu verbergen«, antwortete Henry lässig.

»Ich nicht.«

»Sicher?« Henry hatte ein wenig auf eigene Faust geforscht und von Miles' Vorliebe für Modedrogen erfahren. Er hielt den Blick des Produzenten, bis der wegsah.

Wie sich herausstellte, gab es reichlich Dreck unter den Bewerbern. Miles lehnte jeden ab, dem der Schutz seiner Privatsphäre nicht wichtig schien. »Es geht nicht bloß darum, was das Geheimnis ist«, erinnerte er Henry. »Sondern wie dringend sie es wahren wollen. Es geht um die Konsequenzen, wenn es herauskommt.«

Langsam wählte Miles seine Favoriten aus, während er bemüht war, eine ausgewogene Gruppe zu erhalten. »Der hier muss raus«, sagte er und pflückte ein Foto aus der Reihe auf dem Tisch vor ihnen. »Er ist zu alt.«

»Er ist genauso alt wie Pam.«

»Ja, aber sie ist für den Comedy-Effekt da – ich meine, guck sie dir an. Dieser Typ ist zu durchschnittlich.« Miles drehte das Foto um und las die Informationen auf der Rückseite. »Stell dir vor, wie froh der sein wird, wenn wir senden und ihm klar wird, dass er einer #MeToo-Abkanzelung entgangen ist.«

»Scheißfeministinnen«, sagte Henry untypisch verbittert.

»Du auch, was?« Miles tippte seine Faust gegen Henrys. »Solidarität, Alter. Die sind alle scharf genug, wenn du die Drinks bezahlst, nicht? Und dann heißt es auf einmal: *Einvernehmlich ist nicht einvernehmlich, solange kein Vertrag in dreifacher Ausfertigung unterschrieben wurde.*«

»Genau!« Henry schaudert. »Mann, von denen habe ich im Lauf der Jahre einige gehabt.« Er nahm das Foto des abgelehnten Kandidaten auf und ließ es in den Papierkorb fallen. »Betrachte dich als gerettet von der Bruderschaft, Alter.«

Sie waren beide mit der endgültigen Auswahl der sechs Teilnehmer zufrieden. Jeder hatte eine andere Art von Geheimnis, und den Informationen nach würden sie sehr unterschiedlich auf die drohende Bloßstellung reagieren. Obwohl *Exposure* Reality-TV war und mithin vermeintlich improvisiert, hatte Miles klare Handlungsstränge vorgesehen, die lange vor Drehbeginn auf Storyboards skizziert waren. Es sollte eine Freundschaftserklärung und einen darauffolgenden Verrat geben. Die obligatorische Bikiniaufnahme von einem scharfen Mädchen (Aliyah). Jede Szene war geplant, und das Verhalten der Teilnehmer wurde passend zu Miles' Narrativ gelenkt.

»Also bleibt es dabei, dass Jason als Erster rausfliegt?«, fragte Henry, als sie den Ablauf durchgingen.

Miles nickte. »Bigamie ist riesig. Gleich nach der Ausstrahlung gebe ich den Zeitungen den anonymen Tipp mit der Adresse der ersten Frau.«

Da sie nicht darauf vertrauen wollten, dass keiner aus dem Produktionsteam die explosive Wendung durchsickern ließ, lernte Henry von Miles, mit der Software zu arbeiten. In den Wochen vor Drehbeginn erstellten sie Schablonen und Grafiken, damit Miles täglich das Material einsetzen konnte, das er wollte.

»Du lernst schnell«, lobte Miles ihn, als er von seinem Morgenlauf zurückkam und das Framework sah, das Henry für die erste Enthüllung kreiert hatte. Es würde eine Nahaufnahme von einem weinenden Teilnehmer geben (es weinte dauernd jemand), dann einen Schnitt zu Roxy, danach einen bereits aufgenommenen Clip von einer Axt, die auf Holz trifft, bevor es zurück zu den Teilnehmern ging. »Ich bedaure fast, dass du nicht bleiben und mir beim Zusammenstellen helfen kannst, wenn wir live sind.«

»Warum nicht?«

Miles lächelte träge. »Weil du ins Camp gehst.« Er hob die Hand, bevor Henry etwas sagen konnte. »Überleg doch mal: Selbst wenn ich die Enthüllungen kontrolliere, sodass nur noch ein Teilnehmer bis zum Schluss in der Show bleibt, muss ich immer noch die hundert Riesen zahlen. In der Zwischenzeit verdienst du einige Tausend.« Er grinste. »Aber wenn du als Teilnehmer bei *Exposure* bist, alle ihre Geheimnisse kennst, kannst du dafür sorgen, dass die Dinge so laufen, wie wir es wollen, und ich stelle sicher, dass du gewinnst. Auch wenn jemand in die Beichtkammer geht und nicht einknickt, kannst du denjenigen später bloßstellen, und er ist raus. Ich muss nicht die vollen Hunderttausend zahlen, und du nimmst … sagen wir, vierzigtausend mit nach Hause.«

Henry war stinksauer, aber vierzigtausend Pfund waren vierzigtausend Pfund. Er war es gewohnt, sein Aussehen zu verändern; er könnte sich das helle Haar braun färben und blaue Kontaktlinsen tragen. »Achtzigtausend«, sagte er.

»Fünfzig.«

»Siebzig.«

»Sechzig«, sagte Miles. »Letztes Angebot.«

Sie besiegelten es mit einem Handschlag.

Henry hätte ahnen müssen, dass er ihm nicht vertrauen durfte.

Am Ende des dritten Drehtags, nachdem Henry wie besprochen Jason der Bigamie beschuldigt hatte, ging er die Umschläge in dem Kasten durch, ehe er Jasons zu Roxy brachte.

Und da sah er ihn.

Seinen Namen.

Er wollte glauben, dass der Umschlag leer war, bloß eine Requisite, um Fragen zu vermeiden, aber durch den Umschlag konnte er schwach gedruckte Buchstaben ausmachen. Er hatte Mühe, die Fassung zu wahren, denn die Kameras waren auf ihn gerichtet.

»*Jason ist ein Bigamist*«, las Roxy vor.

Henrys Gedanken überschlugen sich. Was war in dem Umschlag?

Am Sonntagmorgen robbte Henry durch das Loch im Zaun, das Ryan gemacht und Dario erbärmlich schlecht geflickt hatte. Er joggte nach unten zur Farm. Er hatte seine Spur sorgfältig ausgelegt, entscheidende Sätze, die er brauchte; sie waren in unsinnigen Reaktionen auf Geschirrtücher, verlorene Socken und Spinnen versteckt. Bei dem Gedanken an Miles, der sich anhörte, was zum Soundtrack seiner eigenen Ermordung werden sollte, musste Henry schmunzeln.

Er hockte sich unter das Fenster von Miles' Studio, zog den Schnürsenkel aus seinem Turnschuh und streifte sich Lucas' Socken über die Hände. Dann klopfte er an die Scheibe. Drinnen schaute Miles sich um. Seine Verwirrung wich schnell Entsetzen, und er sprang praktisch durch den Raum, um das Fenster zu öffnen.

»Was machst du hier? Man sieht dich doch!«

»Ich bin vorsichtig gewesen.« Henry stieg nach drinnen. »Die anderen denken, dass ich Feuerholz sammle. Wie läuft es?«

»Gut.« Miles sah ein bisschen skeptisch aus – vielleicht rechnete er damit, dass Henry wegen des Umschlags auf ihn losging –, aber als Henry schwärmte, wie bahnbrechend *Exposure* war, entspannte er sich.

»Komm und sieh dir an, womit wir heute Abend eröffnen.« Er kehrte an seinen Schreibtisch zurück und rief einen Clip auf, um ihn Henry zu zeigen.

Henry wickelte den Schnürsenkel um beide Hände.

Miles zu töten bereitete ihm kein Vergnügen. Es war ein notwendiges Übel – Selbstverteidigung sozusagen. Hinterher konstruierte er schnellstmöglich sein Alibi. Er suchte seine vorbereiteten Stimmclips raus, schnitt sie zusammen und drehte die Lautstärke auf, damit sie zu Miles' Stimme passten, die schriller war als Henrys. Miles hatte ihm gezeigt, wie er das gern tat, wenn sich Frauen vor der Kamera stritten, um sie hysterisch und unvernünftig wirken zu lassen. Vor dem Clip fügte Henry eine Stunde Stille ein, gefolgt von dreißig Minuten wahlloser Aufnahme bei geringerer Lautstärke. Die Zeit genügte, dass er bis zum »Mord« in der Beichtkammer wäre.

Er hatte Sorge gehabt, dass der Schlüssel versteckt sein könnte und er wertvolle Minuten für die Suche drangeben müsste. Je größer der Abstand zwischen dem realen und dem gespielten Mord war, desto eher würde ein Gerichtsmediziner den Todeszeitpunkt infrage stellen. Aber der Schlüssel zum Geheimniskasten war in Miles' Tasche und wechselte rasch in Henrys.

Henry lud seinen Videoclip auf das zweite System und drückte *Play*. Er fädelte den Schnürsenkel zurück in seinen Turnschuh, dann zog er sich Miles' neongelbe Laufjacke an und setzte seine Mütze und die Sonnenbrille auf. Lucas' Socken waren nun in seiner Tasche, und Henry bedeckte seine

Hand mit dem Jackenärmel, um die Tür zu öffnen; sein Herz raste, als er sich umdrehte, um die Tür abzuschließen.

Draußen steckte er gerade den Schlüssel ins Schloss, da rief eine Frau Miles' Namen, und Henry bekam Angst. Er sah nicht nach, wer es war, sondern sprintete vom Hof und den Berg hinauf.

Die nächsten Minuten waren quälend. War die Frau misstrauisch geworden? Hat sie an Miles' Tür geklopft? Henry stellte sich vor, wie Alarm geschlagen wurde und Polizisten an den Berghang ausschwärmten. Und wo wäre Henry dann? Allein auf dem Berg, in Miles' Sachen und ohne Alibi.

Doch er näherte sich schon dem Camp und hörte keine Sirenen. Er zog Miles' Jacke aus und schob sie zusammen mit der Sonnenbrille, den Socken und der Mütze tief in einen Kaninchenbau. Dann krabbelte er wieder unter dem Zaun durch und trat die Erde so schlecht fest, wie Dario es zuvor gemacht hatte.

»Wo bist du gewesen?«, fragte Lucas, als Henry ins Camp zurückkam.

»Pennen.« Henry blickte zu den Kameras. »In dem Zelt kann ich nicht richtig schlafen, du? Nicht mit dem Wissen, dass wir im Fernsehen sind und die Offstimme wer weiß was über uns sagt.«

Lucas lachte verbittert. »Ich habe schon an schlimmeren Orten geschlafen.«

»Tja, ich bin ein bisschen herumgewandert, habe mich an die große Eiche gelehnt – du weißt, welche ich meine – und bin sofort eingenickt. Ich muss müder gewesen sein, als ich dachte. Willst du einen Kaffee?« Henry ging zum Feuer, falls sein rasender Puls irgendwie sichtbar war. Er warf eine Handvoll Kleinholz auf die Flammen, zögerte und raffte die restlichen Zweige zusammen, um sie ebenfalls in die Feuergrube zu werfen.

»Für mich bitte einen Tee, wenn du schon dabei bist!« Ceri kam aus dem Frauenzelt.

»Du hast ein Gehör wie eine Fledermaus«, sagte Henry.

Ceri grinste. »Nur wenn *Paned* im Angebot ist.«

Während das Wasser heiß wurde, kehrte Henrys Herzschlag auf ein normales Niveau zurück und breitete sich ein Lächeln auf seinem Gesicht aus. Phase eins seines Plans war abgeschlossen.

Jetzt hört Henry Miles' Rufe – Henrys Rufe – über den Hof hallen, und ihm wird mit einem Schwall von Furcht klar, was geschehen ist. Seine Stimmclips sind entdeckt worden. Jemand hat herausgefunden, wie Henry das abgezogen hat, was er für das perfekte Verbrechen hielt.

Er blickt nach draußen, erwartet Dutzende Polizisten, aber da ist nur Detective Constable Morgan, die Miles' Studio verlässt und in Richtung Camp geht. Ist es möglich, denkt er mit einem verzweifelten Funken Hoffnung, dass DC Morgan als Einzige weiß, dass er Miles umgebracht hat?

Er zögert nicht.

Henry folgt ihr.

TEIL DREI

VIERZIG

DIENSTAG | LEO

»Was war das?« Leo sieht George an, die bereits ihren Stuhl zurückschiebt.

»Es hat sich angehört wie …« Ihre Stimme verklingt, bevor sie unsicher lacht.

»Wie der Angriff auf Miles.« Leo schüttelt den Kopf. »Der es offensichtlich nicht gewesen sein kann.« Sie eilen auf den Hof, wo die Stalltüren aufgehen und Leute aus den Räumen treten. Leo sieht Ceri, Jason, Pam … als wären sie in eine Rekonstruktion von Miles' Ermordung geworfen. Und einen verrückten Moment lang fragt Leo sich, ob sie sich das alle eingebildet haben: wie eine Art kollektives Delirium, ausgelöst von langen Tagen und Schlafmangel.

»Wer war das?«, fragt Pam und sieht Leo an.

»Passiert es wieder?« Aliyah hat nasse Haare und ein geschminktes Auge, das andere ungeschminkt. »Hat es noch einen Mord gegeben?« Sie wird lauter, und ihre Panik springt wie ein Lauffeuer auf die anderen über. »Geht es allen gut?«

»Miles' Studiotür steht offen«, sagt George. Auf einmal beginnt sie, alle auf die andere Seite des Hofs zu scheuchen. »Treten Sie zurück! Bleiben Sie alle zurück!« Sie zieht ihren Schlagstock, und Leo tut es ihr gleich, bevor sie sich von entgegengesetzten Seiten dem umgebauten Stall nähern, wobei sie abwechselnd einander ansehen und ins Studio spähen.

»Polizei!«, ruft George, als sie nur noch wenige Schritte entfernt sind, doch nun kann Leo aus seinem Winkel das ganze Studio innen sehen. Dort ist niemand.

»Könnte Miles irgendwie seine eigene Ermordung aufgenommen haben?«, fragt George, nachdem sie den kleinen Raum abgesucht haben; auch im Duschbad und unterm Bett haben sie nachgeschaut. Es ist wirklich keiner hier. »Und das System hat gesponnen und es von allein abgespielt?«

»Haben Sie Ffion gesehen?«, ertönt eine Stimme von der Tür.

»Ihnen wurde gesagt …« Leo bricht ab, als er Caleb sieht. Er steht mit Dave da, der an seiner Leine zerrt. »Was machen Sie hier?«

»Ich suche Ffion, damit ich den hier loswerde.« Caleb hält sein Leinenende auf Abstand, als wäre Dave radioaktiv. »Sie hat nicht gesagt, wie lange sie weg ist, und der Hund hört nicht auf, nach ihr zu jaulen.«

»Sie arbeitet heute von zu Hause«, erklärt Leo knapp. DCI Boccacci hat morgens eine E-Mail geschickt, dass Ffion von Alun Whitaker ersetzt werde, der in die Einsatzzentrale des DCI beordert wurde. Der Ton ihrer E-Mail lud nicht zu Nachfragen ein.

»Nein, tut sie nicht.«

»Ich kann Ihnen versichern …«

»Und warum sollte ich dann auf Dave aufpassen?«

Die Frage ist berechtigt. Ein vertrautes Unbehagen regt sich in Leo. Ffion würde doch nicht wieder auf eigene Faust handeln, so kurz nach der Sache mit Ceris Umschlag, oder?

Caleb redet noch »… und Ceri sagt, sie hat sie eben gesehen.«

»Was?« Jetzt hat er wieder Leos volle Aufmerksamkeit.

»Ceri ist in Zimmer sechs.« Caleb zeigt zu dem Stall zwei Türen weiter. »Sie sagt, Ffion ist kurz vor den Rufen an ihrem Fenster vorbeigelaufen. Sie hat sich gesorgt, dass ihr was passiert ist, aber Pam hat gesagt, das war eine Männerstimme, also …«

Leo und George wechseln einen Blick.

»Miles muss auf Aufnahme gedrückt haben, als er angegriffen wurde«, sagt George. »Es ist die einzige Erklärung. Und Ffion muss die Aufnahme gefunden und sie abgespielt haben.«

»Aber wo steckt sie?«, fragt Leo. Er zieht den Stuhl an Miles' Schreibtisch vor und bedeutet Caleb, sich auf den anderen zu setzen. »Da Sie schon mal hier sind, können Sie sich nützlich machen und mir zeigen, wie man das bedient.«

Für einen Praktikanten kennt Caleb sich richtig gut aus, denkt Leo.

»Das ist von Samstag.« Caleb zeigt zu dem Datumsstempel in der Ecke. »Und dieser Hinweis unten links verrät uns, dass es Rohmaterial ist, gestreamt von Kamera drei an Tag sechs von *Exposure,* vor dem Editieren.«

»Warum sollte Ffion sich das ansehen?«, fragt George. »Das ist ein leerer Bildschirm. Da ist nichts.«

»Noch nicht«, sagt Caleb. Er wechselt zu einem Activity-Menu und sieht sich die Zeiten dort an. »Jemand hat vor elf Minuten auf *Play* gedrückt.«

»Kannst du die Aufnahme elf Minuten zurückspulen?«, fragt Leo, aber Caleb ist schon dabei, und jetzt sehen sie Henry wild mit den Armen fuchteln, um eine Spinne abzuschütteln.

»Weg von mir!« Auf Henrys Brüllen folgt eine Reihe ängstlicher Schreie.

»Mann, Schiss vor einer Spinne!«, sagt Caleb. »Mir wäre es oberpeinlich, wenn mich alle wie ein Mädchen schreien sehen, nur weil …«

Doch Leo und George hören ihm nicht mehr zu. Sie starren einander entsetzt an, als ihnen klar wird, was sie gerade gesehen haben. Henry. Der einzige Teilnehmer, der sich nie für die Show beworben hat. Ein Spitzel. Ein Schwindler.

Ein Mörder.

EINUNDVIERZIG

DIENSTAG | FFION

Es ist nur eine Meile von Carreg Plas zum Camp, allerdings steil bergauf, und Ffion ist außer Atem, als sie das eingezäunte Gelände erreicht. Verdammt, vielleicht sollte sie wirklich das Rauchen aufgeben. Allerdings nicht sofort, sonst wird Huw glauben, dass sie seinen Rat befolgt hat.

Die Beichtkammertür fällt hinter ihr zu, als sie nach unten steigt und sich auf den thronartigen Stuhl setzt. Der Raum ist sogar noch kleiner, als er im Fernsehen aussieht, und der Stuhl ist schmal trotz seiner hohen Rückenlehne und der Armlehnen. Es ist dunkel, denn die einzigen Lichtquellen sind ein kleiner Glasstreifen ganz oben und ein rotes Leuchten seitlich der nun deaktivierten Kamera.

Eine Digitaluhr.

Ffion grinst. Recht zu haben wird nie lahm. Henry hat in die Kammer geschaut, um nach der Uhrzeit zu sehen, und offensichtlich beschlossen, dass es zu früh war. Er wollte später zu seiner Mammutsession wiederkommen, um sich das perfekte Alibi zu geben.

Zumindest dachte er das.

Plötzlich wird Ffion nach ihrem Energieschub kalt, und fröstelnd erinnert sie sich an die Ratten, die über Pam gehuscht sind, die Schlangen, die sich um Lucas' Hals wanden. Kalter Schweiß bricht ihr unten auf dem Rücken aus.

Ffion sollte es melden. DCI Boccacci oder DI Malik verständigen oder wenigstens Leo und George wissen lassen, was sie entdeckt hat.

Aber das wird sie nicht.

Zum Teufel mit Malik, der sie von dem Fall abgezogen hat. Mit Leo, der sie beim Chef verpfiffen hat. Und George, die … Ffion tastet im Dunkeln nach dem Türknauf, während sie nach einem Grund sucht, ihre ehemalige Partnerin zu hassen. Zum Teufel mit George, die … *mit Leo zusammenarbeitet und du nicht,* beendet die Stimme in ihrem Kopf den Satz.

Nein, sie wird niemandem erzählen, was sie herausgefunden hat. Sie wird zum Farmhaus zurückgehen – der Rückweg ist leichter – und Henry verhaften. Und wenn sie ihm Handschellen angelegt hat, wird sie den Rest des Teams anrufen und sie aufklären.

Nur scheint das nicht möglich zu sein.

Denn die Beichtkammer lässt sich nicht öffnen.

Ffion ist eingesperrt.

ZWEIUNDVIERZIG

DIENSTAG | LEO

Das verstehe ich nicht.« Caleb sieht Leo an. »Wie kann es Henry sein? Der war in der Beichtkammer, als Miles ermordet wurde.«

Doch Leo ist schon auf dem Weg nach draußen, wo die Leute nervös zusammenstehen.

»Ist jemand verletzt?«, fragt Aliyah.

Pam sieht ihn skeptisch an. »Es ist eine Aufnahme, oder?«

»War Miles' Tod ein Schwindel?« Ceri blickt zu den anderen. »Lebt er noch?«

Jason lacht zynisch. »Falls ja, nicht mehr lange.«

Aliyah ringt nach Luft. »Gehört das alles zur Show? Werden wir noch gefilmt?« Sie schaut zu Owen, doch er hat keine Kamera dabei.

»Officer.« Lucas tritt vor. »Kann uns bitte jemand sagen, was los ist?«

Leo ignoriert sie alle. »Wo ist Henry?«

Sie sehen sich um.

»Er ist in dem Raum neben meinem untergebracht«, sagt Pam. »Aber ich habe ihn nicht gesehen.«

Aliyah schreit wieder auf. »Ist Henry ermordet worden?«

Leo antwortet nicht. Mit sechs Schritten ist er bei Henrys Tür, und sie wird die zweite innerhalb einer Woche, die er eintritt.

Das Zimmer ist leer.

Henry ist fort.

DREIUNDVIERZIG

DIENSTAG | FFION

Ffions Brustkorb fühlt sich zu eng an. Sie zwingt sich, ihre Atmung zu verlangsamen. Es ist Klaustrophobie, sonst nichts; hier ist reichlich Luft. Reichlich, sagt sie sich immer wieder, weil ihr Körper es nicht zu verstehen scheint. Er lässt ihr Herz hämmern und drückt ihr die Kehle zu, sodass sie Mühe hat, auch nur flach zu atmen.

Wieder versucht sie, die Tür zu öffnen. Sie denkt zurück an die Teilnehmer, die in der Kammer waren, und erinnert sich nicht, ein Schloss bemerkt zu haben, also muss die Tür irgendwie blockiert worden sein; vielleicht ist ein Ast oder ein Erdklumpen davorgefallen, oder … Ffion folgt dem Gedankengang, weil sie sich andernfalls der Wahrheit stellen muss.

Henry hat sie in die Falle gelockt.

»Hey!«, ruft Ffion.

War das ein Geräusch eben? Ein Rascheln wie von einem Tier im Unterholz. Oder einem Jäger, der seine Beute beobachtet.

Warum hat er sie hier eingesperrt? Vielleicht will er sich bloß Zeit zur Flucht verschaffen; in dem Fall muss sie einfach warten. Es könnte eine Weile dauern, und sie muss sich weiterhin sagen, dass die Enge in ihrer Brust Panik ist, keine Herzattacke, denn letztlich wird man sie finden.

Oder hat Henry andere Pläne mit ihr? Will er sie jetzt, da er sie gefangen hat, zum Schweigen bringen?

In dem Fall muss Ffion raus. Schnell. Sie nimmt ihr Handy hervor und wählt den Notruf, ohne den fehlenden Empfang zu beachten. Sie kann nur hoffen, dass der Anruf irgendwie durchkommt. Selbst wenn die Vermittlung sie nicht hören kann, können sie ihre Nummer nachverfolgen, wenn die Verbindung zustande kommt, werden wissen, dass es Ffion ist, und …

Der Anruf geht nicht durch. Sie versucht es wieder und wieder, aber es ist zwecklos.

Sie blickt zu dem schmalen Glasstreifen oben in der Kammer. Er ist sehr hoch, aber wenn sie auf die Stuhllehne steigt … Sie schaut sich nach etwas um, mit dem sie die Scheibe einschlagen kann, doch hier ist nichts. Sogar die Kamera ist bloß eine Linse, eingelassen in die glatte Wand. Trotzdem steigt sie nach oben, wägt eine Sekunde lang die Brauchbarkeit ihres Handys ab und schlägt es dann fest gegen das Glas. Das Telefon zerbricht sofort in Einzelteile, während das verstärkte Glas nicht einen Sprung bekommt.

Was war das für ein Geräusch?

Ein Surren … nein, mechanischer, als würde eine Kurbel bedient. Ffion springt von dem Stuhl und sieht sich nach der Quelle um. Aus dem Augenwinkel nimmt sie etwas wahr, sieht hin und stellt fest, dass sich ein Teil der Wand bewegt. Es tut sich eine runde, etwa faustgroße Öffnung auf.

Rohrgröße, sieht Ffion, als sich die Scheibe vollständig geöffnet hat und ein schwarzes Rohr zum Vorschein kommt. Daher sind sie gekommen: die Spinnen, die Ratten und die Schlangen. Alle sind sie hier reingekippt worden, purzelten übereinander in den dunklen, sargähnlichen Raum, um Geständnisse zu erzwingen.

Ffion drängt sich in die am weitesten vom Rohr entfernte Ecke. Was natürlich nichts bringt, denn was Henry auch für sie geplant haben mag, es wird sich nicht auf die andere Seite beschränken. Aber zumindest hat sie so Raum und Zeit, um sich zu fangen.

Und Ffion kann hiermit umgehen. Sie hat keine Angst vor Spinnen, und auch wenn sie es vorzieht, nicht von Ratten bedeckt zu sein, ist es eine Frage der mentalen Kraft, nicht wahr? Sie holt tief Luft – *einatmen, ausatmen, einatmen, ausatmen* – und versucht, sich die Phobien der Teilnehmer ins Gedächtnis zu rufen.

Ich hasse Spinnen, hatte Aliyah gesagt, und natürlich blühten ihr die, als sie in die Beichtkammer geschickt wurde. Bei Pam waren es Ratten; bei Lucas Schlangen …

Was waren die anderen?

Da kommt ein Geräusch aus dem Rohr. Ein Knacken von Plastik, ein leises Rauschen, als es schneller wird. Und Ffion weiß es wieder.

Wovor hast du Angst? Das hatte Aliyah Henry zu Beginn der Show gefragt.

Ich?, antwortete er. *Wasser. Als Kind bin ich fast mal ertrunken.*

Wasser.

Es rauscht in die Beichtkammer, trifft auf die gegenüberliegende Wand und sprüht Ffion von Kopf bis Fuß nass. Binnen Sekunden bedeckt es den Boden. In dem winzigen Raum verstärkt sich das Geräusch, als stünde sie an einem Wasserfall, und sie hat ein Dröhnen in den Ohren. In den Sekunden, die sie braucht, um sich zum Handeln zu bewegen – aber was kann sie schon tun, außer vergeblich an die Tür zu hämmern? –, bedeckt es ihre Stiefel.

Und es kommt mehr.

VIERUNDVIERZIG

DIENSTAG | LEO

Später wird es Fragen geben, das weiß Leo, doch vorerst ist er dankbar, dass DCI Boccacci diese Wendung der Ereignisse schlicht hinnimmt.

»Der Hubschrauber ist unterwegs«, sagt sie zu ihm. »Die Hundeeinheit ist momentan im Einsatz, kommt aber schnellstmöglich.«

Eine Sekunde nach dem Telefonat klingelt Leos Telefon wieder. Caleb hat Dave angebunden, und der Hund heult schlimmer denn je, zieht so sehr an der Leine, dass es aussieht, als würde sie gleich reißen. Leo geht weg von dem Lärm.

»Ich habe jetzt ein Sechserteam, das den Pen y Ddraig raufgeht«, sagt Huw. »Wir bleiben zurück, wenn wir Henry sehen, wegen der Risikoeinschätzung, aber so haben sie mehr Augen vor Ort.«

»Danke, Huw.« Am anderen Ende ist Stille, und Leo fragt sich, warum Huw ihn angerufen hat. Er müsste alle nötigen Informationen von der Einsatzzentrale haben, die seine Unterstützung angefordert hat. »Falls Sie Fragen haben«, sagt Leo, »nur raus damit.«

Huw räuspert sich. »Die Zentrale sagt, dass Ffion ihm nach ist.«

»Sieht so aus.« Oder andersherum, denkt Leo, spricht es aber nicht aus.

Noch eine Pause. »In Momenten wie diesem bin ich froh, dass ich nicht mehr mit ihr verheiratet bin.« Huw lacht, was jedoch gezwungen klingt.

»Ffion ist durch und durch Frontline-Officer«, sagt Leo, den selbst überrascht, dass er sie auf einmal verteidigen will. »Und sie ist in das Prozedere in solchen Fällen eingewiesen.«

»Ja, die sollte man echt einweisen.« Es war ein erbärmlicher Scherz, aber Leo entgeht auch nicht, dass Huws Stimme bricht.

»Wir finden sie«, verspricht Leo, beendet das Gespräch und steckt sein Handy ein, den Blick auf den Boden fixiert.

Jemand tippt ihm sanft auf die Schulter. »Wie geht es dir?«, fragt George.

»Gut.« Leo will nicht so schroff klingen, deshalb fügt er an: »Danke.«

»Der Hund dreht durch.«

»Ja, das sehe ich.«

»Er will unbedingt zu Ffion.«

»Hör mal, ich will ja nicht herzlos sein, aber ich kann mich jetzt wirklich nicht um einen unglücklichen Hund sorgen, wenn ein Officer von uns vermisst wird.«

»Nein, hör du mir zu. Er will Ffion finden.«

»Das wollen wir …«

George fällt ihm ins Wort. »Warum lassen wir ihn dann nicht?«

FÜNFUNDVIERZIG

DIENSTAG | HENRY

Als Henry das *Exposure*-Camp verlässt, werden die Rufe der Kriminalbeamtin panischer. Bei ihrem ersten Rütteln an der Tür – sinnlos angesichts des Baumstammstücks, das Henry vor die Tür gerollt hatte – klang sie eher wütend als ängstlich, doch jetzt hört er einen Hauch von Hysterie in ihrer Stimme.

Gut. Die Frau hat alles versaut.

Nach dem Mord an Miles und Henrys Rückkehr ins Camp hatte es sich als unmöglich erwiesen, den Kasten mit den Geheimnissen zu öffnen. Er machte Kaffee und gab Ceri ihren Tee, während er fieberhaft überlegte. Könnte er seine Fleecejacke über den Kasten fallen lassen und ihn schnell aufschließen, wenn er sie wieder aufhob? Dasselbe Manöver wenig später wiederholen und dabei seinen Umschlag herausnehmen?

Nein, das war zu gefährlich. Er hatte schwer gearbeitet, es aussehen zu lassen, als wäre er nicht einmal in der Nähe des Tatorts gewesen. Jetzt durfte er nicht riskieren, Misstrauen zu erregen, indem er sich im Camp komisch benahm, denn die Polizei würde sich das Material ansehen, um zu überprüfen, wo jeder zur Zeit des Mordes gewesen war.

Also ging Henry zu Phase zwei seines Plans über.

Es war schwer, ein Gefühl für die Uhrzeit zu bewahren; das hatten alle Teilnehmer festgestellt. Henry trank seinen Kaffee aus und zwang sich, auf das konzentriert zu bleiben, was Lucas und Ceri redeten, wobei er im Kopf zu schätzen versuchte, wie viele Minuten vergangen waren. Er machte sich langsam auf zur Komposttoilette und warf auf dem Rückweg einen Blick in die Beichtkammer, wo ihm die rot blinkende Digitaluhr verriet, dass es genau achtzehn Minuten nach elf war. Henry atmete langsam aus. Beinahe Zeit.

Ihm widerstrebte, am Feuer zu bleiben. Er und die anderen Teilnehmer hatten am Freitag beobachtet, wie die zerschlagenen Kameras ersetzt wurden, aber was, wenn die andere Blickwinkel hatten? Was, wenn Henrys sorgsam ausgearbeitetes Alibi platzte, weil eine Kamera um wenige Millimeter nach rechts abwich? Nein, der einzig sichere Ort hier war die Beichtkammer, wo die Kamera auf den Stuhl fixiert war.

Doch zuerst – wieder sah Henry zur Uhr – blieb Zeit, um selbst einen kleinen Verdacht zu streuen. Er ging zu den anderen zurück, die noch da saßen, wo er sie verlassen hatte, und blickte zum Feuer. »Wer ist mit Anmachholzsammeln dran?«, fragte er, wohl wissend, dass es Ceri war. Sie hatten die Aufgaben untereinander aufgeteilt: Lucas kochte, Henry sammelte die schwereren Äste, und Ceri füllte einen Korb mit Anmachholz. Seit Pam weg ist, hat keiner mehr das Klo geputzt.

»Ich. Aber ich habe gestern haufenweise gesammelt; das reicht mindestens noch bis morgen.«

»Jetzt ist nichts mehr da«, sagte Henry.

»Oh, verdammt, ihr zwei!« Ceri murrte weiter, als sie sich den Korb schnappte und in den Wald stapfte. Henry ging zurück zur Beichtkammer. Dort erging er sich in einer langen Schilderung seines Lebens bis heute und wie er es in Zukunft weiterführen wollte. Alle paar Sekunden blickte er nach der Zeit. Und exakt zu dem Zeitpunkt, als Miles »ermordet« wurde, täuschte Henry einen Hustenanfall vor, um zu überspielen, dass er plötzlich lachen musste. Er hatte es geschafft. Den perfekten Mord begangen.

Hinterher wuchs Henrys Zuversicht noch weiter, da Stunden vergingen, ohne dass ihm jemand Handschellen anlegte. Als die Detectives kamen, um die restlichen drei Teilnehmer den Berg hinunterzuführen, war offensichtlich, dass sie als Verdächtige ausgeschlossen wurden.

Das einzige Haar in der Suppe war, dass er seinen Umschlag nicht bekommen hatte. In den achtundvierzig Stunden nach dem Mord hatte es auf dem Berg von Polizei gewimmelt und keine Chance für Henry gegeben, zurück ins Camp zu gehen. Und jetzt war der Kasten natürlich weg und der Schlüssel in seiner Tasche völlig nutzlos. Er war fest entschlossen, die Nerven zu behalten und sich vor aller Augen zu verstecken. Irgendwann würde man ihn als Miles' Mörder entlarven, aber er hatte schon an genug Enthüllungsgeschichten gearbeitet, um zu wissen, wie langsam die Polizei war. Er setzte darauf, dass es Tage dauern würde – vielleicht Wochen –, bevor irgendein IT-Nerd über den zusammengestückelten Soundclip stolperte. Bis dahin hätte Henry sich in Luft aufgelöst und würde eine seiner vielen anderen Identitäten angenommen haben. Und in der Zwischenzeit war er ein Vorzeigezeuge: hilfreich, folgsam und unauffällig.

Jetzt jedoch kann er nicht mehr bleiben. Die anderen Detectives werden nach DC Morgan suchen, und schließlich werden sie rauf zum Camp kommen und sie finden.

Ertrunken.

Henry erschaudert. Seine Wasserphobie ist eine der wenigen Wahrheiten, die er seinen Mitteilnehmern erzählt hat, weil Aliyah ihn mit ihrer Angst unvorbereitet erwischt hatte und er selbst ein unheimliches Unbehagen empfand. Miles wusste, dass Henry eine Schwäche hatte.

»Ich hab von der Pier aus Krebse gefangen«, hatte er Miles beim Dinner erzählt. Sie hatten sich über Urlaube unterhalten – Miles' Großeltern hatten ein Haus in Abersoch –, und

Henry erklärte, warum er nur noch im Inland Urlaub machte. »Ich habe mich zu weit vorgelehnt und …« Er machte eine Tauchbewegung mit der Hand und fühlte – wie immer –, wie sich sein Bauch bei der Erinnerung verkrampfte.

»Super!« Miles' Augen leuchteten. »Das können wir als deine Angst nutzen – um es authentischer zu machen.«

Henry starrte ihn entsetzt an. »Aber ich gehe nicht in die Beichtkammer; wir müssen nicht …«

»Entspann dich! Ich inszeniere das nur, weiter nichts. Die Crew darf sich ja nicht wundern, warum wir nur die Requisiten für sechs Geständnisse beschaffen, oder?«

Eine Stimme in Henrys Kopf sagte ihm, dass er vorsichtig sein solle und Miles nicht vertrauen dürfe.

Auf die hätte er hören sollen.

Vor dem Camp bleibt Henry stehen und überlegt, was er als Nächstes tun soll. Denselben Weg zurück kann er nicht nehmen, denn bei Carreg Plas wird es von Polizei wimmeln. Er wird ein bisschen weiter nach oben steigen und sich auf der Ostseite nach einem Weg vom Berg nach unten umsehen.

Wenige Minuten später umrundet Henry eine Biegung und sieht eine Frau, die ihm entgegenkommt. Er blickt sich nach einem Fluchtweg um, als er bemerkt, dass sie Trekkingstöcke bei sich hat, Wanderstiefel trägt und seitlich in ihrem Rucksack eine Wanderkarte steckt. Er geht weiter, den Blick auf den Boden fixiert.

»Was für ein schöner Tag«, sagt die Frau, als sie näher kommt.

»Ist es«, antwortet Henry, als schwache Rufe vom Berg herbeiwehen.

»Haben Sie das gehört?« Die Frau bleibt stehen. »Ich dachte vorhin schon, ich hätte jemanden schreien gehört, und jetzt …«

»Die drehen da.« Henry zeigt hin, was den zusätzlichen Effekt hat, dass die Frau zum Camp schaut, nicht zu Henry. »Ich habe eben ein Kamerateam gesehen.«

»Ah, dann ist ja gut. Aber passen Sie auf, wo Sie hintreten – unten am Hang wird es rutschig.«

»Danke.« Henry geht weiter und widersteht dem Impuls, sich umzudrehen und nachzuschauen, ob die Frau zu ihm sieht oder ihr Handy hervorholt. Sobald er weit genug weg ist, verfällt er in einen Laufschritt.

Am zweiten Drehtag wurde Henry langsam unruhig. Er hatte sich erfolgreich als gutmütiger, lockerer Typ positioniert. Selbstbewusst, aber kein Alphamännchen; hilfsbereit gegenüber den Frauen, ohne schmierig zu sein (diese Rolle hatte Miles für Jason vorgesehen und würde das Material entsprechend zusammenschneiden). Beinahe begann Henry, sich zu entspannen. So leicht hatte er noch nie sechzig Riesen verdient.

»Ich habe solche Angst«, sagte Aliyah. Sie suchten alle nach Ryan, wanderten das umzäunte Gelände ab und riefen nach ihm.

»Sicher ist die Beichtkammer nicht so schlimm, wie du denkst.« Henry wusste, dass sie schlimmer war – er hatte die Kisten mit Spinnen gesehen, die angeliefert wurden. Alle unterschiedlichen Größen, von pelzigen, dickbeinigen Taranteln bis zu schnellen, hauchdünnen, die einen Raum innerhalb eines Wimpernschlags durchquerten.

»Es ist nicht bloß das. Es ist auch, nicht zu wissen, wem man trauen kann.« Aliyah sah Henry an. »Dir kann ich natürlich vertrauen …«

»Hundertprozentig.«

»… aber findest du nicht, dass Lucas irgendwie unheimlich ist?«

»Er ist Vikar«, antwortete Henry.

»Eben.« Aliyah blieb stehen und senkte die Stimme, obwohl keine Kameras in der Nähe waren. »Ich habe gehört, wie Roxy zu Owen gesagt hat, es gäbe einen #MeToo-Teilnehmer.«

»Einen was?« Henry täuschte Ahnungslosigkeit vor, um Zeit zu schinden. Er kannte die sechs Geheimnisse in dem Kasten, und keines von ihnen hatte mit der #MeToo-Bewegung zu tun. Hatte Miles auf eigene Faust weiter zu Henry recherchiert?

»Du weißt schon, wie ein Sexualstraftäter.«

Was hatte Miles herausgefunden? Henry war unsicher, was er tun sollte. Wenn er Aliyahs Bedenken zerstreute, würde sie es dann gut sein lassen oder misstrauischer werden?

»Jetzt, da du es erwähnst«, sagte er, denn es war sicherer, jemand anderen den Wölfen zum Fraß vorzuwerfen, als zu riskieren, dass er verdächtigt wurde. »Lucas hat diesen Blick an sich.« Er sah Aliyah besorgt an. »Sei vorsichtig bei ihm, ja?«

Sie nickte und umarmte Henry. »Danke für das Gespräch. Du bist echt einer von den Guten.«

Am nächsten Tag nach dem Live-Segment ging Henry zu Owen, der seine Kamera wegpackte.

»Alles okay mit ihm?« Henry zeigte zu dem wütenden Jason, der von Dario aus dem Camp geführt wurde.

»Ich darf nach dem Dreh nicht mit euch reden«, antwortete Owen prompt. »Du kennst die Regeln.«

»Ich sorge mich nur, sonst …«

»Hör mal, Miles hat ganz klar gesagt, dass ihr nicht mit der Außenwelt kommunizieren dürft.« Owen schwang die Tasche auf seine Schulter. »Und ich verstehe ihn. Ich würde auch keine fünf Millionen verlieren wollen.«

»Fünf Millionen?« Henry ging hinter ihm her.

»An Sponsorengeldern.« Owen wedelte mit den Händen, als wäre Henry eine Katze. »Husch, husch – du kannst dich meinetwegen rauswerfen lassen, aber ich setze meinen Job nichts aufs Spiel, indem ich mich mit Teilnehmern verbrüdere.«

Henry starrte ihm nach. Einen Sponsorendeal über fünf Millionen hatte Miles mit keiner Silbe erwähnt. Bei der Show wurde streng gespart – *das Konzept allein überzeugt,* hatte die arrogante Ankündigung gelautet –, und obwohl Miles erzählt hatte, dass er Geldgeber gewinnen konnte, vermittelte er fortwährend den Eindruck, als würden sie sich knapp über Wasser halten. »Die Mittel reichen gerade mal, dass wir nicht verhungern«, hatte er behauptet. Fünf Millionen? Da musste jemand einen Bärenhunger haben.

Und währenddessen riskierte Henry seinen Ruf für magere sechzig Riesen.

Am vierten Drehtag wartete Henry am Zaun. Er kannte Miles' Laufstrecke – ein paarmal war er mitgelaufen, als sie zusammengearbeitet hatten. Und er wusste, dass sich der Produzent an eine feste Routine hielt. Tatsächlich sah er um Viertel nach zehn etwas Neongelbes aufblitzen.

»Miles!«

Der Produzent wurde langsamer. Er blickte zu Henry, erschrak und schaute sich vorsichtig um, bevor er näher an den Zaun kam. »Was machst du denn? Wir dürfen nicht zusammen gesehen werden.«

»Warum denkt Roxy, dass ein #MeToo-Täter in der Show ist?« Henry vergeudete keine Zeit.

Miles blinzelte. »Weiß ich nicht.«

»Sieh mir in die Augen, und sag mir, dass du mich nicht verarschst.«

»Wovon redest du? Wir sind ein Team.«

»Die Art Team, die sich die fünf Millionen Sponsorengelder teilt, die du bekommst?«

»Die Produktionskosten eskalieren, und …«

»Blödsinn. Ich will mehr Geld.«

»Wir haben uns auf sechzig geeinigt.«

»Ich will mehr.«

»Mehr habe ich nicht.«

»Quatsch! Du hast einen Umschlag mit meinem Namen drauf in den Kasten gepackt.«

»Damit keiner misstrauisch wird – Alter, du benimmst dich sehr komisch.«

»Was steht auf der Karte?«

»Dass du Alkoholiker bist, wie vereinbart«, sagte Miles, aber er wandte den Blick ab. Er log. »Was sowieso irrelevant ist, weil du nicht bloßgestellt wirst. Du wirst als Letzter übrig sein. Der Gewinner von coolen hundert…«, Miles korrigierte sich, »… sechzigtausend Pfund.«

»Ich will eine halbe Million.«

»Unmöglich.«

»Eine halbe Million, oder ich enthülle diese ganze …«

Miles' Hand schnellte durch den Maschendraht und packte Henrys Pulloverkragen. Er presste die Fingerknöchel auf Henrys Luftröhre, sodass die Ränder von Henrys Sichtfeld schwarz wurden. »Denkst du, ich kenne deine Geheimnisse nicht? Glaubst du, ich kann nicht selbst ein bisschen nachforschen?« Er packte fester zu und drückte seine Faust gegen Henrys Hals. »Halt dich an die Abmachung.«

Miles ließ Henrys Pullover los, drehte sich um und sprintete zurück in den Wald. Keuchend hob Henry die Hände an seine Kehle. Miles trieb ein gefährliches Spiel, aber er hatte seinen Gegner unterschätzt.

Henrys bisheriges Leben könnte man wohlwollend als

»bunt« bezeichnen. Zweifelhafte journalistische Methoden waren ihm nicht fremd, oft in Einbeziehung junger, verwundbarer Frauen, die bereits in der Halbwelt gefangen waren. Hatte Miles einen dieser schmutzigen Fälle entdeckt? Ausgeschlossen. Aber es war klar, dass er etwas in der Hand hatte, und jetzt musste Henry handeln.

Henry brauchte mehrere Tage, um seinen Plan auszuführen, und das in dem Wissen, dass Miles jeden Moment entscheiden konnte, ihn bloßzustellen. Würde er Henry in die Beichtkammer schicken? Oder womöglich einem anderen Teilnehmer Informationen zuspielen, so wie es mit Henry abgemacht war?

Die Gruppenaufgaben gingen weiter wie von Henry und Miles geprobt, und jedes Mal, wenn er erkannte, dass er nicht gelinkt wurde, atmete Henry erleichtert auf. Die erste, nur Stunden nach ihrer Unterhaltung, war der lächerliche Lügendetektortest, den Miles sich ausgedacht hatte, und trotz seiner Sorge konnte Henry nicht umhin zu schmunzeln, weil er so glänzend »bestand«. »Ich heiße Henry, habe braunes Haar und blaue Augen«, hatte er als seine drei »Kontrollwahrheiten« angegeben, bevor die Fragen losgingen. Keiner der anderen war auf die Idee gekommen, dass alle drei Aussagen schon gelogen sein könnten.

Niemand von ihnen verdächtigte ihn. Weder die Teilnehmer noch die Polizei.

Bis jetzt.

Henry kann die Schreie des weiblichen Detectives nicht mehr hören. Ist er zu weit weg? Oder hat das Wasser die winzige Kammer vollständig geflutet? Ist sie in diesem Moment unter Wasser und kratzt sich die Finger an der Tür blutig, während ihr wirres Haar um ihre starrenden Augen treibt?

Lächelnd läuft Henry weiter.

SECHSUNDVIERZIG

DIENSTAG | FFION

Ffion kann das Wasser nicht mehr hereinströmen hören. Sie fühlt lediglich, wie es um den Stuhl wirbelt, auf den sie gestiegen ist, um der steigenden Flut zu entkommen. Nur kann sie nirgends hin. Trotz der zusätzlichen Höhe reicht ihr das Wasser bis zur Brust und drückt die Kälte auf sie, bis ihre Lunge zu eng ist, um mehr als kleine, panische Atemzüge zu machen. Sie stampft mit den Füßen, um die Blutzirkulation in den Zehen zu erhalten, die inzwischen so kalt sind, dass Ffion sie nicht mehr spürt.

Die Tür gibt nicht nach. Die Innenwände der Beichtkammer sind mit etwas Glattem ausgeschlagen, in dem Ffions wunde, brennende Finger keinen Halt finden. Es gibt kein Entkommen.

Vorhin, als das Wasser ungefähr einen Meter hoch stand, hat sie versucht, den Zustrom zu stoppen. Sie hat ihren Pullover ausgezogen, ihn zusammengeknüllt und in das Rohr gestopft. Es hielt eine Weile lang, aber dann katapultierte der Wasserdruck ihn heraus. Jetzt bibbert Ffion in ihren nassen Sachen. Sie wird ertrinken.

Als sie fünf war, brachte Mam ihr Schwimmen bei. Angesichts des nur Minuten von ihrem Haus entfernten Sees war es nicht verhandelbar gewesen; Ffion durfte sich dem Wasser erst nähern, wenn sie hundert Meter schaffte, ohne sich treiben zu lassen.

»Mae dŵr yn beryglys«, ermahnte Mam sie dauernd. *Wasser ist gefährlich.*

Ffion unterdrückt ein Schluchzen. Jahre später war es Ffion, die Schwimmunterricht am See erteilte, der sturen Seren erst beibrachte, sich treiben zu lassen, dann zu schwimmen. Kann es wirklich sein, dass sie Seren niemals wiedersieht? Sie mochte siebzehn sein, aber Ffion hat eben erst angefangen, ihre Mutter zu sein. So unfair kann das Leben doch nicht spielen, sie jetzt zu trennen, oder?

Das Wasser steigt an ihrer Brust hinauf. Ffion streckt die Arme zur Decke, tastet verzweifelt nach etwas – irgendetwas –, an dem sie sich festhalten kann. Sie verliert das Gleichgewicht und kippt nach vorn, und als sie den Fuß bewegt, um es zu korrigieren, tritt sie ins Nichts.

Das Wasser ist eiskalt. Es zieht Ffion nach unten, und plötzlich ist sie auf dem Boden der Beichtkammer, umgeben von gnadenlosen Wirbeln. Sie öffnet die Augen, sieht den Malstrom von Blasen um das Rohr, aus dem weiter Wasser in den Raum strömt, dass es in ihren Ohren donnert. Sie kämpft sich zum Stuhl, will sich nach oben ziehen, aber der Wasserdruck wirft sie zur Seite, und eine Sekunde lang ist sie unsicher, wo oben ist. Sie will ausatmen – nur ein klein wenig, um den Druck auf der Brust zu lindern. Doch es kommt ein einzelner, heftiger Schwall kostbarer Luft heraus, der zu einer Oberfläche schießt, die Ffion nicht einmal sieht, weil alles verschwommen ist. Ihre Gliedmaßen funktionieren nicht, und sie denkt, das ist es. Dies ist das Ende.

SIEBENUNDVIERZIG

DIENSTAG | LEO

Was Dave an Schnelligkeit und Anmut fehlt, macht er mit schierer Entschlossenheit wett. Leo hat nie darüber nachgedacht, woher das englische Wort »dogged« für »hartnäckig« kommt, aber als er Dave durchs Unterholz pflügen sieht, ergibt es einen Sinn. Alle paar hundert Meter bleibt Dave stehen und heult, ehe er wütend bellend weiterrennt.

Das Quad hinter ihm – noch mit den *Exposure*-Aufklebern – hüpft über das unebene Terrain. Huw ist am Lenker. Eigentlich ist das Gefährt für eine Person gedacht, doch hinter dem Sitz ist eine Metallablage, auf die man einen Heuballen oder ein Wasserfass schnallen kann. An die klammern sich nun Leo und George. Leos Waden brennen von der Anstrengung, seine Füße auf dem Radkasten zu halten.

»*Iawn?*«, ruft Huw über die Schulter.

Leo fühlt sich alles andere als *iawn*, aber dies ist kein Moment, den nervigen Beifahrer zu geben. »Uns geht es gut«, antwortet er, und dabei nimmt er kaum wahr, dass Huw auf Walisisch gefragt hat.

»Dir. Ja. Vielleicht«, sagt George. Jedes ihrer Worte ist von einem Springen des Quads punktiert. Leo klammert sich fester an das Metall und überlegt, einen Arm um Huws Taille zu legen.

Über ihnen kreist der Hubschrauber, und aus Leos Funkgerät ist der stete Dialog zwischen Suchteams und Einsatzzentrale zu hören, jeweils von einem deutlichen Knacksen eingeleitet. *Mögliche Verdächtigensichtung auf der Ostseite.*

Das Schlagen der Rotorblätter pulsiert durch die Meldung. *Männlicher Weißer, dunkles Haar – er hat eben nach oben gesehen und rennt jetzt.*

»Er ist es«, sagt George. »Das muss er sein.«

Gegenwärtig oberhalb des Geröllhangs, circa zweihundert Meter vom Gipfel.

»Er wird auf dem Kamm sein.« Huw drosselt das Tempo und zeigt den Berg hinauf. »Aber wie es aussieht, will Dave zum Camp.« Er dreht sich zu den anderen um. »Das ist gut, oder? Wenn Ffion im Camp ist und Henry da oben, ist sie nicht in Gefahr.«

»Stimmt«, sagt Leo, weil Huw das hören und Leo es glauben will; aber er weiß, dass es so einfach nicht ist. Die Gefahr könnte bereits eingetreten sein.

Das *Chop-Chop* des Hubschraubers kommt wieder aus dem Funkgerät. *Verdächtiger läuft nach unten, wiederhole, nach unten, immer noch auf der Ostseite.*

Schicken Officers hin, antwortet die Zentrale.

»Er kehrt um«, sagt Huw. »Er wird versuchen, über den Horseshoe Pass zum nächsten Dorf zu kommen.« Sie folgen weiter Dave, und jetzt können sie die Umzäunung des Camps sehen. Huw dreht sich wieder um. »Was soll ich machen?«

»Ihr sucht Ffion«, sagt George. »Ich folge Henry. Wie leicht ist dieses Ding zu fahren?«

»Ich mache das schon, seit ich acht war.« Huw hält das Quad an, lässt den Motor aber laufen. »Seien Sie vorsichtig mit dem Gas, bis Sie sich dran gewöhnt haben, sonst landen Sie unter dem Teil.«

»Wie beruhigend.«

Leo springt vom Quad. Die Einsatzzentrale dirigiert ein Dutzend Officers mithilfe der Aufnahmen, die vom Hubschrauber gestreamt werden. Huw rennt bereits hinter Dave her. Leo sieht George an. »Ich sollte …«

»Finde Ffion«, fällt sie ihm streng ins Wort. »Ja, das solltest du.« Sie schwingt ein Bein über den Sattel und stemmt den Fuß nach unten. Das Bike schießt vorwärts, die Vorderräder heben ab, und Leo hört ein *Scheiiiiße,* bevor sie wieder nach unten krachen. »Mir geht's gut!«, schreit George, als sie den Pfad hinaufrumpelt. »Alles bestens!«

Leo rennt hinter Huw und Dave her. Er betet, dass George nicht vom Quad fliegt; teils weil er nicht will, dass sie verletzt wird, aber vor allem weil er ziemlich sicher ist, dass er eine Art Risikoeinschätzung hätte vornehmen müssen, ehe er einen DC allein auf einem Quad einem Verdächtigen folgen lässt.

Alles scheint gleichzeitig zu geschehen.

Lärm explodiert aus dem Funkgerät: *Zwanzig Meter links von Ihnen; die beiden Officers beim Zaunübertritt, neunzig Grad nach rechts; der Verdächtige kommt auf Sie zu.*

Leo und Huw stürmen durch das Camp, sehen in die verlassenen Zelte und rufen nach Ffion.

Dave bellt noch lauter, noch wahnsinniger.

Verdächtiger auf Sicht, hört Leo aus dem Funkgerät. Diesmal nicht vom Hubschrauber, sondern von einem Officer, der angestrengt atmet und hörbar läuft.

»Da drüben!«, ruft Huw und zeigt auf die Stelle, an der Dave im Kreis läuft und das komische Konstrukt ankläfft, das er gefunden hat, halb in der Erde vergraben.

Die Beichtkammer.

Null neun mit – hören Sie auf, sich zu sträuben! Georges Stimme, die ihr eigenes Update unterbricht, um ihren Verdächtigen unter Kontrolle zu bringen. Leo behält die Hand an seinem Funkgerät, als er mit Huw zur Beichtkammer rennt – als könnte es helfen, mit den anderen verbunden zu bleiben. Doch George und die anderen brauchen seine Hilfe nicht, denn George meldet sich wieder – *Null neun mit eins.*

Sie ist ruhiger, und das Rufen im Hintergrund ist verstummt.

Henry ist festgenommen. Sie haben ihn.

ACHTUNDVIERZIG

DIENSTAG | FFION

Ffions Hand schlägt gegen den Stuhl. Sie packt ihn, und etwas an seiner Festigkeit erdet sie genug, dass sie die Füße aufstellt und sich gegen den Wirbel des Wassers nach oben zieht, erst auf den Sitz steigt, dann die Armlehnen und schließlich die Rückenlehne, wo sie sich festklammert und immer wieder nach Luft schnappt, bis das Brennen in der Lunge weniger wird.

»Mist, Mist, Mist«, sagt sie laut, weil es seltsam beruhigend ist, ihre eigene Stimme über dem Wasserrauschen zu hören und das …

Sie hält inne. Was war das?

Das Wasser schwappt an ihr Kinn. Noch eine oder zwei Minuten, dann muss sie den Kopf nach hinten neigen, um den Mund über Wasser zu halten. Und dann …

Da ist es wieder.

Bellen.

»Dave!« Ffion will rufen, doch ihre Lippen sind taub vor Kälte, und ihre Kehle ist wie zugeschnürt vor Angst. Das Bellen ist nahe, und jetzt hört sie auch Leos Stimme und ruft wieder. Diesmal spielt es keine Rolle, dass kein Laut herauskommt, denn die Tür wird aufgezerrt. Das Wasser stößt Ffion von ihrer hohen Position, und sie fällt wieder, doch nun spürt sie starke Hände, die sie nach oben ziehen.

Zweitausend Liter Wasser schießen aus der Beichtkammer, sodass Ffion sich mit Leo, Huw und Dave in einem Fluss stehend wiederfindet.

»*Ti'n* verdammte Idiotin, Ffion«, sagt Huw. Seine Augen glänzen.

Leo zieht seine Jacke aus und drapiert sie um Ffions zitternde Schultern. »Bist du okay?«

Ffion versucht zu nicken, was jedoch zu einem Erschaudern gerät. Dave will auf ihre Arme klettern, und sie hockt sich hin, damit sie ihm richtig für seine Rettung danken kann, aber auch weil ihre Beine sie nicht recht halten wollen. »Henry …«, beginnt sie, doch ihr Gehirn läuft nur auf halber Geschwindigkeit. Sie ist unsicher, ob sie erklären kann, wie sie entdeckt hat, dass es Henry war, der Miles ermordet hat, und anscheinend muss sie es auch nicht.

»Er ist verhaftet«, sagt Leo. »George ist unterwegs mit ihm nach Bryndare.«

Ffion bringt ein kurzes Nicken zustande. Sie traut sich nicht zu sprechen. Leo legt einen Arm um sie, und sie lässt sich von ihm aus dem Camp führen. »Ich dachte, ich …« Sie kann den Satz nicht beenden.

»Dachte ich auch.«

»Ich bin froh, dass ihr mich gefunden habt.«

Leo dreht sich zu ihr. Er streicht mit der Hand von ihrer Schulter den Arm hinunter zu ihrer und drückt sie fest. »Ich auch.«

NEUNUNDVIERZIG

MITTWOCH | LEO

Henry Moore (oder, besser gesagt, Clive Manning) hat die Hände vor sich auf dem Tisch im Verhörraum und den Blick gesenkt. Neben ihm ist eine Anwältin, eine Frau in den Fünfzigern, die Leo und George hin und wieder mit der Bemerkung unterbricht, ihr Mandant habe dies oder jenes schon beantwortet, oder Henry fragt, ob er eine Pause braucht.

Leo und George sitzen ihnen gegenüber. Ffion hatte versucht dabei zu sein, doch selbst sie musste zugeben, dass sie keinen Mann unparteiisch verhören konnte, der sie Stunden zuvor hat töten wollen.

»Es ist ein Interessenkonflikt«, sagte Leo.

Ffions Züge verdunkelten sich. »Ich nehme an, damit kennst du dich aus.«

»Was soll das heißen?«

Aber Ffion drehte sich weg, und da Henry vernehmungsbereit war, blieb keine Zeit, eine Erklärung zu fordern.

»Warum der falsche Name?«, fragt Leo, nachdem Henry seine Aktivitäten der letzten Tage geschildert hat.

»Ich benutze nie meinen richtigen.« Henry zuckt mit den Schultern, als wäre es vollkommen normal, ein Pseudonym zu benutzen. »Ich bin Enthüllungsjournalist, habe viel mit fragwürdigen Gestalten zu tun. Diesmal natürlich nicht.« Lächelnd blickt er um sich. Anscheinend sitzt er dem irrigen Glauben auf, sie würden sich langsam alle für ihn erwärmen. Leo sieht ihn an, und Henrys Lächeln erstirbt.

»Und Sie waren zum Recherchieren eingestellt?«

»Formal war ich freier Mitarbeiter. Aber ja, Miles hat mich engagiert, um Geheimnisse zu suchen. Darin bin ich nämlich recht gut.« Noch ein Lächeln.

»Ich wüsste gar nicht, wo ich anfangen soll«, sagt George. »Es ist schon schwer genug, das Leben von Leuten zu durchleuchten, wenn man Zugriff auf die Polizeidatenbank hat, aber …« Sie bläht die Wangen. Leo verkneift sich ein Lachen über ihren Versuch, Henry mittels Schmeichelei zu einem Geständnis zu bringen. Als würde er darauf reinfallen …

»Ich mache das schon sehr lange«, antwortet Henry. »Obwohl ich gestehe, dass ich einige Fehlstarts hatte – manche Geheimnisse sind sogar für mich zu gut versteckt.«

»Vielleicht gibt es sie nicht«, sagt Leo. »Nicht jeder hat Geheimnisse.«

Henry lächelt ihn an. »Jeder hat welche.«

Leo schweigt. Zum einen ist dies ein Verhör, kein Wahrheit-oder-Lüge-Spiel im *Exposure*-Camp, zum anderen wird ihm klar, dass seine automatische Antwort – ich habe keine – nicht ganz korrekt ist. Sonst würde er Ffion erzählen, wie er empfindet.

»Bei Reverend Lucas war es bloß altmodische Observierung.« Henry richtet seine Worte an George. »Ich bin mit der Absicht zum Sonntagsgottesdienst gegangen, mit einigen Gemeindemitgliedern zu reden, um mehr über ihn zu erfahren. Dann habe ich gesehen, wie die Frau des Organisten ihn angesehen hat, und …« Henry presst die Hände zusammen und berührt mit den Fingerspitzen seinen Mund.

»Was ist mit Aliyah?«, fragt George.

»Google-Bilder. Sie ist auf einer archivierten Website, Rate My Date.« Henry blickt zu Leo. »Achteinhalb, falls Sie es wissen möchten.«

»Möchte ich nicht«, sagt Leo mit kaum verhohlenem Ekel.

»Und wie haben Sie entdeckt, dass Jason zweifach verheiratet ist?«

»Das war ein glücklicher Zufall. Auf seiner Facebookseite sind alte Fotos von Australien, und ich wollte nachschauen, ob er in seinem Brückenjahr dort irgendwelche Drogenvorstrafen kassiert hatte. Ich zapfte einen Kollegen an, der da unten lebt, und der hat beim Standesamt nachgesehen und den Heiratseintrag gefunden. Keinen Tod, keine Scheidung. Jackpot.«

Eine nach der anderen beschreibt Henry ihnen die Methoden, die er angewandt hat, um die Geheimnisse der Teilnehmer aufzuspüren, während Leo herauszufiltern versucht, welche Straftaten sie ihm zusätzlich anlasten können. Wie sich herausstellt, ging Pams Offenheit für Bestechung aus Klatsch auf einer lokalen Elternwebsite hervor. Doch Henry gibt zu, dass er Ceris E-Mails gehackt und Quittungen von Spezialschuhgeschäften aus Ryans Altpapiertonne gestohlen hat. Unbestreitbar Straftaten, wenn auch mindere, verglichen mit Mord und versuchtem Mord.

»Und natürlich gab es noch Ihr eigenes Geheimnis«, sagt George.

Zum ersten Mal seit Verhörbeginn werden Henrys Züge ein wenig angespannt. »Miles meinte, ich müsste eines in dem Kasten haben, falls jemand mich bloßzustellen versuchte und Roxy den Umschlag öffnen musste. Wir einigten uns darauf, dass ich Alkoholiker wäre.«

Leo lehnt sich auf seinem Stuhl zurück. »Ziemlich lahm im Vergleich zu den anderen.«

»Bei *Exposure* geht es darum, welchen Preis man für die gelüfteten Geheimnisse zahlt. Ich hatte eine Story parat, falls ich zur Rede gestellt würde. Dass ich meinen Job verlieren würde, meine Beziehung an einem seidenen Faden hinge, solche Sachen.«

»Aber das war alles gelogen«, sagt George. »Tatsächlich war Ihre Anwesenheit in der Show eine Lüge.«

»Darf ich Sie daran erinnern, dass Lügen an sich kein Verbrechen ist, Detective?«, wirft die Anwältin ein.

»Aber das hatte Miles nicht in den Umschlag gesteckt, oder? Er hatte etwas Saftigeres aufgetan.« Leo hält Henrys Blick und ist sicher, dass er ein bisschen Nervosität bei dem Mann wahrnimmt. Er zieht ein Dokument aus einer Akte und liest das kopierte Geheimnis vor. *»Henry hat drei Jahre lang die Unterhaltszahlungen für sein Kind verweigert.«*

Henry öffnet den Mund ein wenig, bringt indes keinen Ton heraus, als er Leo ansieht. Dann biegt er die Lippen zu einem kleinen Lächeln und lehnt sich ebenfalls zurück. »Das ist alles?«

»Das ist es.« Leo beobachtet Henrys entspannten Ausdruck interessiert und denkt an die verängstigten Gesichter der anderen Teilnehmer, als deren Geheimnisse gelüftet wurden.

»Miles hat das falsch verstanden«, sagt Henry gelassen. »Ich hatte – idiotischerweise, wie sich herausstellt – ein Problem mit einer Ex-Freundin erwähnt. Es gibt keinen Beweis, dass das Kind von mir ist, und ich bin viel rumgekommen, also …«

»Kein Problem«, unterbricht George. »Wir lassen den Child Maintenance Service wissen, wo Sie zu finden sind. Etwas sagt mir, dass Sie die nächsten Jahre keine Karten mit Adressänderungen verschicken.«

»Lassen Sie mich noch einmal durchgehen, was Sie uns erzählt haben …«, sagt Leo. Dies ist sein Lieblingsmoment in Verhören: der Teil, in dem sich der Verdächtige die Schlinge um den Hals legt. »Am Sonntag haben Sie das Camp nicht verlassen, und Miles' Studio sind Sie nie näher gekommen als auf Ihrem Weg daran vorbei …«

»Zu meinem Zimmer«, beendet es Henry hilfsbereit.

»Richtig. Sie haben uns erzählt, dass Sie an dem Morgen des Mords eine Stunde schlafend im Wald verbracht haben …«

»Ungefähr«, unterbricht Henry und lächelt entschuldigend. »Wir durften im Camp keine Uhr tragen.«

»Sie haben *ungefähr* eine Stunde schlafend im Wald verbracht, bevor Sie ins Camp zurückkehrten und in die Beichtkammer gingen.« Leo sieht Henry an und wartet auf dessen Bestätigung.

»Fürs Band: Der Verdächtige nickt«, sagt George.

Die Anwältin schlägt ihr Notizbuch mit einem Knall zu. »Ist das wirklich nötig? Mein Mandant hat Ihnen bereits gesagt, wo er am Sonntag *und* gestern gewesen ist.«

»Ach ja, gestern …« George blättert in ihren Notizen zurück. »Gestern sind Sie zu einem Spaziergang den Pen y Ddraig hinaufgegangen. Sie haben die Orientierung verloren, als der Polizeihubschrauber über Ihnen flog, und haben zu laufen begonnen …« George unterbricht und konsultiert wieder ihre Notizen. »… ›falls ich im Weg sein sollte‹.«

»Mir gefällt Ihr Sarkasmus nicht, DC Kent, und meinem Mandanten genauso wenig.«

»Ich dachte, der Hubschrauber sucht vielleicht nach jemandem«, sagt Henry.

»Wie überaus aufmerksam von Ihnen.«

»DC Kent, ich muss darauf bestehen …«

George ignoriert die Einwände der Anwältin. »Als wir DC Morgan fanden, war sie in der Beichtkammer eingesperrt.«

»Ich war schockiert, das zu hören.«

»Was Sie nicht sagen.«

»DC Kent!«

»Jemand hatte die Tür verbarrikadiert und den Fluthahn aufgedreht.«

»Abscheulich.«

»Aber das waren nicht Sie«, sagt Leo.

»Ganz sicher nicht.«

»Denn wären Sie es gewesen, würde Ihnen eine Anklage wegen versuchten Mordes drohen«, sagt George. »Zusätzlich zu der wegen des Mordes, den Sie angeblich nicht begangen haben.«

»Ich hatte mit beidem nichts zu tun«, entgegnet Henry.

»Officers, haben Sie tatsächlich noch eine Frage an meinen Mandanten, oder wollen Sie einfach immer wieder den – offen gesagt sehr ausgedehnten – Bericht durchgehen, den er Ihnen schon gegeben hat?«

»Wir möchten nur sichergehen, dass wir nichts übersehen haben«, antwortet George. »Es ist wichtig, dass Ihr Mandant jede Chance hat, uns zu erzählen, was passiert ist.«

»Das weiß ich zu schätzen«, sagt Henry schmierig. »Aber ich habe sonst nichts zu sagen. Alles, was ich Ihnen erzählt habe, ist die Wahrheit. Ich habe Miles nicht ermordet, und ich war heute nicht einmal in der Nähe Ihrer Kollegin, als sie ihren schrecklichen Unfall hatte.«

Leo legt eine Beweismitteltüte auf den Tisch. »Was ist das, Henry?«

»Leider habe ich keine Ahnung.« Henry klingt selbstbewusst, aber da ist ein kleines Zittern neben seinem linken Auge.

Als Jim und sein Hund Foster ihren vorherigen Auftrag abgeschlossen hatten, war Henry verhaftet und Ffion gefunden. Foster wurde trotzdem eingesetzt und führte Jim zu einem Kaninchenbau, wo er wild zu graben begann.

»Es sind Miles' Laufjacke, Mütze und Sonnenbrille sowie ein Paar pinke Socken«, sagt Leo nun.

»Wenn Sie das sagen.«

»Tue ich. Aber um doppelt sicher zu sein, haben wir unsere Forensik schnell arbeiten lassen, und siehe da«, Leo tippt auf die Tüte, »Miles' DNA ist auf allen Sachen, mit Ausnahme der Socken.«

George neigt sich vor. »Raten Sie mal, wessen DNA noch auf ihnen gefunden wurde.«

Henry blinzelt. »Ich verstehe nicht …«

»Ihre, Henry.« Leo verschränkt die Arme. »Wie kommt Ihre DNA auf Miles' Jacke?«

»I-ich könnte sie mir geliehen haben. Jetzt, da ich darüber nachdenke, habe ich …«

»Veralbern Sie mich nicht.« Leo wird lauter. »Ihre DNA ist auf den Sachen, weil Sie sich als Miles verkleidet haben, nachdem Sie durch sein Fenster gestiegen waren, wobei Sie die Socken über Ihren Händen trugen – die übrigens zu den Spuren passen, die am Fensterrahmen gefunden wurden –, und ihn hiermit erwürgten.« Leo greift in die Tüte und nimmt eine kleinere heraus, in der ein einzelner Schnürsenkel liegt. »Der stammt von einem der Turnschuhe, die Sie bei Ihrer Verhaftung getragen haben. Eine Gerichtsmedizinerin hat bestätigt, dass Muster und Größe zu den Würgemalen an Miles' Hals passen, und ich hege nicht den geringsten Zweifel, dass wir sowohl Ihre als auch Miles' DNA finden, wenn wir den Schnürsenkel analysieren lassen. Also …«, Leo beugt sich ein wenig vor, »… sind Sie sicher, dass Sie uns alles erzählt haben? Denn bedenken Sie: Es könnte Ihrer Verteidigung schaden, sollten Sie jetzt etwas verschweigen, worauf Sie sich später vor Gericht berufen wollen.«

»Ich bin mir sicher.« Wieder lächelt Henry bedauernd. »Tut mir leid, dass ich Ihnen keine größere Hilfe sein kann.«

»Oh, Moment.« George nimmt eine dritte Tüte hervor, als wäre die ihr eben erst eingefallen. »Und natürlich haben wir noch das. Es steckte in Ihrer Tasche, als wir Sie verhaftet haben.« Sie schiebt die Tüte über den Tisch. »Es ist der Schlüssel zu dem Kasten mit den Geheimnissen.«

Es tritt eine lange Pause ein.

Henry lächelt nicht mehr.

FÜNFZIG

MITTWOCH | FFION

Und er gesteht immer noch nicht?« Ffion hat nägelkauend gewartet, dass Leo und George aus dem Verhör kommen.

»Seine Anwältin hat das Verhör unterbrochen, ›um sich mit ihrem Mandanten zu beraten‹, und als sie zurückkamen, war von ihm nur noch ›kein Kommentar‹ zu hören. Was keine Rolle spielt – er ist auf frischer Tat ertappt.« George grinst Leo an, immer noch high, und Ffion fühlt einen Anflug von etwas, das sie sich bisher nicht recht eingestehen will.

»Dank dir.« Leo blickt zu Ffion. »Diese Filmclips zusammenzustellen, war eine außergewöhnliche Leistung.«

»Irgendwann wäre auch jemand vom Technikteam auf die gestoßen«, sagt Ffion und beachtet nicht, wie warm ihr von dem Lob wird.

»Bis dahin hätten wir alle Zeugen entlassen, und Henry – ich meine, Clive – wäre verschwunden.« Leos Jacke rutscht nach oben, als er die Arme streckt. »DCI Boccacci telefoniert gerade mit dem CPS«, sagt er gähnend. »Sie schlägt alternativ eine Anklage wegen Freiheitsberaubung vor, falls der versuchte Mord nicht durchkommt.«

Wenn Clive Manning auf »nicht schuldig« plädiert, kann es Monate dauern, bis sie alle als Zeugen vorgeladen werden. Ffion müsste dann als Opfer, nicht nur als Officer in den Zeugenstand; sie stellt sich vor, wie ihre Aussage von der Verteidigung zerpflückt wird. »Bleibst du an dem Fall?«, fragt sie Leo und verflucht sich im Geiste, weil sie klingt, als würde sie es wollen. »Immerhin bist du Boccaccis Musterschüler.« Es kommt schärfer heraus als beabsichtigt.

»Nein, ich bin fertig und fahre zurück nach Cheshire.« Er wendet sich an George. »Gehst du der Kindesunterhaltssache nach?«

»Und ob.« George sieht Ffion an. »Du hättest sein Gesicht sehen sollen, als Leo sein Geheimnis vorgelesen hat. Als wäre es ihm scheißegal.«

»Ich schätze, das ist jetzt seine geringste Sorge«, antwortet Ffion.

»Mach's gut.« Leo reicht George die Hand. »Klasse Arbeit dadrinnen.«

»Selber.« Sie umarmt ihn, und Ffion starrt aus dem Fenster in den Innenhof, wo zwei Uniformierte einen Streifenwagen waschen.

»Es war schön, wieder mit dir zu arbeiten«, sagt Leo, und Ffion wird bewusst, dass er mit ihr spricht.

»Ja, fand ich auch.« Sie sieht zu ihm und ringt sich ein Lächeln ab. »Dann bis zum nächsten Fall!« Sie lacht, aber es klingt sogar in ihren eigenen Ohren falsch.

»Bis dann.« Leo macht einen halben Schritt vor, ehe er linkisch eine Hand zu einem Winken hebt. Danach geht er.

Draußen verstauen die Uniformierten den Hochdruckreiniger. Wenige Sekunden später überquert Leo den Hof und steigt in seinen Wagen. Ffion fühlt, dass George sie ansieht.

»Du bist eine verdammte Idiotin, Ffion Morgan.«

»Du bist schon die Zweite, die mir das innerhalb von zwei Tagen sagt.«

»Weißt du, wie oft anständige Männer aufkreuzen?«

»Ich lasse es dich wissen, wenn ich einen treffe.« Ffion versucht zu lachen, nur gehorcht ihr Gesicht ihr nicht.

»Es ist offensichtlich, dass du ihn magst, und er betet dich eindeutig an, obwohl du ihn, Gott weiß warum, wie Dreck behandelst.«

»Klar, er ist solch ein Fan, dass er mich bei Malik verpfiffen hat, der mir einen Vortrag über Interessenkonflikte hielt und mich dann von dem Fall abzog.« Ffion geht weg.

»Das ist Alun gewesen, du Idiotin«, ruft George ihr nach. »Und so ungern ich es zugebe, hatte er recht. Du hättest sagen müssen, dass Caleb mit deiner Schwester zusammen ist. Er wäre nicht unser Hauptverdächtiger gewesen, sondern …«

»Caleb?« Abrupt bleibt Ffion stehen.

»Alun hat beim Farmhaus mit Seren gesprochen. Hattet ihr euch gestritten? Anscheinend hat sie ihm ihr Herz ausgeschüttet, und du kennst ja Alun – totaler Paragrafenreiter. Er nutzt jede Gelegenheit, andere schlecht aussehen zu lassen.«

Leo hat DI Malik nicht erzählt, dass Ffion den Umschlag von Ceri zurückgehalten hatte.

Leo hat Malik gar nichts erzählt.

Ffion sieht aus dem Fenster, aber Leos Wagen ist weg. Und was hätte Ffion ihm auch sagen wollen? *Tut mir leid, dass ich ein Arsch gewesen bin? Können wir vielleicht noch mal von vorne anfangen? Ich glaube, ich könnte in dich verliebt sein?*

Sie atmet langsam aus.

Die Male, die Ffion *Ich liebe dich* gesagt hat, kann sie an einer Hand abzählen. Immer scheinen sie sich irgendwo zwischen ihrem Kopf und ihrem Mund zu verfangen und ihr Gewicht zu groß, um sie auszusprechen. Sie staunt, mit welcher Leichtigkeit andere Frauen sie sagen – zueinander, zu Geschwistern, zu Typen, die sie seit fünf Minuten kennen –, und denkt, dass sie anders gepolt sein muss.

Man muss es nicht sagen, argumentiert Ffion gern, denn Leute merken es sowieso, wenn es wahr ist. Mam und Seren wissen, dass Ffion sie wie verrückt liebt. Und als sie Huw heiratete, hatte er gewusst, dass sie ihn auf ihre Weise liebte.

Aber Leo weiß es nicht.

Ffion verdrängt die Stimme.

»Sag ihm einfach, wie du empfindest«, sagt George.

»Ich weiß nicht, wovon du redest.« Ffion geht weiter.

»Wenn du ein bisschen lockerer wirst, fühlst du vielleicht …«

»Lockerer wirst?« Ffion dreht sich um. »Du hast wahrlich gut reden! Ich habe noch nie jemanden Zugeknöpfteres erlebt. Du kommst nie mit in die Kantine, nie nach der Arbeit was trinken, kaum je …«

»Ich bin introvertiert«, unterbricht George sie. »So wie du.«

»Ich bin nicht introvertiert«, widerspricht Ffion. »Ich mag nur keine Menschen. Aber ich schmettere nicht jede Einladung ab, als wären meine Kollegen Aussätzige.«

»Mir war nicht klar, dass privater Umgang Pflicht ist.« Ein eisiger Unterton schwingt in Georges Worten mit.

»Du bist praktisch innerlich tot«, sagt Ffion schnippisch. »Also versuch nicht, mir Beziehungstipps zu geben.«

Ffion marschiert den Flur entlang und um die Ecke zu Maliks Büro, sodass George allein am Fenster zurückbleibt. Der DI telefoniert, also bleibt Ffion an der Tür stehen. Sie kocht immer noch von Georges unerwünschtem Rat.

»Wie lange, bis wir das bestätigt haben?« Malik bedeutet Ffion reinzukommen und sich zu setzen. »Und in der Zwischenzeit befragen Sie ihn?«

Ffion sieht nach Nachrichten auf ihrem Handy. Es sind mehrere E-Mails in ihrem Postfach, einschließlich einer von Alun, der sie daran erinnert, dass sie *seit mehreren Wochen* kein Pfund mehr in das Küchenglas gesteckt hat und sich unter keinen Umständen dort einen Tee oder Kaffee machen darf, ehe sie es nachgeholt hat. Ffions Tortur in der Beichtkammer hat sich offensichtlich in ganz Cwm Coed verbreitet, denn es sind mehrere besorgte WhatsApp-Nachrichten von Freunden eingegangen. Sogar Mam, die Technik hasst, hat ihr geschrieben. *Be oedd ar dy ben di??? Was hast du dir dabei gedacht???*

Ffion schickt rasch eine Antwort. Mir geht's gut, reg dich nicht auf.

Dwi ddim yn fflapio!!!, kommt prompt die empörte Reaktion.

Malik beendet sein Telefonat, und Ffion schaltet ihr Handy stumm, ehe sie es in die Tasche steckt.

»DCI Boccacci sagt, sie ist sehr beeindruckt von Ihnen«, eröffnet Malik, bevor sie zu Wort kommt.

»Ich bin hier, um mich zu entschuldigen.«

Malik versucht vergebens, seine Verwunderung zu verbergen. »Das ist mal was Neues.«

»Komisch, dasselbe wollte ich gerade sagen.« Ffion grinst verhalten. »Es kommt nicht oft vor, dass Leute von mir beeindruckt sind.«

»Tja, unser DCI ist es. Eine junge Frau hat sich bei uns mit einer Anschuldigung gegen Clive Manning gemeldet. Wie es scheint, hatte er undercover an einer Geschichte über einen skrupellosen Vermieter gearbeitet, der Sex im Tausch gegen eine reduzierte Miete verlangte, und Manning hat eine der Betroffenen erpresst und gesagt, er würde ihre Identität nur geheim halten, wenn sie ›nett‹ zu ihm wäre.« Maliks Ekel ist beinahe greifbar.

»Das ist widerlich.«

»Sie kannte seinen richtigen Namen nicht, und als die Geschichte erschien, weigerte sich die Zeitung, ihre Quelle zu nennen.«

»Hat sie *Exposure* gesehen?«

»Ja, und sie hat ihn sofort erkannt, aber zunächst an sich gezweifelt, weil er so charmant und harmlos wirkte.«

»So viel zu ›die Kamera lügt nicht‹«, sagt Ffion. »Miles hat jede beschissene Sekunde der Show choreografiert.« Der DI zuckt zusammen. »Jede verflixte Sekunde, entschuldigen Sie den Fluch. Ich bemühe mich.«

Malik seufzt. »Ja, tun Sie. Mannings echter Name wird vor der Anklage nicht an die Presse gegeben, aber die junge Frau hat einige ziemlich vernichtende Tweets von einer YouTuberin gelesen …« Er blickt zu seiner Schreibtischunterlage, auf der er sich den Namen notiert hat.

»Zee Hart?«, fragt Ffion.

»Ja, die. Ihr wurde gesagt, dass sie die löschen muss oder ihr eine Anklage droht – wir wollen nicht, dass der ganze Prozess in sich zusammenfällt, ehe er angefangen hat –, aber immerhin scheint sie ein Opfer aus der Versenkung gelockt zu haben. Man fragt sich, wie viele es noch gibt.«

Also war Henry die ganze Zeit der *#MeToo*-Teilnehmer. Miles hatte offensichtlich nicht genug Dreck aufwühlen können, um das in den Geheimniskasten zu stecken, aber was er fand, hat gereicht, dass er Roxy warnte. *Heutzutage kann man eine Produktionsfirma ins Nirwana verklagen, wenn die ihre Mitarbeiter nicht vor sexueller Belästigung schützt,* hat sie zu Leo gesagt.

Und jetzt würde Henry alias Clive zur Rechenschaft gezogen. Mord, versuchter Mord und nun auch noch sexuelle Belästigung. Es entbehrt nicht einer gewissen Ironie, denkt Ffion, dass ihm wegen des Versuchs, ein relativ geringfügiges Geheimnis zu schützen, weit gewichtigere Anklagen drohen. Er wollte Miles in dessen eigenem Spiel schlagen, und am Ende gab es überhaupt keine Gewinner.

»Aber ich habe Ihre Entschuldigung unterbrochen«, sagt Malik. »Sie haben das Wort.«

»Es war ein Lapsus meines Urteilsvermögens, nicht zu sagen, dass Seren mit Caleb zusammen ist.«

»Ja, war es.« Malik lehnt sich auf seinem Stuhl zurück. »Es gab keinen Grund, Sie nicht an dem Fall zu lassen, doch als herauskam, dass Sie so etwas zurückgehalten haben, kamen natürlich Bedenken auf …«

»Und ich hatte etwas aus der Beweiskette unterschlagen«, sagt Ffion schnell, ehe sie es sich anders überlegen kann. »Wie sich herausgestellt hat, war es nicht von Bedeutung – und ich hatte es bis dahin schon zurückgelegt. Doch für wenige Stunden habe ich …« Jetzt ist es an Ffion zu seufzen. »Sie haben recht, Chef. Ich bin zu dicht dran. Gegen Menschen zu ermitteln, mit denen ich aufgewachsen bin … es ist schwierig.«

»Es hat keiner behauptet, der Job sei leicht.«

»Weiß ich.«

»Was Sie zugeben, ist mehr als ein disziplinarisches Vergehen, Ffion. Dafür verliert man seinen Job.« Malik reibt sich die Stirn. »Warum erzählen Sie mir das jetzt?«

»Weil ich mich bessern will.« Ffion sieht ihn ruhig an. »Weil es zu einem Geheimnis würde, wenn ich es Ihnen nicht erzähle, und wenn ich die letzten zwei Wochen eines gelernt habe, ist es, keine Geheimnisse zu haben.«

Malik nickt bedächtig.

»Ich bin auch hier, um zu fragen, ob ich zwei Wochen Urlaub bekommen kann«, sagt Ffion. »Von heute an. Ich will morgen mit Dave ins Tierheim und brauche Zeit, um …«

»Nehmen Sie sich so viel Zeit, wie Sie brauchen. Wie ich gehört habe, war der kleine Kerl ein echter Held.«

Ffion schluckt angestrengt. »Danke, Chef.« Sie steht auf. »Und falls Sie einen Bericht an die Interne schicken müssen, verstehe ich das.«

»Wie viele letzte Verwarnungen habe ich Ihnen schon erteilt, Ffion?«

»Ähm … drei?«

Malik beäugt sie prüfend. »Betrachten Sie das als Ihre *letzte* letzte Verwarnung.«

»Danke.« Ffion ist unglaublich erleichtert.

»Und, Ffion?«

»Ja?«

»Denken Sie im Urlaub mal gründlich darüber nach, was wichtiger ist: Ihre Freunde oder Ihr Job.« Er wirkt streng. »Halten Sie sich an die Regeln, oder Sie sind aus dem Spiel, verstanden?«

»Klar und deutlich«, antwortet Ffion, als sie das Büro des DI verlässt. Natürlich versteht sie es. Was sie noch herausfinden muss, ist, warum sie überhaupt Teil des Spiels sein will.

EINUNDFÜNFZIG

DONNERSTAG | DC GEORGE KENT

DI Maliks Tür war den ganzen Morgen geschlossen, was ein sicheres Zeichen ist, dass etwas vor sich geht. George bekommt ein wenig Angst, als sie sich auf den Stuhl setzt, der ihr angeboten wird. Ffion hat zwei Wochen Urlaub (*Ich muss etwas erledigen,* hat in ihrer E-Mail an George gestanden), und heute Morgen war Alun nur fünf Minuten im Büro, um sein Notebook zu holen, bevor er sich in den Ausbildungstrakt verzog, wobei er finster etwas von »Diversitätsmist« murmelte.

»Also.« Malik stützt die Ellbogen auf seinen Schreibtisch. »Wie geht es Ihnen?«

»Gut«, antwortet George. Der DI neigt den Kopf zur Seite, und ihr wird klar, was er eigentlich wissen will. »Meistens. Es kommt in Wellen.«

»Das verstehe ich. Es ist nicht dasselbe, das weiß ich, aber ich habe letztes Jahr meine Mutter verloren. Es ist sehr schwer.«

George zählt im Kopf bis zehn und lächelt höflich, um den Schrei in ihrem Innern zu ersticken. Es ist nicht ansatzweise dasselbe. Ist es nie, und dennoch hat George irgendwann aufgehört mitzuzählen, wie viele Leute ihr bei Mitleidserklärungen sofort Vergleiche liefern. Großeltern, Nachbarn, sogar ein Meerschweinchen namens Fluffy. *Er hatte so ein entzückendes kleines Gesicht,* sagte die Frau bei der Post, und George ging, ohne die Briefmarken zu kaufen, die sie dort eigentlich wollte.

Sie hatte Spencer im ersten Jahr an der weiterführenden

Schule kennengelernt. Nicht, dass sie da miteinander geredet hätten – zwölfjährige Mädchen wollen nichts mit Jungs zu tun haben, und das beruht zumeist auf Gegenseitigkeit. Sie und Spencer fingen an, sich zu verabreden, als sie sechzehn waren, hatten sich mit achtzehn verlobt und mit einundzwanzig geheiratet trotz aller Unkenrufe *Das hält nie* von den Eltern und Freunden. Sie blieben verheiratet, bis Spencer vor achtzehn Monaten um drei Uhr morgens runter in die Garage ging und sich an einem der Deckenbalken aufhängte.

»Ich habe mich gefragt, ob Sie mit jemandem im Büro darüber gesprochen haben«, sagt Malik.

»Nein.«

»Es könnte helfen. An Tagen, an denen Sie sich besonders …«

»Nein.« George ist unerbittlich. Sie will nicht, dass Ffion es weiß. Niemand soll es wissen. Trauer ist anstrengend, und über sie zu reden erst recht. Es gibt zu viele Fragen und nicht genug Antworten, und George stellt sich auch so schon weiß Gott hinreichend Fragen. Warum hat sich ein zufrieden scheinender Mann das Leben genommen? Warum hatte sie es nicht kommen sehen? Warum ist George in der Nacht, als sie hörte, wie Spencer aufstand, nicht nach unten gegangen und hat nachgeschaut, wo er blieb?

Sie schluckt und blinzelt schnell. »Ich konzentriere mich lieber auf die Arbeit.«

Malik sieht sie an. »Verstehe. Sie wissen ja, wo Sie mich finden, falls …«

»Danke. Wollten Sie sonst noch etwas mit mir besprechen, Chef?« George fühlt, wie der Druck nachlässt. Wenn sie nicht darüber redet – nicht daran denkt –, kann sie mit ihm umgehen.

»Tatsächlich ja.« Malik zögert. »Wie klappt die Zusammenarbeit mit Ffion? Ich weiß, dass sie ein bisschen …« Er beendet den Satz nicht, und George hat den Eindruck, dass er nicht weiß, wie.

Nun ist es George, die zögert. Seit der Szene auf dem Korridor hat sie Ffion nicht mehr gesehen, und als sie hörte, dass sie Urlaub genommen hat, sorgt sie sich, es könnte ihre Schuld sein. Denn Ffions Anschuldigung zum Trotz, George sei »innerlich tot«, ist sie es nicht.

Vor Jahren hat George einen Dokumentarfilm über einen Mann mit Locked-in-Syndrom gesehen. Seine kognitiven Funktionen waren intakt, doch sämtliche Muskeln seines Körpers waren gelähmt bis auf seine Augenlider, mit denen er kommunizierte. George hat das Gefühl, auf sie treffe das Gegenteil zu. Ihr Körper funktioniert weiter, nur innerlich ist sie betäubt. Ihr Ausbruch gegenüber Ffion hat sie selbst überrascht; aber sie erkennt etwas von Spencer in Leo wieder, und Ffions arrogante Haltung macht sie wütend. Weiß sie denn nicht, wie fragil das Leben ist?

»Mit Ffion zu arbeiten kann …«, George sucht nach dem richtigen Wort, »… eine Herausforderung sein.« Sie fragt sich, wie viele ihrer Vorgänger mit Ffion arbeiten mussten und wie viele von ihnen sich darüber beschwert haben. Ffion kann einen auf die Palme bringen. Hin und wieder unerträglich sein. »Aber …« Wieder stockt sie. Als sie sich auf dem Flur mit Ffion stritt, fühlte George sich nicht betäubt. Wut pulsierte in ihren Adern, und nach achtzehn Monaten Taubheit kommt es ihr wie ein Schritt in die richtige Richtung vor.

»Aber?«, fragt Malik hoffnungsvoll.

»Es macht mir nichts aus«, antwortet George.

»Wirklich nicht?« Es gelingt ihm kaum, seine Überraschung zu verbergen, und er hüstelt. »Sehr gut. In dem Fall würde ich Sie beide gern dauerhaft als Team arbeiten lassen.

Sagen Sie mir Bescheid, sollte es zu weiteren … äh … Herausforderungen kommen.«

»Mach ich«, sagt George, obwohl sie nicht vorhat, jedes Mal zum DI zu laufen, wenn sie mit Ffion aneinandergerät. Vielmehr stellt sie fest, dass sie sich schon auf den nächsten Fall freut, den sie gemeinsam übernehmen. Mit Ffion zu arbeiten mag nicht leicht sein, aber langweilig ist es nie.

ZWEIUNDFÜNFZIG

DONNERSTAG | FFION

Ein leichter Nieselregen macht die Luft diesig, als Ffion, Mam und Seren den Pen y Ddraig hinaufgehen. Sie folgen dem Wanderpfad vom Dorf aus, da sie beschlossen haben, einen Weg zu wählen, der sie nicht einmal in die Nähe des *Exposure*-Camps führt. Unwillkürlich blickt Ffion sich nach Dave um, bevor ihr wieder einfällt, dass er nicht da ist. Sie stellt ihn sich im Tierheim vor, wie er nach ihr heult, verdrängt das Bild aber gleich wieder aus ihrem Kopf. Sie tut das Richtige.

Carreg Plas liegt in einer Felsmulde und ist von hier nicht zu sehen. Und so oder so kommt Ffion schon alles weit weg vor. DCI Boccaccis Team sorgt noch für den Feinschliff der Anklage, doch Ffions Teil ist erledigt. Es fühlt sich merkwürdig an, nach dem Adrenalinrausch der letzten zwei Wochen nichts zu tun, und beinahe bereut sie schon, Malik um Urlaub gebeten zu haben.

Bis sich die Nachbeben von *Exposure* legen, wird es noch eine Weile dauern. Bei der staatlichen Netzagentur wurden mehr Beschwerden über die Sendung eingereicht als über jede andere. Eine zweite Staffel wird es nicht geben. Da niemand bei Young Productions veranlasst hat, dass Darios Wohnwagen geholt wird, lebt er weiter darin und grübelt, was er als Nächstes tun soll. Zee Hart hat ihr Zelt abgebaut, nachdem man ihr mit einer Anklage wegen Missachtung des Gerichts drohte. Ffion sieht sie immer wieder in den sozialen Medien auftauchen, wo sie für irgendein Video oder einen Blogeintrag wirbt.

Roxy Wilde plant, eine Produktionsfirma zu gründen, in der ausschließlich Frauen beschäftigt sind. Sie möchte, dass Aliyah ihre Co-Moderatorin wird. Jason wird nicht wegen Bigamie angeklagt. Seine Scheidung von Addison läuft, und er versucht, seine Beziehung zu Kat zu kitten. Letztere war ein wenig beschwichtigt, als sie die ungeschnittene Fassung von Jasons Schwärmen über sie gesehen hat. Pams Schulbeirat hat sie informiert, dass ein notwendiges Prozedere einzuhalten sei, sie aber einstimmig dafür seien, sie wiedereinzustellen. Lucas ist in Klausur gegangen, hat allerdings versprochen, danach nach Hause zurückzukehren und reinen Tisch zu machen.

Als Ffion, Elen und Seren den Gipfel des Pen y Ddraig erreichen, sinken sie ins Gras. Was für ein komischer Drang, Berge besteigen zu wollen, denkt Ffion, nur um gleich wieder nach unten zu gehen. Jedes Mal, wenn sie eine Bergspitze sieht, empfindet sie diesen Zwang. Sie lächelt über nichts – über die Aussicht, über das Zusammensein hier mit Mam und Seren. Über alles.

»Ich gehe nicht an die Uni in Bangor«, sagt Seren plötzlich.

Ffions Lächeln ist wie weggewischt. »Das haben wir doch schon eine Million Mal durchgekaut! Du gehst …«

»Ich studiere in London.« Seren zupft an dem Gras. »Caleb will beim Fernsehen arbeiten, und er hat dort eine bessere Chance, etwas zu finden. Außerdem will ich nicht jeden Tag nach Bangor fahren, Ffi. Ich will nicht in Cwm Coed wohnen, sondern …« Sie bricht ab und dreht sich zu Ffion um. »Ich will mehr«, sagt sie leise.

»Mehr als was?«

»Als das hier.« Seren schwenkt einen Arm über die Aussicht vor ihnen: den Berg, den sie heraufgekommen sind, den See tief unten im Tal. »Hier ersticke ich.«

Ffion sieht zu Mam. »Hast du hiervon gewusst?«

»Habe ich.«

»Dann erfahre ich es als Letzte?«

»Sie hat versucht, es dir zu erzählen, Ffi«, sagt Elen sanft.

Ffion wird rot, weil sie weiß, dass es stimmt. »Und für dich ist es okay?«

»Sie ist fast achtzehn.«

»Achtzehn ist gar nichts«, erwidert Ffion. »In London kann ihr alles Mögliche passieren.«

Mam legt einen Arm um Ffion und zieht sie näher zu sich, bevor sie ihr einen Kuss aufs Haar gibt. »In Cwm Coed passieren auch Sachen«, murmelt sie.

Dem kann Ffion schlecht widersprechen. Sie greift nach Serens Hand, und die drei Frauen sitzen schweigend da, während die frühabendliche Sonne das Tal in goldenes Licht taucht.

»Ich verstehe es«, sagt Ffion schließlich. »Kleine Orte können sich zu eng anfühlen.« Deshalb verbringt Ffion so viel Zeit draußen – am See oder auf einem Berg. Manchmal kommt es ihr vor, als könne sie nur richtig atmen, wenn sie weg von Cwm Coed ist.

»Ich finde es gut«, sagt Mam und knufft Ffion. »Vielleicht würde es dir auch guttun.«

»London?« Ffion schneidet eine Grimasse.

»Irgendwo. Du musst nicht in Cwm Coed bleiben, weil ich hier bin.«

»Tue ich nicht«, sagt Ffion. »Ich bleibe, weil …« Warum bleibt sie? Weil sie immer hier gewesen ist, schätzt sie. Weil sie einmal versucht hat fortzugehen, und es hat ihr nicht gefallen.

Weil Seren hier war.

Auf dem Rückweg denkt Ffion angestrengt nach. Malik glaubt, sie sei hier jedem zu nahe, doch als Seren mit ihr reden wollte, war Ffion zu sehr auf die Arbeit konzentriert, um ihr zuzuhören. Soll sie aus Cwm Coed fortgehen? Sie stellt sich vor, ohne den Schatten ihrer Kindheit mit Leuten zu sprechen – ohne den Nachhall ihrer wilden Teenagerjahre. Auf Notrufe zu reagieren, ohne sich zu sorgen, dass sie einen Ex-Freund oder eine beste Freundin am Tatort antrifft; wie leicht es wäre, einfach ihren Job zu machen. Cwm Coed wird bleiben, und Ffion kann herkommen, wann immer sie will – ohne von der Arbeit abgelenkt zu sein.

Und dennoch …

Wegzugehen heißt, Mam zu verlassen. Durch Straßen zu wandern, ohne ein Dutzend Mal *Ti'n iawn* von Leuten zu hören, die Ffion schon ihr Leben lang kennt. Es heißt, Pen y Ddraig und das schimmernde Wasser des Llyn Drych hinter sich zu lassen. Keine grenzübergreifenden Fälle mit all ihren Tücken mehr.

Kein Leo mehr.

Ist das vielleicht gut?

Als sie das Dorf erreichen, weiß Ffion, was sie tun muss.

Und es ist das Schwierigste überhaupt.

DREIUNDFÜNFZIG

SAMSTAG | LEO

Leo ist laufen gewesen, hat gefrühstückt und die Küche geputzt, und es ist nicht einmal zehn Uhr. Es ist Allies Wochenende mit Harris, und Leo ist klar, dass er die freie Zeit nutzen sollte. Stattdessen wandert er durchs Haus und vermisst seinen kleinen Kumpel. Detective Sergeant zu sein, ist so fordernd, und die Arbeitstage dehnen sich meist bis in den Abend und die Wochenenden, sodass Leo manchmal das Gefühl hat, sein Leben würde aus allen Nähten platzen. Dann schließen sie einen großen Fall ab, ist endlich Zeit zum Luftholen da, und anstelle eines guten Gefühls tut sich eine klaffende Leere auf.

Gestern Abend hat er Gayle angerufen.

»Es ist wirklich schön gewesen, dich kennenzulernen«, sagt er, weil Lügen manchmal freundlicher sind als die Wahrheit. »Aber ich glaube nicht, dass es mit uns klappt.«

»Ich weiß ja, dass du viel zu tun hast. Du bist schwer zu packen!« Gayle lachte. »Wie wäre es mit Frühstück morgen? Ich komme zu dir, dann können wir im Bett frühstücken.«

»Nein, ich denke nicht.«

»Sonntag?«

Winke fruchteten nicht. Leo überlegte kurz, einen anderen Grund zu nennen – er sei schwul, habe jemand anderen kennengelernt, sei todkrank –, ehe er sich doch für die Wahrheit entschied. »Gayle, ich möchte dich nicht wiedersehen. Tut mir leid«, ergänzte er.

»Gar nicht?«

Leo holte tief Luft. »Gar nicht.«

Es folgte eine längere Pause, bevor Gayle sagte: »Na, warum hast du das nicht gleich gesagt?«

Ja, warum eigentlich nicht?, dachte Leo, als er das Gespräch beendete.

Am Donnerstag war Henry vor dem Amtsrichter erschienen, wo er durchblicken ließ, dass er sich des Mordes und des versuchten Mordes schuldig bekennen würde. Er bleibt in Haft und wartet auf seinen Prozess. Auf Angharads Beharren hin – und weil die Staatsanwaltschaft fand, eine Strafverfolgung wäre nicht im öffentlichen Interesse – wurden alle Anklagen gegen Ryan Francis fallen gelassen. Ryan erholt sich als freiwilliger Patient in einer privaten Psychiatrie; die Kosten werden aus den Einnahmen gedeckt, die *Exposure* durch die Zuschaueranrufe generiert hat. Zu Ceris Diebstählen führt die Royal Mail eine interne Ermittlung durch, die letztlich entscheiden wird, ob sie die Sache an die Polizei gibt oder nicht.

Leo liest noch einmal, was er eben getippt hat. DCI Boccaccis E-Mail war kurz, aber schmeichelhaft. Ob Leo eine Versetzung in Betracht ziehen würde? Zwar sitze North Wales Major Crime in Bryndare, doch mehrere Officers arbeiten flexibel von anderen Standorten aus. Es gibt exzellente Karriereperspektiven.

Leo drückt auf *Senden.* Seine Antwort ist länger und detaillierter, und die Aussage ist klar.

Danke, aber nein.

Einige Kollegen treffen sich heute Abend auf ein Pint, und Leo wird wahrscheinlich hingehen, allerdings scheinen die Stunden bis dahin endlos. Er macht sich einen Kaffee, den er nicht will. Vielleicht sollte er sich ein Hobby zulegen. Was machen Männer mittleren Alters an ihren freien Tagen, wenn sie sich nicht in Lycra zwängen und ein halbes Jahresgehalt in ein Fahrrad stecken wollen? Leo hat Harris versprochen, dass sie diesen Sommer paddeln gehen, also könnte er nach Cwm Coed fahren und schon mal ein Paddelboot für nächstes Wochenende reservieren.

Und vielleicht zufällig Ffion treffen, spottet die Stimme in seinem Kopf. Leo beachtet sie nicht. Der Mirror Lake ist der beste Wassersportort in erreichbarer Entfernung, was nichts mit Ffion Morgan zu tun hat. Leo gießt Milch in seinen Kaffee und rührt energischer um als nötig.

Ffion hat sich nicht gemeldet.

Leo hat ihr keine Nachricht geschrieben – das gibt er sich nicht noch einmal –, und er hat ihre Nummer wieder gelöscht. Ffion ist unglaublich. Sie gibt ihm auf eine Weise das Gefühl, lebendig zu sein, wie es sonst nur sein Sohn schafft. Aber sie bringt ihn auch zur Weißglut, ist unmöglich zu durchschauen und total …

Es klingelt an der Tür, und Leo nimmt seinen Becher mit, als er öffnen geht.

… unberechenbar.

»Bist du beschäftigt?«, fragt Ffion. Dave ist bei ihr, dessen Leine sie fest um ihre Hand geschlungen hat.

Leo überlegt. »Ziemlich beschäftigt, warum?«

»Ich …« Ffion holt tief Luft. »Ich bin nicht gut im Nachrichtenschreiben.«

»Ach was«, sagt Leo grinsend. Er beobachtet, wie Ffion an der rissigen Farbe seines Türrahmens zupft. Den wollte er schon abgeschliffen und neu gestrichen haben. Das könnte er wohl dieses Wochenende, bevor die Arbeit wieder übernimmt.

»Ich denke zu viel nach.« Eine rote Farbflocke schwebt zu Boden. »Ich schreibe eine Nachricht, lösche sie, schreibe neu und lösche wieder und …« Ffion blickt stirnrunzelnd zum Türrahmen und pflückt noch einen Farbfetzen ab. Darunter kommt scheußliches Neongrün zutage. Leos Hand zuckt.

»Ähm, könntest du vielleicht nicht …«

»Ich dachte, persönlich ist es einfacher.«

Leo steht sehr still da. Ffion hat immer noch die Stirn gerunzelt, und Leo wird klar, dass sie einen Schlussstrich unter etwas ziehen will, das unter der Oberfläche brodelt. Sie hat nicht die Worte gefunden, es ihm per Textnachricht mitzuteilen, und das Gefühl, sie sei es ihm schuldig, es von Angesicht zu Angesicht zu tun.

»Aber das ist es nicht.« Ffion kneift die Augen zu, öffnet sie wieder und sieht ihn direkt an. »Was stimmt mit mir nicht, Leo?«

»Mit dir stimmt alles, Ffi.« Leo spürt stechenden Schmerz in der Brust.

»Ich kann es nicht sagen.«

»Was sagen?« Heute Abend wird Leo definitiv seine Freunde im Pub treffen. Ja, er wird sich gnadenlos betrinken, was selten vorkommt.

»Ich habe Urlaub genommen.«

»Bist du hergekommen, um mir zu erzählen, dass du Urlaub hast?«

»Dave hat am Donnerstag Training im Tierheim gehabt. Jetzt haben wir eine Menge Hausaufgaben, deshalb muss ich freihaben. Es sind noch zehn Tage, und ich habe gedacht …« Ffion beißt sich innen auf die Wange. »Ich dachte, ich kann sie vielleicht hier verbringen.«

Leo blinzelt.

»Bei dir.«

Erst jetzt bemerkt Leo die Tasche, die hinter Dave steht.

»Aber du bist beschäftigt.«

»Eigentlich nicht.«

»Also …« Ffion hebt die Tasche an.

»Du wärst gern zehn ganze Tage mit mir zusammen?« Leo will sich absolut sicher sein, dass er versteht, was Ffion sagt. Er hat das starke Gefühl, hier bahnt sich ein Wendepunkt an in ihrer – kann man von Beziehung sprechen? Ach, Scheiße, er wird es. Ein Wendepunkt in ihrer Beziehung.

»Ja.« Ffion atmet aus.

»Nur zehn Tage?«, fragt Leo.

Nun regt sich ein kleines Lächeln. »Fürs Erste.« Sie hängt sich den Taschenriemen über die Schulter. Automatisch tritt Leo einen Schritt zurück, um sie ins Haus zu lassen, stoppt aber.

»Nein.«

»Was?« Ffion wird blass.

»Nein«, wiederholt Leo ruhig. Es vergeht ein Moment, während er versucht, seine Gedanken zu etwas zu sortieren, was für sie beide einen Sinn ergibt. »Ich kann das nicht.«

»Was?«

»Dich in mein Leben lassen, und dann rennst du wieder weg, weil du Angst hast.«

Ffion lacht. »Ich habe keine …«

»Doch, hast du. Angst, jemandem zu nahe zu sein. Angst zu sagen, was du fühlst. Und das verstehe ich, ehrlich, aber es ist nicht fair, Ffi. Ich gebe mir das nicht.«

»Warum bist du so?« Ffion blinzelt hektisch. »Das passt gar nicht zu dir.«

Leo stockt nur sehr kurz. »Ich schätze, ich habe mir das Rückgrat zugelegt, von dem du gesagt hast, ich bräuchte es.«

Ffion öffnet den Mund, um etwas zu sagen, schließt ihn jedoch gleich wieder. Dann nickt sie kurz, dreht sich um und geht weg. Alles in Leo will nach ihr rufen, aber er zwingt sich, die Tür zu schließen, und stemmt die Hände an die Wand, bis er sich zutraut, die Tür nicht gleich wieder aufzureißen. Er hat das Richtige getan, das weiß er. Nur warum fühlt er sich dann so beschissen?

Er geht ins Bad, wäscht sich das Gesicht und zieht sich um, ehe er in seine Turnschuhe schlüpft. Er wird ins Fitnesscenter gehen und auf einen Boxsack einschlagen, danach duschen, sich mit den Jungs auf einige Biere treffen und trinken, bis er nicht mehr an Ffion Morgan und die Tatsache denkt, dass er sie eben aus seinem Leben gehen ließ.

Als er wenige Minuten später die Tür öffnet, sieht er Ffions Wagen an der Straße. Ffion selbst kann er nicht sehen, weil Dave aufrecht auf dem Beifahrersitz hockt, eine Pfote auf dem Armaturenbrett, und aussieht, als wolle er zu einem Picknick.

Leo geht mit seiner Sporttasche über der Schulter an dem Triumph vorbei. Er hört, wie die Wagentür geöffnet wird, wie Schritte hinter ihm herkommen, geht aber weiter. Er hat das Richtige getan. Zu oft hat er sich schon in Beziehungen herumschubsen lassen, und wenn Ffion nicht einmal aussprechen kann, was sie fühlt, dann …

»Ich liebe dich.«

Leo bleibt stehen. Sein Herz pocht schneller als bei jedem Work-out, und er fragt sich, ob es sicherer wäre weiterzugehen. Ob er sich verhört hat, denn es klang nicht einmal wie Ffion; er hat sich nie vorstellen können, dass sie so etwas sagen würde.

Doch sie sagt es wieder, diesmal lauter.

Und Leo dreht sich um.

DANKSAGUNG

Wie sich herausstellt, ist eine Serie zu schreiben etwas vollkommen anderes als das Schreiben abgeschlossener Romane. Zeitweise fühlte es sich an, als wäre ich wieder eine Anfängerin, und ich bin dankbar für die Weisheit und Geduld meiner Verlegerin Lucy Malagoni, die mich durch einige holprige Monate (und noch holprigere erste Entwürfe) gelenkt hat. Ich danke Lucy und ihrer Co-Lektorin Tilda Key für ihre Genialität. Dieses Buch ist wahrlich eine Teamarbeit.

In diesem Sinne geht ein großes Dankeschön an alle bei Sphere und an das größere Team von Little, Brown, die so hart gearbeitet haben, um meine Bücher in die Hände der Leser zu bringen. Danke an Laura Sherlock für die PR; an Gemma Shelley, Brionee Fenlon, Fergus Edmondson und Emily Cox für das Marketing; an Hannah Methuen und ihr Sales-Team; und an Rebecca Folland, Jessica Purdue, Helena Doree, Louise Henderson und Zoe King, die sich um meine internationalen Rechte kümmern. Danke an die außergewöhnliche Korrektorin Linda McQueen; an den Redakteur Jon Appleton; und an Hannah Wood für wieder einmal ein umwerfendes Cover.

Ich danke der freien Redakteurin Nia Roberts, die das Manuskript gelesen und mein Walisisch geprüft hat; Ella Chapman, Sam Sutcliffe und Siobhan Graham, die meinen Newsletter und die Social-Media-Kanäle auf dem Laufenden halten; Tim Marchant für die Internetarbeit; und Lynda Tunnicliffe, Sarah Clayton und Huw McKee, die Admins meiner Facebook-Gruppe, *The Clare Mackintosh Book Club*.

Ich danke dir, Colin Scott. Du weißt, wofür.

Lucia Boccacci hat ein großzügiges Gebot bei einer Auktion *Books for Ukraine* gemacht, und es ist mir eine Ehre, ihre geliebte Mutter zu ehren, indem ich eine Figur nach ihr benannt habe.

Danke an meine Agentin, Sheila Crowley, die immer zu mir steht; an Tanja Goossens für ihren Blick fürs Detail; und an das ganze Team von Curtis Brown Literary and Talent Agency.

Ich danke meinem Mann Rob und Josh, Evie und George, die wahrscheinlich alle sehr froh sind, dass dieses Buch endlich fertig ist. (Aber ratet mal! Jetzt muss ich wieder von vorne anfangen …)

Ich danke meinen Freunden, die meine Autorinnenmacken hingenommen und mich so wunderbar unterstützt haben; und dem wunderschönen Nordwales, das mich weiterhin inspiriert.

Schließlich und vor allem danke ich euch. Danke, dass ihr dieses Buch aufgenommen habt, eure Zeit investiert, es rezensiert oder geteilt habt. Danke, dass ihr der Grund seid, aus dem ich hauptberuflich schreiben kann.

Subtile Spitzenspannung in eisig-wunderschöner Landschaft:
Bestsellerautorin Clare Mackintoshs erste Krimiserie!

CLARE MACKINTOSH

DIE LETZTE PARTY

KRIMINALROMAN

An Silvester gibt Rhys Lloyd die Party aller Partys. Seine Ferienhäuser am See sind ein voller Erfolg, und er hat die walisischen Dorfbewohner großzügig eingeladen, mit ihren neuen reichen Nachbarn Champagner zu trinken.

Doch nicht alle sind zum Feiern da.

Um Mitternacht treibt eine Leiche im See. Und am Neujahrstag hat Ermittlerin Ffion Morgan ein Dorf voller Verdächtiger – die zugleich ihre Nachbarn, Freunde und Familie sind. Sie alle haben ein Motiv. Niemand sagt die Wahrheit. Auch Ffion nicht?

»Ich habe mich sofort in die wagemutige, komplizierte Kommissarin Ffion Morgan verliebt – und Sie werden es garantiert auch tun!«
Ruth Ware

KNAUR